우리 인문학 연구

이 복 규 지음

지식과교양

머리말

올해로 교수가 된 지 만 30년입니다. 내 나름으로 부지런히 연구해 온 나날이었습니다. 무엇보다도 연구하는 게 즐겁다 보니 그럴 수 있 었습니다. 학자로서 가장 큰 복을 타고 난 셈입니다.

그러다 보니, 단독저서만 40여 종, 논문이 130여 편입니다. 주전공 인 국문학만이 아니라, 국어학, 민속학, 기독교 관련 글쓰기도 해 와, 미처 책으로 묶지 못한 글들을 모아 최근에 계속 단행본으로 출판했 습니다.

그렇게 한 다음에도 새로 쓴 글들이 쌓여, 이번에는 '우리 인문학 연 구'라는 이름으로 세상에 내보냅니다. 출판하는 김에, 대학 다닐 때 발 표한 「금오신화의 모방성과 창의성」, 학부 졸업논문인 「주몽신화의 문헌기록 검토」도 함께 실었습니다. 지금 보면 어설프기 짝이 없는 글 이지만, 내 연구 여정에서 일정한 의미를 지니기에 부끄러움을 무릅 쓰기로 했습니다(각주 양식도 원형대로 두었습니다).

실린 글들을 대충 살펴보니, 문학, 역사, 철학을 망라한 셈입니다. 주로 논문이지만, 여러 가지 해제와 서평 및 자료 소개글도 들어 있습 니다. 그래서 책 제목을 '우리 인문학 연구'라 붙이고, 시대 순으로 배 열하였습니다.

　그간의 글들을 단행본으로 다 엮고 나면, 새로운 글쓰기로 나아가려 했습니다. 하지만 정년퇴직까지 3년 반이 더 남아 있어, 인문학 글쓰기는 당분간 계속해야 할 듯합니다. 환갑 나이에 시작한 신학 공부가 올해로 마치게 되니, 아무래도 기독교 관련 글쓰기의 비중이 좀 높아지지 않을까 합니다만……. 그간의 내 인생, 내 뜻대로가 아니라, 어떤 섭리가 작용해 여기까지 왔습니다. 글쓰기도 그 섭리 따라 이루어지지 않을까 싶습니다.

　서경대 근속 30년을 지나며, 나를 교수로 불러주어 마음껏 연구하게 해 준 모교 서경대학교에 특별히 감사한 마음입니다. 이 책에 그 고마움을 담았습니다.

2018년 새해를 열며
서경대 한림관 704호에서
이 복 규

| 차례 |

I

한국 천신숭배의 전개양상 시론

1. 머리말

한국 천신[1]숭배의 역사적 전개양상을 살펴보려는 게 이 논문의 목표이다. 왜 이 문제를 다루는가? 기독교가 한국에 전래된 후 비교적 짧은 시간 안에 전 인구의 4분의 1을 차지하는 신도를 확보할 수 있었던 요인이 무엇인지 규명하고 싶은 지적인 호기심 때문이다.

논자에 따라 다양하게 말들 하고 있다. 육이오를 비롯하여 시대적이거나 역사적인 조건과 연결시켜 보는 경우가 일반적이다. 물론 그 점을 간과해서는 안된다. 하지만 전통문화 특히 전통적인 신앙과의 연관을 우선적으로 고려해야 한다고 필자는 생각한다. 위기의 순간, 불안한 순간을 맞는다고 해서 모든 민족이 기독교를 수용하는 게 아

---

1) 본고에서의 '천신'은 기본적으로 상제 즉 지고신이자 최고신이란 의미로 사용하겠다. 하늘에 대한 인식은 자연천(自然天), 인격천(人格天), 이법천(理法天)의 세 층위로 구분할 수 있는바, 이 글에서는 '천신(天神)' 즉 인격천에 주목하고자 하는데, 인격천은 곧 상제천과 통하는 개념이다.

니고 보면, 어쩌면 기독교가 전래되기 이전의 신앙에 기독교를 받아들이기에 유리한 조건이 배태되어 있었던 것은 아닐까 생각해 본다.

필자는 그것을 천신숭배라고 생각한다. 하나의 가설이지만, 민족사의 초기에서부터 비롯된 천신숭배 관념이 연면히 이어져왔고, 그 바탕 위에 기독교가 전래되었기에, 낯설지 않게 광범위히 하게 받아들였던 게 아닐까 한다. 아는 것만큼 보인다는 말이 있듯이, 신앙도 그렇다고 생각한다. 전혀 이질적인 신앙은 받아들이기 어렵다. 겹치는 부분이 있을 때 쉽게 받아들일 수 있다. 과연 이 가설은 타당한 것일까?

각 시대의 자료를 통해 천신숭배 관념의 존재 여부와 전개 양상을 살펴보기로 하자. 시대 구분은 조동일 교수가 한국문학사를 기술하면서 제시한 것을 적용하기로 하겠다. 고대, 중세, 중세에서 근대로의 이행기, 근대, 이렇게 구분하는 방법을 따르되, 여기에서는 중세에서 근대로의 이행기까지만을 다루기로 한다. 이 시기가 기독교가 전래되기까지의 역사가 되기 때문이다.[2] 아울러, 고대 이전에 원시 시대가 있으나, 문헌기록은 없고 암각화를 비롯하여 간접적인 자료만 남아 구체적인 논의가 어렵고, 과연 그 시기의 사람들을 우리의 직계조상으로 볼 수 있는지에 대한 확증이 부족하므로 이 글에서는 할애하였음을 밝혀둔다.

---

2) 이 문제를 다룬 그간의 업적중 통시적인 것으로는 김경탁, 「한국원시종교사(2)-하느님관념발달사」, 한국문화사대계 Ⅵ(고려대민족문화연구소, 1970), 115-176쪽이 가장 대표적이다. 본고와는 달리 왕조별로 시대구분을 하였고, 더러 '곰신', '닭신' 등 검증하기 어려운 용어나 해석이 들어있기는 하나, 이 문제를 다루기 위해 가장 먼저 보아야 할 업적이다.

2. 천신숭배의 전개 양상

1) 고대의 천신숭배

고대는 원시에 이어 우리 민족사의 서두를 장식하는 시기이다.

고대 시기의 천신숭배 관념을 보여주는 자료에는 〈단군신화〉, 〈삼국지 위지 동이전〉, 〈삼국유사 가락국기〉 등이 있다.

(1) 〈단군신화〉에 보이는 천신숭배

昔有桓因[3], 庶子桓雄 數意天下 貪求人世 父知子意 下視三危太伯
……風伯雨師雲師……(옛적에 환인의 차남 환웅이 있었는데 자주 천
하에 뜻을 두어 인간 세상을 탐내어 구하였다. 아버지가 아들의 뜻을
알아차리고는 아래로 삼위 태백 지역을 내려다보았다.……풍백, 우사,
운사 등)

이 〈단군신화〉 문면에는 최고신인 천신이 등장하고 있다. '환인(桓因)'이 그것이다. '환인'은 불경에 있는 도리천의 천주(天主)를 가리키

---

3) 기원의 대상으로서의 최고신이 우리 고전에서, 환웅(환인의 아들이니 환인과 동격), 천제(天帝) 등으로 표기되어 있으나, 우리말 명칭은 따로 있었을 것이다. 한글 창제 이전이므로, 우리말 발음의 그 원래 명칭을 적을 수 없어, 중국의 한자를 빌어 적다 보니, 중국과 함께 天(천)이나 귀신으로 표기한 것일 뿐이라는 사실을 늘 염두에 두어야 할 것이다. 국어학자 홍윤교 교수의 추정으로는 '하늘'이 최고신의 우리 말 명칭이었을 것이라 한다.

는 말이다.[4] '하늘에만 머무르는 초역사적인 존재'[5]라 해석되는 신격인바, 〈주몽신화〉에는 '천제(天帝)'로 표현되어 있다.

텍스트대로 읽어보자면, 환인은 엄연히 인격적인 존재이다. 아들도 두고 있으며, 아들이 품은 뜻을 알아차리기도 하며, 아들이 내려가서 다스릴 지역을 고르기 위해 아래를 내려다보기도 하는 존재이다. 아들의 의사를 존중하여 그 앞길을 열어주되, 자신이 가진 능력을 동원해 최선을 다하는 존재, 아주 자상한 아버지로 묘사되어 있다. '환인'이란 천신이 자연신이나 우주의 이법(理法)이 아니라 인격신으로 묘사되어 있다는 것을 확실하게 알 수 있다 하겠다.

(2) 〈삼국지 위지 동이전〉에 보이는 천신숭배

夫餘 以殷正月祭天 國中大會 連日飲食歌舞 名曰 迎鼓……(부여에서는 은정월이면 하늘에 제사하였다. 나라 안에 크게 모여 연일 마시고 먹으며 노래하고 춤추었다. 그 이름을 영고라 하였다.)

중국의 사서인 《삼국지》에 나타난 천신은, 위에서 보는 바와 같이 제사를 받는 대상으로 나와 있다. 이 표현도 앞서의 〈단군신화〉에서와 마찬가지로, 부여에서도 고조선과 마찬가지로 천신을 인격신으로 인식했다는 것을 알게 한다.

고조선이 망한 후 한반도 강역에는 부여, 예 등 다양한 소국들이 분

---

4) 옥성득, 초기 한글성경 번역에 나타난 주요 논쟁 연구(1877-1939),(장로회신학대학 대학원 석사논문, 1993), 23쪽 참고.
5) 조동일, 한국소설의 이론(지식산업사, 1977), 145쪽.

립하게 되는바, 결국은 고조선의 유민이 주류를 차지했다고 볼 때, 고
조선 건국신화의 천신 이미지가 부여에도 연속되는 것은 자연스런 일
인지도 모른다. 부여의 문화는 고구려 및 백제를 통해 계승되어 가는
바, 고조선의 천신 관념이 부여에 이어지는 것은 매우 주목할 만한 면
모라 할 것이다.

(3) 〈삼국유사 가락국기〉에 보이는 천신숭배

皇天所以命我者 御是處 惟新家邦 爲君后 爲玆故降矣 你等須掘峰頂
撮土 歌之云 龜何龜何 首其現也 若不現也 燔灼而喫也(황천께서 내게
명하여 이곳에 오게 하신 것은 오직 나라를 새롭게 하여 임금이 되게
하시려는 것이니라. 이것을 위해 내려온 것이니라.)

고조선, 부여에서 확인된 인격신으로서의 천신 이미지는 가락 즉
가야국에서도 엿보인다. 위의 기록에 나오는 황천이 바로 천신인바,
수로에게 명령을 내리는 주체로 등장함으로써 이 사실을 명료하게 드
러내고 있다. 〈단군신화〉에서보다 더욱 구체적으로 자신의 의지를 피
력하여, 수로를 한 지역의 왕으로 삼으려는 뜻을 인간에 드러내고 있
어 흥미롭다.

조선후기에 이르러 신흥종교 또는 민중종교 운동이 일어나면서, 수
많은 이들이 하늘의 뜻이라며 후천개벽을 비롯하여 새로운 세상을 설
파하는데, 어쩌면 〈가락국기〉의 '황천'은 그 구체성 면에서 원조라 할
만하다. 〈단군신화〉의 '환인'도, 아마도 그 원형에서는 충분한 메시지
를 담고 있었을 가능성이 높지만, 현전하는 축약된 텍스트에서는 보

이지 않기 때문이다.

　이상으로 원시 · 고대 시기의 천신숭배의 양상을 살펴보았다. 세 자료는 그 대상 지역의 차이에도 불구하고 공통점이 두 가지 있다. 천신의 성격을 모두 인격신으로 묘사하고 있다는 점이 그 하나다. 또 한 가지는 철저하게 그 나라 또는 지역의 조상신이나 수호신으로서의 성격이 강하다는 점이다. 물론 환인의 경우는 '홍익인간(弘益人間)'이라 하여, 보편신으로서의 면모도 지니고 있기는 하지만, 더 이상 강조되어 있지는 않다. 부여나 가야의 경우, 철저하게 그 지역의 신이라는 점만 강조되어 있다 하겠다.

　이런 점은 이 시기의 이념이 고대적 자기중심주의[6]였다는 사실을 여실히 반영한다 할 수 있다. 자기 집단만이 선조가 하늘에서 내려온 천신족이라고 자부하는 의식이 충만한 게 〈단군신화〉류의 건국신화임을 알 수 있다. 패배한 집단이나 피치자와의 동질성을 거부하는 배타적이고 폐쇄적인 사고형태라 하겠다.[7]

2) 중세전기의 천신숭배

　고대 다음의 시기는 중세이다. 중세의 이념은 중세적 보편주의다.[8] 치자와 함께 피치자도 같은 사람이라고 하는 사고이다. 이른바 고급 종교라고 하는 불교, 유교, 기독교, 이슬람교 등이 모두 이 생각을 담

---

6) 조동일, 한국문학통사 1 제4판(지식산업사, 2008), 65쪽 참고.
7) 조동일, 한국문학통사 1, 제4판(지식산업사, 2008), 61쪽 참고.
8) 같은 책, 같은 곳.

고 있는데 성현의 시대인 중세에 등장한다.

중세는 다시 전기와 후기로 나뉘는데, 전기는 삼국, 남북국, 고려전기까지의 기간이다. 중세보편주의를 중국과 대등하게 구현하고자 희망했던 시기이다. 후기는 고려후기, 조선전기까지의 기간이다. 중세적 보편주의를 독자적으로 구현하고자 한 시기였다고 평가하고 있다.[9]

이 시기에 이르러 우리 천신숭배의 양상은 어떨까? 과연 문학사의 양상과 동일할까?

(1) 〈광개토호태왕비문〉에 보이는 천신숭배

我是皇天之子 母河伯女郎 鄒牟王 爲我連葭浮龜(저는 황천의 아들로서, 어머니는 하백의 따님인 추모왕입니다. 저를 위해 갈대와 거북 떼를 이어주시고 띄워주소서.)

〈광개토호태왕비문〉에서는 천신인 '천제(天帝)'(기록 전체에서는 이렇게 적고 있음)를 '황천(皇天)'으로 표현하고 있다. 〈가락국기〉와 같은 양상이라 하겠다. 주몽의 기도를 들어주는 대상으로 설정되어 있다는 점에서, 인격신으로서의 면모도 동일하게 유지하고 있다고 할 만하다.

다만 한 가지 의문이 제기될 수도 있다. 주몽의 아버지는 천제의 아들인 해모수인데, 이 자료에서 '황천'이라 표현하고 있는 데 대해서이다. 하지만 고대의 사유에서 어떤 지존자의 아들이란 표현은 그 아들

---

9) 같은 책 2, 12쪽 참고.

의 속성이 그 아버지와 동일하다는 의미인바, 성경에 나타나는 '하나
님의 아들'이나 '하나님의 독생자'란 표현이 바로 그런 사례이다. 혈통
상의 관계보다 그 속성이나 능력이 동질적임을 나타내는 표현이다.

이 자료의 해당 대목도 그렇게 해야만 풀린다. 천제와 해모수가 하
나이듯, 그 아들인 주몽도 본질적으로 같은 신성을 지녔다는 사실을
의미하는 표현이다. 이를 근거로 당당히 주몽은 천신에게 문제를 해
결해 달라고 요청하고 있는 것이다.

이 자료에서 가장 주목할 게 있다. 문학사에서는 이 시기가 중세보
편주의를 중국과 대등하게 구현하려고 한 시기라고 했지만, 천신숭배
면에서는 그렇지만도 않다는 사실이다. 주지하다시피 천신숭배는 중
국 왕실에서만, 즉 하늘의 아들 곧 천자라고 칭해지는 황제만이 할 수
있는 고유한 것인데도, 이 자료는 그와는 무관하게 고구려의 왕을 천
제 즉 황천과 연결지어 서술하고 있다. 중세후기에 나타나는 원심적
인 지향이 이미 드러나 있다고 할 만하다. 하기야 '태왕'이라는 표현
자체가 천황이나 천자와 동일한 '제왕', '황제'라는 표현이라는 설명이
나와 있기도 하니 새삼스러운 일도 아니다.

(2) 〈삼국유사 북부여조〉에 보이는 천신숭배

天帝降于訖升骨城 乘五龍車 立都稱王 國號北扶餘 自稱名解慕漱 生
子名夫婁 以解爲氏焉(천제가 흘승골성에 내려오시는데 다섯 마리의
용이 끄는 수레를 타셨다. 도읍을 세워 왕이라 칭했고 나라 이름을 북
부여라고 하였다. 자칭 해모수라고 하였고 아들을 낳아 이름을 부루하
고 하였으니, 해로 성씨를 삼았다.)

이 자료에서는 천신을 천제(天帝)로 적고 있다. 이 텍스트에서의 천제는 문맥을 보면 천제의 아들인 해모수인데도 '천제'라 표현하고 있는바, 이에 대해서는 바로 앞에서 서술한 바이다. 아버지와 아들은 같은 속성을 지녔다고 인식한 당대인의 의식을 이 자료도 반영하고 있다는 것을 다시금 확인할 수 있다 하겠다.

이 텍스트에서는 천제가 인간 역사에 개입하여 왕으로의 능력을 발휘할 수도 있다는 것은 보여주고 있다. 마치 이스라엘 역사에서, 왕이 등장하기 전, 사사기까지에는 여호와가 친히 이스라엘 민족의 지도자 사실상의 왕으로 군림해 직접 다스린 것처럼, 천신인 천제가 그 의지를 이 땅에 직접 펼쳤다고 할 수 있다. 천제를 인간, 인간세계와 좀더 가까운 존재로 인식한 자취를 이 기록이 보여준다 하겠다.

이 역시, 천신을 직접 거론하며 그 천신과 국왕을 직결시키고 있다는 점에서, 중세전기 문학사의 전개양상과는 구별되는 성향을 보여주는 면모라 하겠다. 천신을 '천제'라 하여 임금 제(帝)자를 얹혀 부르는데 이미 천신이 지닌 통치 능력, 원래는 전 우주를 다스리는 능력이겠으나, 이 자료에서는 한 나라를 치리하는 능력으로 집약되어 표현되고 있는 셈이다. 황제가 하나이듯, 하늘의 황제인 천제도 하나라는 점에서, 최고신의 개념도 '천제'라는 용어에 내포되어 있다 하겠다.

(3) 김유신의 석굴 기도에 보이는 천신숭배

공의 나이 15세에 화랑이 되니, 한때 사람이 기꺼이 복종하여 칭호를 용화향도라 하였다. 진평왕 건복 28년 신미에 공의 나이 17세였다. 고구려, 백제, 말갈이 국토를 침략하는 것을 보고 비분 강개하여 적구를

평정하고야 말겠다는 뜻이 있어 홀로 떠나 중악산 석굴 속에 들어가 목
욕재계하고 하느님께 아뢰며 맹세하되(戒告天誓盟曰), "적국이 무도하
여 범이나 이리 떼처럼 우리나라를 침략하여 조금도 편안한 날이 없으
므로 저는 한낱 미신(微臣)으로 재주와 힘을 헤아릴 겨를이 없이 화란
을 없앨 것을 뜻하오니 오직 하느님께옵서 하강하시와 저에게 솜씨를
빌려주옵소서(惟天降監, 假手於我)"라고 하였다. 나흘째 되던 날에 문
득 한 노인이 갈의를 입고 와서 말하기를 "이곳은 독사와 맹수가 많아
서 무서운 땅인데 귀한 소년이 여기 홀로 있는 것은 무슨 까닭이냐"라
고 물으므로 대답하기를 "어른께서는 어디서 오셨으며 존명을 들려주
실 수 있겠습니까?" 하였다. 노인은 "나는 일정한 거처가 없고 인연 따
라 오가는데 이른은 난승이라 한다"고 하였다(이하 생략)[10].

삼국 통일의 영웅 김유신의 신비체험을 보여주는 이 자료는, 그 당
대의 천신숭배의 사례를 명료히 보여준다. '천(天)'으로 표기되어 등
장하는데, 인간의 간절한 기도에 응답하는 존재로 표상된다. 문맥상으
로는, 난승이란 노인의 모습으로 변신하였거나, 대리자를 통해 기도에
응답한 것으로 보인다. "하느님께서 하강하"길 간구했는데 과연 그 기
도후에 그 노인이 나타나 문제를 해결하게 해주고 있기 때문에 그렇
게 해석한다. 앞에서 보았던 인격신으로의 천신의 모습을 다시 확인
할 수 있다 하겠다.

요컨대 하늘에 대한 직접적인 제사는 천자만 할 수 있는 것이지만,
김유신은 그런 데 구애받지 않고, 자신의 문제 해결을 위해 하늘에 기
도하고 있다. 이로 미루어, 이 경우도 주체적인 양상을 보인다 하겠다.

---

10) 《삼국사기》〈김유신열전》), 김부식, 삼국사기, 신호열 역(동서문화사, 1976), 706쪽.

(4) 〈고려사절요 인종조〉에 보이는 천신숭배

己丑祭天禱雨.

이는 고려 왕실에서의 천신숭배 양상을 보여주는 자료이다. 왕실에서 하늘에 제사하여 비내리기를 기도했다는 것이다. 왕은 백성에게는 하늘같은 존재이지만, 가뭄 같은 천재지변 앞에서는 역시 하늘 앞에 고개를 숙여 빌 수밖에 없는 존재라는 사실을 보여준다.

고려조에도 이미 제후국으로서 천자국인 중국의 영향 아래에 있으면서도, 천자도 어찌할 수 없는 절대 위기 앞에서 천신인 하늘에 제사를 지냈다는 이 기록은 의미심장하다. 이 경우의 하늘도 단순한 자연도 우주의 이법도 아닌 인격을 지닌 존재 또는 천지자연의 주재자로 인식되었다고 볼 때, 이 전통이 지속되고 있다 하겠다.

3) 중세후기의 천신숭배

중세후기는, 앞에서도 언급했듯, 적어도 문학사에서는 중세보편주의를 주체적으로 구현하려던 시기이다. 천신숭배 면에서도 그랬을까?

(1) 조선 태조실록의 천신숭배

6권, 태조 3년 8월 21일 무자 2번째 기사 1394년 명 홍무(洪武) 27년. 원구단의 제사는 폐지하지 않고 이름만 원단으로 고치다

예조에서 아뢰었다.

"우리 나라에서는 삼국 시대 이래로 원구단(圜丘壇)에서 하늘에 제사를 올리고 기곡(祈穀)과 기우(祈雨)를 행한 지 이미 오래 되었으니, 경솔하게 폐할 수 없습니다. 사전(祀典)에 기록하여 옛날 제도를 회복하되 이름을 원단(圜壇)이라 고쳐 부르기 바랍니다."

임금이 그대로 따랐다.(○禮曹啓曰: "吾東方自三國以來, 祀天于圓丘, 祈穀祈雨, 行之已久, 不可輕廢. 請載祀典, 以復其舊, 改號圓壇."上從之.)

이 기록을 보면 적어도 태조 때까지만 해도 왕의 주도 아래 천제(天祭)가 행해졌음을 알 수 있다. '삼국 시대 이래로' 그렇게 해왔다고 예조에서 아뢰고 있는데, 이는 앞에서 우리가 확인한 자료의 실상과 궤를 같이하고 있는 것이라 하겠다. 인격신을 섬기며 제사하는 관행이 아주 오랫동안 지속되어 왔다는 것을 확증하고 있다.

더욱이 주목되는 것은 이 문제에 대하여 왕과 신료 사이에 아무런 의견 차이나 갈등이 없다는 사실이다. 신료들이 주청하고 이를 왕이 받아들여 시행하는 모양새를 갖추고 있어 아주 자연스럽다. 이 사안에 대하여 조정 신하들과 국왕 간에 완전한 의견 일치가 이루어져 있다 하겠다. 적어도 태조 때까지는.

(2) 조선 태종실록의 천신숭배

24권, 태종 12년 10월 8일 경신 4번째기사 : 1412년 명 영락(永樂) 10년 사간원에서 불교의 배척과 원단 제사를 없앨 것을 주장한 사간원의 상소.

　사간원에서 상소하였다. 상소는 이러하였다.

　"이제 우리 성조(盛朝)에서 모든 시위(施爲)가 한결같이 옛 것을 따르시어 생민(生民)의 이해(利害)에 관한 것을 흥제(興除)하지 아니함이 없으나, 유독 신불(神佛)의 폐(弊)만은 아직도 다 개혁되지 못함이 있어 삼가 일득(一得)의 어리석음으로써 우러러 상총(上聰)을 더럽히니, 엎드려 바라건대, 성상께서 재가하여 시행하소서.

　……엎드려 바라건대, 전하께서는 유사(攸司)에 특명하여 상제(喪祭)의 의식을 한결같이 《문공가례(文公家禮)》에 따르고 불사(佛事)를 엄금하게 하소서.

　1. 천자가 된 다음에야 천지(天地)에 제사하고, 제후(諸侯)가 된 다음에야 산천(山川)에 제사하는 것이니, 존비와 상하는 각각 분한(分限)이 있어 절연(截然)히 범할 수 없는 것입니다. 그러므로 영전에 3묘(三苗)가 천지와 신인(神人)의 의식을 혼학(昏虐)하고 잡유 독란(雜揉瀆亂)함에 순(舜)임금이 곧 중려(重黎)에게 명하여 끊어져 가는 곳에서 하늘에 통하게 하니, 내려와 이르지 아니함이 없었습니다. 이것은 성인이 사전(祀典)을 수명(修明)228) 하여 상하의 분수를 엄하게 한 소이(所以)이며, 계씨(季氏)가 태산(泰山)에 여(旅)230) 제사를 지내자, 공자가 말하기를, '일찍이 태산이 임방(林放)만 같지 못하랴?' 하였으니, 이것은 신(神)이 예(禮)가 아닌 것은 흠향하지 않음을 이름입니다. 그러므로 그 태산의 귀신이 아닌데 제사함은 심히 무익한 것입니다. 우리 전하께서는 밝게 이 뜻을 알으시니 원단(圓壇)의 제사를 정파하고, 단지 산천의 산만을 제사하게 하소서. 대저 산천의 신은 경(卿) 대부(大夫) 사(士) 서인(庶人)이 제사할 바 아닙니다. 저들이 비록 아첨하여

제사한다 하더라도 신이 어찌 이것을 흠향하겠습니까? 지금 나라 사람
들이 귀신을 속일 수 없음을 알지 못하고, 산천을 제사할 수 없음을 알
지 못하며, 어리석게 분분(紛紛)하여 바람에 나부끼어 쓰러지듯 쏠리
는 급속을 이루어, 나라의 진산(鎭山)으로부터 군현의 명산 대천(名
山大川)에 이르기까지 모독하여 제사하지 아니함이 없으니, 그것이 예
에 지나치고 분수를 넘음이 심합니다. 또 남녀가 서로 이끌고 끊임 없
이 왕래하면서 귀신에게 아양부리며 곡식을 허비하는 폐단 또한 적지
아니하니, 원컨대, 이제부터는 중외의 대소 신하들이 함부로 산천에 제
사지낼 수 없게 하심으로써 존비의 분수를 밝히소서. 만일 어기는 자
가 있으면 통렬히 법으로 다스리시고, 인귀(人鬼)의 음사(淫祀)에 이르
러서도 모두 엄격히 금하여 풍속을 바르게 하소서."(○司諫院上疏. 疏
曰: 今我盛朝, 凡所施爲, 一遵古昔, 生民利害, 靡不興除, 獨神佛之弊, 有
未盡革者. 謹將一得之愚, 仰瀆天聰, 伏惟聖裁施行.……伏望殿下特命攸
司, 喪祭之儀, 一依《文公家禮》, 痛禁佛事. 一, 天子然後祭天地, 諸侯然
後祭山川, 尊卑上下, 各有分限, 截然不可犯也. 是故在昔三苗, 昏虐天地
神人之典, 雜揉瀆亂, 舜乃命重黎, 絶地天通, 罔有降格. 是則聖人所以修
明祀典, 以嚴上下之分也. 季氏旅於泰山, 孔子曰: "曾謂泰山, 不如林放
乎!"是謂神不享非禮, 故祭非其鬼, 無益之甚也. 我殿下灼知此義, 停罷
圜壇, 只祭山川之神. 夫山川之神, 非卿大夫士庶人之所當祭也. 彼雖諂
祀, 神豈享之! 今國人不識鬼神之不可欺, 山川之不可祀, 泯泯棼棼, 靡然
成習, 自國之鎭山, 以至郡縣名山大川, 罔不瀆祀, 其越禮踰分甚矣. 且男
女相挈, 往來絡繹, 媚神費穀, 弊亦不小. 願自今, 中外大小人臣, 不得擅
祀山川, 以明尊卑之分, 如有違者, 痛繩以法, 至於人鬼淫祀, 亦皆痛禁,
以正風俗).

위 기록은, 태종대에 이르러서는, 천제(天祭) 문제에 대하여 태조 때와는 다른 양상이 벌어졌다는 것을 보여준다. 신료들이 국왕에게, 천제를 지내지 않아야 한다며, 불교를 배척하는 것과 마찬가지로 원구단의 천제도 폐지하라 요청하고 있다. "천자가 된 다음에야 천지(天地)에 제사"할 수 있다는 전제 아래 그렇게 주장한다. 중국에서의 주장을 그대로 수용하고 있는 셈이다.

(3) 조선 세종실록의 천신숭배

세종실록 4권, 세종 1년 6월 7일 경진 2번째기사. 1419년 명 영락(永樂) 17년. 가뭄이 심하므로 변계량이 하늘에 제사지낼 것을 건의하다.

> 정사를 보았다. 변계량이 가뭄이 심하므로 원단(圓壇)에서 하늘에 제사 드리는 예(禮)를 다시 하자고 청하니, 임금이 말하기를,
> "참람한 예는 행함이 불가하다."
> 고 하였다. 변계량이 답하여 아뢰기를,
> "제후가 하늘에 제사하는 것이 불가한 것은 예(禮)에 그러하옵고, 성인의 가르치심으로도 또한 불가하다 하였습니다. 그런데 근래에 중국 사신 주탁(周倬)이 와서 우리 나라 사람에게 묻기를, '들으니, 그대들의 나라가 하늘에 제사한다 하니, 과연 그러한가.' 하니, 대답하기를, '그러하오.' 하였습니다. 탁이 말하기를, '인사(人事)를 가지고 말하면, 그대의 나라가 향례(饗禮)를 베풀어서 조정 재상에게 청한다면, 혹 허락할 수는 있는 것이겠으나, 천자를 청한다면, 비록 정성을 다한다 하더라도 어찌 네 나라에 내려오기를 즐겨하겠는가.' 하므로, 여기에 비로소 하

늘에 제사하는 의식을 폐하였습니다. 그러나 저의 소견으로서는 제사하는 것이 낫겠사오니, 전조 2천 년 동안 계속해서 하늘에 제사하였으니 이제 와서 폐함이 불가하나이다. 하물며 본국은 지방이 수천 리로서 옛날의 백리 제후의 나라에 비할 수 없으니, 하늘에 제사한들 무슨 혐의가 있겠습니까."

하니, 임금이 말하기를,

"제후가 하늘에 제사함이 옳지 않음은 예(禮)에 있어 마땅한 것이니, 어찌 감히 지방이 수천 리가 된다 해서 천자의 예를 분수없이 행하리오."

하였다. 계량이 다시 아뢰기를,

"하늘에 제사하는 것이 비록 제후의 예가 아니라 하오나, 신은 행하는 것이 옳을까 하옵니다. 왜 그런가 하면, 기수(沂水) 가에 하늘에 제사하여 비를 비는 곳이 있으니, 이같은 예는 옛적에도 있었습니다. 평상시에 늘 제사함은 불가하다 하겠으나, 일의 경우에 따라 행사함이 오히려 옳을까 하오니, 이제 막심한 한재를 당하여 행함이 또한 무방하오니, 하늘에 제사함이 무슨 혐의가 되겠습니까."

하니, 임금이 그렇게 여기고, 명하여 하늘에 제사할 날짜를 선택하라 하였다.(○視事. 卜季良以旱甚, 請復圓壇祭天之禮, 上曰: "僭禮不可行也." 季良對曰: "諸侯不可祭天, 禮固然矣, 聖人垂訓, 亦以爲不可. 近者, 周倬奉使而來, 謂我國人曰: '聞, 爾國祭天然乎?' 對曰: '然.' 倬曰: '以人事言之, 爾國設饗禮, 以請朝廷宰相, 則容有許可之理, 至如天子則雖請之以誠, 豈肯降臨爾國乎?' 於是, 始廢祀天之禮. 然以臣所見, 莫如祭之. 前朝二千年相承祀天, 今不可廢也. 況本國地方數千里, 不比古者百里諸侯之國, 於祀天乎何嫌之有?" 上曰: "諸侯之不可祀天, 在禮固然. 豈可以地方數千里, 遂僭天子之禮乎?" 季良復啓曰: "臣以謂, 祭天雖非諸侯之

禮, 行之爲可. 何則? 沂水之邊, 有祭天禱雨之處. 然則此禮, 古亦有之. 常
祭則不可也, 因事而行, 猶爲可也. 今當大旱, 亦無所妨, 祭之何嫌乎?"上
然之, 命擇祭天之日)

세종대의 이 기록에서도 하늘 제사에 대해 생각이 갈라져 일정한
갈등을 보여주고 있다. 천제 불가론을 국왕이 주장하자, 이에 대하여
신하인 변계량이 나름의 근거를 들어 천제를 시행해도 무방하다고 하
고, 마침내 국왕이 그 의견을 수용하는 양상을 보여준다.

어쩌면 세종의 내심은 천제를 지내고 싶은 것이었으나 신하들을 잠
재우기 위한 고도의 정치력을 발휘해 이런 토론을 유도했는지도 모를
일이다. 훈민정음을 창제할 만큼 주체적인 의식을 지닌 세종이고 보
면 충분히 그럴 만한 일이다.

(4) 조선 세종실록의 '천부(天父)' 소동

어떤 하급관료가 동료에게 '꿈에 天父께서 나타나 말씀하셨다'라고
하였고, 이를 보고받은 세종이 문책하는 기사. 하늘을 아버지로 표현
한 이례적인 사례.

세종실록 75권, 세종 18년 12월 22일 계미 2번째기사 1436년 명 정
통(正統) 1년 광망한 영평 사람 김호연이 당직청에 나가 망언하다
영평(永平) 사람 김호연(金浩然)이 스스로 돈화문 밖의 당직청(當直
廳)에 나아가서 교의(交椅)에 걸어앉아 갑자기 관리를 불러 말하기를,
"천부(天父)께서 나에게 명하여 나라를 다스리게 한 까닭으로 이곳

에 이르렀는데, 너희들이 어찌 나에게 무례하는가."

하면서, 이내 크게 꾸짖었다. 손에는 작은 봉서(封書)를 가지고 있었는데, 모두 도리에 어긋나고 남을 속이는 설이었다. 당직한 관원이 이를 아뢰니, 임금이 말하기를,

"옛날에도 이같은 광망(狂妄)한 사람이 있었으나, 다시 그 이유를 묻지도 않고 다만 먼 지방으로 귀양보내기만 했으니, 지금도 또한 신문하지 않는 것이 옳겠다."

하였다. 승지 등이 모두 가두어 신문하여 그 실정인가 거짓인가 보기를 청했으므로, 명하여 의금부에 가두어 추핵하게 하니, 말한 바가 요망하고 허탄(虛誕)하며 혹은 인도에 벗어난 말을 하기도 하였다.(○永平人 金浩然自詣敦化門外當直廳, 踞交椅而坐, 遽呼官吏曰:"天父命我治國, 故到此, 爾等何無禮於我乎?"因大罵之, 手持小封書, 皆狂誕之說. 當直 官以聞, 上曰:"古有如此狂妄者, 不復問其由, 只令流于遐方, 今亦不問 可也."承旨等皆請囚問, 以觀情僞, 命囚于義禁府推覈, 所言妖誕, 或發 不道之言).

이 기록은 아주 희귀한 것이다. 우리 역사에서 천신을 아버지로 표현한 첫 사례이기 때문이다. 불교에서도 이런 표현은 없는 것으로 알고 있다. 오직 기독교에서만 '하나님 아버지' 즉 '성부(聖父)'라는 표현을 쓰는데, 위 기록에서 보는 바와 같이, 세종대에 이미 '천부(天父)'라는 표현이 등장했기 때문이다.

이는 참 불가사의한 일이다. 김경탁 선생은 이 현상을 네스토리우스파에 의해 성립된 경교(景敎)가 한반도에 유입되어 어떤 형태로든 영향을 미쳐, 그 결과로 이런 일이 나타난 것으로 조심스럽게 해석한 적이 있다. 필자도 그 견해에 동조한다. 경주 지역에서 발견된 십자가

형상의 조형물을 보거나 중국과 우리와의 교류 관계를 보거나 그 개연성이 높다고 판단하기 때문이다. 아니라면 자생적인 성령체험, 성령의 조명이나 계시에 따라 이루어진 일이라 보아야 할 것이다.

하지만 이런 표현은 성리학자인 세종이나 동료 관원들에게는 도저히 납득할 만한 일이 아니라서 배격되고 만다. 그 당사자는 투옥되어 조사를 받기에 이른다. 어쩌면 전례에 따라 귀양을 갔는지도 모를 일이다. 이런 표현이 받아들여지기에는 시기상조였다 하겠다.

(5) 최부(崔溥, 1454년~1504년) 〈표해록〉의 천신숭배

신도 그 말과 같이 인장(印章)과 마패(馬牌)를 품안에 넣고 상관(喪冠)과 상복(喪服)을 갖추고는 근심스럽고 두려워하는 태도로 손을 비비고 하늘에 축원하기를(臣如其言.懷印與馬牌.具喪冠與服.惴惴然拔手祝天曰), "신이 세상에 살면서 오직 충효와 우애를 마음먹었으며, 마음에는 기망(欺罔)함이 없고 몸에는 원수진 일이 없었으며, 손으론 살해함이 없었으니, 하느님이 비록 높고 높지마는 실제로 굽어살피시는 바입니다. 지금 또 임금의 명령을 받들고 갔다가 먼 곳에서 친상(親喪)을 당하여 급히 돌아가는 길인데 신에게 무슨 죄와 과실이 있는지 알지 못하겠습니다. 혹시 신에게 죄가 있으면 신의 몸에만 벌이 미치게 하면 될 것입니다. 배를 같이 탄 40여 인은 죄도 없으면서 물에 빠져 죽게 되었으니 하느님께서는 어찌 가엾지 않습니까?(天其敢不矜憐乎) 하느님께서 만약 이 궁지에 빠진 사람들을 민망히 여기신다면(天若哀此窮人), 바람을 거두고 파도를 그치게 하여, 신으로 하여금 세상에 다시 살아나서 신의 갓 죽은 아비를 장사지내게 하고, 노인이 된 신의 어미를 봉양하게 하십시오. 다행히 또 궁궐의 뜰 아래에 국궁(鞠躬)하게 한다

면 그 후에는 비록 만 번 죽어 살지 못하더라도 신은 실로 마음에 만족하겠습니다." 하였습니다.[11]

최부는 사대부이다. 왕명으로 제주도에 파견되어 다스리다가 부친상을 당해 배를 타고 나주로 가다가 태풍에 밀려 표류하게 되는데, 그 과정에서 위와 같이 천신에게 기도하고 있다. 우리의 통념과는 달리 사대부도 생명의 위험 앞에서 개인적인 차원의 기도를 천신에게 드리고 있어 주목된다.

이 기록에서 천신을 '천(天)'으로 적고 있어, 앞의 기록들과 다르게 보인다. 하지만 한자로 적어서 그렇지, 한글로 적었다면 필시 우리말로 '하느님'이나 '하늘님'이라 했을 것이다. 이전의 것들도 마찬가지였으리라고 본다.

(6) 이문건(李文楗, 1494년 1547년) 〈양아록〉의 천신숭배

엎드려 생각하옵건대, 제가 산과도 같은 앙화를 겪어, 실낱과도 같은 목숨을 남겨가지고 있사옵니다. 시작과 종말은 그 운수가 정해져 있어, 비록 크게 한정된 운명은 도피할 수가 없는 법이지만, 환난이 때로 찾아오면 그 횡액에서 벗어나기를 바라는바, 이에 저의 정성을 다해 옥황상제께 경건히 기도드리옵니다. 원하옵건대, 특별히 신묘한 기운으로 도와주시며, 바라옵건대 영험한 반응을 내려주시어, 근심을 전환하여 기쁨이 되게 하시사 재액에 얽매인 상태에서 면해지도록 해주시고, 죽음에서 삶으로 돌이키사 꺼져가는 생명을 이어가게 해 주시옵소

---

11) http://db.itkc.or.kr(한국고전번역원)에 수록된 것을 참고함.

서. 또한 저는 외롭고 위태로우며 돕는 이도 없어, 거꾸러지고 자빠져
도 그 누가 부축해 주겠습니까? 우둔하고 병객인 제게 아들이 있어, 비
록, 난리 속에 처자와 조카들을 이끌고 도망하다, 자꾸만 도적을 만나
위험해지자 자기 자식을 나무에 묶어 놓고, 아비를 일찍 여읜 조카들만
데리고 도망하여 무사하였으나 결국 자기 아이를 갖지 못했다는 등유
(鄧攸)가 아들을 잃은 것과 같지는 않으나, 아들의 실마리를 계승하여,
감히 마묵(馬默)처럼 저도 손주 아이를 얻게 되기를 감히 희원하옵니
다.(『양아록』[12])

이문건도 앞에서 다룬 최부처럼 관직을 역임한 양반 사대부의 일
원이었다. 그런 그가 장조카가 역모에 휘말려 자신도 기약없는 유배
생활에 들어가자, 멸문지화를 당할 위기감 아래, 손자 보기를 희구하
여 천신에게 빌고 있다. 양반 사대부가 천신에게 올리는 기도문을 직
접 작성하고 있어 충격적이다. 유교가 종교가 아니기 때문에 부득이
도교의 최고신인 옥황상제에게 기도할 수밖에 없는 고민을 확인할 수
있다. 이 역시 인격신으로서의 천신인바, 다만 다분히 도교의 명칭인
'옥황상제'를 연상하도록 천신을 '제(帝)'로 표현하고 있을 따름이다.
이상에서 살핀 바와 같이, 중세후기에도 인격신으로서 천신에 대한
숭배는 왕실에서부터 일반 양반 사대부에 이르기까지 폭넓게 이루어
지고 있었다는 것을 알 수 있다. 비록 중국의 견제를 의식할 수밖에는
분위기 아래 있었지만, 필요에 의해 왕실에서도 일반 사대부의 생활
속에서 천신숭배는 계속되었던 것이라 하겠다.

---

12) 이문건, 양아록, 이상주 역(태학사, 1997), 203쪽.

4) 중세에서 근대로의 이행기의 천신숭배

중세에서 근대로의 이행기란 조선후기 및 임진왜란 이후로부터 1919년 3·1운동이 일어나기까지의 시기를 말한다. 근대가 민족주의의 시대라면, 이 이행기는 중세적인 움직임과 근대적인 움직임, 즉 중세적 보편주의와 근대적 민족주의가 공존하는 시기라 하겠다. 이 시기의 천신숭배는 어떻게 이루어졌을까?

(1) 박인로, 〈노계가〉[13]의 천신숭배

(전략) 시시(時時)로 머리드러 북신(北辰)을 ᄇᆞ라보고 / 눕모ᄅᆞᄂᆞᆫ 눈물을 천일방(天一方)의 디이ᄂᆞ다 /일생(一生)애 품은 뜻을 비웁ᄂᆞ다 하ᄂᆞ님아 /산평(山平) 해갈(海渴)토록 우리 성주(聖主) 만세(萬歲)소셔 /희호(熙皞) 세계(世界)예 삼대(三代) 일월(日月) 빗취소셔 /오천만년(於千萬年)에 병혁(兵革)을 쉬우소셔 / 경전착정(耕田鑿井)에 격양가(擊壤歌)를 불리소셔 /이 몸은 이 강산(江山) 풍월(風月)에 늘글 주를 모ᄅᆞ로라

아마도 우리 역사에서, 천신의 이름이 순우리말 음가 그대로 한글로 적힌 최초의 사례가 박인로의 〈노계가〉이다. '하ᄂᆞ님'이라는 표현이 그것이다. 앞에서도 약간 언급했다시피, 어쩌면 〈단군신화〉 이래 모든 한문 표기 기록에 등장하는 '천', '천신', '황천', '상제' 등의 표현이 기실은 모두 우리말 '하느님(하ᄂᆞ님)'이었을 가능성이 크다. '하느

---

13) 고전문학연구실, 주해 한국고시가선 근조편(프린트본), 128쪽.

님'이냐 '하나님'이야, '한울님'이냐는 그다지 중요한 문제가 아닐 것이다.

박인로의 이 표현이 새로 개발된 것이라고 보아서는 곤란하다. 이미 구어로는 모두 그렇게 부르고, 한자로 적을 때만 다르게들 표기하여 언문불일치 현상을 보였던 건데, 박인로에 와서 한글로 우리말 음가대로 적었다 하겠다. 고대의 명칭이 잠복해 있다가 분출되어 다시 등장했다고 해석된다.

(2) 고소설 〈심청전〉(완판본)[14]의 천신숭배

"(전략)인당수 용왕님은 사람 제물 받잡기로 유리국도 화동에 사는 십오 세 효녀 심청을 제물로 드리오니, 사해 용왕님은 고이고이 받으소서. 동해신 아명 서해신 거승이며, 남해신 축융 북해신 옹강이며, 칠금산 용왕님 자금산 용왕님 개개 섬 용왕 님 영각대감 성황님, 허리간에 화장성황 이물고물 성황님네 다 굽어보옵소서. 물길 천리 먼먼 길에 바람구멍 열어내고, 낮이면 골을 넘어 대야에 물 담은 듯이, 배도 무쇠가 되고 닻도 무쇠가 되고 용총마류 닻줄 모두 다 무쇠로 점지하시고, 빠질 근심 없삽 고 재물 잃을 근심도 없애시어 억십만 금 이문 남겨 대 끝에 봉기질러 웃음으로 즐기고 춤으로 기뻐하게 점지하여 주옵소서." (중략) 심청이 거동 보소. 두 손을 합장하고 일어나서 하느님 전 비는 말이, "비나이다, 비나이다, 하느님 전에 비나이다. 심청이 죽는 일은 추호라도 섧지 아니하여도, 병든 아버지 깊은 한을 생전에 풀려하고 이 죽음을 당하오니 명천은 감동하사 어두운 아비 눈을 밝게 띄워 주옵소서."

---

14) http://www.jikji.org.

이 자료는 일반 민중의 천신숭배 양상을 보여주고 있다. 선원들의 기도에서는 여러 방면의 용왕이 등장해 다신교적인 양상도 보여주고 있지만, 종국에 가서는 심청이가 '하느님'께 빎으로써 천신숭배로 수렴된다. 한 가지 흥미로운 점은 몽은사 화주승에게 시주할 때는 부처님의 능력으로 심봉사의 눈이 떠지는 것으로 되어 있지만, 막상 이 대목에서는 부처님과는 무관한 신격들을 위하고 있는 점이다.

(3) 기독교의 천신숭배

한국에 처음으로 들어온 기독교 교파는 천주교였다. 천주교가 한역(漢譯) 서학서(西學書)로 전래되던 초기부터 한국가톨릭은 중국가톨릭의 '천주(天主)'를 수용하였다. 초기 천주교 신자들은 보유론(補遺論)적 태도에서 '천주'를 유교의 '상제'와 같이 보면서, 성경적인 신관을 수용했다. 한가지 특별한 사실은 이벽의 경우로서,《성교요지(聖敎要旨)》(1785)에서 본문에는 '상제'를, 주에서는 '상주(上主)'를 사용하였다. 이 '상주'는 동양 원시유교적인 '상제'에서 따온 '上'과 서구 기독교의 '천주'(Deus)에서 따온 '主'를 혼합한 이벽 나름의 용어였다 할 수 있다. 이익도 이런 입장이었으나 홍정하, 신후담은 천주와 상제를 구분했다.[15]

이 '천주'는 18세기 말, 19세기 초에 들어와《텬쥬실의》, 정약종의 《쥬교요지》(1801 이전), 이벽의 《셩교요지》(1812) 등의 한글교리서가 나오면서 '텬쥬'로 사용되기 시작하였다. 특히 정하상의《상제상서

---

15) 옥성득, 앞의 논문, 24쪽.

(上帝上書)》(1839) 한글번역문은 '하ᄂ님', '샹졔', '하늘' 등이 '텬쥬'
와 같다고 함으로써, 유교의 天, 上帝는 물론 한국 고유의 하ᄂ님도 수
용할 수 있는 용어임을 밝혔다.[16]

천주교에 이어 들어온 개신교에서는 천주교와든 달리 최고신의 명
칭을 우리말인 '하느님'으로 불렀다. 로스가 작성한 〈예수셩교문답〉의
첫 부분에 나오는 다음의 문답이 그것을 보여준다.

> 문 텬디만물이어드릐잇너뇨
> 답 하느님이 지여ᄂ은거시라[17]

그럼, 여기 쓰인 '하느님'의 뜻은 무엇일까? 로스에 의하면, 하느님
의 어원은 '하늘'이며, 중국어 '상제(上帝)'와 대응하는 지고신(至高
神)의 의미와 천로야(天老爺)와 비슷한 '전능자', '무소부재', '불가시
(不可視)'의 속성을 가지고 있다. 로스는 1883년의 《예수셩교셩셔 누
가복음 뎨자힝젹》부터는 '하나님'으로 표기하였다. 이는 개념 변화가
아니라, 제2음절 아래 ᄒ 음가 표기를 대부분 ᅳ에서 ㅏ로 통일시킬
결과였다.[18]

이렇게 함으로써 박해받던 천주교와는 구별되기도 하면서 한문에
밝지 못한 일반 민중에게 더 친근한 '하느님', '하나님'을 받아들이는
지혜를 발휘했다 하겠다. 이럴 수 있었던 것은 로스 자신이 고백한 것

---

16) 같은 논문, 같은 곳.
17) 같은 논문, 같은 곳.
18) 로스는 처음부터 ᄒ를 체언에서는 단독 모음으로는 거의 사용하지 않았다. 원래
　　우리의 관행으로는 하ᄂ님이라 적었어야 하지만 그렇게 하지 않고 하느님이라 한
　　것이다. 옥성득, 같은 논문, 26쪽 참고.

처럼, 한국인에게는 어느 곳에서나 초월적인 지배자요 지상(至上)의 지존자를 의미한 '하나님(하느님/하ᄂ님)'을 가지고 있었기 때문이었다. 거기에 피선교지의 문화를 수용하고 토착교회를 지향했던 로스의 선교정책이 작용하여 고유어 신명인 하느님(하나님) 채택이란 결과를 낳았다 하겠다.

로스가 '하느님(하나님)'이라 부른 이후, '신(神)' 또는 '상제(샹뎨)', '여호와', '춤신', '텬쥬' 등의 용어도 등장하여, 치열히 논쟁하며 경쟁을 벌이기도 하였다. 하지만 그 많은 표현 가운데에서 결국 '하나님'으로 귀착되어 오늘에 이르고 있다.

여기에서 오해하지 말아야 할 게 있다. '하나님'을 수사 '하나(一)'에서 유래한 말로 보아 '유일신'을 뜻하기 위해 그렇게 한 것이라는 생각이다. 우리말에서 수사 하나의 고어 표기는 'ᄒ나'이므로 이는 잘못된 생각이다. 하늘을 의미하는 '하늘'에서 유래한 것인바, 다만 우리 신앙에서의 하늘은 자연천이 아니라 인격천 즉 상제천이었다는 것을 유념할 필요가 있다. 어원면에서는 '하늘'에서 유래하였으나, 논쟁 과정에서 여기에 '유일신'이란 개념을 하나 더 추가함으로써, 성경에서의 천신 즉 유일신 개념을 온전히 드러낼 수 있다고 해석하고 판단해 '하나님'으로 최종 결정되어 오늘에 이르고 있다고 보는 게 타당하다.[19]

(4) 동학의 천신숭배

시천주조화정영세불망만사지(侍天主造化定永世不忘萬事知) 하날

---

19) 이에 대해서는 국어학자인 홍윤표 선생의 조언을 참고했음을 밝혀둔다.

님을 모시오니, 무위이화로 천덕에 합하여 마음을 정하도록 하시옵고,
한 평생을 언제나 잊지 아니하옵나니, 대도를 받아 모든 일을 깨닫도록
간섭하여 주시옵소서.[20]

  하날님도 하날님도 이리될 우리 신명
  어찌 앞날 지낸 고생 그다지 시키신고[21]

  호천금궐 상제님도 불택선악 하신다네
  자조정 공경이하 하날님께 명복받아
  부귀자는 공경이요 빈천자는 백성이라[22]

  천상에 상제님이 옥경대 계시다고
  보는 듯이 말을 하니 음양 이치 고사하고

위의 네 가지 기록은 모두 《동학경전》에 실려 있는 것들이다. 천신
을 '하날님', '상제', '천주' 등으로 다양하게 표현하고 있으나, 주석을
보면 동일한 개념이라 처리하고 있다는 것을 알 수 있다. 흥미로운 것
은 천주교 즉 서학 또는 서교를 대항해서 등장한 게 동학인데도, 천신
의 이름에서 '천주(天主)'라는 표현을 공유하는 점이다.

이 밖에 우리는 조선 성리학에서의 천신 의식을 생각해 볼 수 있다.
하지만 그간의 연구에서 밝혀진 바를 따르면, 성리학에서는 철저히
이법천(理法天)만 상정하고 있으므로, 여기에서 함께 논의할 수 없다.

---

20) 〈본주문(本呪文)〉, 동학경전(정간사, 1986), 57쪽.
21) 〈교훈가〉, 동학경전(정간사, 1986), 115쪽.
22) 〈안심가〉, 동학경전(정간사, 1986), 150쪽.

이 점에 대해서는 다산 정약용의 적절한 비판이 있었다.

"옛 사람들은 성실하게 하늘을 공경했으니 참으로 하느님을 섬겼다.……그러나 오늘날의 사람들은 하늘을 한갓 이(理)로만 알고 있다."[23]는 지적이 그것이다. 그렇게 종교적 지향히 배제된 상태에서는 자 기 기만과 방자성 등 잘못된 인간 행위에 대한 제동장치의 장착이 불가능하고 또한 그것이 ㄱ기능할 수 없다고 보았다.

다산은 인간행위에 대한 제동장치의 상실 상태가 당시 성리학의 세계에 안주하고 있었던 지식인들의 실상이라 비판하였다. 다산은 종교적 지향을 통해서만 인간의 마음과 행위에 참됨, 진지함, 경건함, 두려움 등을 동반할 수 있다고 주장하였다.[24]

또 하나, 민간신앙에서의 천신숭배 양상에 대해서도 검토할 필요가 있다. 관련 연구성과를 보면, 천신대신(천신, 천왕신, 천신대감신, 천황천존신)[25], 천지왕[26], 미륵님[27], 제석(제석신)[28] 등 다양한 표현들이 존재한다. 그런데 천신이나 천황 같은 표현은 무속을 음사(陰祀)로 배척한 조선조에서는 쓸 수 없었을 것이고, 미륵님, 제석 등 다른 이름으로 숨겨서 부르다가, 최근에 와서 복원해 쓰는 것이라 이해해야 할 것이다.

23) 정다산전서 상(문헌편찬위원회, 1960), 613쪽.
24) 박홍식, 「다산의 천사상과 세계관」, 한국가톨릭철학회·동양철학연구회 2001년도 추계학술회의 '유교와 가톨릭의 만남' 발표요지집(성균관대학교 경영관 33402호 첨단강의실, 2001. 12. 15), 83쪽.
25) 김태곤, 한국무속연구(집문당, 1981), 280-281쪽 참고.
26) 제주도 무가 〈초감제〉, 〈천지왕본풀이〉.
27) 함경도 무가 〈창세가〉.
28) 불교에서의 천신.

3. 맺음말

앞에서, 우리는 한국역사의 전 시기를 통관하여, 천신숭배가 지속되어 왔다는 사실을 확인하였다. 우리말로는 '하늘님(하느님/하나님)'인 존재를 고대시기부터 제사하고 기원해 오다가, 천자 즉 황제만이 하늘 제사를 지낼 수 있다는 중국의 영향력을 강하고 받으면서, 적어도 국가 차원에서는 다분히 음성화, 잠재화하였다가, 기독교가 들어오면서 다시 천신숭배가 수면 위로 떠올라 오늘까지 이르고 있다고 파악된다.

여기에서 한 가지 의문이 일 수 있다. 인간이 절대자인 천신을 상정하고 믿는 까닭은 무엇일까? 이 의문을 푸는 데, 아리스토텔레스의 미메시스 즉 감정이입에 의한 모방·재현 이론은 꽤 설득력이 있다고 보인다.

아리스토텔레스의 예술이론 중 미메시스는 '모방론'으로 알려진 생각이다. 그 요체는 '감정이입'이다. 아리스토텔레스에 의하면, 모든 예술은 미메시스이고 미메시스에 의해 이루어지는바, 이는 전적인 감정이입 능력, 즉 모방 대상에 정신과 신체가 하나로(심신불이) 감정이입하는 능력이다. 그렇게 대상에 감정이입되어 모방하고 재현함으로써 인간은 즐거움을 쾌감을 느끼고 대상에 대한 지식도 습득한다고 한다.[29]

유한자이자 상대적, 불완전한 존재인 인간이, 무한자이자 절대적, 완전한 존재인 초월자인 천신(하느님)을 상정해, 감정이입해 모방하

---

29) 오순한, 시학&배우에 관한 역설(서울 : 유아트도서출판, 2013), 54쪽 참고.

고 재현함으로써 쾌감과 안정감을 갖고 마침내 신처럼 영생에 이르려는 본능과 필요에서 그런 것이 아닐까? 이른바 고급종교로 부르는 종교일수록 그런 게 아닐까? 신을 모방하기 또는 신과의 합일!

이상으로 한국 천신숭배의 역사적 전개양상을 매우 거칠게 조망해 보고, 그 결과 가진 소감의 일단도 피력해 보았다. 앞으로 더 정치한 논증이 이루어져야 할 것이다.

Ⅱ

〈주몽신화(朱蒙神話)〉의 문헌기록 검토

1. 서언

〈주몽신화〉는 한국의 대표적인 시조신화(始祖神話)이다. 전기적 (傳記的) 요소면에서는 다른 신화의 규범 형식으로서의 역할을 하는 중요한 신화이다.[1] 이 신화를 전하는 문헌은 20여 종에 이른다. 내용 면에서 차이를 보이고 있어 이에 대한 검토의 필요를 느낀다.

국문학연구에 있어서 문헌학적 연구는 문예비평적 연구의 기초적, 준비적 작업이다. 그럼에도 「주몽신화」의 문헌에 대해서는 아직까지 흡족할 만한 검토가 되어 있지 않다고 본다.

이에 본고에서는 다음과 같은 순서로 논의를 전개하겠다.

첫째, 지금까지 알려진 여러 기록을 동명계(東明系)와 주몽계(朱蒙系)의 양 계열(系列)로 나누어 비교함으로써 두 기록(記錄)이 별개의 시조신화기록임을 밝힌다.

---

1) 김열규, 한국민속과 대학연구(서울 : 일조각, 1975), p. 61.

둘째, 주몽계기록 중에 보이는 '동명'에 대해 해명함으로써 주몽기록의 '동명'과 동명기록의 '동명'과의 관계를 밝힌다.

2. 동명계기록과 주몽계기록과의 비교

일반적으로 '주몽'과 '동명'은 동일인물로 알려져 있다. 그래서 기록에 대해서도 주몽기록과 동명기록을 동일 인물의 기록인 것으로 소개하고, 다루고 있다.[2] 그러나 양 기록을 검토해 볼 때, 두 기록 간에는 몇 가지 뚜렷한 차이가 존재하고 있어 동일시하기에는 곤란하다고 본다.

지금까지 알려진 기록(該記錄)들로는 논형(論衡), 위략(魏略), 후한서(後漢書), 양서(梁書), 북사(北史), 위서(魏書), 주서(周書), 수서(隋書), 통전(通典) 등의 중국측 사료와 삼국사기(三國史記), 삼국유사(三國遺事), 동국이상국집(東國李相國集) 동명왕편(東明王篇), 세종실록지리지(世宗實錄地理志) 등의 동국정야사(東國正野史)와 고구려의 광개토왕릉비(廣開土王陵碑), 모두루묘지(牟頭婁墓誌) 등의 금석문(金石文)을 들 수 있다.

이들 기록은 그 구성요소에 따라 몇 계열로 나눌 수 있다. 일찍이 김정학(金廷鶴) 교수는 3계통으로, 박두포 교수는 4계통으로 나누어 비

---

2) 이병도, 한국사 고대편(서울 : 을유문화사, 1959), 박시인, "동명왕 난생이주설화의 연구", 서울대논문집 12집(서울 : 서울대학교, 1966), 박두포, "민족영웅 동명왕설화고", 국문학연구 1편(대구 : 효성여대 국문과, 1968).

교한 바 있다.[3] 본고에서는 이들 기록이 주인공의 이름 면에서 '동명'에 대한 기록과 '주몽'에 대한 기록으로 대별됨을 고려하여, 전자를 동명계기록,[4] 후자를 주몽계기록[5]이라 구분하여 비교하기로 한다. 비교의 편의상, 양계 기록 중에서 대표적인 기록을 택해 그 내용을 명명 제시한 다음, 거기 나타나는 양자의 차이와 공통성을 찾아 해석하기로 한다.

1) 양 기록의 내용

먼저 동명계기록을 대표할 수 있는 기록으론 1세기 말 왕충(王充)에 의해 이루어진 「논형」을 택할 수 있다. 구성 요소상 다른 동명계기록들은 이 논형기록의 이기(移記)에 불과하기 때문이다.

「논형」의 기록은 다음과 같다.

　북이(北夷) 탁리국왕(橐離國王)의 시비(侍婢)가 임신하였다. 왕이 죽이려 하자, 시비가 대답하기를, 계자(달걀)만한 기가 하늘로부터 내게 내려온 까닭에 임신했노라 했다. 그 뒤에 아이를 낳자 저혼(猪圂) 안에 버렸다. 돼지가 입김을 불어넣어 죽지 않았다. 다시 마구간에 옮겨 말이 죽이게 하려 했다. 그러나 말도 입김을 불어주어 죽지 않았다. 왕

---

3) 박두포, op. cit., pp. 36~39.
4) 논형, 위략, 후한서, 양서, 북사(백제조)의 기록이 이에 해당한다.
5) 위형, 주서, 수서, 북사(고구려조), 통전, 광개토왕릉비, 모두루묘지, 고기(삼국유사 소재), 구삼국사 동명왕본기(동명왕편 분주), 삼국유사, 동명왕편, 제왕운기, 세종실록지리지 등이 이에 해당함. 이 중 위서계, 광개토왕릉비, 고기는 부분적인 개요만을 전하고 있고, 구삼국사 동명왕본기 이후는 훨씬 풍부한 내용을 전한다.

은 천자라고 생각되어 그 어머니로 하여금 거두어 기르게 하고 동명이
라 이름하였다. 동명에게 우마(牛馬)를 치게 하였다. 동명은 활을 잘 쏘
았고, 왕은 나라를 빼앗길까 두려워서 죽이려 했다. 동명은 도망하여
남으로 엄호수(淹淲水)에 이르렀다. 활로 물을 치니 물고기와 자라가
떠올라 다리를 만들어 주었다. 동명이 다 건너자 어별(魚鼈)이 흩어져
서 추병(追兵)은 건너지 못했다. 인하여 도읍을 이루고 부여의 왕이 되
었다. 그래서 북이에 부여국(夫餘國)이 있다.[6]

이 기록의 내용을 다음의 비교를 위해 다시 한 번 정리해 보면 다음
과 같다.

① 북이 탁리국왕의 시비가 천강(天降)한 알을 먹고 임신함

② 태생한 '동명'을 왕이 버림

③ 조수보호(鳥獸保護)

④ '동명'의 선사(善射) 목마(牧馬)

⑤ 왕위를 빼앗길까봐 왕이 죽이려 하자, 〈동명〉이 남으로 도망함

⑥ 엄호수(엄체淹滯   엄수淹水)에서 어별(魚鼈)의 도움으로 도하
    (渡河)

⑦ 부여 건국

---

6) 논형 권2, 길험편
    北夷, 橐離國王侍婢, 有娠, 王欲殺之, 婢對曰, 有氣, 大如鷄子, 從天而下我, 故有娠 後
    産子, 捐於猪溷中, 猪以口氣, 噓之, 不死 復徙置馬欄中, 欲使馬藉殺之, 馬復以口氣,
    噓之, 不死 王疑以爲天子, 令其母, 收取, 奴畜之 名東明, 令牧牛馬, 東明善射, 王恐奪
    其國也, 欲殺之, 東明走, 南至掩水 以弓擊水, 魚鼈浮爲橋, 東明得渡, 魚鼈解散, 追兵
    不得渡 因都王夫餘, 故北夷有夫餘國焉.

한편, 주몽계기록의 내용은 어떤가?

주몽계기록의 대표적 기록으로 세종실록지리지의 기록을 택하기로 한다. 원칙으론 이 기록의 저본이었을[7] 동명왕편이나 구삼국사 동명왕본기 기록을 택해야 옳을 것이다. 그러나 구삼국사는 인멸되고 오직 그 중의 동명왕본기만이 동명왕편에 분주(分註) 상태로 전하고 있다. 부분 부분 연결이 안 되는 곳이 있어 인용 비교하기에는 곤란하고, 이의 영향 하에 이루어진 동명왕편도 기록의 단계를 넘어서 문학적인 함축, 생략이 가해져 있어 또한 부적당하다.

이에 비해, 세종실록지리지의 기록은 현전 구삼국사 동명왕본기와 동명왕편의 주몽계기록 내용을 그대로 지닐 뿐 아니라, 요소끼리의 연결과 보충이 이루어져 있어 오히려 원형적인 모습을 간직하고 있다.[8] 한편 요소 면에서도 구삼국사 동명왕본기를 제외한 여타 주몽계기록의 여러 요소를 망라하고 있어 본 비교를 위한 주몽계기록의 대표로 삼기에 족하다고 본다.

이 기록은 동명왕본기에는 전혀 나타나지 않는 주인공 탄생 이전의 배경담이 초두에 삽입되어 있다. 부여왕 해부루가 동부여로 천도하고 천제자(天帝子)인 해모수가 하백녀 유화를 약탈한 다음, 하백과 결투하여 결혼하는 이야기, 하백이 유화를 우발수로 쫓아내는 이야기까지가 그것이다.

여기서는 주인공 탄생에서 건국까지 다룬 동명계기록과의 비교에

---

7) 장덕순, "영웅서사시「동명왕」", 인문과학 5집(서울:연대문과대학, 1960), p. 115.
8) 여기서 세종실록지리지 기록이 원형적인 모습을 지니고 있다는 것은 어디까지나 주인공의 탄생에서 건국에 이르는 부분에 한해서만 통용됨을 밝힌다. 따라서 동명왕본기 중의 유리전승기록(類利伝承記錄) 세종실록지리지에서 할애되어 있는 점은 동명계기록과의 비교가 중심인 본 항에서는 일단 문제가 되지 않는다.

중심을 두어야 하기에, 위의 부분에 대한 인용은 생략하고, 바로 탄생
에서 건국까지 다룬 뒤의 부분을 인용하여 비교하기로 한다.

유화가 우발수에 쫓겨난 뒤의 기록은 다음과 같다.

어부가 금와왕(金蛙王)에게 고하기를 "근자에 발 속의 고기를 훔쳐
가는 일이 있사온데 어떤 짐승인지 알 수 없사옵니다."라 하였다. 왕이
어부를 시켜 그물로 끌어올리게 하자 그물이 찢어졌다. 다시 쇠 그물을
만들어 이끌어 내어서야 비로소 한 여자(하백녀 유화)를 얻었더니, 돌
에 앉아서 나왔다. 입술이 길어서 말을 못하기에 세 번 자른 연후에야
말을 하게 되었다. 왕이 천제(天帝)의 왕비임을 알고 별실에 있도록 했
더니, 품속에 햇빛이 비치어 잉태했다. 한(漢)나라 신작(神雀) 사년, 계
축(癸丑) 여름 사월에 주몽을 낳았다. 울음소리가 아주 크고 골격이 뛰
어났다. 처음에 날 때 왼쪽 옆구리에서 한 알을 낳으니, 크기가 닷되들
이 가량이었다. 왕이 괴이히 여겨 말하기를, "사람이 새의 알을 낳았으
니 상서롭지 못하다." 하였다. 사람을 시켜 이를 말우리에 두었더니 말
들이 밟지를 않고 깊은 산에 버려도 온갖 짐승이 보호해 주었다. 구름
이 끼고 음침한 날이면 알 위에 항상 햇빛이 비치고 있었다. 왕이 알을
가져다가 어미에게 보내어 기르도록 했다. 한 달이 되매 알이 열려서
한 남아를 얻게 되었다. 난 지 한 달도 안 되어 언어가 아주 통하였다.
어미에게 말하기를, "파리 떼가 눈에 덤벼 잘 수가 없으니, 어머니가 활
과 살을 만들어 주시오." 하였다. 어미가 갈대로 활과 살을 만들어 주었
더니, 물레 위의 파리를 쏘아 맞추었다. 속(俗)에 이르기를 활을 잘 쏘
는 사람을 주몽이라 불렀다. 나이가 들어 커가니, 재능이 갖추어졌다.
금와에게는 일곱 아들이 있어, 항상 주몽과 함께 사냥을 하였다.

왕자와 종자가 40여 인인데도 사슴 한 마리밖에 못 잡았으나, 주몽이

쏘아 잡은 사슴은 훨씬 많았다. 왕자들이 시기하여 주몽을 잡아 나무에 묶어놓고 그 사슴은 빼앗아 갔으나, 주몽은 나무를 뽑아 버리고 돌아왔다. 태자가 왕에게 아뢰기를, "주몽은 귀신같은 장사이고 안목이 비상하오니 만약 일찍 도모하지 않는다면 반드시 후에 근심이 있을 것입니다."라고 하였다. 왕이 뜻을 떠보려고 주몽으로 하여금 말을 기르도록 하였다. 주몽은 한을 품고 어미에게 말하기를, "저는 천제의 자손으로 남의 말을 먹인다는 것은 죽느니만 같지 못하니 남쪽으로 가서 나라를 세울까 합니다. 그러나 어머니가 계시니 감히 스스로 결단할 수가 없습니다."하니, 그 어미가 말했다. "이는 내가 밤낮으로 마음 썩은 바다. 내가 듣자니 장사가 먼 길을 떠날 때는 모름지기 좋은 말이 필요하다더라. 내가 능히 말을 고를 줄 안다." 하고는 말 우리로 갔다. 긴 채찍으로 마구 치니 뭇 말이 놀라 달아나는데, 한 말이 두 길이나 되는 난간을 뛰어 넘었다. 주몽이 훌륭한 말임을 알고 남몰래 바늘을 혀뿌리에 꽂아 두었다. 그 말은 혀가 아파 심히 야위게 되었다. 왕이 마목(馬牧)을 순행하다가 뭇 말이 살찐 것을 보고 기뻐하고 야윈 말을 주몽에게 주었다. 주몽은 이를 얻어 바늘을 뽑고 잘 먹였다. 몰래 오이(烏伊), 마리(摩離), 협보(陜父) 등 3인과 손을 잡고 남행(南行)하여 개사수(蓋斯水)에 이르렀다. 건너자니 배가 없고 쫓아오는 군사들이 닥칠까 두려워서 채찍으로 하늘을 가리키며 한숨짓고 탄식하여 말하기를 "나는 천제의 손자요, 하백 외손자입니다. 지금 피난하여 여기까지 왔나이다. 황천(천신)과 후토는 외로운 이 자식을 살피어 속히 배와 다리를 마련해 주소서." 이 말을 마치고 활로 물을 치니, 물고기와 자라들이 떠올라 다리를 이루었다. 주몽은 이내 건널 수 있었다. 이윽고 추병(追兵)이 물가에 이르렀으니, 어별교(魚鼈橋)가 무너져 버리자 이미 다리에 오른 자들은 몰사하였다. 주몽이 (어머니와) 작별할 때 차마 떠나지 못하니 그 어미가 말하였다. "애야, 애미 걱정일랑 하지 말아라." 그러고는 오곡의 종자를 싸 주었다. 주몽은 생이별하는 아픈 마음에 그만 그 보리씨를 잊어버렸다. 주몽이 큰 나무 밑에서 쉬고 있는데, 한 쌍의 비둘기가 날아들었다.

주몽이 말하기를 "이는 틀림없이 어머니가 사자를 시켜 보리씨를 보내온 것이다."하고는 활을 당겨 쏘니, 한 화살에 다 떨어졌다. 목구멍을 열어 보리씨를 얻고는 물을 비둘기에게 뿜자, 다시 살아나서 날아갔다. 왕이 졸본천(卒本川)에 이르러 비수(沸水)의 상류에 집을 짓고 국호를 고구려(高句麗)라 하였다.[9]

이를 동명계기록의 정리 순으로 정리해 보면 다음과 같다.

① 부여국의 하백녀 유화가 일광(日光)에 의해 임신함.

② 난생(卵生)한 주몽을 왕이 버림.

③ 조수보호.

④ 주몽의 선사 목마.

⑤ 왕자의 시기를 피해 주몽이 남으로 도망함.

⑥ 개사수(蓋斯水)(엄체 대수)에서 어별의 도움으로 도하.

⑦ 고구려 건국.

이상, 양 기록의 내용을 알아보았다. 이제 이것을 토대로 양 기록이 가지고 있는 차이점과 공통점에 대하여 비교, 해석해 보기로 하자.

---

9) 세종실록지리지, 평양조.

2) 양 기록의 차이점

위의 양 기록의 내용에서 우리는 다음 몇 가지 차이점을 지적할 수 있다.

첫째, 기록의 주인공명이 다르다.

A)에서는 '동명'으로, B)에서는 '주몽'이다. 이는 본문에서만은 중출(重出)됨이 없이 통일을 이루고 있다.[10]

둘째, 주인공의 출생지와 건국명이 다르다. A)에서는 북이의 한 나라인 탁리국(삭리국索離國 · 고리국槀離國 · 탁리국橐離國)에서 태어나 남주(南走)하여 부여를 세운 것으로, B)에서는 부여에서 태어나 남주하여 고구려를 세운 것으로 되어 있다.

셋째, 주인공의 잉태 경위와 탄생 양상이 다르다.

A)에서는 천강한 알을 먹고 임신되어 태생한 것으로, B)에서는 일광조지(日光照之)로 임신되어 난생이다.

넷째, 남주의 동기가 다르다.

A)에서는 왕위를 빼앗길까 염려한 왕의 살해의도로, B)에서는 왕이 아닌 왕자 신하들의 시기와 음모를 피해 도망하고 있다.

이와 같은 양계기록의 차이는 두 기록이 별개의 시조신화에 대한 기록임을 그대로 노정하고 있다고 보인다.

우리는 주인공의 명이 다르고, 탄생경위, 탄생지, 건국명 등이 확연히 구분되는 기록상의 차이를 간과해서는 안 될 줄 안다. 더구나 그것

---

10) 이에 대해 의문이 제기될 수 있다. 주몽계기록 중에서 〈동명왕〉이란 칭호가 출현하기 때문이다. 그러나 이때의 〈동명〉은 예외없이 시호로서의 '동명'이지, 명으로서의 '동명'은 아님을 알아야 한다. 이에 대해선 3)항에서 언급하기로 한다.

이 고대국가의 시조에 관련 되어져 있는 점에서, 기록에의 충실한 해석 검토는 더욱 요구되는 것이다.

따라서 기록상의 변별적 차이로 보아 A)는 부여의 건국시조인 '동명'에 대한 기록이요, B)는 고구려의 건국시조인 '주몽'에 대한 기록으로 구분함이 타당하다고 본다. 아래와 같은 북사의 기록은 이러한 심증을 더욱 굳게 한다.

북사 백제조에서는 이렇게 기록했다.

> 백제는 마한에 속해 있는데, 삭리국에서 나왔다. 그 나라 왕이 출타한 뒤에 시비가 말하기를, "전날에 하늘로서 달걀만한 기가 내려와 느낀 까닭에 임신하였나이다"라 했다. 왕이 그녀를 버려두니, 후에 아들을 낳았는데, 왕이 돼지우리에 두니 돼지가 입김을 불어주어 죽지 않았다. 후에 마굿간에 옮겼으니 마찬가지였다. 왕이 신으로 생각하여 명하여 기르게 하고, 이름을 동명이라 했다. 자라매, 활을 잘 쏘아 왕이 그 용맹을 시기하여 다시 죽이려 했다. 이에 동명은 남으로 도망하여, 엄체수에 이르러, 활로 물을 치자 어별이 다리를 만들어 주어 동명은 이를 타고 건너가 부여에 이르러 왕이 되었다.[11]

위와 같이, 여기에서는 부여시조 '동명'의 기록을 전하는 한편, 동서(同書) 고구려조에서는 이렇게 기록하였다.

---

11) 북사 권 94, 백제조.
　百濟之國, 蓋馬韓之屬也, 出自索離國. 其王出行, 其侍兒於後妊娠, 王還, 欲殺之. 侍兒曰：前見天上有氣如大雞子來降, 感, 故有娠 王捨之. 後生男, 王置之豕牢, 豕以口氣噓之, 不死, 後徙於馬闌, 亦如之. 王以爲神, 命養之, 名曰東明. 及長, 善射, 王忌其猛, 復欲殺之. 東明乃奔走, 南至淹滯水, 以弓擊水, 魚鼈皆爲橋, 東明乘之得度, 至夫餘而王焉.

　고구려는 그 선조(先祖)가 부여에서 나왔다. 왕이 일찍이 하백녀를 얻어 방안에 가두어 두었더니 해가 비추이는지라 몸을 끌어 이를 피해도 햇빛이 쫓아와 잉태하게 되어 다섯 되 만한 알을 낳았다. 부여왕이 이를 버려 개에게 주니 개가 먹지 않고, 돼지에게 주어도 먹지 않고, 길에 버리니 마소가 피하고, 들에 버리니 뭇새들이 털로 감싸 주었다. 왕이 갈라보려 했으나, 부수지 못하고 마침내 그 어미에게 돌려주었다. 어미가 물건으로 싸서 따뜻한 곳에 두었더니, 한 사내아이가 부수고 나왔다. 주몽이라 불렀는데, 그 나라 속언에 주몽은 활을 잘 쏜다는 뜻이다. 부여인이 주몽이 사람의 소생이 아니라 해서 없애기를 청했다. 왕이 듣지 않고 주몽의 선악간의 뜻을 시험해 보려고 말을 기르라 명했다. 주몽이 좋은 말은 밥을 줄여 마르게 하고, 둔한 말은 잘 먹여 살지게 했다.

　부여왕이 살진 것은 자기가 타고, 마른 것은 주몽에게 주었다. 후에 밭에서 사냥할 때, 주몽이 활을 잘 쏜다 하여 화살 한 대를 주니, 주몽이 비록 한 대의 화살이나, 죽인 짐승이 아주 많았다. 부여의 신하들이 또 주몽을 죽일 것을 꾀하니, 그 어미가 주몽에게 알려주는지라, 이에 주몽이 두 사람과 함께 동남쪽으로 도망했다. 도중에 대수를 만나, 건너려 하나 배는 없고 부여인의 쫓아옴이 아주 급한지라, 주몽이 물에게 고하였다. "저는 태양의 아들이요, 하백의 외손입니다. 이제 추격병이 거의 미쳤으니 어찌해야 건널 수 있사오리까?" 그러자 어별이 다리를 만들어 주몽은 건넜다. 어별이 곧 흩어져 추병은 건너지 못했다. 주몽이 보술수(普述水)에 이르러서, 마의(麻衣), 납의(衲衣), 수조의(水藻衣)를 입은 삼인(三人)을 만나 함께 흘승골성(紇升骨城)에 이르러 거기서 거(居)했다.

나라 이름을 고구려라 했다.[12]

위에서 보는 것처럼, 이는 고구려시조 주몽에 대한 기록을 전하고
있다. 이렇게 북사에서 양국의 시조신화를 구분하여 기록하고 있음은
양계기록이 별개의 시조신화기록임을 방증하는 좋은 예라고 보지 않
을 수 없다.

또한 동명왕편의 작자 이규보가 읽었다는 중국 측 기록이 다 같이
주몽계 기록인 「위서」, 「통전」이라는 사실[13]도 이규보 자신이 동명 기
록과 주몽 기록을 구분하고 있었다는 한 단서(端緒)가 되지 않을까 생
각된다.

그러면 서상(叙上)의 차이에도 불구하고 주몽기록과 동명기록을
동일시하는 이유는 무엇일까? 그 내용인즉 이렇다.

첫째, 동명계기록의 '탁리(橐離)'는 위략(魏略)에는 '고리(槀離)'로
된 것으로 보아, 이는 필시 '구려(句麗)' 혹은 '고려(高麗)'의 이사(異
寫)일 것이다.[14]

---

12) 북사 권 94, 고구려조. 高句麗, 其先出夫餘. 王嘗得河伯女, 因閉於室內, 爲日所照,
引身避之, 日影又逐, 旣而有孕, 生一卵, 大如五升. 夫餘王橐之與犬, 犬不食；與豕,
豕不食；棄於路, 牛馬避之；棄於野, 衆鳥以毛茹之. 王剖之不能破, 遂還其母. 母以
物裹置暖處, 有一男破而出. 及長, 字之曰朱蒙. 其俗言「朱蒙」者, 善射也. 夫餘人以
朱蒙非人所生, 請除之. 王不聽 命之養馬. 朱蒙私試, 知有善惡, 駿者減食令瘦, 駑者
善養令肥. 夫餘王以肥者自乘, 以瘦者給朱蒙. 後狩於田, 以朱蒙善射, 給之一矢. 朱
蒙雖一矢, 殪獸甚多 夫餘之臣, 又謀殺之, 其母以告朱蒙, 朱蒙乃與焉違等 二人東
南走. 中道遇一大水, 欲濟無梁. 夫餘人追之甚急, 朱蒙告水曰：我是日子, 河伯外孫,
今追兵垂及, 如何得濟? 於是魚鼈爲之成橋, 朱蒙得度. 魚鼈乃解, 追騎不度. 朱蒙遂
至普述水, 遇見三人, 一著麻衣, 一著衲衣, 一著水藻衣, 與朱蒙至紇升骨城, 遂居焉.
號曰高句麗.
13) 이규보, 동명왕편 서문, "吾曹所說及讀魏書通典亦載其事云云".
14) 이병수, op. cit., p. 216.

둘째, 동명이 건넜다는 '엄호(掩淲)'는 '엄니(掩尼)'의 이사(異寫)일
것이며, 이는 주몽계기록인 광개토왕릉비의 '엄리(奄利)'를 지칭한다
고 본다.[15)

따라서 동명계의 기록은 고구려시조의 전설을 오전(誤伝)한 것이
니, 동명이 부여에서 도망하여 엄호(奄淲)(엄니掩尼)수를 건너 탁리
(橐離)(고리(槀離))국에 와서 왕이 되었다는 것을 전도(顚倒)하여, 후
자로부터 전자로 도망한 것과 같이 오문오전(誤聞誤伝)한 것이라고
본다는 것이다.

이러한 추론은 필자로 하여금 몇 가지 의문을 갖게 한다.

첫째, 1세기에 기록된 논형의 '탁리'나 5세기의 후한서, 7세기의 북
사에 기록된 '삭리(索離)'는 도외시(度外視)하면서, 3세기 기록인 위
략의 '고리(槀離)'만을 취하여 '구려(句麗)', '고려(高麗)'와 관련시킴
은 과연 타당성이 있는가? 더구나 '탁리(橐離)'는 북부 중국 위(魏)의
북방인 흉노지(匈奴地)일 것이라는 견해[16)도 있고 보면 더욱 의문스
럽다.

둘째, '엄호(掩淲)'의 이기(異記)에는 '엄체(掩滯)'·'엄수(掩水)'도
있는데, 구태여 광개토왕릉비문의 '엄리(奄利)'에 관련지어 '엄니(掩
尼)'의 오기(誤記)라고까지 비약할 수 있을까?

이런 의문을 가지고, 위 견해를 검토해 볼 때, 이에는 적지 않은 논
리의 비약이 있음을 발견할 수 있다.

논형을 비롯한 사서에 나타나는 부여시조 동명의 전설을 처음부터

---

15) Ibid.
16) 박시인, "동명왕난생이주설화의 연구", 서울대 논문집 12집(서울 : 서울대학교,
    1966), p. 438.

"애매모호하여 신빙하기 어려운 것"[17]으로 전제한 데 대한 기본적인 입증도 없이, 단지 줄거리 상의 유사성-감생아(感生兒)로서 종종(種種)의 이호(異護)가 있고, 성장하여 왕에게 용납되지 못하고 남으로 달려와 물을 건너 왕이 되었다는- 만을 가지고 '동명 기록은 '주몽' 기록의 오전(誤伝)된 것으로 단정하고 있는 것이다.[18]

이렇게 다분히 연역적(演繹的)으로 두 기록이 동일한 것이리라는 전제에서 출발할 때, '탁리(橐離)→고리(槁離)→구려(句麗)', '엄호(掩淲)→엄니(掩尼)→엄리(奄利)'의 비약적인 추론이 결과 될 수밖에 없었다.

이처럼 서상(叙上)의 동일시 견해는 동명기록 자체를 주몽전설의 전도(顚倒)·오전(誤伝)된 것으로 보는 데에서 논리의 비약과 문제성을 초래하였다. 그렇다면 우리는 동명기록을 믿어주는 데에서 출발해야 할 것이다. 부여시조 '동명'의 기록을 독립된 충실한 기록이라고 보자는 것이다. 나타난 그대로의 독자적인 차이를 인정하자는 것이다. 이렇게 보는 것이 논리의 비약이나 편견을 줄일 수 있는 길이라고 생각한다.

물론 이러한 입장이 성립하기 위해서는 해명해야 할 문제가 있다. 서상의 동일시 견해의 출발이 된 양 기록의 유사공통성은 어디서 연유했는가 하는 문제다. 이 문제가 해명된다면, 양 기록을 별개의 시조 신화기록으로 보자는 필자의 견해는 좀 더 분명해 지리라 믿는다.

---

17) 이병수, op. cit., p. 216.
18) Ibid.

3) 양 기록의 공통점

동명계기록과 주몽계기록은 개별적인 차이에도 불구하고, 상통하는 공통모티브를 공유하고 있다. 천강일자(天降日子) 모티브, 기아(棄兒) (기란棄卵) 모티브, 선사(善射)·목마(牧馬) 모티브, 망명 모티브가 그것이다. 이제 이러한 공통 모티브들의 보편성을 지적함으로써 이들이 양국의 시조신화에서 중출(重出)될 수 있는 근거를 밝히기로 한다.

(1) 천강일자[19] 모티브

양계기록의 주인공은 모두 천강일자라는 공통모티브를 가지고 있다. 그런데 이 모티브는 양 기록 특유의 것은 아니다. 나라의 시조가 천강일자라는 시조신화는 중국 북방에서부터 부여, 고구려를 거쳐 일본까지 이동하는 한편, 중국 북동변에 있었던 흉노(匈奴), 선비(鮮卑), 예맥(濊貊) 등에도 알려진 것으로 보인다.

가야시조 수로왕(首露王), 신라시조 혁거세(赫居世) 등도 천강한 알에서 나온 천강일자란 점에서 동계통(同系統)에 속한다. 선비의 단석괴(檀石槐)에 관한 이야기에 나오는, 천강하는 우박(알形)을 먹고 임신한 이야기[20]도 이에 속한다. 뿐만 아니라, 장백산 지수에 천강하여 목욕하던 천녀가 물가에 벗어놓은 옷에 까치가 떨어뜨린 붉은 열매(알形)를 삼키고 임신했다는 청국시조설화도 동계통의 이야기이

19) 박시인, "알타이계 천강일자설화 연구", 문화비평 1권 3호(서울 : 아한학회, 1969) 참조
20) 위지동이전(魏志東夷伝)

다.[21]

이와 같은 기록은 동명, 주몽기록에 나타나는 천강일자 모티브가 알타이계 제이동민족 공유의 것임을 밝혀주고 있다.

한편 이 천강일자 모티브는 H-R-L-C 공통유형[22] 중의 제1항, '고귀로운 혈윤이되 그 회임에 장애가 있었거나 아니면 회임 자체가 비정상이다'와도 관련된다. 천강한 알이나 우박에 의해 또는 일광조지로 임신하였음은 '비정상적인 회임'면에서 통하기 때문이다. 또한 혈통을 인간이 아닌 천(天)에 두고 있음은 '고귀한 혈윤'임을 강조하는 면에서 통한다고 볼 수 있다.

이상으로 볼 때, 동명계기록과 주몽계기록의 공통요소인 천강일자 모티브는 알타이계 이동민족 공유의 것임은 물론, 나아가서는 서구민담과도 통하는 것을 알았다.

따라서 단순한 내용상의 공통유사성만으로 양 기록을 동일 시조신화시하는 견해는 재고되어야 할 것이다.

(2) 기아(棄兒) 모티브

동명계기록에선 태생한 '동명'이 왕에 의해 버려지고, 주몽계기록에선 난생한 '주몽'이 알의 상태로 버려진다. 이런 기아 모티브[23] 역시 양

---

21) Ibid., pp. 450~451.
22) 이는 Hahn, Rank, Lord Ruglan, Campbell의 네 사람이 명명하여 다시 추출한 서구 민간산문의 전기적 유형을 김열규 교수가 종합하여 다시 추출한 공통유형을 말한다. (김열규, 한국민속과 문학연구, p. 58.)
23) 주몽기록의 기란(棄卵)은 기아(棄兒)의 한 변형으로 보아 같은 기아 모티브로 본다.

기록 특유의 것은 아니다. 탈해[24], 알지[25], 수로[26], 혁거세신화[27]에서도 기아 모티브는 찾아볼 수 있다. 알지는 "구름 속에 황금 궤짝이 있어 (雲中有黃金櫃)"라 하여 궤짝에 담겨 시림(始林)에 버려진 상태로, 수로는 금상자(金合子)에 담겨 구지봉(龜旨峰) 상에서, 혁거세는 알의 상태로 양산(楊山)에 버려진 채로 발견되고 있는 것이다.

중국 서(徐)의 언왕신화(偃王神話)에서도 언왕(偃王)은 수빈(水濱)에 버림받았고[28], 후직(後稷) 역시 버림을 받아 그 이름까지 '기(棄)'라 하였음을 볼 수 있다.[29] 구약 출애굽기 그 장에 나타난 모세의 탄생이야기[30], 미케네의 창시자 페르세우스 신화[31] 등도 모두 기아 모티브를 반영하고 있다.

이처럼 기아 모티브는 범세계적으로 분포되어 있음을 알 수 있다. 따라서 동명·주몽기록에 나타나는 기아 모티브는 인류의 보편적인 신화적 발상법의 하나로서 파악되어져야 할 것이다. 아울러 이런 사

---

24) 삼국유사 권1. 탈해왕조.
25) Ibid.
26) 삼국유사, 권2, 수로왕기.
27) 삼국유사 권1. 신라시조 혁거세조.
28) 후한서 동이전
　　傳物志曰 徐君宮人娠而生卵 以爲不祥 棄於水濱 孤獨母 有大 名鵠倉 持所棄卵 銜以歸母 母覆暖之 遂成小兒 生而偃故以爲名 宮人聞之 乃更錄取 長襲爲徐君 尸子曰 偃王有筋而無骨 故曰偃也
29) 사기, 주본기
　　周后稷名棄 其母有邰氏女曰姜原 姜原爲帝嚳元妃 姜原出野見巨人跡 心忻然說欲踐之 踐之而身動如孕者 居期而生子 以爲不祥棄之隘巷 馬牛過者皆辟不踐 徙置之林中適會山林多人 遷之而棄渠中水上飛鳥以其翼覆薦之 姜原以爲神遂收養長之 初欲棄之因名曰棄
30) 구약 출애굽기 2장 1절~3절
31) Gayley. Charles Mills, The Classic Myths(New York, 1939), pp. 209~214.

실은 '동명'의 기록과 '주몽'의 기록에 나타나는 기아 모티브의 중출 가능성을 충분히 설명해 준다고 보인다.

(3) 선사(善射)·목마 모티브

'동명'이나 '주몽'은 모두 활을 잘 쏘았고, 말을 길렀다고 전한다. 그 러면, 흉노(탁리국)가 속했을 부여의 생활에 대한 기록과 연구 내용을 통해서 그 중출 가능성을 알아보자.

알타이계인의 생활상황은 크게 이동적인 것과 안주적인 것으로 이 분(二分)될 수 있다. 몽골 사막과 북동 만주의 임야에서는 유목과 수 렵을 생계로 삼았고, 지미(地味)가 비옥하고 기후가 온화한 남방에서 는 농업을 본위로 토착생활을 하였다.

이동적 북방생활의 예로서 흉노의 경우를 보면 마(馬), 우(牛), 양 (羊) 등 가축을 거느리고 이동하며, 살기 좋을 때는 목축과 수렵을 생 업으로 삼고 있었음을 볼 수 있다.[32] 남방(南方) 중 부여(夫餘)에서도 농사(農事)와 함께 목축(牧畜)도 큰 비중(比重)을 차지하였다.

위지 부여전(巍志夫餘伝)에 "기국(其國)은 생(牲 : 제사에 쓰이는 소나 돼지 따위의 짐승)을 선양(善養)하고 명마(名馬)를 출(出)한다." 라 하고, "개육축(皆六畜)으로써 관명(官名)하고, 마가(馬加), 우가 (牛加), 저가(猪加), 구가(句加) 등이 있다." 하였다. 또한 그들의 천막 안에는 목마신이 모셔져 있었음을 볼 때 부여인은 농사보다 목축을

---

32) 박시인, "알타이계 천강일자설화연구", p. 462.

좋아한 듯하다.[33]

위의 위지(魏志) 기록에 나타난 그들의 관직명인 마가(馬加), 우가(牛加) 등(等)은 목축 경제시대의 축산별(畜産別)에 의한 족장의 칭호가 그대로 계급분화에 잔존한 것이라 보인다. 아울러 이들 축산은 농경시대에 있어서도 중요한 자본을 이루고 있었다고 추찰된다.[34]

이러한 사실들 - 부여북방에 있었던 흉노와 고구려북방에 있던 부여가 목축을 하였다는 - 은 '동명'과 '주몽'이 각기 그 출생지에서 목마의 일을 맡을 수 있는 가능성 내지 근거를 마련해 주고 있다.

한편, 주인공들의 선사(善射) 모티브는 어떻게 볼 것인가?

일반적으로 알타이계 군주들은 유목에 활을 잘 쏘았다. "그 민속에서 주몽이란 말은 활을 잘 쏘는 사람을 일컫는다(其俗言朱蒙者善射也)."라 하였음을 보아 수긍이 간다.[35]

또한 동이민족의 영웅은 고래로 궁(弓)과 관계가 깊었던 모양이다. 설문(說文)에서, 동이(東夷)의 어원과 관련하여, "이는 동방 사람들을 이르는 말로서, 큰 활을 사용하기 때문에 그렇게 적는다(夷東方之人從大從弓)."라고 한 것을 보아 그렇게 생각한다. 큰 활(大弓)을 사용하기 때문에 한족으로부터 이(夷)란 칭호로 불린 듯하다.

위지(魏志)에서 고구려왕에 대하여 언급한 것도 참고할 만하다. "역용(力勇)〉이 있고, 편마(鞭馬)에 능하며, 엽사(獵射)를 잘한다."라고 한 것이 그것이다.[36]

---

33) 이재수(李在秀), op.cit., p.31.
34) 이병도(李丙燾), op.cit., p.213.
35) 박시인(朴時仁), "알타이계(系) 천강일자설화연구(天降日子說話研究)", p.477.
36) 이재수(李在秀), op.cit.,P.34.

단편적이지만 이런 사실을 고려할 때, '동명'이나 '주몽'이 알타이계 군주로서든 동이민족의 영웅으로서든, 선사자(善射者)였을 소지를 가지고 있다고 보인다.

(4) 망명 모티브

시조가 타지에서 도망하여 왔다는 망명모티브 면에서도 양자는 공통하고 있다. 이는 알타이계 대이동민족의 이동성을 고려하면 쉽게 이해가 되리라 본다. 북방에서 새로운 알타이계 이동 군주가 파상적으로 진공(進攻)해 와서, 이미 토착한 민호(民戶)를 남하시키고 그 자리에 토착하는 예는 많이 볼 수 있다.

중국의 경우, 진(晋), 송(宋)이 강북에서 강남으로 이동한 것, 금, 원, 청의 입중(入中)과 중국화(中國化) 등이 그 현저한 예이다. 동국(東國)의 경우 북부여, 동부여, 졸본부여, 남부여의 이동 및 거란, 금, 여진, 후금(청)의 남침도 같은 예이다. 주몽계기록 가운데, 해모수가 해부루를 동부여로 내몰고, 그 자리에 도읍하는 이야기도 바로 이런 민족이동의 양상을 반영시킨 것으로 풀이된다. 이런 사실은 부여의 시조, 고구려의 시조가 망명인일 수 있는 역사적 현실적인 근거가 되고 있다.

더욱이 위지(동이전) 부여조를 보면 "나라의 노인들이 스스로 말하기를, '옛날에 도망쳐 온 사람(國之耆老 自說古之亡人)'이라 하였다. 또 〈나라에 오래된 성이 있으니, 그 이름을 예성이라 한다. 본래 예맥 땅인데, 부여가 그 가운데 들어가 왕 노릇을 하였는바, 스스로 말하기를, '도망쳐 온 사람'이라 하였으니, 있을 수 있는 일이다(國有故城, 名

濊城, 蓋本濊貊之地, 而夫餘王其中, 自謂亡人, 抑有以也).”라 하였다. 예맥족의 하나인 부여의 시조가 타처에서 망명해왔다는 사실을 그들 스스로 밝히고 있는 셈이다. 이는 부여시조 〈동명〉이 〈주몽〉 기록과 무관히 망명인일 수 있는 또 하나의 결정적인 근거라고 보아야 할 것이다.

3. 주몽계기록의 '동명'에 대하여

위에서 기록상의 근거를 들어 동명계기록과 주몽계기록이 별개의 시조신화기록임을 밝혀 보았다. 이렇게 주몽신화기록을 주몽계문헌기록만으로 한정했을 때, 제기되는 문제가 있다. 주몽계기록에 나타나는 '동명'의 문제다.

동명왕편의 '동명왕', 삼국사기의 '동명성왕)', 제왕운기의 '동명'이 그것이다. 얼핏 볼 때 〈동명 즉 주몽〉이라는 인식을 갖게 할 수 있는 가능성을 지니고 있다.

그러나 이것이 서상에서 밝힌 본고의 입장을 약화시키지는 않는다. 왜냐하면 주몽계기록들에서 나타나는 '동명'은 명(名)으로서가 아니라 시호로서의 '동명'이기 때문이다. 따라서 동명계기록의 명(名)으로서의 '동명'을 주몽계기록의 시호로서의 '동명'과 혼동 내지 동일시할 수는 없다.[37]

그러면 현전 주몽기록 중 최고(最古)의 것인 광개토왕릉비에도 나

---

37) 주 10 참조.

타나지 않는 '동명'이란 시호가 후대의 기록들에서 출현함은 어떤 연유에서일까?

시호는 임금, 정승, 유현(儒賢)들의 공덕을 기리어 죽은 뒤에 주던 이름이다. 따라서 시호는 고인(故人)의 공덕내용에 유연성있게 칭해지는 예가 많았다. 고구려 10대왕의 시호인 〈광개토왕〉 역시 그의 놀라운 '광개토(廣開土)'의 공을 기리는 의도가 나타나 있음을 본다.

여기서 우리는 '주몽왕'과 '동명왕'이란 두 시호의 어의에 대해 살펴봄으로써 고주몽기록에 〈동명〉이란 시호가 출현할 수 있는 개연성을 밝혀보기로 하자.

광개토왕릉비엔 '주몽'을 '추모왕', 모두루묘지엔 '추모성왕'이라 시호했다. 물론 여기서의 '추모'는 '주몽'의 이표기(異表記)이다.[38]

'주몽'의 어의는 위서의 기록대로 '선사자(활 잘 쏘는 사람)'를 뜻한다. 따라서 '주몽'은 그의 명(名)이면서 동시에 재능을 표상하고 있다. 사실 그의 일대기를 볼 때, 그에게 있어 활은 큰 비중을 차지한다. 어렸을 때, 비범성을 보인 것도 선사였으며, 성장하여 왕자들의 질투를 사는 동기도 여기에 있었다. 그 중에서도 남주시(南走時) 엄수(淹水)앞에서 활로 물을 두드렸더니 어별이 다리를 놓아주었다는 대목에서 활의 신령력(神靈力)까지 엿볼 수 있다. 구약 출애굽기에서 홍해를 가른 모세의 지팡이를 연상시킨다. 또한 비류왕(沸流王) 송양(松壤)과 경시할 때, 그가 천제자(天帝子)임을 입증해 준 것도 바로 선사술이었다.

이렇게 고구려 건국에 지대한 역할을 한 〈주몽〉시조의 선사적인 재능은 후세인들로 하여금 그의 공덕을 기리는 시호로 삼기에 충분했으

---

38) 이재수, op.cit., p. 23.

리라 본다. 따라서 장수왕 2년(AD.414)에 세워진 광개토왕 비문에 나타난 '추모왕'은 왕의 명(名)과 재능을 동시에 표현한 '주몽'을 시호로도 잉용(仍用)한 것이라고 볼 수 있다.

그러면 '추모왕' 다음에 등장한 '동명왕'이란 시호는 어떻게 될 것인가?

'동명왕'의 '동명'은 '시붉'이란 듯이다. '시'는 동방, '붉'은 광명·태양을 가리킨다.[39] 이는 알타이 이동민족의 태양숭배관념과도 그대로 통하고 있으니, 알타이계 각국의 왕명(王名)과 왕국명이 모두 이에 연원(淵源)하고 있기 때문이다.[40]

즉 '동명왕'이란 시호에는 '동방을 새로 밝힌 왕' 내지 '동방의 태양'이라는 찬양이 내재되어 있는 것을 알 수 있다. 그리고 이런 시호는 고구려를 창시한 천강일자 '주몽'에게 잘 어울리는 시호이다.

따라서 전대에 불러어진 '추모왕'이란 시호에 만족하지 않고 – 휘자(諱字)를 잉용(仍用)한 것이 못내 미안스러웠는지도 모른다.[41]

천강일자 주몽시조의 감격스런 개국공덕을 기려 '시붉'의 의미를 지닌 '동명왕'이란 시호를 부여한 것이라 보인다.[42] 이렇게 시작된 '동명왕'이란 시호는 종래의 기록에 그대로 잉용(仍用)되었던 것이라 추정된다.

---

39) 양주동, 조선고가연구(서울 : 박문서관, 1942), p. 38.

40) 박시인, "알타이계 천강일자설화연구", p. 476.

41) 사실 고구려 28왕 중에서 휘와 시호가 중복된 경우는 나라를 잃은 보장왕밖에는 없다.

42) 삼국사기에서는 주몽 사망 사후에 바로 '동명성왕'이란 시호가 내려진 것으로 되어 있다. 그러나 이보다 앞선 광개토왕비문이나 모두루묘지에는 없는 것으로 보아 믿기 어렵다. 현재로서는 구삼국사 기록자가 처음 사용했을 것이라 추정할 수밖에 없다.

이상으로 보건대 주몽계기록의 '동명'은 어의(語義)상 찬양성에서 후대인이 붙인 시호이지 동명계기록의 명(名)으로서의 '동명'과는 구분됨을 알 수 있다.

4. 결어

이상, 〈주몽신화〉의 문헌기록에 대한 검토를 통해서 얻어진 결론은 다음과 같다.

첫째, 종래 〈주몽신화〉 기록으로 알려진 제 문헌기록은 주인공 면에서 동명계와 주몽계로 나누어진다. 이렇게 나눈 양 기록은 그 내용에 있어, 주인공명(名), 출생지, 잉태 경위, 건국국명, 남주(南走)의 동기 등에서 뚜렷한 차이를 보여 구별되고 있다. 따라서 양 기록은 별개의 시조신화 기록—동명계기록은 부여시조 '동명에 대한, 주몽계기록은 고구려시조 '주몽'에 대한 기록임을 알 수 있다.

둘째, 부여시조 '동명'의 신화기록이 개별적으로 존재할 수 있는 근거로서, 양 기록의 공통유사 모티브가 알타이계 이동민족 내지 세계적 보편성을 띤 것임을 밝힐 수 있다.

셋째, 주몽계기록에 나타나는 '동명'은 그 찬양적인 어의(語義)에서 후대에 붙여진 시호로서의 〈동명〉이다. 따라서 동명계기록의 명(名)으로서의 '동명'과는 구별해야 한다.

앞으로 주몽계기록 간의 면밀한 검토도 이루어져야 할 것이며, 이러한 문헌기록의 확립을 토대로 다각적인 분석이 펼쳐져야 할 것이다.

III

⟨금오신화⟩의 모방성과 창의성

1. 서언

〈금오신화(金鰲新話)〉는 선초(鮮初) 매월당(梅月堂) 김시습(金時習)이 지은 한문 단편 소설집으로서 본격적인 한국 창작소설의 효시를 이룬다. 그 문학사적 의의가 큼에 따라서 1927년, 육당(六堂)에 의해 「계명(啓明)」 19호에 소개된 이래 많은 연구가 속출하였다.[1]

이제까지의 연구사에서 가장 두드러진 것은 작가론과 〈전등신화(剪燈新話)〉와의 비교라 볼 수 있다. 특히 〈전등신화(剪燈新話)〉(이하

---

1) 김태준, 조선소설사(서울 : 학예사, 1939), pp. 56~61.

　박성의, "비교문학적 견지에서 본 금오신화와 전등신화", 고대 문리론집, 제 3집 (1958).

　이재수, "금오신화고", 한국소설연구(서울 : 형설출판사, 1969 pp. 41~103.

　정병욱, "김시습연구", 서울대 문리집, 7(1958).

　집정주, 동매월당 김시습 연구(서울 : 신아사, 1965).

　임형택, "현실주의적 세계관과 금오신화", 국문학 연구, 13집(서울 : 국문학연구회, 1971).

　이석래, "금오신화의 전개적 고찰" 한국고전소설 (대구 : 계명대출판사, 1974), pp. 30~39.

: 전등)와의 비교 결과 주장되는 모방설은 작품의 가치에까지 연결되느니만큼 중요한 문제라 생각한다.

본고(本稿)에선 선학(先學)들의 연구에 힘입어 〈금오신화〉(이하 : 금오)의 모방성과 창의성을 살펴보고자 한다. 먼저 일반적인 모방과 독창과의 관계를 알아보고, 둘째로, 형식과 내용 면에서 금오신화의 모방성을 살핀 다음, 종래의 모방설에 대한 비판을 시도하고, 셋째로 소설적 연원(淵源)의 계승, 배경, 사상, 인물 면에서의 창의성을 구명(究明)해 보기로 한다.

2. 모방과 독창과의 관계

1) 모방의 개념

모방(模倣)이라고 하는 형상 그 자체가 꽤 다방면적이며 강조점도 논자에 따라 반드시 일치하지 않으므로 아직까지 그 표준적인 견해가 확립돼 있지 않은 형편이다. 따라서 모방의 정의 내지 범위 한정에는 시점에 따라 주관적으로 흐를 가능성이 많다.

문학비평에 있어서, 모방이란 말은 두 상이한 경우에 적용된다.

첫째는 문학과 다른 예술의 본질을 정의하는 데에 적용되며, 둘째는 한 문학작품과 그것이 모델이 되어준 작품과의 관계를 가리키는 데에 적용되는 것이다.[2]

---

2) M. H. Abrams, A Glossary of Literary Terms (New York : Holt, Rinehart and

아리스토텔레스가 『시학(詩學)』에서 "시는 인간행동의 모방"이라고 정의했을 때의 "모방"은 바로 전자의 경우이다. 즉 시는 어떤 인간 행동을 말이라는 새로운 매개체를 통하여 표현함으로써 모방한다는 것이니, 표현이나 묘사 그 자체를 의미한다고 하겠다.

이 글에선 구체적인 두 작품의 관계를 다루느니만큼, 후자의 경우에 한정해서, 사전적 정의를 중심으로 논지를 전개하겠다.

사전 정의의 첫째는 "본떠서 함. 본받음. 흉내를 냄[3]이다. 즉 남의 행동과 양식을 아무 비판 없이 그대로 받아들여 흉내냄을 의미한다.

두 번째는 "모방이란 종종 그 자체의 것이 아닌 기존의 재료로부터 기계적 역할, 기술, 노동에 의해 이루어지는 일종의 제작[4]이라고 한다. 즉 자기의 내부에 축적된 전통적 연원이나 양식이 없이 순전히 남의 재료에 의존하여 이루어지는 제작위(諸作爲)를 의미한다.

세 번째는 "다른 사람이나 동물의 행동을 관찰하고 그것에 자극되어 유사한 행동을 수행하는 과정" 또는 "다른 존재에 있어 지각된 행동양식을 적극적으로 재현하는 일"[5]이다. 이는 심리적 측면에서의 모방 개념인데 모두 남의 행동양식이 자극이 되어 이를 재현하는 과정으로서 모방을 파악하고 있다.

네 번째는 M. H. Abrams의 말인데, 모방은 고대작품을 잘 반영시킨

wineton, Inc 1971) p. 78.
"In literary criticism the word imition has two distinct applications : (1) to define the nature of literature and the other arts, and (2) to indicate the relation of one literary work to another literary work which served its model"
3) 이희승, 국어대사전(서울 : 민중서관, 1974), p. 980.
4) 김윤식, 문학비평용어사전(서울 : 일지사, 1974), p. 45.
5) 세계백과대사전, 7권(서울 : 서문당, 1977), p. 461.

문학작품을 해설하기 위해 사용되며, 고전의 형식과 정신이 현대화되었을 때, 두 작품의 관계를 의미한다고 한다.

고대 수사학자들과 비평가들은 시인은 문학 장르에 있어서 기존형식이나 고전작품을 모방해야 한다고 주장하였다.

천재 시인과 같이 극히 드문 경우를 제외하고 시인이 되기 위한 과정에는 고대 대가(大家)들의 표준적인 형식이나 스타일을 모방해야 한다는 생각이 18C를 지배했다. 그러나 대부분 중요한 위치를 차지하고 있는 비평가들은 단순한 모방은 충분하지 못하고 훌륭한 작품은 고전모델의 상세한 모방보다 오히려 고전형식과 정신을 모방하는 것이고, 또한 독자적인 재능을 갖고 있는 시인에 의해서만 이루어질 수 있다고 주장하였다.[6]

여기서 특기할 점은 모방이란 훌륭한 작품을 구성하기 위해 취해지는 합당하고도 필수적인 활동이란 것이며, 단순한 모방에서 벗어나 독자적 재능을 가진 시인에 의해 고전의 형식과 정신을 모방했을 때, 충분한 가치와 효과를 가진다는 점이다.

이상의 정의를 통합해 볼 때, 모방이란 외적 내적 요소가 모두 남의 것에 의존된 상태 하에서 행해지는 모든 문학 활동의 일반적이고도 필요한 과정임과 단순모방이 아닌 '고전의 현대화'적인 모방일 때 성과를 거둔다는 사실을 알 수 있다.

---

6) M. H. Abrams, op. cit. p. 89. 원문생략

2) 독창의 개념

모방의 대립 개념으로서 독창이 있다. 독창은 "처음으로 생각하여 만듦. 예술적 감흥을 문예, 회화, 음악 등의 작품으로서 독창적으로 표현하는 일[7]을 말한다. 즉 남의 것에 의존치 않고, 자기 자신의 것을 자신의 방법으로 창조함"을 의미한다.

이런 의미에서, "독창적인 것은 식물적 특성을 지니고 있다."고 말하여 질 수 있다. 이는 천재라고 하는 생명력이 넘치는 뿌리로부터 저절로 싹트는 것으로 자연스럽게 자라난 것이지 만들어진 것이 아니다.[8]

자기의 내적인 자질이 충일(充溢)한 가운데에서 자연스레 표출되는 자기실현이 바로 독창인 것이다.

3) 모방과 독창과의 관계

앞서의 개념 규정을 통해서 볼 때 모방과 독창은 일단 별개의 개념임을 알 수 있다. 모방이 타의 재료에 의존함에 비해 독창은 자기의 재료에 근거함이라든지, 전자가 부자연적인 일종의 제작임에 비해 후자는 자연적인 자기실현 내지 표출이기 때문이다.

그러면 양자는 단절 대립된 채 무관한가? 전술(前述)한 순수 개념 규정 상으론 분명히 대립 단절된 관계라 할 수 있다. 하지만 예술 일반의 사실과 현상에 비추어 볼 때, 양자는 단절이 아닌 긴밀한 유관성

---

7) 이희승, op cit. p. 980.
8) 김윤식, op cit. p. 45.

(有關性)을 지니고 있음을 본다.

　문학 및 예술 일반의 본질이 모방이라 한 아리스토텔레스의 말을 구태여 적용하지 않더라도, 순수한 의미에서의 독창이란 있을 수 없다고 봄이 타당하다. Abrams의 말처럼 "천재시인과 같이 극히 드문 경우를 제외하고"는, 고대 대가들의 표준적인 형식이나 스타일을 모방하는 것은 일반적인 사실이기 때문이다.

　이렇다고 볼 때, 한 작품이 어느 한 작품을 모방했다는 것은 그 형식이나 내용, 구문, 어법 등의 부분적인 인용이나 모방에 그치는 것이요, 여타 부분은 작가의 고유한 역량에 의해 창의성을 드러내는 과정을 말한다. 전체적인 모방 즉 고전작품의 상세한 모방은 작품으로서 가치가 떨어지며 불충분한 모방이라고 이미 언급한 바가 있다.

　여기서 필자는 모방과 독창의 합리적인 이해와 문학 작품에서의 양자의 관계를 올바르게 설명하기 위하여 '수용(포용)'이란 개념을 도입하기로 하겠다. 그 이유로는 모방과 독창을 단절관계로 볼 때는 예술 일반의 본질 면에서, 또 문학 활동의 사실면에서 난점이 대두되기 때문에 연속 발전 과정으로 보아서 처리하려는 것이다.

　'수용(포용)'을 환언하면, "감정, 충동, 환상 등의 모든 면에 걸쳐서 개방적이며 억압과 분열보다는 종합과 통합을 또 개인의 성격이나 능력의 어떤 면이든 부정하거나 제거하는 일이 없도록 하려는 노력의 형태를"[9] 말하는 것이다. 단순한 모방의 단계에서 내적인 개성과 자질을 통해 독창의 단계로 발전해 가는 그 통정의 과정을 '수용(포용)'이라고 볼 때, 모방과 독창과의 관계는 단절만이 아닌 수용(포용)으로

---

9) 김영기, "모방문학의 양식", 현대문학, 181호(서울 : 현대문학사, 1970.1), p. 304.

설명되는 발전 연속의 관계성도 가진다는 사실을 알 수 있다.

　여기서 우리는 모방의 단계에서 자기화와 수용이 이루어져서 본질적인 독창성이 발현된다고 보고 다음으로 넘어가자. 이하에서 취급하는 "모방"과 "창의"는 순수한 본래적 의미를 중심으로 사용하기로 한다.

3. 〈금오신화〉의 모방성

1) 형식면

(1) 표제방식에서의 모방성

　'○○신화'라는 전체 표제도 그러려니와 별개작품의 제목 적시〈전등(剪燈)〉에서 사용한 용례와 같은 양상을 보이고 있다. 즉 〈전등〉의 '○○록', '○○지', '○○기', '○○전'이 〈금오〉에서 빠짐없이 사용되고 있는 것이다. 그 사용 비율에서도, 〈전등〉에서 전체의 42%를 차지하는 '○○기'식 표제가 〈금오〉에서도 두 편에 쓰여, 42%로서 역시 가장 많이 사용되었다.

　한국 소설의 연혁에 있어서 〈금오〉 이전에는 위와 같은 류의 표제는 기대할 수 없다. 다만 고려 후기에 등장한 가전체 문학에서 '○○전'류는 볼 수 있으나 여타는 없는 것으로 보아, 〈금오〉의 표제는 〈전등〉의 명제법을 모방한 것이라고 본다.

(2) 소설 유형의 모방성

〈전등〉은 당대 전기소설의 전통을 이어받은 작품이다.[10] 따라서 〈전등〉은 전기의 속성인 비현실적, 초인간적인 내용을 보이는 신괴류(神怪類)와 청춘 남녀의 애정을 다루는 염정류(艶情類)가 압도적으로 등장한다.

한편 〈금오〉 역시 전기소설로서의 성격을 그대로 갖추고 있다. 먼저 신괴류로서는 〈취유부벽정기〉, 〈남염부주지〉, 〈용궁부연록〉을, 염정류로서는 〈만복사저포기〉, 〈이생규장전〉을 들 수 있다.[11]

따라서 양자 모두 전기소설임에 틀림이 없는데 차이가 있다. 〈전등〉은 당대로부터 송을 거쳐 내려온 전통을 계승 발전시킨 작품이요, 〈금오〉는 전기소설의 전통이 없는 가운데에서-물론 설화문학에서 보이는 전기적인 요소의 존재 사실까지 부인하는 것은 아니지만-〈전등〉을 모델로 삼아 전기소설의 구성양식과 전개방식을 취했다고 본다.

2) 내용면

내용면의 관계에 대해서는 선학들에 의한 양 작품의 대비 결과를 참조할 필요가 있다. 그 줄거리라든지 인물의 유형과 출몰 등에 있어서 기맥이 상통하는 요소와 영향관계를 고려한 대비결과를 통해서, 양 작품의 올바른 관계를 파악함에 도움이 되기 때문이다.

---

10) 이경선, "전등신화 해제", 역주 전등신화(서울 : 을유문화사, 1976), p. 6.
11) 이가원, "이조전기소설연구" 현대문학, 7, 8호(서울 : 현대문학사, 1955)

지금까지의 대조 결과, 상호 관련성이 있는 작품들은 다음과 같다
(여기서는 최남선(崔南善), 이재수(李在秀), 박성의(朴晟義), 한영환
교수의 것에 한해서 종합함).

　〈금오〉〈전등신화의 관련 작품〉
　만복사저포기…등목취유취경원기(滕穆醉遊聚景園記), 부귀발적사
지(富貴發跡司志), 모란등기(牧丹燈記), 녹의인전(綠衣人傳), 애경전
(愛卿傳).
　이생규장전…위당기우기(渭塘奇遇記), 취취전(翠翠傳), 금봉채전
(金鳳釵傳), 연방루기(聯芳樓記), 추향정기(秋香亭記), 애경전(愛卿
傳).
　취유부벽정기…감호야범기(鑑湖夜泛記)
　남염부주지…영호생명몽록(令狐生冥夢錄), 태허사법전(太虛司法
傳), 영주야묘기(永州野廟記).
　용궁부연록…수궁경회록(水宮慶會錄), 용당영회록(龍堂靈會錄)

이상은 〈금오〉를 중심으로 하여 비교적 유사성이 있는 〈전등〉의 작
품을 대비한 것이다. 그러나 논자에 따라 대조 상의 불일치를 보이고
있으며, 그 어느 것도 일치하는 작품은 없다.

결국 매월당이 〈금오〉를 제작할 때, 〈전등〉의 각 편마다의 모방을
시도한 게 아니고, 〈전등〉을 통독(通讀)한 후에 자유자재하게 그것의
제 요소-앞서 말한 고대작품의 형식과 정신-를 〈금오〉의 각 편에 용
해 수용하였다고 추찰된다.

"따라서 일대일의 작품 비교를 통해서는 그 모방의 정도를 완전히

파악하기 힘들게 되어 있다."[12]

그러면, 〈금오〉의 「용궁부연록」(이하 : 〈용궁〉)과 〈전등〉의 「용당영회록」(이하 : 〈용당〉), 「수궁경회록」(이하 : 〈수궁〉)과의 구체적 내용 대비를 통해서 그 관계를 알아보자(단, 스토리 전개에 한함).

※ 3작품의 내용 전개 비교(①②③…항은 〈용궁〉의 전개 순, 그 각각에 해당하는 〈용당〉, 〈수궁〉의 작품 전개 비교)

① 송도 박연 못에 용신이 살고 있고, 송도엔 한씨 서생이 거주한다.

  〈용당〉…소주부 오강에 백룡이 살며, 인근에 문인자술이 산다.

  〈수궁〉…(용의 배경 설정이 없음), 조주에 여선문이 살고 있다.

② 한서생이 방에서 쉬는데 복두관인 2명이 하강하여 용왕의 초청을 알린다.

  〈용당〉…잠자는데 어두귀신 1인이 와서 용왕의 초청을 전함.

  〈수궁〉…무료히 앉아 있는데 황건역사 2인이 광이왕의 초청을 전함.

③ 용궁에 도착하여 용왕의 영접을 받은 후, 방문한 세 강신(江神)과 인사를 나눈다. 그리고 나서야 딸의 결혼을 위해 지은 누각의 상량문을 써 달라고 초청의 목적을 밝힌다.

  용당〉…용궁에 도착하여 용왕은 초청의 이유를 밝힌다. 얼마 전

---

12) 이하경, "금오신화연구" (서울 : 연대 교육대학원, 1975), p. 15

에 승천한 용을 보고「문인자술」이 가시(佳詩)를 읊어준데 대한 은혜를 갚겠노라는 것이었다.

〈수궁〉…용왕과 만나자마자 궁전의 상량문을 부탁받는다.

④ 명문으로 상량문을 써 주자, 잔치가 벌어져 미인과 총각들이 노래하고 춤춘다.→왕의 측근(해물)인 게, 거북의 재주 자랑→강신들의 시 화답→용궁을 구경함.

〈용당〉…「취」의 범상국,「진」의 장사군,「당」의 육처사를 만나서 다섯이 어울려 시를 주고받음.

〈수궁〉…낙성식 날, 세 용왕이 찾아옴→미인과 동자들이 가무함 →「여선문」이「수궁경회시」를 써 줌.

⑤ 야광주와 빙초를 선물로 받아 속계로 돌아온다.

〈용당〉…밝은 진주와 서우의 뿔을 받고 귀속한다.

〈수궁〉…보물 받아 가지고 돌아온다.

이상의 대비를 통한 세 작품의 모방관계와 그 차이를 다시 항목별로 상론해 보기로 한다.

우선 〈금오〉의 짜임을 ① 배경설명 부분, ② 용왕의 초청 전갈 부분, ③ 초청 이유의 명시 부분, ④ 용궁에서의 사건 부분, ⑤ 귀속(歸俗) 부분으로 나누고 각 항에 나타나는 〈전등〉의 두 작품과의 관계를 알아보기로 한다.

먼저 배경설정에 있어서, 〈용당〉의 것을 많이 취했음을 본다. 용과 주인공의 동시 등장이 그것이다. 그러나 〈수궁〉에선 주인공만 나타나서 〈용궁〉의 배경설정에는 역할하지 못한 걸로 보인다.

둘째, 용왕의 초청 전갈 대목에서는 〈용당〉과 〈수궁〉 양 작품의 그 것에 직접적인 모방을 시도했음을 알 수 있다. 모두 용왕의 수하에 있는 복두관인〈용궁〉, 어두귀신(용당), 황건역사〈수궁〉가 내려와 알린다.

셋째, 초청의 이유 명시 부분에서는 〈수궁〉의 상량문 부탁을 그대로 취했음을 본다. 물론, 〈용궁〉에선 딸의 결혼을 위해 지은 누각의 상량문이요, 〈수궁〉에선 궁전의 상량문이란 차이는 있으나 결과적으론 상량문 부탁이란 점에서 동일하다.

또한 〈수궁〉에선 상면하는 즉시 부탁하는 데 비해, 〈용당〉에선 손님들의 방문을 영접한 후에야 비로소 부탁을 하는 여유를 보이고 있어 차이를 나타낸다.

부탁 이유의 명시 부분에선 등장하는 손님의 방문 대목은 두 작품의 영향을 그대로 받았다. 그 출현 시기에 있어서는 약간의 차이를 보인다.

넷째, 용궁에서의 사건 부분에선 양 작품의 부분 부분을 도입(導入)한 흔적이 보인다. 〈용궁〉에서 상량문을 세주는 곳과 미인, 동자들이 가무함은 〈수궁〉에서, 강신들과 시를 주고받으며 즐기는 부분은 〈용당〉에서 취함이 그것이다. 그러나 〈용당〉에서, 게와 거북의 재주 자랑이나 용궁 구경은 특이한 것으로서 양 작품 〈용당〉, 〈수궁〉에는 없다.

다섯째, 귀속(歸俗) 부분에선 양 작품과 유사한 양상을 보이는데, 선물을 받아가지고 귀환하는 점에선 더욱 동일하다. 다만, 끝맺음에서 명산을 찾아들어 그 자취를 모르게 된다함은 〈수궁〉에서 취한 형식이라 하겠다.

이상의 대비를 통해서도 드러났듯이, 〈금오〉는 어디까지나 〈전등〉의 전편을 통한 구성양식의 포용적인 모방이었지 개개(個個) 작품의 단순 모방은 아니라는 사실은 확실하다.

3) 종래의 모방설에 대한 비판

(1) 「매월당이 〈전등〉을 읽었다」는 기록에 근거한 주장[13]

매월당이 쓴 「제전등신화후(題剪登新話後)」를 보면 분명히 김시습이 〈전등〉을 즐겨 읽었음을 알 수 있다. 하지만, '읽었다'는 사실을 곧바로 '모방'에 직결시키는 데에는 얼른 수긍이 안 간다. '읽었다'는 것은 '모방'의 필요조건은 될지언정 충분조건은 되지 못하기 때문이다.

만약 위와 같은 논리를 긍정한다면, 세계의 모든 문학은 모방 아닌 게 없을 것이다. 그러나 "어느 나라의 문학도 외국문학과 고립할 수는 없다. 어느 나라의 문학이든 외국에 자기를 향하게 할 필요를 정기적으로 느낀다는 괴테(Goethe)의 말과 같이 다른 나라의 문학권에 영향을 주려고 하며, 또 외국문학의 영향을 받으면서 이를 향수하는 것"[14]이기 때문이다. 밀턴이 성경의 「창세기」를 읽고 「실낙원」을 썼대서 모방이라고 하지는 않는 것을 생각할 때, 김시습이 〈전등〉을 읽었대서 〈금오〉를 모방이라고 단정해 버리는 태도는 지극히 못마땅하다고 본다.

---

13) 민병수, "한국소설발달사", 한국문화사대계, Ⅴ(서울 : 고대 민족문화연구소, 1967), p. 1016.
14) 구인환, 구창환, 문학의 원리(서울 : 법문사, 1973), p. 329.

"또한 인간의 행동은 그가 맺고 있는 환경과의 관계에 의해서 각각 독특한 방향과 각양의 형태로 발전하게 되는데 이와 같은 반응은 의식적이든 무의식적이든 간에 모두 환경에의 적응과정으로 설명된다.[15]

따라서 김시습이 '전등을 읽었다'는 사실과 '금오를 작(作)했다'는 사실과의 관계는 후자를 위한 필요조건으로서의 전자 관계와 자극적인 환경으로서의 전자에 대해서 독시한 형성로 적응한 발전과정으로서의 후자 관계로 이해함이 합당하다고 본다.

이런 견지에서 볼 때, '읽었으니 모방'이라는 말은 '모방' 개념에 대한 불충분한 이해에서 나온 주장이라 아니할 수 없다.

(2) 「내용 면에서 혹사하다」는 주장

'술이우의(述異寓意)'[16] '취재설인(取材設人)'[17] 등이 〈전등〉과 방불(彷佛)하다는 주장이다. 그런데 이것이 내용의 구체적인 분석에서 나온 주장이 아니라는 데에 문제가 있다. 단순히 괴담적(怪談的)인 이야기를 다루었대서 전개과정이 유사하다는 것만으로 모방 운운함은 수긍할 수 없다. 소설의 내용은 스토리 전개나 성격에 그치는 것이 아니다. "사상, 감정, 행동, 성격"[18]을 다 포함하기 때문에 전체로서의 통찰이 요구되는 것이다.

---

15) 정인석, 청년심리학(서울 : 재동문화사, 1972), p. 329.
16) 최남선, "금오신화해제", 계명 19호(국문학연구, 13집, p. 3에서 전재)
17) 김태준, op. cit.
18) 최재서, 문학개론(서울 : 어문각), p. 381.

일반적으로 한국고전소설에 대한 내용 연구에서 만나는 견해가 있다. "다루는 내용 자체가 한국이 아니고 중국인 것이며, 더 나아가서는 한국인이 사고하는 것이 아니라 한국인이 중국인의 사고를 모방하든가 그렇게 하려고 하는 상태에 놓여 있다."[19]는 견해가 그것이다.

그러나 〈금오〉에는 적용키 어려운 주장이다. 〈금오〉에는 김시습이란 불우한 문학지성의 독특한 세계관에 의한 수용과 창조가 이루어져 있기 때문이다.[20]

폴 발레리(Paul Vialéry)가, "남의 것을 섭취하는 것만큼 독창적이요, 또 자기적인 것은 없다. 그러나 그것을 소화하지 않으면 안 된다. 사자의 몸뚱이는 양이 동화하여 된 것이다."라고 했다. 김시습의 독창적인 요소가 외래의 것을 받아들인 후에 이를 그의 창작에 소화 발현시킨 것으로 보아야 한다.

더구나 앞서의 내용 대비 결과, 지적된 논자에 따른 대조상의 불일치와 함께 드러난 사실이 있다. "〈금오〉 5편 소설에 〈전등〉 21편을 다 대비해 보아도 완전히 일치되어 있는 작품은 한 편도 없다"[21]는 사실이 그것이다. 〈금오〉가 비록 영향을 입었어도 작가의 영혼이 작용한 창작소설이라는 것을 단적으로 설명해 준다.[22]

따라서 "내용 면에서 혹사"하다는 피상적인 생각 때문에 일률적인 모방 운운함은 시정돼야 한다.

---

19) 김영원, op. cit. pp. 311~312.
20) 임형택, op. cit.
21) 김현룡, 한중소설설화비교연구(서울 : 일지사, 1976), p. 208.
22) Ibid.

4. 〈금오신화〉의 창의성

1) 소설적 연원의 계승 면

소설문학의 전신(前身)으로 설화문학이 있어 왔음은 한국문학에서
도 찾아볼 수 있다. 소설문학이 개인의 창작의식에 의한 본격적 기록
문학임에 비해 비본격적이고 구전적이며 집단의식적인 것이 설화문
학이다. "이러한 설화문학이 점차 그 형식과 내용이 정돈되어 가다가
드디어는 소설문학으로 비약 발전하게 되는 것이니"[23], 한국소설문학
사에서 그 전신인 설화문학의 순조로운 발전을 찾아볼 수 있다.

신화와 전설을 위시해서 어느 정도의 창작성과 흥미성, 가미된 설
화의 발전이 그것이다. 특히 고려 후기에 들어와서의 가전체 작품[24]은
설화문학 이상의 창작성이 발휘된 것으로, "내용으로는 전기의 자질
을 갖추었고, 형식으로는 전기의 형태를 다듬어서 이제는 벌써 소설
로서의 출발에 만반의 준비가 되어 있다고"[25] 할 정도였다.

이러한 산문문학의 면면한 전통 위에서 〈금오〉는 탄생된 것이다.
"확실히 〈전등〉의 전래로 말미암아 자극을 받아 과거의 소설적 연원
이 확충되어 나오게 된 하나의 전통의 발전인 것이다."[26]

구우의 〈전등〉이 고대 설화문학에 연원을 둔 당대의 전기적 유풍과

---

23) 이명구, 옛소설 (서울 : 세종대국기념사업회, 1976), p. 42.
24) 가전체는 의인화작품을 말하는데, 사람이 아닌 동물이나 물건을 마치 사람인 양
    견주여 이야기를 꾸민 것. 임춘의 「국순전」과 「공방전」, 이규보의 「국선생전」, 이
    첨의 「저생전」 등.
25) 조윤제, 한국문학사(서울 : 연구당, 1976), p. 105.
26) Ibid. p. 151.

육조의 영향을 받은 것처럼 〈금오〉 한국문학의 순조로운 발전과정,
그 전통의 흐름 위에서 등장한 것이다.

2) 배경설정 면

우리의 고전소설은 우리나라를 배경으로 한 것보다는 사대모화사
상 또는 중국소설을 탐독한 결과[27] 혹은 소설에 대한 여러 태도[28]에서
중국을 배경으로 한 것이 많았다. 그러나 효시작 〈금오〉는 그 시대배
경과 자연배경을 한국에 두고 있다.

(1) 시대 배경

〈만복사저포기)〉(이하 : 만복)에선 시대를 명시하지 않고 있으나,
귀녀의 부모가 양생에게 들려준 얘기[29]로 미루어 볼 때, 왜구의 난입
이 남원 지방에 피해를 주었을 때라고 추찰된다. 물론 소설은 픽션
(fiction)이지만, "한국에서 왜구의 침략이 있어 왔음은 역사적 사실"[30]
이고, 〈금오〉의 전편(全篇)을 볼 때, "한국의 왕조와 사실"[31]에 부합시
키려는 작자의 태도를 알 수 있어서, 당대를 대략적이나마 추찰할 수
있다.

---

27) 정주동, 고대소설론(서울 : 형설출판사), p. 179.
28) 이명구, op. cit. pp. 24~25.
29) 김시습, 금오신화, 이재호 역주 금오신화(서울 : 을유문화사, 1979), p. 165.
　　"吾止有一女子, 當寇賊傷亂之時, 死族干戈"
30) 이무상, 최신 국사대연표(서울 : 국사원, 1956), pp. 10, 16, 28, 30, 106~112.
31) 이하경, op. cit. p. 47.

국사대연표에 보면, 고려 말기에 왜구의 침입이 극심한데, 남원을 공략한 때는 공민왕 9년(1360년)과 우왕 3년(1377년)의 어느 하나라고 보인다.[32] 따라서 〈만복〉은 고려 말기인 공민왕과 우왕 대를 배경으로 하고 있음을 알 수 있으며, 공민왕 시기의 어느 때로 단정한 견해[33]는 자연히 근거가 부족하다.

〈이생규장전〉(이하 : 이생)에서는 "신축년 홍적거경성(紅賊據京城) 왕이복주(王移福州)"라 했다. 하지만 사실과 대조한 결과, 공민왕 10년(1361년)임이 판명되었다.[34] 〈취유부벽정기〉(이하 : 취유)에서는 "천순초"라 하여 주인공의 연대가 세조 2년경[35]임을 알 수 있다. 기씨녀를 통해 기자조선의 흥망을 설(說)하여 완연히 한국역사를 그 배경으로 하고 있다.

〈남염부주지〉(이하 : 남염)에선 "성화초"라 하여, 세조 11년경[36]임을 알려준다. 〈용궁〉에선 "전조(前朝)"라 하여, 시대가 고려임을 말한다.

이하 〈금오〉에 소재된 5편이 모두 독창적이고 자주적으로, 한국의 왕조와 사실에 배경을 두고 있음을 보았다.

---

32) 이무상, op. 103, 110.
　　왜구가 전라도와 양광(서울시지방, 충청도지방)도 및 개경 부근에까지 침입함으로 개경에서는 계엄령이 선포됨. 이로 인하여 대왕은 백악(장단)의 신관으로 이어함(공민왕 9년). 왜구가 또 삼남 및 경기를 침략(우왕 3년)
33) 이하경, op. cit. p. 108.
34) 이무상, op. cit. p. 108.
　　홍건적 십만적이 또 침입하여 개경을 함락하더니 원주까지를 침략함. 대왕과 왕비는 태후를 받들고 복주 (안동)로 피난. (공민왕 10년)
35) 이경선, op. cit. p. 85.
36) Ibid. p. 104.

(2) 자연 배경

〈만복〉에는 "남원부"라 하여 유서 깊은 전라도 "남원"을 배경으로, 실재했던 만복사를 등장시키고 있다. 〈이생〉에선 "송도"라 하여 고려의 고도였던 "개성"을 배경으로 하여, "타격교", "선죽리"가 나오고, 이생의 농장이 있는 영남의 "울주"가 등장한다. 더구나 공민왕의 실제 피난지였던 복주(현재의 안동)가 등장하여 실감을 돋우고 있다.

〈취유〉에선 "평양"이 배경인데, "금강산", "봉황대", "능라도", "부비정" 등의 실제 고적 명승이 소개된다. 〈남염〉에서도 박생의 소재지가 "경주"로서, 중심 무대는 "염부주"로 지옥이다. "경주"는 신라의 고도이나 "염부주"는 실제 지명은 아니다. 그러나 일반화된 관념적 장소인 바, 〈전등〉과는 구별할 수 있는 배경이다.

〈용궁〉에선 송도가 주인공의 소재지로 되어 있고, 중심무대는 천마산 용추에 있는 용궁이다. 〈전등〉의 〈수궁〉에서는 "광리왕"이라 하여 남해에 사는 용궁임에 비해, 〈용궁〉에선 "표연신룡(瓢淵神龍)"이라 하여 연못에 사는 신룡임을 알 수 있다. 따라서 〈전등〉은 일반적인 용궁과 용왕을 등장시킨 데 반해, 〈금오〉는 한국의 향토적인 용궁과 용신을 등장시키는 차이를 나타내고 있어 그 창의성을 알 수 있다.

3) 사상 면

문학의 이상은 작가의 인생관이나 세계관에 의해서 작품 속에 숨겨진 의미 내용이다.[37] 따라서 작품에는 작가의 개성적인 사상이 직접

---

37) 구인환, 구창환, op. cit. pp. 31~32.

간접으로 반영되며 〈금오〉에서도 김시습의 특유한 사상이 표출되고 있다. 더구나 유불 과도적인 지성인이요 사상가였던 그로서는 작품에 반영하는 사상 적시 기일원적 철학사상을 기저로 한 불교철학과 유교 이념과 귀신관을 보이고 있다.[38]

그러면 영향관계가 뚜렷하다고들 하는 〈금오〉의 〈남염〉과 〈전등〉의 〈영호생명몽록〉(이하 : 영호록)을 사상적으로 비교해 보자.

〈남염〉의 박생과 〈영호록〉의 영호생은 미신을 부정하는 강직한 선비라는 공통점을 가지고 있다. 또한 박생이 유교 이외의 불교, 무격, 귀신 등의 제이단설(諸異端說)에 대해 부정적인 태도를 취하는 것이나, 영호생이 사자의 명복을 비는 불교적 행사를 반대하며, 신불을 믿지 않고, 귀신의 조화나 사후의 인과응보를 부정하는 태도는 사상면에서 동일한 듯한 인상(印象)을 준다.

그러나 명계에서 왕과 담판하는 내용과 그 처신에 이르러서는 판연한 사상적 차이를 보이게 된다. 〈남염〉에서 박생은 극락과 지옥(명부)의 실재에 대해 염왕의 대답은 이렇다.

어찌 건곤 밖에 또 건곤이 있으며 천지 밖에 다시 천지가 있겠습니까?(則豈有乾坤之外 後有乾坤 天地之外 更有天地乎)

이렇게 그것들의 존재를 극력 부정한다. 더구나 염왕 자신도 생시에는 충신이었다는 사실은 명부사상의 허구성을 폭로하는 것이며, 박생과 염왕과의 정연한 이론 전개를 통해서, 강력한 기일원론적 세계

---

38) 임형택, op. cit.

정병욱, 국문학산고(서울 : 신구문화사, 1959), p. 236

관을 제시하고 있다.

〈영호록〉은 어떤가? 처음엔 일원론적으로 생각하는 듯하던 영호생이 명부에 끌려가서는 자신의 무신론 내지 일원론에 대한 확호한 이론 제시를 못하고 만다. 오히려 "지금 여기까지 온 김에 한 번 구경이나 시켜주지 않겠소?(今旣至此可一觀否?)"라 하여 이런 저런 구경을 하게 된다. 세상에서 악행한 자들이 비참하게 형벌 받는 모습도 보게 되는 것이다. 이는 곧 명부의 존재를 긍정하여 인과응보론도 인정하고 있다는 사실인 것이다.

즉 〈남염〉이 기일원론에 입각한 무신론적이며, 현실주의적인 사상으로 작품을 전개하였음에 비해, 〈영호록〉은 근본적으로 이원론에 입각한 인과론적이며 유신론적인 합리주의를 취하고 있다.[39]

이상 살펴본 바와 같이, 〈금오〉는 그 사상 면에서 〈전등〉과는 판이한 양상을 보이고 있어 그 창의성을 인정케 한다.

4) 인물 설정 면

전술한 배경의 창의성과 관련하여 인물 적시 한국인물을 등장시키고 있다. 「양(梁)」, 「이(李)」, 「홍(洪)」, 「박(朴)」, 「한(韓)」의 평범한 한국인 성씨를 취함도 그러려니와, 그 출현 양상과 개성면에서도 〈전등〉과는 다른 면을 보이고 있다.

먼저 〈만복〉과 〈등목취유취경원기〉(이하): 등목기)를 통)해서 여귀의 출현 양상의 차이를 알아보자.

---

39) 임형택, Ibid. p. 48.

〈만복〉의 귀녀와 〈등목기〉의 늑화는 모두 요절한 후에 환신으로 나타나 총각들과 만나 교정하는 점은 공통이다. 그러나 〈만복〉의 여귀는 이렇다.

부모는 그 말을 시험해 보기 위해 밥을 함께 먹게 했다. 그랬더니 다만 수저 놀리는 소리만 들릴 뿐이었지만, 인간이 먹는 것과 조금도 다름이 없었다(父母試驗之遂命同飯 唯開匙著聲 一如人間).

서생이 여인의 손을 잡고 마을을 지나가니, 개들은 울타리 밑에서 짖고 있고, 사람들은 길을 나다녔다. 그러나 길 가는 사람들은 서생이 여인과 함께 가는 것을 알지 못하였다(生執女手 終過閭閣 犬吠於籬人 行於路而行人不知與女同歸).

이렇게 시종일관 타인의 눈에 보이지 않는다. 이에 비해, 〈등목기〉의 늑화는 처음엔 밤에만 출현하나, 열흘 뒤엔 낮에도 교정하며, 더구나 타인의 눈에도 띄어 범인처럼 가정생활을 누린다.

따라서 동일한 유혼이로되 그 출현양상에서 차이를 보이고 있어 〈금오〉가 인물출현 양상면에서 창의성을 가지고 있음을 알 수 있다.

다음으로 〈이생〉과 〈애경전〉을 통해서 각 주인공들의 애정에 대한 태도를 비교해 보자.

〈이생〉의 이생과 최랑은 부모의 반대를 무릅쓰고 결혼한다. 특히 최랑의 적극적이고 결사적인 태도는 가히 선택의 자유를 부르짖은 자유연애관[40]의 발로라 할 수 있다. 후에 홍건적의 난으로 「이생」과 사별하자, 환신으로 나타나서 끝까지 사랑을 누리다가 저승으로 떠난다.

---

40) 정병욱, "김시습과 금오신화", 한국고전소설(대구 : 계명대출판사, 1974), p. 27.

또한 이생도 최랑을 따라 죽어가는 줄거리는 오직 애정의 성취를 위한 능동적 적극적인 주인공들의 애정태도를 여실히 보이고 있다. 말하자면 〈이생〉의 남녀 주인공은 오직 애정의 추구를 위해서 부모의 반대도 생사의 문제도 극복하는 "연애영웅"[41]들이다.

한편 〈애경전〉의 애경과 조생은 결합부터가 아무런 제약이나 시련 없이 순조롭게 이루어진다. 그래서인지 작품 전체적으로 애정을 위한 갈등보다는 순리적인 부부지례와 효성이 강조될 뿐이다. 조생이 집에 없는 동안, 홀어머니를 극진히 봉양하며, 사후에도 효성을 다한다. 즉 〈애경전〉에서는 애경의 효심과 아내로서의 덕목을 강조하고 이를 미화했을 뿐, 최낭의 경우와 같은 고난을 이긴 애정의 심도는 그리 문제 삼지 않고 있다.[42]

이상의 고찰을 통해서 〈금오〉와 〈전등〉은 인물설정에 있어서 이질적인 차이가 있음을 알았다. 따라서 〈금오〉 나름의 창의적인 인물설정을 인정할 수 있다.

5. 결론

지금까지의 논술을 통해 얻어진 사실을 요약해 보면 다음과 같다.

첫째, 모방과 독창과의 관계는 수용이라는 자기화 과정을 통해서 발전 연결되는 관계임을 알았다.

---

41) 임형택(朴焚澤), op. cit. p. 57.
42) 이석래, "금오신화의 전개적 고찰", 계명대출판부, op. cit. p. 36.

둘째, 〈금오신화〉는 내용과 형식에서 모방성을 보이는데, 단순모방이 아니요, 천재적인 작가 김시습의 문학적 재능을 통한 선택적 모방임을 알았다.

셋째, 〈금오신화〉의 창의성은 한국문학에 전통계승성과 그 독특한 사상과 자주성을 중심으로 각 요소에서 명백히 나타나고 있음을 알았다.

넷째, 따라서, 〈금오신화〉의 정당한 문학적 위치는 〈전등신화〉의 자극과 영향을 받아, 자기전통과 자기사상 위에서 자기화와 수용이란 과정을 통해서, 내적인 창의성을 발현시킨 작품이라고 본다.

다섯째, 이제는 실리 없는 모방 시비에서 벗어나, 보다 긍정적이고 적극적인 자세로 개별 작품에 대한 문예학적 분석과 평가를 통해서 후속 고전소설과의 맥락을 찾아내는 일이 요청됨을 제언하면서 본 논술을 마친다.

-국제대학논지 16(1978)(필자가 대학 3학년 재학중일 때)-

채수의 사상과 〈설공찬전〉
-〈설공찬전〉의 종합적 가치를 곁들여-

1. 머리말

1997년에 고소설 〈설공찬전〉의 한글본이 필자에 의해 발굴된 이래 여러 사람들에 의해 꾸준히 연구가 이루어지고 있다. 필자도 관련 논문과 책을 발표한 바 있다. 하지만 여전히 밝혀야 할 것들이 많다.[1]

이 글은 그간 본격적인 조명이 이루어지지 않은 문제 가운데에서, 채수의 사상과 〈설공찬전〉간의 상관관계를 알아보는 데 초점을 맞추고자 한다. 결론부에서는 그간의 연구 성과를 종합해 〈설공찬전〉의 가치가 무엇인지 집약해 보임으로써, 이 작품을 문화콘텐츠화하려는 기관이나 개인들에게 확신을 주고자 한다.[2]

---

1) 그간의 연구성과에 대해서는 안수정, 나재 채수의 시문학 연구(충남대학교 대학원 박사학위논문, 2015) 참고문헌 란에 잘 정리되어 있다.

2) 필자가 2017년 6월 15일, 상주문화원과 난재채수선생기념사업회 공동주최 '난재 채수 선생과 설공찬전' 학술대회에 초청되어 '난재 채수의 사상과 설공찬전'이란 제목으로 강의하였을 때, 이 작품의 객관적인 가치가 무엇인지 말해 달라는 추가 요청을 받았다. 상주에서는 이 작품의 창작장소인 쾌재정을 지방문화재로 지정받은

2. 〈설공찬전〉의 작자 채수의 사상

채수의 문집에 있는 글 가운데에서 사상을 담은 글은 4편의 책문(策文)밖에 없다. 강함과 부드러움을 겸비해 시의에 적절하게 대처해야 한다는 것을 피력한 〈강유지도(剛柔之道)〉, 음양(陰陽)의 이치에 따라 백성을 이롭게 해 주려던 귀신론, 풍수지리설이 후세에 이단사설로 왜곡되어 폐단이 되고 있는 현실을 비판한 〈귀신무격복서담명지리풍수(鬼神巫覡卜筮談命地理風水)〉, 국방을 튼튼하기 위해 유능한 장수를 양성하고 여진족과 왜를 철저히 경계해 세력이 확대되지 않도록 해야 한다고 주장한 〈문보방비변(問保邦備邊)〉, 백성을 잘 기르고 세금을 균등하게 하며 도둑을 줄이기 위해서는 중국의 이상적인 전례를 참고해 우리의 폐단을 해결해야 한다고 주장한 〈양민균부미도(養民均賦弭盜)〉 등이 그것이다.[3]

이것만으로는 〈설공찬전〉을 창작할 수 있는 사상적인 유기적 관련성을 말하기가 곤란하다. 따라서 필자는 채수의 행적에서 보이는 채수의 사상 또는 지향가치까지 포착해 제시하겠다. 철학사상, 정치사상, 문학사상으로 구분해서 보이면 다음과 같다.

1) 철학사상

채수의 철학사상으로 들 수 있는 것은 귀신에 대한 생각이다. 고려

___

이후 최근에는 채수기념관(문학관) 건립을 추진중이라 한다. 이 작품의 배경지인 순창에서도 비슷한 움직임이 있는 줄로 아는바, 이 기회에 이 작품의 가치를 종합 정리해 제시하였다는 것을 밝힌다.
3) 안수정, 같은 논문, 18-22쪽 참고.

시대 사람들이 귀신을 액면 그대로 믿은 데 비해, 성리학이 도입된 이래 사대부들에 의해 귀신을 인격성을 지닌 존재로 인정하지 않으려 하였다. 음기(陰氣)와 양기(陽氣)의 이합취산(離合聚散) 작용일 따름이라고 보았다.[4]

다만 방외인이었던 김시습의 경우에는 약간의 예외를 두어, 제 명에 죽지 못한 사람의 기운은 일정 기간 동안(그 한이 풀리기까지) 해체되지 않고 존재하여 살아있는 사람에게 나타나 영향을 미칠 수 있다고 보았으니, 이것을 작품화한 것이 〈금오신화〉이다.

채수는 책문 즉 과거시험 답안지로 제출한 〈귀신무격복서담명지리풍수(鬼神巫覡卜筮談命地理風水)〉에서는 당대의 통념을 따라, 귀신 무격을 배격하고 있다. 하지만 〈연보〉와 그 사위 김안로의 『용천담적기(龍泉談寂記)』는 다른 진실을 말해주고 있다. 채수가 17세 때 귀신을 경험한 사건이 그것인바, 채수는 이 체험 때문에 귀신의 실제를 믿었던 듯하다. 말하자면 명목상의 무신론자, 실제적 유신론자였다고 보인다. 이렇게 말하는 근거는 무엇인가?

채수의 귀신체험을 전하는 〈연보〉의 기록을 먼저 인용하면 다음과 같다.

선생의 나이 17세 : 판서였던 아버지를 따라 경산(慶山)의 부임지로 갔다. 그때 밤에 희끄무레한 것이 있어 둥글기가 마치 수레바퀴와 같았는데, 거기 닿았다 하면 죽음을 당하였다. 선생이 마침 밖에 나갔다가 이것을 보았는데 그 요귀가 방으로 들어가는 것이었다. 그러자 선생의

---

4) 조동일, "15세기 귀신론과 귀신이야기의 변모", 문학사와 철학사의 관련 양상(한샘, 1992), 50-78쪽 참고.

막내동생이 갑자기 놀라서 일어나 아프다고 울부짖다가 죽었다. 그렇지만 선생은 접촉되었어도 아무런 해를 입지 않아 사람들이 이상하게 여겼다.[5]

채수의 사위 김안로(金安老)가 쓴 『용천담적기(龍泉談寂記)』에도 같은 내용이 기술되어 있다. 김안로는 채수한테 직접 들은 내용을 기술했을 것이니만큼 이 자료의 증거력은 크다고 생각한다.

내 장인 양정공(襄靖公)이 어릴 적에 아버지를 따라서 경산(慶山)에 있을 때, 두 아우와 관사에서 누워자다가 갑자기 변이 마려워서 옷을 입고 방 밖으로 나가보니 흰 기운이 화원경(火圓鏡)〔확대경〕같이 오색(五色)이 현란하게 공중에서 수레바퀴처럼 돌아 먼 곳에서 차차 가까워오는 것이 바람과 번개 같았다. 양정공이 놀라 바삐 방으로 들어오는데, 겨우 문턱을 넘어서자, 그것이 방안으로 따라 들어오는 것이었다. 조금 있다가 막내동생이 방구석에서 자다가 놀라 일어나 뛰며 아프다고 울부짖으며, 입과 코에서 피를 흘리며 죽었는데, 양정공은 조금도 상한 데가 없었다.[6]

---

5) 懶齋先生文集 권4〈年譜〉
　　先生十七歲. 隨判書公往慶山任所. 時夜, 有白雪圓如車輪, 所觸輒死, 先生適出外, 見其妖入室. 先生之少季忽驚起號痛而夭, 先生則了無觸害, 人異之.
6) 龍泉談寂記(大東野乘 제 13에 수록된 것을 참조함.)
　　蔡聘君襄靖公, 幼從父任在慶山, 與二弟同臥衙閤. 夜忽思便旋, 攬衣獨出房櫳外, 開目見白氣如火圓鏡, 五色相比極明絢, 在空中回轉若車輪, 自遠而近, 迅如風電. 襄靖魂悸, 蒼皇走入, 纔踰中閫, 其物追入房中. 俄聞小季最在房奧者, 驚起騰躍, 號痛之聲不絶口, 口鼻流血而斃, 襄靖了無傷損.

이상의 자료가 의미하는 바는 무엇일까? 채수의 귀신 체험은 채수 만 알고 있는 비밀이었을 것인데, 〈연보〉와 『용천담적기』에 전하는 것 은, 필시 채수 본인이 다른 사람들에게 이 사실을 증언했다고 보아야 한다. 허무맹랑한 일이라고 여겼다면 아예 말하지도 않았을 것이며, 이 두 기록에 사실처럼 남아있지도 않았을 것이다. 분명한 사실이라 고 전언했기에 이 두 기록에 귀신 체험 사실이 생생하게 전하고 있는 것이라 판단된다.

채수가 젊었을 때, 아직 유교적인 세계관이 확립되어 있지 않았을 시기에 유교에서 배격해 마지않는 귀신 현상을 직접 목격한 사실은 채수에게는 충격적이었을 것으로 여겨진다. 꿈속에서 경험한 것도 아 니고, 생시에, 그것도 귀신의 출현 결과 어린 동생이 피를 토하며 죽어 자빠지는 장면을 보았을 때 그 충격은 적지 않았다고 해야 할 것이다. 그러다 보니, 조선조 사회에서 과거에 합격해 활동하기 위해서는 그 시대가 요구하는 답을 써냈지만, 내심으로는 인격성을 지닌 전래의 귀신을 인정하는 이중적인 사고를 가졌다고 여겨진다.

2) 정치사상

채수의 정치사상으로 두 가지를 들 수 있다. 소통하는 정치를 강조 한 점, 어질지 못한 임금이라도 끝까지 보좌하는 것이 신하의 도리라 는 생각 이 두 가지다.

첫째, 채수는 소통하는 정치를 강조하였다. 신하 특히 언관은 임금 에게 직언을 하여야 하고, 임금은 어떤 직언이든지 하게 해 들어야만 여론을 알아 바른 정치를 할 수 있다고 믿었다. 이는 실록 도처에서 발견할 수 있다. 한 가지 사례만 인용해 보이면 다음과 같다.

성종실록 14권, 성종 3년 1월 5일 임인 12번째기사 1472년 명 성화(成化) 8년 야대에서 검토관 채수가 신하의 직언의 중요성을 말하다

야대(夜對)에 나아갔다. 《정관정요(貞觀政要)》를 강(講)하다가, '관인(官人)이, 9인 중에서 4인은 도적이 아니라는 것을 아는 자가 있었으나, 양제(煬帝)가 이미 참결(斬決)하게 하였으므로, 드디어 집주(執奏)하지 못하고 아울러 죽었다.'고 하는 데에 이르러, 임금이 말하기를,

"양제(煬帝)는 진실로 무도(無道)하였다. 그러나 당시의 인신(人臣)이 그 아닌것을 알면서도 말하지 않았으니, 어찌 죄가 없다고 할 수 있느냐?"

하니, 시독관(侍讀官) 정휘(鄭徽)가 대답하기를,

"겉이 바르면 그림자가 곧고, 임금이 밝으면 신하가 충성스러운 것인데, 배구(裵矩)의 충녕(忠佞)이 족히 명감(明鑑)이 될 만합니다."

하고, 검토관(檢討官) 채수(蔡壽)는 대답하기를,

"그 임금이 비록 직언(直言) 듣기를 싫어하더라도 신하로서는 마땅히 끓는 기름 가마[鼎鑊]라도 피하지 않고 감히 말하는 것이 옳습니다. 하증(何曾)처럼 물러나 집에서 말하는 것이 어찌 신하의 도리이겠습니까? 그러나 인군(人君)이 그의 잘못을 듣기 좋아하지 않으면 사람마다 다투어 아첨하게 되어 절함(折檻)을 하거나 견거(牽裾)를 하는 자는 드물 것입니다."

하였다.

채수가 이와 같은 생각을 가진 것은, 채수가 생애의 대부분을 언관

으로 지냈다는 것과 연관된다. 34세라는 비교적 이른 나이에 대사헌
으로 발탁된 데에서도 드러나듯, 채수는 사헌부와 홍문관을 중심으로
언관으로서의 역할을 성실히 수행하였다. 임사홍의 전횡을 규탄하는
상소를 거듭 올리다가 파직당하기에 이르고, 폐비 윤씨를 동정하는
계를 올렸다가 왕의 노여움을 사서 국문을 받고 파직당하기에 이르
는 등 채수는 언관으로서의 길을 똑바로 걸어갔던 것을 도처에서 확
인할 수 있다. 〈설공찬전〉에서 주인공 설공찬의 입을 빌어 소개한 저
승 소식 가운데, "이싱애셔 비록 흉죵ᄒᆞ여도 님금긔 튱신ᄒᆞ면 간ᄒᆞ다
가 주근 사ᄅᆞ미면 뎌싱애 가도 됴흔 벼슬ᄒᆞ고(〈설공찬전〉 국문본 제
10면)" 같은 대목은 다분히 작자가 언관으로서의 의식을 드러낸 것으
로 보인다. 이는 채수가 조정에서 임금께 바른 말을 하다가 자주 파직
을 당하거나 귀양살이를 한 것과 연관지어 볼 때, 의미심장한 발언이
라고 하겠다.

　둘째, 채수는, 비록 어질지 못한 임금이라도 임금이니 신하는 끝까
지 보좌하여 현군을 만들어야 한다는 생각을 가진 것으로 보인다. 이
는 중종반정의 현장에서 보인 채수의 반응 및 중중반정 이후 함창에
은거해 버린 데에서 확인할 수 있다. 동아시아 한자문화권의 정치사
상 가운데는 이런 주장도 있었다. 이른바, 군신의 관계가 "부자(父子)
관계의 성향을 띠는 형태"[7]로서, 군신관계를 부자관계로 설정하여 각
각 그 도리를 다하는 군신관계의 유형이 그것이다. 필자가 보기에, 김
종직의 〈조의제문〉도 이런 류에 속하는 입론에서 씌어진 글이라 할
수 있다. 부모가 악을 저질렀더라도 자식이 부모를 버릴 수 없듯이, 임

---

7) 이희주, "경전상의 규범관념과 군신도덕", 온지논총 4(온지학회, 1998), 264쪽 참고.

금이 임금 노릇을 못한다 하더라도 버리거나 혁명을 일으켜 새로운 임금으로 바꿀 수 없다는 입장이라 하겠다.

채수는 중종반정을 사실상 반대한 인물이다. 연산군이 축출되는 쿠데타 현장에서, "이게 어찌 할 짓인가! 이게 어찌 할 짓인가!" 반복해서 절규했다고 전해지는바, 이것이 무엇을 의미하는지는 분명하다. 연산군이 패륜적인 왕이라 하더라도 신하가 내칠 수는 없다, 끝까지 도와서 어진 임금이 되도록 노력해야 한다는 생각이 그렇게 나타난 것으로 보아야 한다.

중종반정 이후 인천군으로 봉해졌는데도 즉시 사직하고 함창에 은거해 버린 것도 채수의 이같은 생각을 강하게 증명한다. 폭군이라도 잘 보필해서 바른 길로 인도해야지, 혁명을 일으켜 교체하는 것은 바람직하지 않은 것으로 여겼던 것이라 생각된다.

3) 문학사상

채수의 문학사상으로 '시문학에 대한 사상'과 '산문 또는 서사문학에 사상' 두 가지로 구분해 거론할 수 있다. 시문학에 대한 사상은 안수정[8]에 의해 한차례 다뤄진 바 있다.

산문 특히 서사문학과 관련하여, 채수는 문헌설화집인 『촌중비어(村中鄙語)』를 책을 저술한 일이 있다. 이는 채수가 서사문학에 대한 관심과 애호가 대단하였다는 사실을 보여준다. 주지하다시피 소설은 서사문학사의 마지막 단계에서 등장한 갈래이다. 오랫동안 구비서사

---

8) 안수정, 앞의 논문 참고.

인 설화의 단계를 거쳐 중세후기에 이르러 등장한 갈래가 소설인바, 김시습의 〈금오신화〉의 뒤를 이어 채수가 소설 〈설공찬전〉을 창작한 데에는 김시습의 소설이나 중국 소설의 영향도 있겠지만, 국내적으로는 우리 서사문학 경험이 토대가 되었다고 보아야 한다. 그렇게 보았을 때, 채수의 『촌중비어(村中鄙語)』 편찬 사실은 시사하는 바 크다.

이 책은 현재 전하지 않지만, 성현의 서문을 통해서 볼 때 『촌중비어』는 서거정의 『태평한화골계전』이나 강희맹의 『촌담해이』 등과 같은 문헌설화집인 게 분명하다. 당시에 제도권 밖의 문학이었던 설화들의 가치에 채수가 주목했으며 애정을 기울였다 하겠다.

3. 채수의 사상과 설공찬전의 관계

앞 장에서 채수의 사상을 세 가지 분야로 구분해 지적해 보았다. 이 장에서는, 이들 사상과 소설 작품 〈설공찬전〉이 어떤 상관 관계를 가지는지 검토해 보기로 한다. 문학 연구에서는 작가론과 작품론이 하나로 통합되어야 마땅한바, 여기에서 그 작업을 해보려는 것이다.

첫째, 철학사상인 귀신관과의 관련을 말할 수 있다. 채수의 〈설공찬전〉은 달리 표현하면 귀신 이야기라고도 할 수 있는바, 채수가 이 귀신 이야기인 〈설공찬전〉을 창작하는 데, 17세 나이에 겪은 이 신비체험은 중요한 動因으로 작용했으리라고 여겨진다.

채수는 〈問鬼神巫覡卜筮談命地理風水〉[9]란 策文에서 "귀신이란 음

___

9) 懶齋先生文集 권 3. 이 책 제 6장에 실린 자료 참조. 이 책문은 채수가 21세 때 會試

양이 행하는 것(鬼神者, 陰陽之所以行也)", "신이란 양의 영이요, 귀란
음의 영(神者, 陽之靈也, 鬼者陰之靈也)"[10]이라 하여, 민간에서 믿는
인격적인 존재로서의 귀신을 부정하고 있다.[11] 하지만 이는 어디까지
나 과거시험 답안지였기 때문에 당시의 공식적인 귀신관을 진술한 것
이지 채수의 생각을 그대로 노출한 것은 아니라고 보인다. 이른바 이
중적인 태도를 지니고 살았다 하겠다. 생존을 위해서는 무신론으로,
실제로는 유신론을 견지했다 하겠다.

채수의 귀신체험 기록은 작품 내용과 구체적으로 대응되고 있어 작
가와 작품간의 긴밀한 상관관계를 증명해 준다. 〈설공찬전〉 국문본에
서 귀신이 출현하는 대목을 원문으로 소개하면 다음과 같다.

　　고은 겨집이 공듕으로셔 ᄂᆞ려와 춤추거늘 기 동이 ᄀᆞ장 놀라 졔 지집
　　의 계유 드려가니 이옥고 툥쉬 집의셔 짓궐소ᄅᆡ 잇거ᄂᆞᆯ 무ᄅᆞ니 공팀
　　이 뒷가ᄂᆞ 갓다가 병 어더 다히 업더려다가 ᄀᆞ장 오라게야 인긔ᄅᆞᆯ 츠려
　　도 긔운이 미치고 눕과 다ᄅᆞ더라 (〈설공찬전〉 국문본 제 3면)

_____

에서 1등으로 합격한 글이기도 하다.
10) 난재선생문집 권3, 40쪽.
11) 심사과정에서, 이 대목에 대하여, "이것을 귀신을 부정하는 것으로 보는 것이 옳은
가를 다시 생각해 보기 바란다. 이것은 오래 전부터 유학자들이 가졌던 귀신관이
고, 일반 서민들이 지녔던 귀신관 아닌가?" 하는 지적이 있었다. 귀신의 개념에 대
한 인식 차이 때문에 제기된 의문이다. 유학자 일반이 가진 귀신관과 민중이 지녔
던 귀신관은, 용어는 같지만 내용이 달랐다. 인격성 여부가 그 중요한 차이다. 김
시습의 경우, 기의 취산 작용으로만 여길 뿐 인격성을 부정하되, 비명횡사한 영혼
의 경우만은 음기와 양기가 한시적으로 흩어지지 않고 지상에 남아 인격적인 활
동을 벌인다고 하였는데, 일반적인 인식은 아니었다. 조동일, 앞의 책, 같은 곳 참
고.

작품에서의 귀신 출현 양상과 채수의 귀신체험 내용에서 공통적인 점은 다음 네 가지이다. ① 귀신이 출현한 장소 면에서의 공통성이다. 모두 집안에서 이루어진다. ② 귀신이 출현하는 시기 면에서의 공통성이다. 모두 뒷간에 갈 무렵에 출현한다. ③ 귀신의 운동 방향이다. 모두 하늘(공중)에서 내려온다는 점에서 동일하다. ④ 귀신 출현의 결과 면에서의 공통성이다. 귀신과 접촉한 주요 인물이 병을 얻거나 즉사하거나 하여 해를 입는다.

이와 같은 점을 고려해 볼 때 〈설공찬전〉의 창작에는 작자인 채수가 젊었을 적에 겪은 귀신체험이 중요 動因으로 작용했다고 생각한다. 단순히 독서를 통한 간접경험만이 아니라 직접 경험을 바탕으로 작품을 창작한 점은 이 작품의 독창성과 개성을 인정하게 한다.[12]

둘째, 정치사상과의 관련을 들 수 있다. 쿠데타로 왕권을 탈취하는 데 대한 채수의 반감은 〈설공찬전〉에서 당나라의 왕을 죽이고 양나라를 창건한 주전충에 대해 비판한 대목에 잘 드러나 있다. "바록 예셔 님금이라도 쥬전튱フ튼 사룸이면 다 디옥의 드럿더라(〈설공찬전〉 국문본 제 10면)"라는 발언이 그것이다.

정치사상과 관련하여, 한 가지 더 든다면, 소통하는 정치의 중요성에 대한 인식도 〈설공찬전〉과 연관지을 수 있다. 생애를 마감하는 시점에서, 굳이 이 작품을 쓴 것은, 어쩌면 조정에 대한 자신의 간언을 소설 형식을 빌어 표현한 것이라 해석할 수 있기 때문이다. 언관으로서의 사명을 이 작품을 통해 수행했다 하겠다. 이렇게 본다면, 평소의

---

12) 이복규, 설공찬전 연구(서울 : 박이정, 2003), 133-152쪽에서는 이 소설이 실화(實話)에서 유래했을 가능성에 대해 따로 자세히 논증하였다.

지론이 이 작품을 창작하게 한 동인이라 할 수 있다.

셋째, 문학사상과의 관련을 들 수 있다. 서사문학에 대한 채수의 애정과 관심과 실천이 소설 〈설공찬전〉으로 결실했다 할 수 있다. 『촌중비어』 단계의 준비 과정이 있어서 〈설공찬전〉이란 결과가 가능했다고 여겨진다. 실제로 〈설공찬전〉은 기존의 서사물 중 '저승경험담' 또는 '환혼담'을 차용하여 소설화한 것으로 볼 수 있어 그럴 가능성을 높여 주고 있다. 다만 종래 또는 일반적인 '저승경험담'이나 '환혼담'이 주인공이 살아나서 저승의 경험을 진술하는 것과는 달리, 잠시 그 혼령이 지상에 나와 남의 몸에 들어가 메시지를 전하는 것으로 변형되어 있기는 하나, 기본적으로 전통 서사물을 소재로 활용하고 있어, 설화의 소설화 양상을 보여주고 있다는 것은 확실하다.

4. 〈설공찬전〉의 종합적 가치

이상 채수의 사상과 〈설공찬전〉의 관계를 알아보았다. 채수의 사상을 검토한 것은 그 자체로서 가치가 있는 게 아니라 작품 〈설공찬전〉을 이해하기 위한 수단으로서 검토한 것이었다. 이상의 서술을 종합하되, 그간 학계에서 진행된 논의를 참고해 문학적인 가치가 무엇인지도 아울러 정리해 보면 다음과 같다.

첫째, 철학사상적 가치는, 귀신관과 내세관(저승관) 면에서의 새로움을 들 수 있다. 귀신관의 경우, 사람이 죽으면 그 몸은 흙으로 돌아가지만, 그 영혼은 혼령 즉 귀신이 되어 존속한다는 사고는, 민간의 사고이면서 조선조 유교 사대부들의 일반적인 인식과는 다른 것이다.

공식적으로는 무신론자라는 것을 표명한 채수이지만, 젊은 시절의 귀신 체험을 계기로 실제적인 유신론자로 살았고 이를 문학작품을 통해 형상화했다는 점에서 의의가 있다. 귀신관과 아울러 내세관 면에서도 새로운 인식을 보여준다. 죽은 사람의 영혼이 가는 곳을 채수의 〈설공찬전〉에는 '저승'이라고 서술하고 있는바, 이 역시 내세를 인정하지 않았던 조선조 유교 사대부들의 인식과는 다른 점이다. 민간의 저승관과 상통하는 듯하면서도, 저승에서 다시 악인을 위한 '지옥', 명이 다한 영혼을 위한 '연좌'라는 특별 영역을 상정하고 있다는 점에서 구분된다.

한 가지 더 주목할 것이 있다. 이승과 저승과의 관계에 대한 특별한 인식이다. 이른바 이승과 저승은 연속적이기도 하고 불연속적이기도 한 관계를 지니고 있다는 것을 채수는 보여준다. 이승에서 어진 재상이었으면 저승에서도 재상으로 지낸다든지 이승에서 남의 원한을 살 만한 일을 하지 않으면서 존귀히 지낸 사람은 저승에서도 존귀하게 지내고, 이승에서 사납게 다니고 특별한 공덕을 쌓은 게 없으면 저승에서 그 자손까지 사납게 살더라고 하는 서술에서는, 이승과 저승간에는 연속성이 있다는 것을 보여준다.

불연속성을 보여주는 서술도 있다. 이승과는 달리 저승에서는 여성이라도 글을 잘하면 어떤 소임이든 맡아서 잘 지내며, 이승에서 임금께 충간을 하다가 비명횡사했더라도 저승에서는 좋은 벼슬을 하고, 이승에서 임금을 했더라도 주전충처럼 반역하여 왕위에 오른 자는 지옥에 들어가 있으며, 적선을 많이 한 사람은 이승에서 천하게 살았더라도 저승에서는 존귀하게 지내고, 이승에서 존귀하게 살았더라도 악

을 쌓았으면 수고롭고 불쌍하게 지낸다는 설명이 그것이다.[13]

둘째, 정치사상적 가치는, 군신관계를 부모와 자식 간의 관계처럼 여겨, 어떤 경우에라도 임금은 내쳐서는 안되며 끝까지 보좌하여 어진 군왕이 되도록 해야 한다는 주장을 펼친 점이다. 맹자의 역성혁명 이론과는 구별되면서, 나름대로의 근거를 가진 주장으로서 뚜렷한 차별성을 지닌 견해라 하겠다. 채수의 경우, 실제로 그 생각을 실천을 통해 보여주었다는 점에서 더욱 주목할 만하다 하겠다. 아울러 여성의 사회 참여를 인정한 점은 당대의 통념에 비추어 볼 때 파격적일 만큼 진보적인 것이라 하겠다. 허균은 서얼차대를 반대하여 〈홍길동전〉을 창작하되 남성들의 해방에 초점을 맞추었던 데 비해, 이보다 100여년 앞선 시대에 채수는 여성 해방의 필요성을 제기한 셈이다. 한국 페미니즘의 역사에서 주목할 만한 사례라고 본다.

셋째, 국문학적 가치로 여섯 가지를 들 수 있다. ① 우리의 설화 전통을 이어받아 김시습의 〈금오신화〉(1470년경)의 뒤를 이어 두 번째로 씌어진 소설로서, 그 다음에 나온 〈오륜전전〉(1531)과 〈기재기이〉(1553) 사이의 교량 역할을 한 작품이다. ②한글로 읽힌 최초의 소

---

13) 심사과정에서, 필자가 사용한 '연속성', '불연속성'이란 표현에 대하여, 부적절한 게 아닌가 하는 지적이 있었다. "연속성과 불연속성의 기준이 무엇인가요? 저승은 육신을 소거한 영혼이 가는 곳으로, 연속성이 있다고 보아야 하지 않을까요? 이승에서 적선(積善)한 사람이 저승에서 귀하게 되고, 적악(積惡)한 사람이 나쁘게 되는 것은 심판의 결과이지요. 이것은 불연속성이 아니고, 연속성이라고 보아야 하지 않을까요?"라는 지적이 그것이다. 지상과 저승 간에는 연속되는 측면도 있는가 하면 그렇지 않은 측면이 있다는 것을 드러내려 한 것인데, 오해가 생긴 듯하다. 이승의 질서와 저승의 질서는 같은 측면도 있지만 다른 측면도 있다는 서술로 봤으면 한다. 이승에서는 천하게 살았어도 저승에서는 존귀하게 산다는 것은 불연속적이라고 표현하는 것이, 이 작품에 나타난 두 세계간의 관계를 가장 잘 보여준다고 판단해 사용한 것임을 다시금 부언해 둔다.

설(넓은 의미의 최초 국문소설)이라는 점, ③실화 소설의 효시라는
점, ④우리나라를 배경으로 삼은 소설의 효시를 보인 김시습의 〈금오
신화〉를 계승한 작품이라는 점. ⑤상층 사대부(집권층)의 소설이라는
점, ⑥소설의 사회적 영향력을 입증한 작품이라는 점 등이다.

②의 경우, 원작은 한문으로 지어졌으나 인기를 끌어 바로 한글로
번역되어 널리 퍼짐으로써 각처에서 읽힘으로써[14], 우리나라 역사상
세종대왕이 한글을 창제한 이래, 처음으로 소설작품이 다수의 독자들
에게 읽힌 첫 사례가 되었다. 이른바 소설의 대중화가 처음 이루어진
경우인바, 그만큼 이 작품이 상하층 모두의 관심을 끌 만한 내용이었
다는 사실을 보여준다.

이 작품보다 먼저 나온 김시습의 〈금오신화〉는 그렇지 못하였다.
〈설공찬전〉의 한글 번역은 서양에서, 일부 고급 독자만 볼 수 있었던
라틴어 성경을 독일인 누구나 읽을 수 있는 독일어로 번역해 출판 유
통시킴으로써 종교개혁이 성공했던 일과 비견될 만하다. 구텐베르크
의 금속활자로, 자국어로 번역한 성경을 인쇄해 유통시킴으로써 종교
개혁을 성공하게 했다. 〈설공찬전〉의 한글 번역본이 그런 역할을 하
였다. 비록 인쇄본이 아니라 필사본 형태였지만 한글로 번역됨으로써,
양반 사대부만 즐기는 소설을 일반 민중도 즐기고 그 내용을 알게 한
것이다.

조정의 탄압을 받아 불태워지고 말았지만, 그때의 독서 경험과 기

---

14) "채수가 설공찬전을 지었는데 내용이 모두 화복(禍福) 윤회한다는 이야기로 매우
   요망합니다. 나라 곳곳에서 현혹되어 믿고서 한문으로 베끼거나 한글로 번역하여
   전파함으로써 민중을 미혹시킵니다. 사헌부에서 명령을 내려 거두어들여야 하겠
   지만, 혹 나중에 발견되면 죄로 다스림이 마땅합니다."(중종실록, 1511년 9월 2일
   조)

억이 그 뒤의 창작 한글소설 작품(〈오륜전전〉, 〈홍길동전〉)의 출현에 도화선 역할을 한 것이라 평가한다. 과문한 탓인지는 모르나, 우리 문학의 역사에서, 시가와 산문을 통틀어, 기록문학 작품의 대중화를 처음으로 보여준 사례가 바로 이 〈설공찬전〉 한글본의 필화 사건이라 생각한다.[15]

③의 경우, 족보를 분석한 결과, 주요 등장인물인 설공찬과 설공침 및 설공찬의 누이가 모두 실존인물이었을 가능성이 매우 크므로, 실화에서 유래한 작품으로 규정할 수 있는바, 이 역시 우리 소설의 역사에서 첫 사례이다.[16]

④의 경우, 우리나라 배경의 고소설이 절대적으로 적은 현실을 고려하면 소중하다고 생각한다. 채수가 이럴 수 있었던 것은 실화를 바탕으로 이 작품을 지었던 것이 가장 큰 원인이라 할 수 있다. 실화에서 소재를 가져왔다 해도 얼마든지 중국 배경으로 할 수도 있었을 테지만 실제 지명대로 한 것은, 혹시라도 필화가 있을 경우 면피하려는 책략 아래 그런 것으로 해석해 볼 수도 있다.

⑤는 방외인 즉 당대 사회에서 권력의 주변부에서 주로 전국을 방황하다 생을 마감한 김시습과는 달리, 국정을 맡은 고위 관료 출신인 채수가 소설을 쓴 것은 지식인 사회에 충격을 줄 만한 일이었다. 실제로 이 소설은 당대 사회에 일대 파란을 일으켰는바, 후대에 허균, 김만중 같은 권력담당층이 소설을 창작하여 소설의 위상을 높이는 데 기여하기 훨씬 전에 채수가 이미 그런 선례를 마련한 셈이다.

---

15) 정병설, 조선시대 소설의 생산과 유통(서울대학교출판문화원, 2016), 69-75쪽 참고.
16) 이복규, 설공찬전연구(박이정, 2003).

⑥의 경우, 우리나라에서는 김만중의 '국문문학론', 연암 박지원의 글들에 대해 내려진 정조의 문체반정 파동을 비롯하여 일련의 금서 조치 사례에서 확인할 수 있다. 하지만 소설로 한정해 보았을 때, 그 사회적 파급력이 크다는 사실을 확인시켜 준 사례로는 이 〈설공찬전〉 필화사건이 그 처음이다. 한 편의 소설이 사회에 지대한 영향력을 미칠 수 있다는 사례는 미국 역사에서도 실증된 적이 있다. 미국의 남북 전쟁이 끝난 후 링컨 대통령이 〈톰 아저씨의 오두막(엉클 톰스 캐빈)〉의 작자 스토우 부인을 만나 치하한 일이 그것이다. 처음에 수세에 있던 북군이 승리한 데에는 이 소설 작품의 감동력이 크게 기여했다는 사실을 링컨이 알고 감사를 표했던 것이다.

앞에서 언급했듯, 채수의 〈설공찬전〉도 당시에 그런 존재였다. "채수가 설공찬전을 지었는데 내용이 모두 화복(禍福) 윤회한다는 이야기로 매우 요망합니다. 나라 곳곳에서 현혹되어 믿고서 한문으로 베끼거나 한글로 번역하여 전파함으로써 민중을 미혹시킵니다. 사헌부에서 명령을 내려 거두어들여야 하겠지만, 혹 나중에 발견되면 죄로 다스림이 마땅합니다."(중종실록, 1511년 9월 2일조) 이 기록이 이를 증명한다. 한 편의 소설이 민중을 미혹할 수 있다고 조정에서는 판단해 철퇴를 내렸던 것이다.

실제로 〈설공찬전〉이 그때 남긴 충격은 그 다음의 국문소설의 출현에 불씨 역할을 했다고 여겨지고, 그 작품에서 내비친 여성의 사회 참여 담론은 오늘날에 와서 실현되고 있다고 볼 때, 소설이 지닌 사회적 영향력을 확인할 수 있다 하겠다. 〈설공찬전〉의 이 사례는, 문화를 강조하고 콘텐츠를 중시하는 현 시점에서 더욱 시사하는 바가 크다 하겠다.

5. 맺음말

이상의 논의를 요약하면 다음과 같다.

첫째, 채수가 지닌 철학사상 중 귀신에 대한 인식은 귀신이 등장하는 〈설공찬전〉과 긴밀히 연관된다. 무신론자여야 할 유교 사대부였지만 어린 시절에 귀신을 체험한 채수였기에 〈설공찬전〉 같은 소설을 창작한 것으로 해석된다.

둘째, 채수가 지닌 정치사상으로서, 부족한 군주라도 내쳐서는 안 되며 끝까지 보필하여 성군을 만들어야 옳다는 사고는, 쿠데타로 집권한 자는 죽어서 지옥에 가 있다고 주장하는 〈설공찬전〉을 창작하는 배경으로 작용했다고 보인다.

셋째, 채수가 지닌 문학사상과 관련하여, 문헌설화집인 『촌중비어(村中鄙語)』를 엮었다는 사실은, 채수가 구전설화의 가치를 적극 평가하였다는 것을 보여주는바, 설화 다음 단계의 서사물인 소설 〈설공찬전〉 창작을 가능하게 하였다 해석된다.

넷째, 〈설공찬전〉의 가치를, 철학사상적 가치, 정치사상적 가치, 국문학적 가치로 구분해 평가해 보았다. 철학사상적인 가치로서는 귀신관과 내세관(저승관) 면에서의 새로움, 정치사상적인 가치로서는 군신관계를 부모와 자식 간의 관계처럼 여긴 점을 들었다. 국문학적인 가치로서는 ① 설화 전통을 이어받아 김시습의 〈금오신화〉의 뒤를 이은 소설로서, 그 다음의 〈오륜전전〉과 〈기재기이〉 사이의 교량 역할을 한 작품, ② 한글로 읽힌 최초의 소설(넓은 의미의 최초 국문소설)이라는 점, ③실화 소설의 효시라는 점, ④ 우리나라를 배경으로 삼은 소설의 효시를 보인 김시습의 〈금오신화〉를 계승한 작품이라는 점. ⑤

상층 사대부(집권층)의 소설이라는 점, ⑥소설의 사회적 영향력을 입
증한 작품이라는 점 등이다.

V

〈소대성전〉 방각본 검토

1. 머리말

〈소대성전〉은 고전소설 중에서 많은 인기를 누렸던 군담영웅소설[1]
이다. 이러한 사실은 이본의 출현횟수 면[2]에서도 그렇거니와 전래하
는 속담[3]을 보아서도 쉽게 확인할 수 있다.

그러나 이런 높았던 인기에 비해 볼 때, 이 작품에 대한 연구는 매
우 부진한 형편이다. 개별적인 연구업적은 전무하고, 거의 다 군담소

---

1) 여기서 '군담영웅소설'이라 한 것은, 현재 학계에서 사용하고 있는 '군담소설'(정주
동 교수, 고대소설론)과 '영웅소설'(조동일 교수, 한국소설의 이론)이란 두 용어 중
에서, '영웅소설'을 상위개념으로, '군담소설'을 그 하위개념으로 처리하여 설정한
용어임을 밝힌다.
2) 조동일 교수가 정리한 이본의 수에 의한 고전소설의 순위표에 보면, 〈춘향전〉, 〈조
웅전〉에 이어 〈소대성전〉이 3위를 차지하고 있다. 조동일, 한국소설의 이론(지식산
업사, 1977), 286쪽 참고.
3) "소대성이 모양 잠만 자나"(잠 잘 자는 사람에게 하는 말), "소대성이 이마빡 쳤
나"(왜 잠만 자느냐고 잠 잘자는 이에게 하는 말). 이기문, 속담사전(민중서관,
1974), 306쪽.

설 내지 영웅소설 일반을 논하면서 부분적으로 언급하거나, 아니면
다른 군담영웅소설 작품을 연구하면서 그 상호영향관계 규명을 위해
단편적으로 다루든지 할 뿐이다. 이는 같은 군담영웅소설에 속하면서
인기 면에서 이 작품보다 하위에 있었던 것으로 보이는 〈유충렬전〉의
경우, 이미 수편의 개별 연구논문[4]이 발표된 것과는 대조적이라 하겠
다.

이에 필자는 〈소대성전〉 연구를 위한 기초 작업의 하나로, 우선 현
재까지 전승되고 있는 방각본에 대한 검토를 본고에서 다루고자 한
다. 먼저, 현재까지 학계에 소개된 〈소대성전〉 방각본들을 하나하나
소개 확인해 본 다음, 각 판본 내지 이본간의 비교를 통해 선본(善本)
을 추정해 보고, 동시에 각 이본간의 관계를 규명해 보기로 한다.

2. 〈소대성전〉 방각본 개관

1) 경판본

〈소대성전〉 경판본이 이본은 모두 6종인 것으로 소개되어 있다. 그
소개 내용 및 현전 상황을 보면 다음과 같다.

---

4) 김시헌, 「유충렬전」, 국문학 2(고대 국문학회, 1958), 윤성근, 「유충렬전연구」, 상산
이재수박사환력기념논문집(동간행위원회, 1972), 성현경, 「유충렬전 검토」, 고전문
학연구 2(한국고전문학연구회, 1974), 서대석, 「유충렬전연구」, 창작과비평 1977
년 봄호(창작과비평사).

(1) 무간기(無刊記) 36장본(이하 '경판 A')

이 본에 대해서는 김동욱 교수의 「춘향전 연구」[5](이하 「연구」), 391 쪽에서 소개하고 있다. 현전 상황은 다음과 같다.

대영박물관 소장, 소대성전 권단, 1책(36장), 사주단변, 무쾌, 14행 21-22자, 판심 : 상화문어미, 판심제 : 쇼, 간기 : 무, 김동욱, 영인고소 설판각본전집[6](이하 「전집」) 4권 399-416쪽에 수록.

(2) 무간기 24장본(경판 B)

이 본에 대해서는 김동욱, 「전집」 4권의 목차에서, 이 본이 백순재씨 소장본임을 밝히고 있다. 현전 상황은 다음과 같다.

백순재 소장, 쇼딕셩젼 권단 1책(24장), 사주단변, 무쾌, 15행 28 자. 판심 : 상화문어미, 판심제 : 쇼, 간기 : 무, 김동욱 「전집」 4권, 373~383쪽에 수록.

(3) 무간기 23장본(경판 C)

김동욱 교수의 「연구」, 391쪽 및 이능우 교수의 「이야기책 고대소 설판본지략」[7](이하 「지략」), 46쪽에 소개되어 있다. 현전 상황은 다음 과 같다.

---

5) 김동욱, 춘향전 연구(연대출판부, 1965).
6) 김동욱, 영인고소설판각본전집(연대인문과학연구소, 1973).
7) 이능우, 「이야기책 '고대소설판본지략'」, 숙대논문집 4(숙명여대, 1964).

대영박물관 소장, 쇼딕셩젼 권단, 1책(23장), 사주단변, 무쾌, 15행 27~28자. 판심 : 상화문어미, 판심제 : 쇼, 간기 : 무, 김동욱, 〈전집〉 4 권, 417~428쪽에 수록.

(4) 무간기 24장본(경판 D)

이능우 교수는 「판본지략」 p.46에서 전간공작(前間恭作)의 〈고선 책보〉[8] 기록을 인용하여 해본의 존재를 소개하고 있다. 그런데 〈고선 책보〉의 기록을 보면 다음과 같다.

「쇼대셩젼(蘇大聲傳)-冊板本 四シ切リ本 二十四丁 諺文の小說 파 리동양어학교장 대영박물관장(クラン 해제811)」(고선책보 p.1176)

이 기록 역시 M. Courent의 「Bibliographie Coréenne」 기록을 인용 한 것임을 알 수 있다. M. Courent의 「Bibliographie Coréenne」[9] 1권 기록은 다음과 같다.

811.쇼딕셩젼(蘇大成傳)
Syo (so) t i(tai) syeng tjyen.
HISTOIRI DE Syo Tăi syeng.
1 Vol. in-4, 24 feuillets.
L.O.V. - Brit. M. - Coll. v.d. Gabelentz.

---

8) 전간공작, 「고선책보」 영인편(서울, 경인문화사, 1969)
9) Maurice, Courent, Bibliographie Coréenne(Paris, 1894~1896)

(이하 줄거리 부분은 생략. Bibliographie Coréenne, 제1권, p.426)

이 기록을 보면, 한글표제 면에서 〈고선책보〉에서는 〈쇼대셩젼〉인 데 비해 해(該)기록에서는 〈「쇼딕셩」〉이라 되어 있어, 동일본이 아닐 지도 모른다는 의심을 가지게 한다. 하지만, 해본(該本)을 수록한 김 동욱(전집) 4권 pp.385~397의 원문을 보면, 〈쇼대셩젼 권단〉이라 되어 있어 Courent의 한글 표제 소개가 잘못되었음을 알 수 있다. 아울 러 한자표제로서 〈蘇大成傳〉이라 한 데 대해 생각해 보면, 작품본문 에는 전혀 한자가 출현하지 않는 걸로 보아서 Courent이 임의로 표 기한 것으로 보인다. 구태여 그 근거를 밝혀 보자면, 그의 앞 책 제1권 p.393을 보면, 〈蘇大成傳〉이라고 표제한 한역필사본이 소개되고 있 는 것으로 미루어 Courent이 이를 해(該)한글본 소개에 인용하여 표 기한 것이라 생각해 볼 수 있다. 〈聲〉과 〈成〉과의 선후행 내지 정오(正 誤) 문제는 필사본과 방각본 간의 비교 후에야 논의할 수 있는 문제이 기로, 방각본만을 다루는 본고에서는 더 이상 상론(詳論)치 않기로 한 다. 단지 방각본 안에서는 〈成〉으로 일관되게 표기되고 있다는 점만 지적해 두고자 한다.

해본의 현전 상황은 다음과 같다.

파리동양어학원장. 쇼대셩젼 권단. 1책(24장) 사주단변(四周單邊). 무괘. 14행 21~22자. 판심(板心). 상화문어미(上花紋魚尾). 판심제 (板心題): 쇼. 간기(刊記): 무(無). 김동욱 〈전집〉 4권, pp.385~397에 수록.

(5) 무간기 16장본(경판 E)

해본의 존재에 대해서는 김동욱 교수의 「연구」 p.391과 이능우 교수의 〈판본지략〉 p.46에 소개되어 있는데, 현전 상황은 다음과 같다.

영남대 도남문고 및 국립도서관장. 쇼티셩젼 권단. 1책(16장). 사주단변. 반엽광곽(半葉匡廓):19.5 15cm. 무괘. 15행 25~28자. 판심: 상흑어미혼입화문미(上黑魚尾混入花紋魚尾). 판심제: 쇼. 간기: 무. 출간년도:1917년 한남서림. 김동욱 〈전집〉 1책, pp.553~560에 수록.

(6) 무간기 20장본

해본에 대해서는 김동욱 교수의 〈개정국문학개론〉 p.120 및 이능우 교수의 〈판본지략〉 p.46, 전간공작(前間恭作)의 〈고선책보〉 pp.1175~1176에 소개되어 있는데, 앞 두 분의 소개는 전간공작의 〈고선책보〉 기록을 그대로 인용한 것임을 알 수 있다. 해본에 대한 〈고선책보〉의 기록은 다음과 같다.

쇼대셩젼(蘇大成傳) 一册 在山樓藏
光緒中坊刻本 板格竪六寸七分 橫五寸三分 罫なし 十五行 二十丁 全 諺文 字體は行體なり 普通にる 諺文小說を 刻したるもの(古鮮册譜, pp.1175~1176)

이 기록에서 해본을 경판이라고 볼 수 있는 징표로서는 가체가 행서(해서인 완판과 구별)라는 점, 행수가 15행(16행인 안성판과 구별)

이라는 점인데, 원본을 보지 않은 이상 그것만 가지고 경판이라 단정하기엔 미흡하다. 특히 위 기록에서 해본의 판각년도가 청(淸) 덕종의 연호인 광서연간(光緒年間) 임을 밝히고 있어 주목된다. 이를 신빙한다면, 해본은 1875에서 1908년 사이에 판각되었다고 볼 수 있게 되어, 연대 추정에 도움이 되리라고 보이는데, 아직 원본을 보지 못해 그 현전상황을 언급하지 못함을 유감으로 생각한다.

2) 완판본

지금까지 소개된[10] 〈소대성전〉 완판 이본은 3종인데, 여기에 필자가 발견한 1종[11]을 합하면 모두 4종이 되는 셈이다. 그러나 확인해 본 결과 3종만이 현전함을 알 수 있다.

(1) 무간기 43장본(완판 A)

해본에 대해서는 김동욱 교수의 〈연구〉 p.398 및 이능우 교수의 〈판본지략〉 p.46에 소개되었는데, 현전 상황은 다음과 같다.

ㄱ. 국립중앙도서관장. 쇼디셩젼이라. 1책. 용문전합책(소: 43장,

---

10) 김동욱, 「한글소설 방각본의 성립에 대하여」, 춘향전연구(서울, 연대출판부, 1965), p.398. 「방각본에 대하여」, 동방학지 11(서울, 연대동방학연구소, 1970), p.135., 영인고소설판각본전집(서울, 연대인문과학연구소 1973). 김삼불, 「열녀춘향수절가해제」, 열녀춘향수절가(서울, 조선진서간행회, 1949). 이능우, 「이야기책(고대소설)판본지략」, 숙대논문집 4집(서울, 숙대, 1964), p.46.
11) 국립중앙도서관소장 유리기 35장본

용: 38장). 사주단변. 반엽광곽 21×17cm. 무괘. 14행 24~27자.
반심: 상하화문어미. 판심제: 쇼大, 3, 4, 5, 6장만은 〈대〉 되어 있
음. 간기: 무. 출간연도: 1911년 서계서포 탁종길(卓鐘佶)
ㄴ. 규초각(奎草閣) 가람문고장: 국립중앙도서관장본과 동일함.

(2) 유간기(有刊記) 43장본(완판 B)

이능우 교수의 〈판본지략〉에서, "〈쇼딕셩젼이라〉, 43엽: 〈용문젼이
라〉 38엽과 합본되어 각기 〈무신중춘완구동신간〉"이라 하여 해본을
소개하고 있다. 현전 상황은 다음과 같다.
영남대학교 중앙도서관 도남문고장. 쇼딕셩젼이라. 1책. 용문전합
책(소: 43장, 용: 38장). 사주단변. 반엽광곽: 21.6×15.8cm. 무괘. 14
행 24~27자. 판심: 상하흑어미. 판심제: 쇼 大, 3, 4, 5, 6장은 〈大〉로
됨. 간기: 유신중춘완구동신간. 출간연도: 1916년 다가서포 양진태.

(3) 유간기 35장본(완판 C)

해본에 대해서는 아직 소개가 없었던 것으로 필자가 국립중앙도서
관 소장의 〈소대셩젼〉 자료들을 열람하다가 발견한 것인데, 현전상황
은 다음과 같다.
국립중앙도서관장. 쇼딕셩젼 권지상이라. 1책. 용문전합책(소: 35
장, 용:38장). 서주단변. 반엽광곽: 20.1×16.5cm. 무괘. 14행 24~27
자. 판심: 내향흑어미. 간기: 유신중춘완구동신간.

(4) 유간기 37장본

김동욱 교수는 〈연구〉 p.398에서는 "유신중춘완구동신간(〃)(19○
8?) 37장"이라, 〈방각본에 대하여〉 p.135에서는 "1책 37장본 유신중
춘완구동신간"이라 하여 해본의 존재를 소개하고 있다. 그러나 확인
해본 결과 해본은 존재하지 않음을 알 수 있다. 이는 해본을 소개한 김
교수의 장서 중에도 해본은 없다고 하거니와 김교수가 상기 논문들을
집필할 때 참고한 문헌[12]을 다 조사해 보아도 나타나지 않는 걸로 보
아 잘못 소개된 것이 아닌가 생각한다.

3) 안성판본

안성판은 김동욱 교수의 〈연구〉 p.396에 소개된 대로 현재 무간기
20장본 1종만이 전하고 있다. 현전 상황은 다음과 같다.

동양문고장. 쇼대성전 권지단. 1책(20장). 사주단변. 무괘. 16행
27~30자. 판심: 상화문어미. 판심제: 쇼. 간기: 무. 김동욱 〈전집〉 1권
pp.561~571에 수록.

---

12) 전간공작, 고선책보. Maurice, Courent, Bibliographie. 김삼불, 열녀춘향수절가해
제.

3. 방각본간의 비교

1) 경판본간의 비교

(1) 경판 A: 경판 B

경판 A(무간기 36장본)와 경판 B(무간기 24장)는 삽화의 수에 있어서나 내용에 있어서 몇 군데를 제외하고는 거의 동일성을 유지하고 있다. 하지만 그런 가운데서도 경A가 경B보다 선행했으니라는 생각을 갖게 할 수 있는 차이점이 몇 군데 발견되는데, 이를 소개하면 다음과 같다.

(이하의 원문 인용에서 띄어쓰기 및 방점표시는 필자에 의한 것임)

① 대성(大成)과 호왕(胡王)과의 첫 번째 대결 장면에서 B에서는 간
단히 〈교봉 수십여합의 불분승부ᄒ니 진짓 적쉬라〉(34면)고 되어
있는 데 비해, A에서는 〈교봉 사십여합의 호왕의 창법이 싁″ᄒ고
듸셩의 칼법이 번기갓흐여 진짓 적쉬라. 냥진 ″각은 텬지 진동ᄒ
고 검광은 히빗홀, 희롱ᄒ더라〉(53면)고 되어 있어, B는 A의 축양
이 아닌가 생각된다.
② 노왕이 된 대성이 태감을 통해 이소저에게 편지를 보내는 대목에
서, B에서는 편지를 보내고 받았다는 사실만 나타나는데, A에서
는 편지의 내용까지 소개되어 있다. 필자의 생각으로는 이 대목
역시 앞서의 대성과 호왕과의 대결장면에서와 같이 편지 내용이
있던 E를 저본으로 B에 와서 생략된 것이 아닌가 추단한다.

"왕이 웃고 다시 셔간과 소져의 글을 동봉ᄒ여 틱감을 보니니라 ᄎ시 왕부인이 틱감을 보니고 ᄎ탄왕 당초 쇼싱과 결년ᄒ미 아니런들 노왕과 셩혼ᄒ여 녀아 평싱의 즐거올 번ᄒ도다ᄒ더니 일일은 틱감이 ᄯᅩ 왓거늘 부인이 청ᄒ여 줌당의 좌졍후 틱감이 셔간을 드리거늘 바다 보니 쇼싱의 필젹이라 밧비 소져 침방의 들러가 소져를 뵈여왈 셰상이 엇지 이런 닐이 잇스리오 소졔 ᄌᆞ져ᄒ다가 바다 보니 일봉은 ᄌᆞ초지종을 긔록ᄒ엿고 일봉은 ᄌᆞ긔 지은 글이라 문득 오열유쳬ᄒ니 부인이 일변 후회ᄒ고 소져를 위로ᄒ더라" (경판 B 40~41면)

"왕이 대경왈 이ᄂᆫ 나를 죽은 쥴노 알고 칙복을 닙어도다ᄒ고 즉시 셔간을 닷가 소졔의 창화ᄒ던 글과 ᄒᆞᆫᄃᆡ 봉ᄒ여 틱감을 쥬어왈 그 부인의 거상이 나를 위ᄒ미라 니 친이 틱일ᄒ여 좃ᄎᆞ가리라 틱감이 대희ᄒ여 니부로 가니라 ᄎ시 왕부인이 틱감을 보니고 ᄎ탄왈 당초 녀ᄋᆞ를 쇼싱과 결연치 아니ᄒ엿던들 노왕과 셩혼ᄒ면 졔평싱이 즐거울 번ᄒ도다ᄒ더니 일〃은 시비 보ᄒ되 노국틱감이 ᄯᅩ 온다ᄒ거늘 부인이 고이 히 넉여 청ᄒ여 보니 틱감이 노왕의 젼후 슈말을 고ᄒ고 셔간을 니거늘 왕부인이 ᄌᆞ시 보니 과연 쇼싱의 필젹이라 급히 죠져를 불러 뵈니 쇼졔 쥬져ᄒ다가 ᄲᅦ혀 보니 기셔의 왈 노왕 쇼대셩은 삼가 글월을 니쇼져 좌하의 올니오니 오희라 복의 명되 긔박ᄒ여 십셰 젼의 방친을 여회고 일신이 표박ᄒ다가 창텬니 도ᄋᆞ시므로 대승샹의 거두시믈 닙ᄉᆞ오니 은혜 망극ᄒᆞ온 즁 ᄯᅩ 쇼져의 천금지신으로 비위를 허ᄒ시니 복의 과목ᄒ믈 조물이 싀긔ᄒ여 승샹이 셰상을 ᄇᆞ리시니 긱탁이 장구치 못홀지라 부득이 몸을 ᄲᅦ혀 귀틱을 ᄯᅥ나니 금셕갓흔 언약이 속졀업시 된지라 혈혈단신이 신사의 〃지ᄒ여 승샹의 은덕과 쇼져의 명약을 사모ᄒ고 셰월을 보니더니 텬지 친졍ᄒ시미 복이 젼장의 나아가 북호를 소멸ᄒ고 외람이 왕젹을 밧ᄌᆞ오나 다만 쇼져의 심규박명ᄒᆞ믈 한탄ᄒ더니 귀쳬 안

강호물 드르미 깃분 가온되 가쇼로온 긔별이 〃시니 엇지 사름의 사싱
을 녜탁ᄒ고 불길흔 거조를 ᄒ리잇가 이룰 싱각건되 그 감격ᄒ믈 비치
못ᄒ지라 이 ○○○○○퇴감을 보닉여 위로ᄒᄂ니 아니 못게라 쇼져ᄂᆫ
삼종지의룰 싱각ᄒ쇼셔ᄒ여더라 ᄯ오○○ 일봉이 〃시니 ○○의셔 창화
ᄒ던 즈기 필젹이라 쇼졔 보기룰 다ᄒᄆ 녯일을 싱각ᄒ고 오열유체ᄒ
니 왕부인은 일변 붓그려 퇴감을 딕졉ᄒ고 쇼져를 위로ᄒ더니” (경판A
67~69면)

③ 노왕이 된 대성 부부의 기세(棄世) 대목에서, B에는 꿈속에서 춘
경(春景)을 구경하는데 한 선관이 내려온 것으로, A에는 단좌(端坐)
하고 있을 때 비몽사몽간에 청룡사 부쳐인 노승이 찾아온 것으로 되
어 있다. 작품 구성상 청룡사 부쳐가 등장하는 것이 훨씬 효과적이라
생각한다. 그것은 발단부분에서 '불구의 세계로 모도리다'라고 예언했
던 게 바로 청룡사 노승(부처)이었으니만큼, 대성의 기세 무렵에 그가
등장하는 것은 B에서의 갑작스런 선관의 등장보다 필연성을 띠고 있
기 때문이다.

"일ㄱ는 왕이 후로 더부러 후원 청슈각의 올나 춘경을 완상ᄒ더니
속으로 우의 션관이 ᄂ려와 읍ᄒ고왈 불구의 세계로 모도시리이다”
(경판 B 41면)

"일 〃는 왕이 전샹의 조용히 단좌ᄒ여더니 흔 노승이 뉵환장을 집고
와셔 무르며 왈 인간영욕과 풍진고락이 엇더ᄒᄂ뇨 왕이 황망이 몸을 일
이 마즐싀 즈시 보니 완연흔 청룡사 부쳬라 신긔ᄒ믈 니긔지 못ᄒ여 공
경녜ᄇᄒ니 노승왈 지금 왕이 즉위 삼십팔년이나 영산의 모들 날이 머
지 아니ᄒ여시니 그 ᄉ가 보즁ᄒ소셔ᄒ고 문득 간딕 업거놀” (경판 A

71면)

이상의 세 부분이 보여주는 차이를 통해서, 필자는 A가 B보다 선행한 작품이 아닌가 추단(推斷)해 본다. 하지만 이 세 가지 징표만으로 양본(兩本)의 선후를 명확히 논단하기는 퍽 어려운 형편이라는 점 또한 아울러 지적해 두면서 다음으로 넘어가기로 한다.

(2) 경판 B : 경판 C

경판 C(무간기 24장 백순재본)와 경판 D(무간기 23장본)를 비교해 보면, 양본은 20면까지는 자체(字體) 및 약간의 표기상의 차이를 제와하고는 매페이지 매행의 처음과 끝자가 완전히 부합할 정도로 전연 동일 판본임을 보여주고 있다. 21면부터는 경판 C는 16행에 매행당 32~35인데 비해 경판 D는 15행에 매행당 25~28자로 되어 있어 서로 어긋나기는 하지만, 다음과 같은 내용상의 차이는 전연 발견할 수 없다.

"지져왈 도적이 엇지 ᄂ를 당헐쇼냐 현이 몸을 늘녀 칼을 급히 더지니 촉하의 검광이 빗ᄂ며 싱이 간ᄃᆡ 업ᄂ지라 현이 급히 ᄂ오려ᄒ더니 문득 흔 쇼년이 거문 ᄌ화를 입고 단금을 무릅 우히 노코 쥴을 희롱ᄒ며 청아흔 노ᄅᆡ를 부르니 갈오ᄃᆡ" (경판 C 21면)
"지져왈 도적이 엇지 ᄂ를 당헐쇼냐 현이 몸을 늘녀 칼을 급히 더지니 촉ᄒ의 검광이 빗ᄂ며 싱이 간ᄃᆡ 업ᄂ지라 현이 급히 ᄂ오려ᄒ더니 문득 흔 쇼년이 거문 ᄌ화를 입고 단금을 무릅 우히 노코 쥴을 희롱ᄒ

며 쳥아흔 노릭를 부르니 갈오되" (경판 D 21면)

이와 같은 동일성은 끝부분에서도 확인된다.

"왕이 졍수를 다스리미 문무의 셩덕을 베푸니 강구의 격양가를 젼흐더라 이십팔년 춘졍월의 쟝주 눈언으로 셰주를 숨고 기여는 각″ 봉군흐여 쳥복을 누리더니 일″는 왕이 후로 더부러 후원 쳥슈각의 올나 춘경을 완상흐더니 ㅇㅇㅇㅇ속으로 우의션관이 느려와 읍흐고왈 불구의 셰계로 모도시리이다 ㅇㅇㅇㅇㅇ이가거늘 씨니 흔 숨이라 인흐여 왕과 휘 동일 홍흐니 년ㅇ" (경판 C 41면)

"왕이 졍수를 다스리미 문무의 셩덕을 베푸니 월명강구의 격양가를 젼흐더라 이십팔년 춘졍월의 쟝주 문언으로 셰주를 삼고 기여는 각″ 군을 봉흐여 쳥복을 누리더니 일ㄱ는 왕이 후로 더부러 후원 쳔슈각의 올느 화란을 지여 춘경을 완샹흐더니 치운 속으로 우의션관이 느려와 읍흐고왈 불구의 셰계로 모도시리이다흐고 표연이 가거늘 씨니 흔 숨이라 인흐여 왕과 휘 동일의 홍흐니 년이 팔십일셰요 지위 숨십년일너라" (경판 D 46면)

위 두 예에서 볼 수 있듯이 경판 C와 경판 D는 표기 및 미미한 정도의 생략 부연, 어구의 교체로 인한 사소한 차이를 제외하고는 거의 동일 판본임을 알 수 있다. 양 본의 선후행 관계는 표기상의 혼용현상 때문에 밝히기가 불가능한 형편인데, 거의 동시기에 영향을 주고받아 이루어졌으리라고 추단된다.

(3) 경판 B : 경판 E

경판 E(무간기 16장본)는 경판 B(무간기 24장 백순재본)의 축약본이다. 즉 B본에서 작게는 어절의 축약으로부터 크게는 수행 또는 몇 페이지의 축약이 행해져 E가 이루어진 것으로 보인다. 양본은 20면까지는 매면 15행에 매페이지 매행의 처음과 끝자가 완전히 복합할 정도로 전혀 동일하다가, 21면부터는 차이가 드러난다. 경판 B는 16행 32~35자인데 비해 경판 E는 앞부분과 마찬가지로 15행 27~28자로 되어 있다.

이제 내용에 있어 발견되는 양본의 다른 점 중 중요한 것을 스토리 순위에 따라 적으면 다음과 같다.

① 대성이 자객을 향해 노래 부르는 장면에서, 노래 내용이 B에서는 9구절로 되어 있는데, E에는 5구절이 생략되어 4구절만 나타나고 있다.

"쳥아흔 노뤼를 부르니 갈오듸 젼국젹 시졀인가 풍진도 요란ᄒ고 쵸한젹 건곤인가 살긔도 등〃ᄒ다 홍문연 잔쳐런가 칼춤은 무슴일고 픠틱의 날닌 용이 구름을 으더스니 초산의 모든 범이 바람을 일워도다 범증의 쎄른 옥결 빅셜이 되어스니 항장의 늘닌 칼이 쓸 곳이 젼혀 업다 장냥의 퉁소 ᄀ틴 월하의 슬피부니 장즁의 잠든 픠왕 혼빅이 놀ᄂ도다 음능 쵸분 길의 월쇠이 희미ᄒ니 오강 너른 물의 슈운이 젹막ᄒ다 역발산 긔가세도 강동을 못 건너거든 필부 형경이야 넉슈를 건늘쇼냐 거문고 흔곡조의 살벌이 셧겨스니 슬푸다 마음을 닷가 씨치거든 션도를 닥"

글셔라" (경판 B 21면)

"쳘양흔 노릭를 부르니왈 젼국젹 시졀인가 풍진도 요란ᄒ고 쵸한젹 건곤인가 살긔도 등ᄀᄒ다 역발산 긔긔셰도 강동을 못 건너든 필부 죠현이야 역슈를 건널쇼냐 ᄒ며 흔 곡죠의 살벌이 셔러스니 슬푸다 마음을 닥가 씨치거든 션도을 닥게ᄒ라" (경판 E 21면)

② 대성이 자객을 죽이고 떠난 후 이승상 부인과 이생들이 자기들의 흉계를 은폐하기 위해 거짓 소문을 퍼뜨리는 장면에서, B에는 부인이 묻고 이생들이 계책을 제시하는 과정이 나오는데, E에서는 간략히 결과만 전하고 있다.

"즉시 죠현의 죽엄을 치우고 부인긔 슈말을 고ᄒ니 부인이 딕경왈 엇지ᄒ면 조흐리요 니싱등이 딕왈일이 임의 홀 길 업스믹 쇼싱이 무지ᄒ여 은혜를 잇고 ᄒ직업시 갓다ᄒ면 남이 아라도 무신이 알거시오 믹계도 그 빈은ᄒ물 통흔이 녁이리이다 부인이 그러이 녁이더라" (경판 B 24면)

"즉시 죠현의 죽엄을 치우고 부인게 슈말을 고흔 후 의논왈 쇼싱이 무상ᄒ여 빈은ᄒ고 하직업시 나갓다 ᄒ더라" (경판 E 22면)

③ 대성이 집을 나갔다는 말을 듣고 취한 채봉의 태도에 있어, B에는 이생들을 질책 원망하는 내용이 자세히 나오는데, E에서는 대폭 축약하여 아주 간단히 다루고 있다.

"일ᄀ는 쇼졔 쇼싱의 ᄂ갓단 말을 듯고 심이 의혹ᄒ여 시비 ᄂ녕다려왈 쇼싱은 부모 친척이 업고 위인이 녹녹지 아니ᄒ니 부단이 갈 니

없는지라 네 늘을 위흐여 탐지흐여 오라 눈영이 즉시 셔당 벽샹의 글을
벗겨 왓거늘 쇼졔 보기를 다흐고 실식탄왈 연고 업시 누가물 고히 넉
여더니 엇던 사름이 무단이 죽이려 흐여던고 명일 모친긔 엿즈와 진위
를 알니라흐고 잇튼늘 모친긔 누아가 녜를 맛고 뫼셔 안져다가 문왈 요
사가 듯사오니 쇼싱이 연고 업시 눗갓다흐오니 무슴 일이 잇누잇고 부
인이 작식왈 쇼싱의 거취를 규즁 쳐자의 알 비 아니여늘 외긱의 유무를
무로문 어지미뇨 쇼졔 졍금듸왈 쇼싱의 출립을 무로미 녀아의 힝실이
아니라 흐시니 모친이 평일의 무슴 일노 경계흐시더니잇고 부인왈 녀
모졍렬이 고금의 쌋그헌 일이라 그러누 졀힝이 다 곡졀이 잇누니 승샹
이 싱시의 쇼싱의 션셰를 싱각흐여 그걸흐믈 갈영이 넉여 거두어 의식
을 헐시 비록 취즁의 망녕된 말슴을 흐셔스누 일시 희식요 또흔 동샹을
갓쵸지 못흐여슨즉 부당흔 사름으로 괴이흔 거죠를 흐여 남의 우음이
되니 엇지 흐홉지 아니리요 너는 이런 말 다시 말누 쇼졔쳥파의 작식왈
녯늘 죠공쥐 오셰적 일을 잇지 아니흐고 동문 박 빅셩을 취흐미 그 졀
힝이 만디 유젼흐여 는지라 허믈며 쇼싱은 명문거족으로 부친이 친이
다려와 쇼녀와 니셩지친을 믜즈며 글을 챵화흐여스니 텬지신명이 아루
시고 모친이 또흔 증참흐신 비라 비록 쳔사만싱흐오누 엇지 두 쯧을 두
리잇고흐며 약싱이 경늬흐고 사긔 밍녈흐여 사름의 마음을 감동흐는지
라 부인이 심즁의 탄복흐누 짐즛 불열왈 닉 너의 일싱을 념녀흐미여늘
네 어미 쯧을 거슬녀 눈긔를 손샹흐가 엇지 모녀의 은졍이 잇다흐리요
쇼졔 아미를 숙이고 눈물이 옷깃슬 젹시거늘 니싱들이 겻히 뫼셔 셧다
가 미졔의 거동을 보고 기유왈 미졔 평일 효순 온공흐미 우리도곤 비승
흐더니 오늘구 모친 심회를 불평케 흐미 인즈의 효힝이라 흐리요 소미
누 마음을 강잉흐여 모친을 위로흐라 소졔 쳬읍왈 거거의 말은 모친을
위흐시미누 실은 즉졀이 아니라 충신은 불사이군이요 녈녀는 불경이뷔

라흐여스니 소미 비록 절기를 변역흐여도 맛당이 졍도로 경계흐실거시 어늘 도로혀 불의로 인도흐니 그윽히 거ㄱ를 위흐여 흔심흐도다 니싱 등이 ㄱ말 드르미 가쟝 무류흐느 거즛 웃고 왈 셩인도 권되 잇거든 미 계는 엇지 고집흐느뇨 소졔분연왈 거〃는 임군을 셤기다가 느시 당흐 면성명을 도모흐여 도젹의게 무릅흘 쑬니잇가 니싱 왈 이 쏘한 권되라 엇지 죽기를 즐기리요 소졔 탄완 쟝뷔셰샹의 쳐흐미 츙효 웃듬이여늘 거〃는 권도만 슝샹흐니 흔젹양웅의 뤼라 슬푸다 션군의 충효들 본바 드리 업스니 엇지 이돏지 아니리요 니싱등이 츔괴 무언이여늘 쇼졔 침 소의 도라와 탄신왈 가문이 불힝흔들 이다지 히연흔 일이 잇쓰리요흐 더라"(경판 B 23~25면)

"일〃는 쇼졔 쇼싱의 나갓단 말을 듯고 의혹흐여 난영다려 왈 네 나 를 위흐여 탐지흐여 오라 난영이 셔당 벽샹의 글을 벗겨 왓거늘 쇼졔 보기를 흐다고 실싴 탄왈 가문이 불힝흔들 이다지 히연헌 일이 잇스리 요흐며 탄신흐물 마지 아니터라"(경판 E 22~23면)

④ 대성이 출전하기 전까지의 명군과 호군과의 교전 상황에 있어서, B에서는 호협 사후에 일어난 네 장수의 잇단 사망 경위를 상세히 보여주는데 비해, E에서는 호협 사망까지만 다루고 이후 이야기 는 결과만 간단히 소개하고 있다. 또한 B에서는 위의 교전 중에 대성이 '모셰징'에게 출전을 요청하였다가 거절당하는 장면이 있 는데, E에서는 언급이 없다.

"츠시 쳔지 호왕과 딕진홀싀 션봉장 호협이 호장 뉵환을 버히고 횡 힝흐다가 셔융의게 죽은 비 되니 흐셩위 분노흐여 셔융으로 쓰화 승합 이 못흐여 쏘 셔융의게 죽으니 후군장 문 딕로흐여 니다라 외여 왈 젹

쟝은 닷지 말ᄂ 녀를 버혀 양장의 원슈를 갑흐리라ᄒ고 셔융과 ᄊ화 슈
합이 못ᄒ여 셔융의게 싱금흔비 되니 호왕이 ᄃ희ᄒ여 쟝ᄃ의 안져 문
화를 쑬니 〃 문홰 ᄉᄀ지안코 ᄃ즐왕 무도흔 올왕킈 강포를 밋고 텬의를
항거ᄒ니 녀를 죽여 흔을 풀고ᄌᄒ거늘 네게 엇지 굴ᄒ리요 호왕이 ᄃ
로ᄒ여 문화를 버혀 달고 익일 셔융이 ᄊ흠을 도도며 왈 명진 즁의 ᄂ
를 ᄃ젹ᄒ리 잇거든 밧비 ᄂ와 ᄌ웅을 결ᄒ라 ᄒ거늘 텬지 ᄃ로ᄒ사 좌
우를 도라보시니 좌위 묵〃무언이여늘 쳔지 탄왈 쟝쉬 쳔여 원이요 군
시 슈십만이로ᄃ 일긔 셔융을 두려ᄒ니 쟝ᄎ 엇지 ᄒ리요 편장군 상우
평이 쥬왈 신이 ᄂ아가 셔융을 버혀 오리이다ᄒ고 ᄂ다라 교젼 슈합의
셔융의게 쥭으니 〃러므로 장졸의 예긔 최찰ᄒ여 감히 츌두ᄒ는 지 업
난지라 이ᄊ ᄃ셩이 양진 승픠를 보다가 분긔 울 〃 ᄒ가 셰징을 보고 왈
소쟝이 흔번 ᄂ아가 팔장의 원슈를 갑고져ᄒᄂ다 셰징이 불열왈 이곳
의 영웅이 만흐되 도젹을 당치 돗ᄒ거늘 너갓흔 빅면셔싱을 보닉여 쟝
슈의 슈만 치오리요ᄒ고 위젹을 명ᄒ여 ᄊ흠을 도 〃 더니 슈합의 못ᄒ
여 셔융이 위젹을 버혀 들고 ᄃ호왈 명졔는 무죄흔 장슈만 쥭이지 말고
의니 항셔를 올니라ᄒ며 즐욕ᄒᄂ지라" (경판 B 32~33면)

"ᄎ시 텬지 호왕과 ᄃ진흘ᄉ 션봉장 호협이 호장 육환을 버히고 횡
힝ᄒ다가 셔융의게 쥭은 빅 되고 ᄯ 연ᄒ여 명장 슈십인이 호장의게 쥭
은 빅 되니 이러무로 감히 나가 츌두흘 지 업는지라" (경판 E 29면)

⑤ 셔융 사후에 벌어진 대성과 호왕과의 대결 장면에서, B에서는 힘
으로의 대결에 이어 호왕이 세 차례에 걸쳐 간계를 쓰는 것으로
되어 있으나, E에서는 힘으로의 대결부분이 완전히 생략되어 있
고, 호왕의 간계 또한 첫째 둘째의 것은 생략되고 세 번째 것만
나타나고 있다.

"추시 호왕이 션우의 죽으믈 보고 딕로ᄒ여 창들고 니다라 딕호왈 어졔 션우 죽인 장슈는 ᄂ와 니칼을 ᄇᆞ드라ᄒ거늘 딕셩이 딕로ᄒ여 졍 창 츌마ᄒᆞᆯ시 셰징이 당부왈 호왕은 션우의 뉘 아니 ″ 부딕 경젹지 말ᄂ ᄒ더라 양진이 상딕하여 호왕이 ᄇᆞ라보미 일원소장이 보신갑의 봉투구 쓰고 칠셩검 빗기 들고 쳥춍마탓시니 진실노 만고영웅이요 딕셩이 호 왕을 ᄇᆞ라본즉 용닌갑의 슌금투구 쓰고 딕도를 드러즈니 신장이 구쳑 이라 범상흔 뉘 하니라 ᄒ고 딕즐왈 ᄂ의 칼이 스졍이 업니 샐니 칼 을 ᄇᆞ드라ᄒ고 다라드니 호왕이 딕노왈 죠고만 아히 감히 큰말ᄒᄂ다 ᄒ고 교봉 ᄉᆞ십여합의 불분승부ᄒ니 진짓 젹쉬라 셰징이 장딕의셔 승 픽를 보다가 힝혀 딕셩이 상홀가ᄒ여 징쳐 군을 거두니라 호왕이 도라 가 혜오딕 니 십년 슐법을 비와 셰상의 당홀 지 입슬가ᄒ여너니 ᄀᆞ계 딕셩의 검슐을 보미 ᄂ의셔 빙승흔지라 가히 지혜로 잡으리라ᄒ고 진 병을 불너왈 명일 ᄊᆞ흠의 여ᄎ ″ ″ ᄒ면 졔갈량의 쐬 잇셔도 버셔니지 못ᄒ리라ᄒ고 익일 진젼의셔 위여왈……(중략)……이젹의 호왕이 흔 모칙을 엇고 진병다려왈 예셔 오○○ ○○○ ○운동이 ″스니 네 졍병 오쳔을 거느려 미복ᄒ고 ᄉ면의 시쵸를 마니 ᄊᆞ핫다가 명일 ○○○ ○ 셩을 유인ᄒ여 드리″니 불을 지르라……(중략)……호왕이 북문으로 드러가다가 셩진의 죽으믈 보고 혼빅이 비월ᄒ여 가만니 본진의 도라 와 졔장드려왈 딕셩은 만고영웅이라 졸연이 잡지 못ᄒ리니 져를 먼니 보닌 후 명진을 파ᄒ리라ᄒ고 셤흔을 불너 오만군을 쥬어 여ᄎ ᄀᆞ ᄀᆞ ᄒ 라ᄒ니 셤흔이 쳥녕ᄒ고 발힝ᄒ니라" (경판 B 34~37면)

"이쩌 호왕이 졔장과 의논왈 딕셩을 힘으로는 딕젹지 못ᄒ리니 계 교로써 잡으리라ᄒ고 셤한을 장안으로 보니여 엄습케 ᄒ니라" (경판 E 29~30면)

⑥ 노왕이 된 대성 부부의 엽세(葉世) 장면에서, B에는 선관의 꿈을
꾼 후에 엽세한 걸로 되어 있는데, E에서는 선관에 대한 언급이
없는 등 간략화되어 있다.

"왕이 졍ᄉᆞ를 다스리미 문무의 셩덕을 베푸니 강구의 격양가를 젼ᄒᆞ
더라 이십팔년 츈졍월의 장ᄌᆞ 눈언으로 셰ᄌᆞ를 슘고 기여는 각〃 봉군
ᄒᆞ여 쳥복을 누리더니 일ᄀᆞ는 왕이 후로 더부러 후원 쳥슈각의 올나 츈
경을 완상ᄒᆞ더니 ○○○속으로 우의션관이 ᄂᆞ려와 읍ᄒᆞ고왈 불구의 세
계로 모도시리이다 ○○○○이 가거늘 ᄶᅵ니 흔ᄭᅮᆷ이라 인ᄒᆞ여 왕과 휘
동일 홍ᄒᆞ니 년○○○○○○" (경판 B 41면)
"왕이 졍ᄉᆞ를 다시리미 문무의 셩덕을 베푸니 강구의 격양가를 젼ᄒᆞ
더라 이십팔년 츈졍월의 셰ᄌᆞ 장ᄌᆞ 윤언오로 셰ᄌᆞ를 슘고 기여는 각ᄀᆞ
봉군ᄒᆞ여 쳥복을 누리더니 일ᄀᆞ 왕과 휘 츈경을 완상ᄒᆞ다가 동일 승쳔
ᄒᆞ니라" (경판 E 31면)

한편 여기서 A가 B의 영향 하에 이루어졌을 가능성도 일단 가져볼
수도 있다. 그러나 검토해 보면 E는 확실히 B를 모본으로 하여 이루어
졌음을 확인할 수 있으니, 그 한 예로 위에 제시한 B, E의 결말 부분과
다음에 보일 C의 그것과를 비교해 보면 쉽게 그 친연(親緣) 관계를 알
수 있으리라 믿는다.

"왕이 졍ᄉᆞ를 다스리미 문무의 셩덕을 베푸니 월명강구의 격양가를
젼ᄒᆞ더라 이십팔년 츈졍월에 장ᄌᆞ 문언으로 셰ᄌᆞ를 슘고 기여는 각〃
군을 봉ᄒᆞ여 쳥복을 누리더니 일〃는 왕이 후로 더부러 쳔슈각의 올ᄂᆞ
화란을 지여 츈경을 완상ᄒᆞ더니 치운 속으로 우의 션관이 ᄂᆞ려와 읍ᄒᆞ

고왈 불구의 셰계로 모도시리이다ᄒ고 표인이 가거늘 씨니 ᄒ꿈이라 인ᄒ여 왕고 휘 동일의 흥ᄒ니 년이 팔십일셰요 직위 슴년일너라" (경판 C 46면)

(4) 경판 A : 경판 D

경판 A와 경판 D는 4면까지는 완전히 동일한 판본이어서 일단 양본의 친연도(親緣度)를 짐작할 수 있다. 그러면 양본 중에서 어느 것이 모본일까? 4면 이후부터 보여주는 차이점을 자세히 검토해 본 결과 D는 A의 축약본임을 알 수 있다. 차이가 두드러진 곳을 순서에 따라 제시해 보면 다음과 같다.

① 대성이 청총마를 얻는 장면에서, A에는 말을 얻기까지의 과정이 상세히 나타나 있으며, 옥포동 옥포선군의 자기소개가 있다. D에는 곧바로 말을 주는 것으로 되어 있어 과정이 생략되어 있으며, 노인의 자기소개가 없다.

"흔 노인이 갈건야복으로 청녀장을 집고 학의 춤을 보다가 쇼싱을 보고왈 그ᄃᆡ의 복을 보니 즁원 사름이라 무슴일노 이따히(?) 니ᄅᆞ러ᄂᆞᆫ뇨 싱이 녜ᄒ고 ᄃᆡ왈 사히 팔방이 막비 왕퇴라 어ᄃᆡ로 못단니리잇고 노인왈 ᄂᆡ집이 비록 누츄ᄒ나 즘간 쉬어가미 엇더ᄒ뇨 싱이 ᄉᆡ양치 못ᄒ여 노인을 ᄯᅡ라가니 산쉬 슈려ᄒᆞᄃᆡ 초옥이 가장 졍결ᄒ더라 셔로 안져 말씀ᄒ더니 문득 우레갓흔 쇼ᄅᆞ 들니거늘 싱이 문왈 이 쇼ᄅᆞ 어ᄃᆡ셔 나ᄂᆞ니잇고 노인왈 슈년젼의 어의 일흔 미아지를 어드니 그거시 가장 슈

오나와 사름을 희코져ᄒ기로 굼겨 죽이려ᄒ여 ᄀ물도 아니 쥬어더니
더욱 장난ᄒ미 민망ᄒ노라 싱이 쳥파의 구경ᄒ믈 쳥ᄒ니 그 노인이 싱
을 다리고 뵈니 그 말이 킈 ᄒ 길이나 ᄒ고 눈이 금방울 갓고 왼몸이 가
을 물결 갓흐이 진짓 룡미라 쇼싱이 ᄂ심의 니승샹의 말씀을 싱각ᄒ고
긔히 녁여 그 노인다려왈 싱의 갈길이 머오니 이 말을 쥬시면 타일 즁
가를 드리ᄀ이다. 노인왈 휘여 가질 사름이 ᄀ시면 늬 도로혀 갑슬 쥬
려ᄒ노라 싱이 웃고 말게 가 경계왈 네 만일 쳥총마여든 희동 쇼티셩을
아는다. 그 말이 ᄀ옥히 보다가 굽을 허위고 〃기를 드리 싱의 팔을 언
거늘 노인이 대쇼ᄒ고 금안을 늬여 쥬며왈 룡이 여의쥬를 어더시니 죠
화를 부려 일홈을 유젼ᄒ라 싱이 사례ᄒ고 존셩을 무른티 노인이 소왈
나는 옥포동 옥포션군이라ᄒ고 문득 간티 업거늘 싱이 놀나 신신인 쥴
알고 옥포산을 향ᄒ여 빅빅사례ᄒ고 힝장을 길마의 걸어 말게 올나 경
계왈" (판경 A 48면)

"ᄒ 노인이 갈건야복으로 학의 춤을 보드ᄀ 싱을 보고왈 그을 보니
즁국 사름이라 무슴 닐노 이의 이르뇨 싱이 녜ᄒ고왈 소히 판○이 막비
왕퇴라 어티를 못가리요 노인와 그티을 보니 댱신라 늬 쥴거시 잇노라
ᄒ고 집으로 드러ᄀ더니 이윽고 일필 농총을 잇그러 나와 싱을 쥬어왈
이 말 입ᄌ는 그티가ᄒ노라ᄒ거늘 싱이 그 말을 보니 일신이 가을 물
결 갓트여 진짓 농미라 싱이 사례왈 노션이 그런 농총을 쥬시니 은혜
낭망이로소이다. 노인왈 이 말 일홈은 쳥총미라 만물이 ᄃ 임직 잇느니
엇지 은혜를 말ᄒ리요 길이 챵원ᄒ니 밧비 ᄀ 셩공ᄒ라ᄒ고 간티 업거
늘 싱이 놀ᄂ 공즁을 향ᄒ여 무슈 사례ᄒ고 말긔 올ᄂ 경계왈" (경판 D
41~42면)

② 천자가 이끄는 명군과 호군의 교전장면에서, 경 A에는 호협, '늒

한', '셔융', '한성우', '문화', '상우평'의 네 〈명장〉이 전사하는 것
으로 되어 있다. D에서는 '한성우'의 전사 부분이 할애되어 있다.

③ 대성의 출전을 전후하여, A에는 '상우평' 사후에 출전을 요청했
다가 일단 '모셰징'에게 거절당한 후 '위적'이 전사함을 보고 분
개하여 출전하는 것으로 되어있다. D에는 '상우정' 사후에 분기
를 못 참아 바로 출전하는 것으로 생략되어 있다.

④ 대성이 '셔융'을 베고 나서, AD에는 호왕과 대결하는 장면이 있
는데 비해 D에는 완전히 생략되어 있다.

⑤ 호왕이 대성을 잡기 위해서 계략을 쓰는데 있어서, A에는 세 가
지의 간계를 시도하는 것으로 되어 있으나, D에는 첫째 둘째는
생략하고 세 번째 것만 나타나 있다.

⑥ 호조의 간계를 깨닫고 다시 돌아온 대성이 '황강'가에서 호왕을
죽이고 천자를 구하는 장면에서, A에는 대성의 꾸짖음에 대한 호
왕의 대꾸가 나온다. D에는 도착 즉시 꾸짖으면서 죽이는 것으로
되어 있다.

〈원쉬 이말을 듯고 말을 도로혀 황강의 다다르니 호왕이 쳔ᄌ를 핍
박ᄒ여 흥망이 슌식의 잇ᄂ지라 원쉬 쇼리를 벽역갓치 질너 ᄭ지겨왈
반반 호왕은 ᄂ의 님군을 히치 말나 쇼대셩이 녜 왓노라ᄒ며 바르 호
왕을 취ᄒ니 호왕이 대경대로왈 니 임의 녜 님군의 항셔를 바다거늘 네
엇지 항거ᄒ ᄂ뇨 대셩이 더욱 분노ᄒ여 호왕을 ᄎᄒ니 호왕이 밋쳐 손
을 용납지(?) 못ᄒ여 원슈의 칠셩검이 빗나며 호왕의 머리 ᄂ려지ᄂ지
라〉 (경판 A 62~63면)

"ᄃ셩이 황강의 ᄃᄀ라보니 텬ᄌ 곤욕즁의 계신지라 분긔 튱텬ᄒ여

디미왈 무지흔 오랑키는 나의 님군을 히치 말느흐고 ᄇ로 호왕을 취흐
여 일합의 호왕을 버혀 슈급을 턴즈긔 온닌디” (경판 D 45면)

⑦ 천자가 대성을 '노왕'으로 대하는 데 있어서, A에는 사전에 '도라
  가 텬하를 반분흐리라'라는 언급이 있는 것으로 되어 있다. D에
  는 그게 없이 '노왕'으로 봉한 결과만을 보여주고 있다.

⑧ 노왕이 된 대성이 '팅감'을 시켜 이승상 집에 청혼하는 장면에서,
  A에는 승상 '죠겸'의 간(揀)에 의해 하는 걸로 되어 있다. D에는
  승상 '죠경'의 간언 부분이 완전히 생략된 채 ⑦의 경우처럼 청혼
  했다는 결과만 나타나고 있다.

   "승샹 죠겸이 쥬왈 하늘이 삼기시미 싸히 응흐고 일월이 ᄀ시미 음
  양이 위합흐옵느니 이졔 전히 보위의 오르시미 만민의 부뫼시여늘 졍
  궁이 뷔여ᄉ오니 복원 젼하는 닉젼을 간틱흐소셔 왕이 하교왈 경의 말
  이 올흔지라 과인이 들으니 츙쥬의 ○○○○○○○○○○덕이 잇다흐니
  경은 팅감을 보닉여 ○○○ ○○흐라 죠겸이 즉시 팅감을 니부로 보닉
  니라” (경판 A 64~65면)
   "노국의 즉위흐여 문무조하을 ᄇ든 팅감을 이승상부의 보닉여 통혼
  흐니라” (경판 D 46면)

⑨ '팅감'이 찾아오기 전까지의 이소저의 동태에 있어서, A에는 꿈
  꾼 이야기가 둘이나 나오는 등 그 정황이 상세하다. D에는 대폭
  생략하여 그 개요만을 1행 정도로 처리하고 있다.

"각셜 니쇼졔 쇼싱이 나간 후로 사싱을 아지 못ᄒ여 날이 갈ᄉ록 형
용이 초쳐ᄒ거ᄂ 부인이 문왈 네 얼골이 니러틋 환형ᄒᄆᆫ 엇지미뇨 쇼
졔 염용 ᄃᆡ왈 쇼싱이 나간지 입의 오년이로ᄃᆡ 그 죤망을 아지 못ᄒᄆ
로 ᄆᆞ음이 ᄌ연 불평ᄒ옵더니 간밤의 일몽을 어드니 쇼싱이 쳥룡을 타
고 하ᄂᆯ노 올나가 뵈니 이ᄂ 반다시 셰상을 니별하미라 오날노붓터 화
복을 긋치고 최복을 갓초리니 모친은 그리 아옵소셔ᄒ거ᄂ 부인이 말
니지 못ᄒ고 그 홍악박명ᄒᄆᆯ 한탄ᄒ더라 일ᄀᆞ는 쇼졔 몸이 곤ᄒ여 난
간을 지엿더니 홀연 쳥죄 나라와 죠져의 팔의 만즈며 셰번 울거ᄂ 놀나
ᄭᅵ다ᄅᆞ니 일장츈몽이라 심즁의 ᄀᆞ혹ᄒ여 줌을 닐우지 못ᄒ더니" (경판
A 65면)

"ᄎᆞ셜 이쇼졔 쇼싱이 ᄂᆞ난 후 쇼식이 돈졀ᄒᄆᆡ 쥬야 탄식하더니" (경
판 D 46면)

⑩ 대성이 '틱감'을 통해서 이승상 집에 보낸 편지에서, A에는 그 내
용이 있는데, D에는 없다.
⑪ 마지막 장면에서 A에는 한 노승이 찾아와 말을 전한 후 부부가
엽세하는 것으로 되어 있다. D에는 노승 언급이 없이, 역시 결과
만 전하고 있다.

"일ᄀᆞ는 왕이 젼샹의 죵용이 단좌ᄒ여더니 ᄒᆞᆫ 노승이 뉵환장을 집과
와셔 무르며 왈 인간영욕과 풍진고락이 엇더ᄒ뇨 왕이 황망이 몸을 일
어 마즐ᄉᆡ ᄌ시 보니 완연한 쳥룡사 부쳬라……(중략)…… 명년츈의
왕과 휘 신긔 불평ᄒ더니 과연 ᄒᆞᆫ가지로 승쳔ᄒ니 향년이 팔십일셰라
이러무로 노국 신민이 그 셩덕을 쳘권의 긔록ᄒ여 쳔츄의 유젼ᄒ니라"
(경판 A 71면)

"치국 삼십팔년의 왕과 휘 복일승텬ᄒ니 향년 팔십일셰라 셰직 즉위
ᄒ여 치국 틱평ᄒ더라"(경판 D 46면)

2) 완판본간의 비교

(1) 완판 A : 완판 B

완판 A(무간기 43장본)와 완판 B(유간기 43장본)을 비교해 보면,
표기에 있어서 부분부분 약간의 차이를 보일 뿐 전혀 동일한 내용이
다. 매 페이지 매 행의 처음과 끝자가 완전히 부합할 정도이며, 글체도
모두 또박또박한 해서체이다. 표기상의 차이란 것도 그것이 양본의
선후문제 규명에 어떤 단서를 제공할만한 의미있는 차이가 아니고,
단지 오각(誤刻)에서 기인한 사소한 것임을 알 수 있다(예 : 웅장ᄒ여
↔ 웅상ᄒ여). 오각이 아닌 경우의 차이에서도 그것이 의미를 지니지
못하는 사정은 마찬가지이니, 예시하면 다음과 같다.

"각셜 소싱이 노인을 미별ᄒ고 낭틱이 비여시되 조금도 금은을 싱각
지 아니ᄒ이"(완판 A)
"각셜 소싱이 노인을 미별ᄒ고 낭틱이 비여시되 조금도 금은을 싱각
지 아니ᄒ니"(완판 B)

위 인용을 보면, 완판 A에선 'ᄒ이'로 완판 B에선 'ᄒ니'로 표기되어
있어, 일견 선후규명에 도움이 될 듯이 보이나, 자세히 검토해 보면 양
본 공히 'ᄒ니'와 'ᄒ이'가 통일성 없이 혼용되고 있음을 알 수 있다. 이

런 표기상의 혼용현상은 다른 경우에서도 발견되니, 목적격 조사 '을', '를'의 혼용, 연철(連綴)과 분철(分綴)의 자의적인 사용이 그것이다.

이러한 점을 고려해 볼 때, 양본은 같은 시기에 판각되어졌으리라 보이며, 그 선후를 논하기는 매우 어려운 형편이다.[13] 다만 선본 문체에서 완판 A가 B보다 오각(誤刻이) 적다는 점에서 완판 A를 선본(善本)으로 보고자 한다.

(2) 완판 C : 완판 A

완판 C(유간기 35장본)를 검토해 보면, 해본은 완판 A를 저본으로 하여 앞부분과 뒷부분만 개각(改刻)한 것임을 알 수 있다. 즉 완판 C의 셋째 장부터 34장까지는 완판 A와 전혀 동일함을 확인할 수 있는데, 그 나머지 부분인 처음에서 둘째 장까지, 35장 1행에서부터 끝까지에서만 약간의 개각을 보이고 있는 것이다.

개각은 두 가지 측면에서 이루어졌는데, 하나는 문의(文意)를 분명히 하기 위한 경우이고, 하나는 〈ᄒ〉를 〈하〉로 바꾸는 등 근대적 표기를 하는 경우이다. 예를 보이면 다음과 같다.

---

13) 선후문제에서 간기의 유무를 기준으로 완판 B를 선본으로 할 수도 있겠지만, 김삼부의 지적(Ibid., p.2)대로 당시 출판업자들이 "그 상품가치에 지나치게 끌리어 서로 신판 발간"을 다투어 권미(卷尾)의 세차(歲次)의 낡아짐을 두려, 해가 지날수록 그 세차를 충실히 삭락(削落)하였으니), 간기의 유무만 가지고 선후를 결정하기는 곤란하다. 더구나 그 간기란 것이 〈소대성전〉의 경우엔 속편이라 하여 합본되어 있는 〈용문전〉 말미에 적혀 있어, 과연 그것이 〈소대성전〉의 판각년대로 인정할 수 있는가 하는 의문도 제기된다. 완판 C의 경우엔 분명히 근대적인 개변(改變)이 가해졌음에도 간기는 고치지 않고 있는 점을 볼 때, 이런 의심은 더욱 짙어진다. 이의 해명을 위해선 〈용문전〉까지 고려하는 면밀한 비교가 요청되고 있다.

"군ᄌ의 후 ᄒ신 덕으로 지금 히로 ᄒ오니 진실로 감격 ᄒ온지라"
(완판 A)

"군자의 후하신 덕으로 지금까지 히로하오니 감각하온지라"(완판
C)

"늬 비록 가는ᄒᄂ 되사 멸이 오신 경을 포ᄒ리로다 졀을 즁수ᄒ올
진듸 얼마나ᄒᄋ면 즁슈ᄒ올잇가"(완판 A)

"늬 비록 가난하나 되사 멀리 오신 표를 하라하오니 졀을 즁슈하올
진듸 얼마나하면 즁슈하올잇가"(완판 C)

위와 같이 완판 C가 완판 A를 저본으로 하여 앞부분과 뒷부분에서
표기상의 근대성을 보이고 있는 것은, 김삼부의 지적[14]대로 당시 출판
업자들의 판매 경쟁에 기인한 것이라 생각된다. 즉, 앞뒤를 약간 새롭
게 고침으로써 완판 A보다 신판이라는 인상을 독자들에게 줌으로써
판매 촉진을 도모하려는 의도에서였으리라고 추측해 볼 수 있는 것이
다.[15]

3) 안성판본과 경판 D와의 관계

안성판본(무간기 20장본)의 내용을 검토해 보면 경판 D와 밀접한
관계가 있음을 알 수 있다. 그것은 경판 D가 그 모본으로 보이는 경판
A 내지 여타본에 대해 가지고 있는 축약본적 특징적 요소들 중 많은

---

14) 김삼불, Ibid.
15) 실제로 완판 A의 출간년도는 1911년인데 비해, 완판 C는 1916년이어서 이럴 가능
    성을 더욱 크게 한다.

부분이 안성판본에 나타나고 있기 때문이다. 몇 가지 예를 제시하면 다음과 같다.

① 대성이 비몽사몽 간에 죽은 이승상을 만나는 장면에서, 타본에 서는 동해용왕의 출현을 언급하면서 용마를 얻을 것을 암시하고 있으나 양본에는 그게 없다.

　"이 갑옷 일흠은 보신갑이라 입고면 창검 슈홰 블범ᄒ는니 가히 셩 공ᄒ리라ᄒ고 ᄌ리의 눕거늘" (경판 D 41면)
　"이 굽옷슨 보신굽이라 닙으면 창검 슈홰 불범ᄒᄂᆞ이 가히 셩공ᄒ여 젼일 언약을 잇지 안이케 될니라ᄒ고 스ᄀᆞ로 ᄌ리의 눕거늘" (안성판 32면)

② '청총마'를 얻는 장면에서, 타본에서는 모두 용마를 선사한 노인 의 정체가 드러나 있으며 일정한 과정을 거쳐 얻는데 비해, 양본 에서는 노인의 정체가 불명인 채 곧바로 선사받은 걸로 되어 있 다.

③ 대성의 출전 장면에서, 경판 E를 제외한 타본에서는 모두 '모셰 징'에게 일단 거절당했다가 '위젹' 사후에 출전하는데 비해, 양본 에는 공히 '상우경' 사후에 즉시 출전하는 것으로 되어 있다.
　여기서 안성판과 경판 E와의 영향관계를 일단 고려해 볼 수도 있 으나, 전체적인 검토를 통해서 볼 때 양본의 상관성은 희박함을 알 수 있다.

④ 천자가 대성의 신분을 알게 되는 장면에서, 타본에서는 '모셰징'

이 보고하여서든지(경판 E, C, B, A), 대성이 고백해서(완판) 아
는 것으로 되어 있는데, 양본은 공히 그 경위가 밝혀져 있지 않
다.

⑤ 노왕이 된 대성이 이승상 집에 통혼하는 장면에서, 타본에서는
승상 '죠겸'의 간청 후에 시행하는데 비해, 양본에서는 곧바로 통
혼하는 것으로 되어 있다.

"노국의 즉위ᄒ여 믄무 조하을 ᄇ든 후 퇴감을 이승상부의 보ᄂᆡ여
통혼ᄒ니라"(경판 D)
"노국의 즉위ᄒ여 믄무 조회을 ᄇ든 후 퇴ᄀ을 승상부의 보ᄂᆡ여 통
혼ᄒ니라"(안성판 39면)

⑥ 노국 '퇴감'이 오기 전까지의 이승상의 정황에 대해서, 타본에서
는 꿈을 꾸는 등 상세하게 묘사하고 있으나, 양본은 간단히 처리
하고 있다.

"ᄎ셜 이쇼졔 쇼승이 ᄂᆞ간 후 쇼식이 돈졀ᄒᄆᆡ 쥬야 탄식ᄒ더니 일
〃는 노국 퇴감이 와 통혼ᄒᄃᆞᄒ거늘 쇼졔 이ᄋᆞᄒ더니"(경판 D)
"ᄎ셜 니쇼졔 쇼승이 ᄂᆞ간 후 쇼식이 돈졀ᄒᄆᆡ 쥬야 탄식ᄒ더니 일
〃는 노귝 퇴ᄀ이 통혼ᄒ거늘 쇼졔 의ᄋᆞᄒ더니"(안성판 40면)

이상 6가지의 예를 통하여 양본의 친연성은 충분히 입증되었으리
라 본다. 그러면 양본의 선후관계는 어떻게 보아야 할까. 이 문제를 규
명키 위해 양본의 차이를 자세히 검토해 보면, 경판 D에 없는 장면이

안성판본에는 등장하는 것이 있다.

첫째, 경판 D에는 전혀 없는 호왕과의 첫 힘의 대결이 안성판에는 간단하나마 등장하고 있는 점,

둘째, 호왕의 간계가 경판 D에는 한 가지만 나오나, 안성판에는 경판 A를 제와한 여타본과 같이 세 가지가 다 나타나고 있는 점이 그것이다.

이를 통해서 양본의 선후관계를 가늠해 볼 때, 우선 안성판에서 경판 D로 갔을 경우를 생각해 볼 수 있다. 이는 위해서 지적한 대로 안성판에 몇 가지 삽화가 더 등장하고 있는 점을 고려해 볼 때, 경판 D가 안성판을 토대로 하면서 위의 부분을 생략한 것으로 볼 수도 있기 때문이다. 그러나 방각본 상호간의 교류면에서 방각본 한글 소설류의 경우, 경판에서 시작되어 바로 안성판이나 완판에 모방되었다는 점[16]을 고려해 볼 때 위의 가능성은 희박하다. 또한 앞에서 경판 D가 분명히 경판 A를 그 모본으로 하고 있음이 밝혀진 점이라든지, 그 삽화 수면에서도 경판보다 완전치 못한 점, 소대정전 이본의 분포면에서도 경판이 그 주류를 점하고 있다는 점을 보아도 안성판에서 경판 D로 갔을 가능성은 희박하다고 본다. 따라서, 필자는 경판 D에서 안성판으로 갔으리라고 추단하는 바이다.

그러면 양본의 차이는 어디서 연유했을까 하는 문제가 생기는데, 이는 경판 D를 모본으로 하여 안성판을 판각할 대에, 경판 A의 내용을 보고 보충시킨 것이라 생각한다. 경판 A라고 한정할 수 있는 근거로

---

16) 김동욱, 「방각본에 대하여」, 동방학지 11(서울, 연대동방학연구소, 1970), p.114 참조.

는, 대성이 청의동자의 도움을 받아 도강(渡江)하는 장면에서 그 청의
동자의 신분이 여타본에는 '동히용왕'(경판 E, C, B) 내지 〈서해 광덕
왕〉(완판)으로 되어 있는데, 다면 경판 A를 비롯하여 경판 D와 안성
판만이 '동히 광덕왕'으로 표기하고 있는 점을 들 수 있다.

4) 경판 A와 완판본과의 관계

완판본간의 비교에서도 밝혔듯이, 완판 D만이 표기 면에서 완판 A
의 후행본이라는 것만 확실할 뿐 (내용에 있어선 완전히 동일함) 완판
A와 완판 B는 거의 동일한 판본이다. 따라서 경판본 중에서 선본인 경
판 A와의 비교를 위해서 특별히 완판본의 대표본을 선정할 필요는 없
다고 보아, 여기서는 세 완판이본(A, B, C)을 동등히 취급하여 다루기
로 한다.

양본의 관계를 검토해 보면, 일반 완판본 한글소설과 경판본 한글
소설과의 관계처럼 경판 A에서 완판으로 퍼져간 것을 확인할 수 있다.
특히 본전의 경우, ① 경판에서의 어려운 한자성어가 완판에 와서 쉽
게 풀어져 있는 부분이 많이 발견되고 ② 경판에 비해 훨씬 흥미 있도
록 상세히 표현한 부분이 많은데, 특히 군담 부분에서 그러하며, 뒷부
분에 가서는 완전히 창의성을 발휘하여 경판 A에 없는 삽화를 추가하
여 흥미를 제고하고 있으며 ③ 등장인물 면에서도 간혹 추가된 인물
이 보이며, 인물명도 다르게 표기된 곳이 많이 발견되는 점 등을 지적
할 수 있다.

이제 양본의 비교에 있어, 원문을 일일이 인용하는 번거로움은 피
하고, 양본의 경개를 요약하여 제시하는 것으로 갈음하고자 한다.

경판 A와 완판본과의 경개 비교

※ [ ] 속의 〈경〉은 〈경판 A본〉, 〈완〉은 〈완판본〉을 가리키며, 지시
  가 없는 것은 양판에 공통되게 나타남을 의미함. 간혹 밑줄 친 부
  분은 그 부분만 모두(冒頭)에 지시한 판본 고유의 것을 표시함.

1. 대명 성화년 간에 전 병부상서 [경]쇼량 / [완]쇼양이 치사하고
   귀향하여 지냄.

2. 하루는 [완]완월누에 올라 부인과 더불어 무자식을 탄식함.

3. 서역 영보산 청룡사의 노승이 찾아와 사원 중수금 시주를 요청하
   여, 소량이 [경]황금 500냥과 백금 1,000냥 / [완]황금 수천 냥을
   시주하면서 기자발원(祈子發願).

4. 소량의 부인이 동해용자가 안기는 꿈을 꾸고 대성을 낳음.

5. 대성의 부모가 잇달아 죽음.

6. 대성이 3년상을 치르고 가산을 정리하여 [경]은자 50냥 / [완]백
   금 50냥만 가지고 [경]서땅 / [완]기서땅으로 떠남.

7. 가진 돈으로 백두노인을 도와주고 외양치기, [경]나무하기 /
   [완]담쌓기로 연명.

8. 청주 땅에 치사객 승상 [경]이진 / [완]이승상이 [경]부인 왕씨
   와 더불어 살고 있던 중, 나무하다 [경]잠든 / [완]잠꼬대도 해가
   며 잠든 대성을 발견.

9. 대성의 신분을 안 뒤에 집으로 데려와 기거하게 함.

10. 이승상이 채봉과 대성을 대면시키는데, 채봉이 세 번째야 겨우
    응함.

11. [완]대성이 30여 잔의 술을 받아 마신 후에 기염을 토함.

12. 대성과 채봉이 글을 주고받음. [경]번역문만 있음 / [완]원문과

번역문이 다 있음.

13. 이승상이 죽음.

14. 외톨이가 된 대성이 서책을 버리고 잠자기만 일삼음.

15. 이승상 부인과 아들들이 대성의 축출을 꾀함.

16. 승상 아들들이 대성에게 집을 나가라고 권하나 대성이 승상과의 언약을 내세워 거절함.

17. 이승상 부인과 아들들이 자객 [경]죠현 / [완]조영을 시켜 암살키로 함.

18. 대성이 자객을 죽인 후 이별시를 써놓고 떠나감.

19. 이승상 부인이 [경]아들들(이생들)의 / [완] 졍싱의 제의로, 대성이 배은하고 나갔다고 헛소문을 퍼뜨림.

20. 채봉이 이승상 부인과 이생들을 책망함. [완]이생들이 채봉의 마음이 차차 변하리라고 낙관함.

21. 대성이 [경]대해 / [완]강을 만나 [경]동해광덕왕 / [완]서해광덕왕의 제자인 청해동자의 도움으로 무사히 건넘. [경]청의동자가 셔션과를 주어 먹음. [완]청의동자가 대성의 액이 다 지났음과 동시에 영보산에 이를 것을 알려줌.

22. 영보산 청룡사에 이르러 5년을 기한하고 노승과 지내게 됨. [완]간판 이야기, 음식 먹는 것, 대성이 뜻을 못 펼까 걱정하는 내용이 추가되어 있음.

23. 성화 13년 [완]3월, 북흉노와 [경]셔션우 / [완]셔융이 쳐들어옴. [경]정병 100만, 장수 1,000명.

24. [경]병마달연사 셔셩틱완 중낭장 유문경 / [완]평장군 셔경틱와 좌장군 유문영이 / [경]정병 50만과 용장 1,000명 / [경]80

만 대군으로 출전함.

25. [완]호왕이 자칭 북방 요호국 응천왕이라며 침입 이유까지 밝힘.

26. [경]위한과 굴돌통(굴통) / [완] 부장 위한과 선봉장 굴통과의 대결. 굴통(굴돌통)의 패배.

27. [경]호창과 셩틱 / [완]호진과 경틱와의 대결. 셩틱(경틱)의 패배.

28. 호군의 기습으로 명군 완전 패배.

29. [경]관을 지키던 장수 / [완]한 군사가 달려와 위태함을 천자에게 보고함.

30. 천자가 친정(親征)에 나서 [경]아문장군 호협과 군사장군 모셰징 / [완]장호태의 손자 호협과 이분직와 군사장 모셰증을 거느리고 출전함.

31. 성화 13년 [경]9월 / [완]8월에, 대성이 계시를 통해 천문을 보고 나라의 위태함을 알게 됨.

32. 노승이 칠성검을 주고 사라짐.

33. [완]소나무 밑에서 비몽사몽 간에 죽은 이승상을 만나 갑옷(보신갑)을 얻음.

34. [경]옥포동 옥포선군 / [완]옥포산 옥폭선관(?)을 만나 청총마를 얻음.

35. 대성이 중원에 당도하여, [경]모셰징 / [완]모세증을 찾아가 군정을 도우려 출전기회를 기다림.

36. [경]차시에 / [완]8월 망간에 명군과 호군의 2차 접전이 벌어짐.
   [경]호협 : 뉵한→뉵한 : 셔음→셔음 : 한성우→셔음 : 문화→셔

융 : 상우평 / [완]호협 : 극흔→호엽 : 선우의 대결.

37. 대성이 모셰징(모세증)에게 출전을 요청하나 거절당함.

38. 명장 [경]위적 / [완]우적이 죽음을 당한 후에 대성이 스스로 출전하여 셔융(선우)의 목을 벰.

39. [경]모셰징이 알려서 / [완]대성의 고백으로 천자가 대성의 신분을 알고 공로를 칭찬함.

40. 대성과 호왕과의 대결이 벌어지나 해가 저물도록 승부가 나지 않음. [경]양장의 서로의 인상(印象) 소개가 있음.

41. 호왕이 첫 번째 간계([완]제갈무후의 팔무금사진)을 써보나 대성이 바로 격파해 버림. [완]일자장사진으로 진형을 변형시킴.

42. 호왕이 두 번째 간계로서 [경]진명 유렴 / [완]셕진(성진)과 겸흔을 시켜, 두 번째 간계인 방화작전으로 자운동에서 대성을 곤경에 빠뜨림. [완]호왕이 가인(假人)을 만들어 혼만 들어가 대성을 자운동으로 유인한 다음 다시 본래의 몸으로 돌아옴.

43. 자결 직전에 화덕진군이 나타나 대성을 구해줌.

44. 호왕이 세 번째 간계로 병력 일부를 장안으로 파견하여 급습케 함.

45. 장안의 위급을 구하기 위해 대성이 본진을 떠나감.

46. 그 틈에 호군이 명군을 쳐, 천자가 황강에서 항복 직전에 이름.

47. 대성이 계시를 받아 다시 황강으로 돌아와 호왕을 죽이고 천자를 구함. [완]말이 강물을 한숨에 뛰어 건너는데, 이는 대성의 충심과 말의 정을 하늘이 감동해서임.

48. 천자가 대성을 노왕으로 봉함. [완]이생들이 찾아오지 않음을 섭섭하게 여김.

49. 승상 조겸이 왕비 간택을 간청하여 이승상 댁에 태감을 보내 청혼함.

50. 채봉이 노왕의 청혼을 거절함.

51. 이생들이 편지로 대성이 노왕이 됨을 알려 줌.

52. 대성이 채봉과 이승상 부인에게 편지를 써서 태감을 통해 보냄. [경]편지와 함께 지난날 창화(唱和)하던 필적도 보냄.

53. 대성과 채봉이 해후하여 대례를 치름.

54. [완]해봉이 지난 날 해코자 한 자가 누구였나를 대성에게 물으나, 대성이 대답치 않고 잔치를 베풀어 이생들을 초청함.

55. [완]대성과 이생들이 잔치자리에서 화해하고, 잔치 후 대성이 선물을 주어 전별함.

56. 끝부분

[경]〈왕이 본덕 관후지덕으로 나라흘 다스리믹 순의 갓가오니 사방의 부일ᄉ흐고 강구의 동요성이 긋칠 썬 업더라 왕이 십이ᄌ 삼녀를 두어시니 오ᄌ일녀는 후의 쇼싱이오 칠ᄌ 니녀는 비빙의 쇼싱이라 부풍모습ᄒ여 개〃 ○○○○ 쟝ᄌ 문언으로 셰ᄌ를 봉ᄒ고 기여는 다 각〃 봉군ᄒ니 졔ᄌ졔손이 분양왕의 비길너라 일〃는 왕이 젼샹의 조용히 단좌ᄒ여더니 흔 노승이 뉵환장을 집고 와셔 무르며 왈 지금 왕이 즉위 삼십칠년이나 영산의 모들 날이 머지 아니ᄒ여시니 그 ᄉ가 보즁ᄒ소셔ᄒ고 문득 간딕 업거늘 왕이 공즁만 ᄇ라보며 분향사비ᄒ고 닉뎐의 드러가 청룡ᄉ 보쳐의 공덕을 일쿳더라 명년츈의 왕과 휘 신긔 불평ᄒ더니 과연 흔가지로 승텬ᄒ니 향년이 팔십일셰라 이러무로 노국신민이 그 셩덕을 쳘권의 긔록ᄒ여 쳘츄의 유젼ᄒ니라〉

[완] 〈그후의 노국이 틱평ᄒ야 도불십유ᄒ고 산무도적ᄒ며 강구연월의 동뇨와 흠포고복의 격양가를 일숨는지라 엇지 후록이 장구치 아니ᄒ리요 ᄌ "손"가 계 "승" ᄒ더라 니 뒤 말은 하권 용문젼을 ᄉ 다 보소셔〉

4. 맺음말

이상의 검토를 통해 얻어진 결론은 다음과 같다.

첫째, 현재까지 알려진 소대성전의 방각본은 경판 6종, 완판 3종, 안성판 1종으로 도합 10종이다.

둘째, 이본간의 내용을 상세히 비교해 볼 때, 중요한 의미를 가진 차이는 발견되지 않는다. 다만, 후반의 군담부분을 중심으로 몇 부분에서 삽화의 다과(多寡) 차이 내지 묘사의 상략(詳略) 차이가 보인다. 이러한 차이는 〈조웅전〉의 경우[17]와 마찬가지로, 출판업자들의 경비 절감에 위한 축약이나 흥미 제고를 위한 부연에 기인한 것이지, 작자의 의식적인 개작 태도에서 기인한 것은 아니라고 본다. 따라서 〈소대성전〉 연구에 있어서 이본의 선택은 〈춘향전〉이나 〈홍길동전〉 연구에 있어서의 그것만큼의 중요한 의미는 가지지 못한다고 볼 수 있다.

셋째, 이본간의 상호관계를 요약해 보면, 경판 A의 모본으로 경판 B(경판 C) · 경판 D, 완판 A (완판 B)가 이루어지고, 그 다음 단계로, 경판 B에서 경판 E가, 경판 D와 경판 A를 토대로 안성판본이, 완판 A

---

17) 조희웅, 조웅전(서울, 형설출판사, 1978), p.215.

에서 완판 C가 각각 이루어졌다고 생각된다. 이를 도표화 해보면 다음
과 같다.

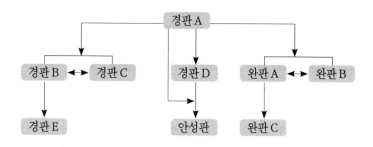

앞으로 필사본, 활판본에 대한 비교가 후속되어 본 작품의 선본 확
정 작업이 마무리 되어져야 할 것이다.

유일본 〈윤선옥전〉의 인문학적 의의

1. 머리말

〈윤선옥전〉은 유일본 활자본 고소설로서 택민 김광순 교수 소장본
이다. 작가 미상의 한글소설로서 『김광순소장필사본 한국고소설전
집』 제26권에 수록되어 있다. 김광순 교수는 보존 양상과 필사과정 및
작품 내용을 토대로 그 창작연대를 영·정조대로 보았으며, 영웅소설
이자 윤리소설로 파악하였다.[1] 이 글에서는 이 작품이 지닌 인문학적
인 의의가 무엇인지 드러냄으로써, 인문학의 위기를 타개하는 데 기
여하고자 한다.

이 글에서 고소설인 이 작품의 인문학적 의의를 조명하려는 데는
필자 나름대로의 확신이 있어서다. 고소설이 창작·유통·수용되던
당대의 수용자들에게, 특히 국문만 알거나 들을 수 있는 여성을 포함

---

1) 『김광순 소장 필사본 한국고소설전집』 26, 경인문화사, 1994, 367~463쪽 ; 김광순,
「신자료 윤선옥전에 대하여」, 어문론총 31, 경북어문학회, 1997, 341~350쪽 참고.

한 일반 민중에게 고소설 작품은 교과서이자 교양물 즉 세상을 어떻게 살아야 할 것인가 하는 의문에 대해 대답해 주는 인문학 교재였으리라 필자는 생각한다. 학교도 없었으며, 서당은 상층 남성들만 이용이 가능할 때이고, 도서 유통도 원활하지 않은 상황에서, 민중에게 인문학적인 소양을 가지게 하는 데 주요한 매체라고는 구비전승 아니면 국문 고소설이었으리라. 이런 판단이 타당하다면, 그 당대에서 고소설 작품이 지니고 영향력을 미쳤을 인문학적의 가치와 의의가 무엇이었을지 규명하는 것은 필요한 작업일 것이다.

인문학적인 접근이 필요한 또 하나의 이유가 있다. 우리가 살아가는 21세기는 긴 역사의 한 과정이지 결코 종착점이 아니다. 과거의 연속선상에서 일정한 변화와 발전을 이룬 것이면서, 더 나은 미래로 나아가고 있는 시간의 한 과정일 따름이다. 과거에서 현재로 이행하면서 발전한 것도 있지만 잃어버리거나 후퇴한 것도 있을 수 있다. 현재의 한계를 극복하고 더 나은 미래를 열어가기 위해서는, 어쩌면 과거에는 있었는데 현재에는 없는(버린) 것을 창조적으로 재활용해야 할지도 모른다. 그런 의미에서, 고소설이 지닌 인문학적인 의의, 다시 말해 그 당시에는 인문학적으로 의미있게 여기던 것이면서 지금은 사라졌거나 약화된 것을 찾아내 이 시대 사람들에게 재음미하게 해주는 일은 우리 인문학자의 사명이라 생각한다.

하지만 솔직히 말해 그간의 고소설 연구는 실증적인 연구를 비롯해 지나치게 학문중심적이랄까 연구자 중심의 작업에 치중해 왔다고 여겨진다. 그 결과, 일반 대중은 국어국문학을 포함하여 인문학 전반에 대하여 거부감을 가지고 외면하게 되면서 이른바 인문학의 위기가 초래된 게 아닌가 판단한다. 누구의 말마따나 인문학이 위기를 만난 게 아니라 인문학자들이(종래의 인문학 연구 방법과 자세가) 위기를 만났는지도 모를 일이다. 실용주의가 모든 부문에서 강력하게 작동하면서, 그간의 국어국문학연구와 인문학연구가 도대체 일반 대중의 행복에 기여할 만한 게 무엇이냐는 의문을 제기하기에 이른 것이라 생각한다. 실증적인 연구 등 종래의 연구가 필요 없다는 게 아니라, 그런 연구와 아울러 인문학적인 가치를 드러내는 연구도 병행하고 이를 대중에게 알리는 일도 했어야 하는데 소홀한 감이 있다는 생각이다.

〈윤선옥전〉에 대한 그간의 연구는 활발하지는 않으나 중요한 사항들이 다루어졌다. 서두에서 밝혔듯 소장자에 의해서 이 작품의 존재양상에 대한 기본적인 정보들이 소개되었으며, 정미선의 교육대학원 석사논문[2]이 나와 구조와 주제의식을 다룸으로써 좀더 본격적인 접근도 이루어졌다. 하지만 더 이상의 논문은 나오지 않고 있거니와 인문학적인 가치를 따로 고찰하려는 시도는 이루어지지 않고 있다.

이제 필자는 그간의 연구성과를 수렴하되 이 작품의 인문학적인 가치가 무엇인지 해명하는 데 초점을 맞추어 보고자 한다. 이 글에서 '인문'은 '사람다움', '인문학'은 '사람다움을 추구하는 학문 활동' 정도의 의미로 사용하고자 한다. 〈윤선옥전〉에서 보이는 인문학적인 요소 가운데에서 오늘날 우리가 재음미해야 할 것들을 힘껏 찾아 소개하고 적극 해석하기로 한다.[3]

---

2) 정미선, 윤선옥전의 모티프 수용양상과 서사적 기능, 경북대학교 교육대학원 석사논문, 2000.

3) 이같은 글은 종래의 관행으로는 용납하기 어려울지도 모른다. 영남문화연구원·택민국학연구원 공동주회 2017년 춘계 전국학술대회(경북대학교 대학원동 2층 학술회의실, 2017. 4. 28)에서 이 글을 구두발표했을 때 대부분 동의했지만 일부 "텍스트보다 해석이 다소 과한 게 아닌가" 하는 지적이 있었다. 당연한 우려다. 하

2. 윤선옥전의 인문학적 의의

윤선옥전의 인문학적인 의의를 논하는 데 여러 방법이 가능할 것이다. 대단락, 중단락, 소단락 등 작품을 단락별로 분석한 다음, 단락별 주제를 추출해 그 인문학적인 의미를 천착할 수도 있을 것이고 다른 방법도 가능하리라 본다. 필자는 이 작품을 읽어나가면서, 순차적으로, 작품에는 있는데 지금은 사라졌거나 희박해진 화소(모티프)들을 적시해 그 인문학적 의의를 타진하는 방식으로 서술하기로 한다.

필자가 살펴본 결과 모두 아홉 가지 정도의 의미 있는 화소를 추출할 수 있었다. 부부가 함께 시간 보내기, 부부간의 공대(恭待), 부부간의 의사 소통, 가정 문제의 책임을 자기 탓으로 돌리는 자세, 최선의 해결책 마련을 위한 부부의 노력 등이다. 이제 이들을 하나씩 검토하기로 하자.

1) 부부가 함께 시간 보내기

부부가 행복하게 지내기 위해 필요한 게 많을 것이다. 그중의 하나가 시간을 함께 보내기라 할 수 있다. 지정의(知情意) 세 가지를 지닌게 인간이라면, 시간을 함께 보내는 것은 정서적인 측면에서의 만족감을 가져다준다는 점에서 중요하다. 특히 여가 시간처럼 아무런 부담 없이 시간을 함께 즐기고 누리는 것이야말로 행복감을 증진하고

지만 우리 전공자가 알아내고 발견한 사실들을 일반 대중의 삶에 응용 적용할 수 있게 해주기 위해서는 이 글과 같은 노력도 필요하다는 것, 그래서 학자들만의 담론이 아니라 일반 대중도 읽을 수 있도록 작성한 글이라는 점을 강조하고 싶다.

유지하는 기회라 하겠다.

가족학 분야의 연구결과에 따르면, 결혼생활을 성공적으로 하기 위한 필수조건 가운데 하나로, "함께 나눔", "동반적 활동과 함께 나눔"[4]을 들고 있다. 부부 일심동체라는 말 그대로, 독자적인 생활로 치달아서는 안되며, 시간이든 정보든 그 모든 것을 함께하는 생활을 가져야만 행복에 이를 수 있다는 것을 지적하는 것이라 여겨진다. 여가 시간을 활용하여 함께 산책한다거나 음악감상을 한다든지 하여 정서적인 일체감을 가지는 것이야말로 중요하지 않을까 생각된다.

그렇게 보았을 때, 이 작품에 등장하는 윤 참판 부부는 그렇게 부부가 함께하는 시간을 가지고 있어 주목된다.

> 일일은 부인 최시와 □□ 놉퍼 올나 풍경을 귀경타가 □ 절벽상의 □□이졀은 슘월이라 두시는 골골리 실피 울고 풍은 셤셤ᄒᆞ야 화긔을 도읍ᄂᆞᆫ듯 반월은 명명ᄒᆞ야 졍신이 세락ᄒᆞᄂᆞᆫ 듯ᄒᆞ고 슉조는 나라 들고 겨슈는 촬촬ᄒᆞ야 졍히 스름의 감회을 돕ᄂᆞᆫ지라 ᄎᆞᆷ픈의 부인의 손을 익글고(제1~2면)

춘삼월을 맞이하여, 부부가 함께 높은 곳에 올라(오늘날로 말하면 등산하여) 풍경을 구경하고 있다. 두견새 울고, 바람 불고, 시냇물은 졸졸 흐르는 자연을 즐기고 있다. 조선시대에 대한 통념을 완화시킬 만한 장면이라 보인다.

이런 면모는 오늘날에도 여전히 의미 있다고 여겨진다. 부부의 행

---

4) 한국가족학연구회, 가족학, 삼성출판사, 1993, 306쪽 참고.

복보다 더 소중한 것은 없다고 한다면, 이 작품의 부부가 계절의 변화 앞에서 자연을 함께 즐기며 시간을 보내는 것은, 아직도 이 점이 많이 부족하다고 여겨지는 우리에게 시사하는 바가 있다고 생각한다.

2) 부부간의 공대(恭待)

이 시대 우리가 가장 취약성을 보이는 것 중의 하나가 부부간의 관계라 생각한다. 결손 가정이 자꾸만 늘어가는 것을 보면 안타까운 마음 금할 길 없다. 부부 생활에 문제가 있어서 나타난 결과라 할 것이다.

부부는 서로 어떤 자세를 가지고 대하면서 사는 게 바람직한 것일까? 윤선옥의 부모가 보여준 자세는 지금 우리 시대에 2% 부족한 것을 채울 만한 것이라 생각한다. 그 가운데 하나가 부부간의 공대이다.

부인이 남편에게 말할 때,"-오이다", "-아니하오릿가", "-듯하와이다", 이렇게 공대하는 것은 물론, 그 남편이 부인에게 하는 말투도 마찬가지로 상대를 높이고 있다. "-하리요", "-두로닛가", "-ᄒᆞᆺ이다" 같은 종결어미가 그 예이다. 주지하다시피 오늘날의 부부들은 이러지 못하거나 안하고 있다. 말을 놓아버리고 살기 일쑤이다.

선진국 중에서 우리나라의 이혼율이 선두를 차지하고 있는바, 어쩌면 이렇게 서로를 향하여 존대하지 않는 문화, 생활습성이 관련되는지도 모른다. 가족학 분야의 연구결과에 따르면, 부부 이혼의 중요한 요인 가운데 하나가, "배우자나 배우자의 존속으로부터 받는 모욕과 학대"[5]이다. 1990년대부터 본인에 대한 모욕과 학대를 이유로 재판상

---

5) 한국가족협회, 한국 가족문제-진단과 전망-, 하우, 1995, 68쪽 참고.

이혼을 청구한 사례가 급증한다고 보고되어 있다.[6]

왜 부부간에 모욕과 학대 행위가 존재하며 그 결과 이혼에까지 이르는 것일까? 가장 근본적인 원인은 상대방을 대할 때 공경하는 자세를 가지지 않아서라 생각한다. 부부간의 윤리와 관련해, 동양의 전통적인 가르침 가운데, 춘추(春秋) 시대 진(晉)나라 기읍(冀邑)에 살았던 극결(?缺)의 고사는 유명하다. 극결이 기읍에 은둔하여 농사지으며 살 때, 그 아내가 들밥을 내가곤 하였는데, 부부간에 마치 손님을 대하는 것처럼 깍듯이 공경(相對如賓)하였다고 하는 고사가 그것이다.[7]

『동몽선습』에서도 이를 반영하여, "辨內外 男子 居外而不言內 婦人 居內而不言外(부부간에는 분별이 있어, 남편은 바깥채에 거처하여 여성이 보살피는 집안일에 대해서는 간섭하지 않고, 부인은 안채에 거처하여 남편이 밖에서 하는 사회적이고 공적인 일들에 대해서 간섭하지 않아야 한다)"고 하면서, 극결의 고사를 인용하며 부부는 마땅히 극결의 부부처럼 해야 한다고 강조하는 것을 볼 수 있다. 이와 관련해 이른바 오륜(五倫) 중의 '부부유별'은 차별이 아니라 분별을 말한 것임이 이런 사례를 통해 잘 드러나고 있다.

요컨대 부부간에는 서로 공경하는 자세가 필요하다. 모든 예(禮)가 천성에서 비롯된, 다시 말해 인간의 본성을 반영해 가장 자연스럽게 살도록 마련한 것임을 인정한다면, 부부간의 공대도, 행복한 삶을 위해 필요한 가장 자연스러운 법도라 하겠다. 그런 점에서도 고소설이

---

6) 같은 책, 같은 곳.
7) 國語 卷11 晉語.

보여주는 부부간의 깍듯한 공대, 특히 언어 사용으로 구체화된 상호 간의 공경은 오늘의 우리에게 시사하는 바 크다고 생각한다. 부부간에 말만 공대해도 행동이 자연스럽게 규제가 되어, 가정의 분위기가 한결 화락해지지 않을까? 부부의 모욕이나 학대 또는 폭행도 줄어들고 사라져갈 것이라 필자는 믿는다.

3) 부부간의 의사 소통

이 작품에서 주인공의 부모는 무자라는 심각한 공통의 문제를 만난다. 이하 3~6항까지 관련되는 중요한 문제이므로, 관련 대목을 원문대로 보이면 다음과 같다. 이 대목은 일반적으로 고소설 주인공의 출생담 대목으로 불리고 있기도 하다.

딕쳥(大淸) 융경(隆慶) 년간 조선국 함경도 닷의 명환가(名宦家) 이시되 셩은 유요 일홈은 보숀이라 조문등과(早聞登科)ᄒᆞ야 벼슬이 리조참판의 겨ᄒᆞ다가 젹연(適然) 샹딕(相對)ᄒᆞ여 소인 참소을 만나 무발지가(無拔之家?)ᄒᆞ야 경은 조월(釣月)ᄒᆞ믈 일삼마 계신의 부ᄉᆞ(不仕) ᄒᆞ민(下民)되여는 지나가이 ᄒᆞ야 연세의 오십세의 실ᄒᆞ(膝下) 자식이 업ᄂᆞᆫ지라 일일은 부인 최시와 멋 길 놉피 올나 풍경을 귀경타가 □ 졀벽 상의 잇쎠 시졀은 슘월이라 두시ᄂᆞᆫ 골골리 실피 울고 풍은 셤셤ᄒᆞ야 화긔을 도읍ᄂᆞᆫ듯 반월은 명명ᄒᆞ야 졍신이 세락ᄒᆞᄂᆞᆫ 듯ᄒᆞ고 슉조는 나라 들고 겨슈는 좔좔ᄒᆞ야 졍히 ᄉᆞ름의 감회을 돕ᄂᆞᆫ지라 츔푼의 부인의 손을 익글고 의연 쟝탄 왈 우리 집 누셰향화을 잇지 아니쎠니 나게 이라 여는 연쟝 반빅의 일졈혈륙이 업시니 한심ᄒᆞ다 ᄉᆞ후ᄉᆞ을 뉘게 젼ᄒᆞ고

조상 봉亽을 뉘 이셔 밧들고 습쳔죄악을 면치 못ᄒᆞ니 엇지 실푸지 안이ᄒᆞ리요 ᄒᆞ물 마지 아이ᄒᆞ신ᄃᆡ 최시 위로왈 무亽식ᄒᆞ기ᄂᆞᆫ 다 첩의 죄라 쳘거지죄을 면치 못ᄒᆞ오ᄃᆡ 군亽 너부시온 덕오이다 제 탁신ᄒᆞ오나 엇지 황송치 아니ᄒᆞ오릿가 복원 군亽난 양가녀을 ᄌᆞ쳐ᄒᆞ여 남여간 亽식을 두오며 후亽을 젼ᄒᆞ옵고 죽은 후의 부모님의게 득죄를 면ᄒᆞ오면 군亽의 빅ᄃᆡ션조의 앙화을 업게 ᄒᆞ오면 좋을 듯ᄒᆞ와이다 참판이 탄식왈 엇지 부인갓튼 슉여을 원망ᄒᆞ리요 이ᄂᆞᆫ 나의 죄라 ᄒᆞ시고 셔로 위로ᄒᆞ더니 문득 풍편으로 일곡통이 들이거늘 부인이 참판다려 왈 일쳐의 져 죄 인ᄂᆞᆫ 듯시 우온니 우리도 발원ᄒᆞ오면 혹 눈먼 亽식이나 볼가 하나이다 참판이 탄왈 자식 유부ᄂᆞᆫ 팔亽의 인ᄂᆞᆫ이 엇지 불공ᄒᆞ야 亽식을 두로닛가 그려오나 부인 말ᄉᆞᆷᄃᆡ로 ᄒᆞ여 흔이나 업긔 ᄒᆞ亽이다 답ᄒᆞ고 ᄂᆡ외 셔로 손을 븟들고 등등이 올나가이(제1~5면. 괄호 안의 한자 처리는 필자가 한 것임)[8]

위에서 보듯, 이 무자 문제에 대하여 부부는 각자의 의견을 주고받고 있다. 남편은, 무자는 제사를 끊어지게 하는 사건으로서, 부모와 조상에게는 더없는 죄요 불효이므로 심각한 문제라고 토로한다. 이 말을 들은 부인은, 그런 남편을 위로하기를, 이는 남편의 죄가 아니고 자신의 죄라고 하면서, 그 대안으로서, 새장가를 가서 후사를 얻으라고 한다. 제각기 솔직한 의견을 개진하고 있다.

부부간의 명확하고 효과적인 의사소통은 결혼 만족과 관계가 깊다

---

8) 이 작품의 역주본이 나와 있다. 권영호 역주, 김광순 소장 필사본 고소설 100선 윤선옥전 · 춘매전 · 취연전(대구광역시 · 택민국학연구원, 2014), 367~463쪽이 그것이다. 오독한 부분들이 더러 있어 보완이 필요하지만 작품 연구에 유용하다.

는 사실이 밝혀지고 있다.[9] 즉 부부간 의사소통의 빈도와 효율도, 이해도가 높을수록 남편과 부인은 결혼 생활에 더 만족한다는 것이다. 나브란에 따르면, 행복한 결혼생활을 하는 부부의 의사소통상의 특징으로 첫째, 대화를 자주 함, 둘째, 경청하고 상대방이 이해한다는 느낌을 전달함, 셋째, 상대방의 감정상태에 민감함 등을 들고 있다.[10]

오늘날 이혼의 주된 이유로, 성격 차, 배우자의 부정, 가족간 불화, 경제력 등 여러 가지가 거론되고 있다[11]. 하지만 필자가 보기에, 비록 이 가운데 어느 게 문제되었다 해도, 부부간의 의사 소통만 제대로 된다면 어지간한 갈등은 예방하거나 해소될 수 있다고 생각한다.

의사 소통할 줄을 몰라 일방적으로 자기 의견만 강요하면서 오해가 증폭되어 마침내는 파국에 이른다 할 수 있다. 그런 의미에서, 윤선옥의 부모가 보여주는 부부간의 대화, 긴밀한 의사 소통은 오늘날의 문제를 해결하는 데 소중한 사례라 생각한다.

4) 가정 문제의 책임을 자기 탓으로 돌리는 자세

〈윤선옥전〉에서, 무자의 원인이 자신에게 있다고 부인이 말하자, 이에 대해 남편은 이렇게 말한다. "부인갓튼 슉여을 원망ᄒ리요 이는 나의 죄라" 이럼으로써, 부부는 가정에 발생한 심각한 문제의 책임을 상대방에게 전가하려 하지 않고, 서로 자신이 떠맡으려 하는 자세를 보인다.

---

9) 한국가족학연구회, 가족학, 앞의 책, 299쪽 참고.
10) 같은 책, 300쪽 참고.
11) 같은 책, 347쪽 참고.

주지하다시피 구약 창세기에 나오는 인류 최초의 부부라고 일컬어지는 아담과 이브의 경우, 선악을 알게 하는 나무의 실과를 따먹은 책임을 절대로 자신이 지려고 하지 않고, 남에게 전가하는 양상을 보이고 있다.[12] 〈윤선옥전〉의 부부는 다르다.

오늘날의 가정에서 부부간의 갈등이 생기는 근본 원인 중의 하나는 문제의 책임을 서로 상대방에게 돌리는 자세에 있다고 나는 진단한다. 좋지 않은 일이 생겼을 때, 서로가 자기 탓이라 하고, 좋은 일이 생겼을 때는 반대로 서로 상대방 덕분이라고 한다면 가정의 평화는 저절로 이루어지지 않을까?[13]

---

12) 창세기 3장 1~13절 참고(개정개역판).
그런데 뱀은 여호와 하나님이 지으신 들짐승 중에 가장 간교하니라 뱀이 여자에게 물어 이르되, "하나님이 참으로 너희에게 동산 모든 나무의 열매를 먹지 말라 하시더냐?" 여자가 뱀에게 말하되, "동산 나무의 열매를 우리가 먹을 수 있으나 동산 중앙에 있는 나무의 열매는 하나님의 말씀에 너희는 먹지도 말고 만지지도 말라 너희가 죽을까 하노라 하셨느니라." 뱀이 여자에게 이르되, "너희가 결코 죽지 아니하리라. 너희가 그것을 먹는 날에는 너희 눈이 밝아져 하나님과 같이 되어 선악을 알 줄 하나님이 아심이니라." 여자가 그 나무를 본즉 먹음직도 하고 보암직도 하고 지혜롭게 할 만큼 탐스럽기도 한 나무인지라. 여자가 그 열매를 따먹고 자기와 함께 있는 남편에게도 주매 그도 먹은지라. 이에 그들의 눈이 밝아져 자기들이 벗은 줄을 알고 무화과나무 잎을 엮어 치마로 삼았더라. 그들이 그 날 바람이 불 때 동산에 거니시는 여호와 하나님의 소리를 듣고 아담과 그의 아내가 여호와 하나님의 낯을 피하여 동산 나무 사이에 숨은지라. 여호와 하나님이 아담을 부르시며 그에게 이르시되, "네가 어디 있느냐?" 이르되, "내가 동산에서 하나님의 소리를 듣고 내가 벗었으므로 두려워하여 숨었나이다." 이르시되, "누가 너의 벗었음을 네게 알렸느냐? 내가 네게 먹지 말라 명한 그 나무 열매를 네가 먹었느냐?" 아담이 이르되, "하나님이 주셔서 나와 함께 있게 하신 여자 그가 그 나무 열매를 내게 주므로 내가 먹었나이다." 여호와 하나님이 여자에게 이르시되, "네가 어찌하여 이렇게 하였느냐?" 여자가 이르되, "뱀이 나를 꾀므로 내가 먹었나이다."
13) 고소설의 원천인 우리 설화 가운데는 이런 미덕을 주제로 한 것들이 있다. 필자는 그 설화를 특별히 사랑하여 최근에 33편 우리 설화를 현대시로 다듬어 이야기시집으로 발간하면서 이 설화의 주제를 따라 시집 제목을 '내 탓'이라 했다. 이런 작

5) 최선의 해결책 마련을 위한 부부의 노력

모든 문제에는 답이 있다고 한다. 주인공의 부모가 당면한 무자 문제도 마찬가지다. 이 문제를 해결하기 위해 부부는 노력한다. 그 첫 해결책을 부인이 제안한다. "복원 군ᄌ난 양가녀을 지쳐ᄒ여 남여간 ᄌ식을 두오며 후ᄉ을 전ᄒ옵고 죽은 후의 부모님의게 득죄를 면ᄒ오면 군ᄌ의 빅디션조의 앙화을 없게 ᄒ오면 좋을 듯ᄒ와이다"라고 한 대목이 그것이다. 다른 여자에게 새장가를 들어 자식을 두라는 권면이다.

얼핏 보기에 이는 타당한 해결책인 듯하다. 하지만 이는 최선의 대책은 아니다. 왜냐하면 이 말대로 첫째부인을 놔둔 채 다른 여자를 얻으면 자식을 낳을 수는 있겠지만(여성이 불임인 경우에만 해당되겠지만), 그 부인의 처(妻)가 아니라 첩일 따름이며, 그 사이에서 태어나는 자식도 적자(嫡子)가 아닌 서자(庶子)이므로 불완전한 후사일 따름이다.

'양가녀(兩家女)'이므로 '얼자(孽子)'는 아니지만, 조선왕조는 태종 이래 서얼차대법이 작동되어 각종의 차별이 존재했기 때문에 불완전한 후사이기는 마찬가지다. 첩의 아들을 증오하여 후사로 삼기를 원치 않은 경향도 있었다. 이런 저런 이유로, 남편의 친형제나 사촌의 아들 중에서 입양하여 후사를 잇게 한 것이 일반적이었다.[14]

따라서 이 부인이 합법적으로 남편을 도와 무제 문제 즉 후사가 끊어지는 가정의 위기를 극복하려면 방법은 한 가지다. 남편의 친형제

업도 이야기 전공자인 우리가 대중을 위해, 인문학에 대한 인식을 바꾸기 위해 수행해야 할 일이라 생각한다. 이복규, 『내 탓』,지식과교양, 2015, 10~11쪽 참고.
14) 최재석, 한국가족제도연구, 서울대학교출판부, 1989, 282~287쪽 참고.

나 사촌형제가 낳은 아들 가운데에서 입양해 아들로 입적시키는 것이다. 하지만 웬일인지 작품에서 부인이 남편더러 입양하라는 제의는 하지 않고, 사실상 첩을 얻어서 후사를 보라는 제의만 한다.

부인의 이런 제안을 남편은 받아들이지 않는다.[15] 그렇게 하면 서자밖에는 얻을 수 없어 불완전하기 때문에 받아들이지 않는 것은 아니다. "엇지 부인갓튼 슉여을 원망ᄒ리요 이는 나의 죄라"라고 하면서 거부한다. 자신의 죄값이라고 치부하면서 그냥 부인과 함께 살려는 자세를 보인다. 부인을 원망하지 않고, 오히려 자신의 죄값으로 부인에게 고통을 주고 있는 데 대하여 미안해 하는 느낌이 풍겨나는 어투이다.

여기서 강한 일부일처주의를 읽어낼 수도 있다. 우리가 일반적으로 알고 있는 이른바 일부다처주의(사실상은 어폐가 있는 표현이지만)와는 달리, 적어도 윤선옥전을 비롯한 영웅소설의 주인공 출생담 대목에서는 거의 예외 없이 일부일처주의를 고수하려는 경향성을 엿볼 수 있다. 이른바 일부다처주의는 결코 행복한 가정을 보장하는 게 아니라는 사실을 인지했던 듯하다.[16]

---

15) 거의 다 거부하는데, 오직 한 작품 〈사씨남정기〉에서만 이를 받아들이고 있다.
16) 일부일처제는 구약 창세기 2장에서부터 고수되어 왔던 듯하다.
여호와 하나님이 이르시되 사람이 혼자 사는 것이 좋지 아니하니 내가 그를 위하여 돕는 배필을 지으리라 하시니라. 여호와 하나님이 흙으로 각종 들짐승과 공중의 각종 새를 지으시고 아담이 무엇이라고 부르나 보시려고 그것들을 그에게로 이끌어 가시니 아담이 각 생물을 부르는 것이 곧 그 이름이 되었더라. 아담이 모든 가축과 공중의 새와 들의 모든 짐승에게 이름을 주니라 아담이 돕는 배필이 없으므로 여호와 하나님이 아담을 깊이 잠들게 하시니 잠들매 그가 그 갈빗대 하나를 취하고 살로 대신 채우시고 여호와 하나님이 아담에게서 취하신 그 갈빗대로 여자를 만드시고 그를 아담에게로 이끌어 오시니, 아담이 이르되, "이는 내 뼈 중의 뼈요 살 중의 살이라 이것을 남자에게서 취하였은즉 여자라 부르리라." 하니라. 이 부인은 자신의 첫 번째 제안을 남편이 거절하자, 두 번째 제안을 내놓는다. "우리도 발원ᄒ오면 혹 눈먼 ᄌ식이나 볼가 하나이다" 즉 부처에게 발원 기도하여 자식을 얻자는 것이다. 인위적인 방법으로서 재취를 권하였으나 남편이 거부하자, 초월적인 존재에게 기도하는 신앙적인 방법을 새로 제안한다.

남편은 이 제안은 받아들인다. "자식 유부는 팔ᄌ의 인눈이 엇지 불공ᄒ야 ᄌ식을 두로닛가 그려오나 부인 말슴듸로 ᄒ여 흔이나 업긔 ᄒᄉ이다"라고 하여, 다소 미온적이기는 하나, 부인이 원하는 일이니 부인의 한이라도 풀어주려는 목적으로 이 제안을 받아들이고 있다. 이 대목에서도 부인을 배려하고 존중하는 마음씨를 읽을 수 있다.

이 방법은 전자보다 낫다고 판단한다. 왜냐하면 정실부인의 소생이라야 완전한 후사로서의 자격을 갖는 것이 당대의 제도이므로, 가장 좋은 방법은 할 수만 있다면 첫째부인에게서 자식을 얻는 것이다. 그런데 50 나이에 이르도록 자식이 생기지 않으니 인간적인 힘으로는 불가능하다고 보아야 한다.

작품에는 나타나지 않지만, 자식을 얻기 위해 약물 복용을 비롯해, 민간요법을 두루 동원했을 가능성이 높다. 어떻게든 자신의 약점을 보강해 자식을 얻어보려는 노력을 기울였으리라 여겨진다. 그렇게 하지 않았다면 자식 얻기를 간절히 원하는 사람이라 할 수 없다.

하지만 그런 노력을 기울였건만 남편의 나이 50이 되도록(여성의 나이는 그 이상일 가능성이 높음) 자식이 없자, 이런 노력을 포기하고

러므로 남자가 부모를 떠나 그의 아내와 합하여 둘이 한 몸을 이룰지로다. 아담과 그의 아내 두 사람이 벌거벗었으나 부끄러워하지 아니하니라.

내린 결정이 재취하라는 것이었다. 남의 몸을 빌어 자식을 보려는 쪽으로 방향을 바꾼 것이다. 여성의 경우 생리적으로 더 이상 임신할 가능성이 사라진 연령이기에, 젊은 여성을 맞아들여 후사를 보라는 제안이었던 것이다. 하지만 남편이 거절했고, 이에 신앙적인 방법을 동원하기로 마음을 바꾸어 새로 제안한 것이다.

이 방법이 성공하기만 하면, 적자가 태어나 완전한 후사가 되어 가문을 이을 수 있다. 조상의 제사를 모실 수도 있다. 당시로서는 가장 나은 방법을 찾아 실천하기로 한 것이다. 가정에 문제가 발생할 경우, 두 사람이 지혜를 모아, 가장 합리적이고 좋은 해결책을 찾아보려고 계속 노력하는 자세, 오늘날에도 필요하지 않을까?

3. 맺음말

이 글에서, 고소설 〈윤선옥전〉의 인문학적 의의를 드러내는 시도를 하였다. 그간의 연구가 학문적인 데 무게중심을 두었으나, 이제는 대중을 위해서도 기여해야 할 필요가 있다는 판단에 따라, 다소 성글지만 모험을 해 본 셈이다.[17]

---

17) "이 글에서 제시한 5가지가 〈윤선옥전〉에서만 발견되는 것은 아니지 않은가?" 심사과정에서 이런 지적이 있었다. 타당한 지적이다. 다른 작품에서도 나타나는 요소들이다. 엄밀히 말하자면 〈윤선옥전〉에도 나타나는 요소들이다. 여기서 드러낸 5가지 인문학적 항목들은 〈윤선옥전〉을 비롯한 다수의 고소설에서 공통적으로 확인할 수 있는 것들이다. 제대로 제목을 붙이려면, '고소설의 인문학적 의의'라 해야 맞다. 하지만 이 글이 김광순 교수 소장 유일본 소설들의 가치를 세상에 알리기 위한 대전제 아래 집필된 것이라 편의상 '윤선옥전의 인문학적 의의'로 제명했을 따름이다. 기회가 되면, 심사위원의 의견대로, 작품별 변이양상들을 세밀히 살

이 글에서 〈윤선옥전〉이 지닌 인문학적인 의의로 모두 일곱 가지를 들었다. 부부가 함께 시간 보내기, 부부간의 공대(恭待), 부부간의 의사 소통, 가정 문제의 책임을 자기 탓으로 돌리는 자세, 최선의 해결책 마련을 위한 부부의 노력, 유교와 불교의 공존, 융통성 있는 선악관 등이다.

이 일곱 가지는 과거에는 있었으나 지금은 없거나 드물어진 것들이다. 아울러 이들은 오늘의 우리 삶을 좀더 행복하고 풍요롭게 하기 위해 필요한 것들이기도 하다. 이 자리에서 총괄적으로 그 의의에 대해 부언해 보기로 한다.

첫째, 부부가 함께 시간 보내기는, 자칫 일에 중독된 나머지 부부가 함께하는 시간을 소홀히 할 수 있는 위험성을 피하게끔 일정한 자극을 주는 대목이라 생각한다.

둘째, 부부간의 공대는 부부간의 언어사용에 관한 것으로서, 남녀차별이 아니라 내외를 분별하며 서로를 대등한 인격체로 존중했던 과거의 삶을 재발견하게 한다. 오늘날 부부간에 상대방에 대하여 함부로 말을 놓음으로써 야기되는 폭행, 그리고 이로 말미암은 여러 불행한 일들을 예방하도록 해주는 미덕이라고 본다.

셋째, 부부간의 의사 소통은 아직도 가부장제적인 문화가 강한 우리나라에서 반드시 눈여겨보아야 할 사항이라 생각한다. 서로의 의견을 솔직하게 하고 들어주는 부부관계가 이루어져야만 부부일심동체라는 말이 사실로 증명될 수 있어 행복한 가정이 가능할 수 있겠기 때문이다.

펴보는 것도 의미 있으리라 생각한다.

넷째, 가정 문제의 책임을 자기 탓으로 돌리는 자세 역시, 가정의 행복을 유지하기 위해 반드시 필요한 자세라 할 수 있다. 대부분의 가정 문제가 서로 상대방 탓을 하기 때문에 빚어진다는 사실을 고려해 볼 때, 이 미덕 역시 시간과 공간을 초월해 필요한 것이라 하겠다.

다섯째, 최선의 해결책 마련을 위한 부부의 노력도 마찬가지다. 가정의 중요 문제 앞에서 가장 완전한 해결책이 무엇인지에 대해 함께 노력하여 대안을 찾아내는 모습은 합리성을 중시하는 지금의 관점에서도 돋보인다.

이처럼, 인문학적 의의에 초점을 맞추어 작품을 읽어보니, 전에는 간과했던 부분들이 의미 있게 다가오는 듯하여 즐거웠다. 최근 필자는 지역민을 위해 매월 1회 인문학강좌를 마련해, 문사철의 다양한 학자들을 강사로 모셔 진행하고 있다. 고소설 작품을 가지고도 얼마든지 의미있는 대중강의를 할 수 있겠다는 확신을 가지게 되어 기쁘다. 앞으로 다른 작품을 대상으로 이 같은 작업을 계속해 보고 싶다.

『정역(正易)』과 기독교의 상통성

1. 머리말

『정역(正易)』은 1885년(乙酉) 우리나라의 일부(一夫) 김항(金恒 : 1826~1898)이 저술한 책이다. 기독교의 구약과 신약의 관계처럼, 『주역』이 先天역이라면『정역』은 후천역으로서, 완성역, 미래역, 제3의 역 등으로 일컬어지고 있다.[1] 그 내용은 앞의 〈십오일언(十五一言)〉과 뒤의 〈십일일언(十一一言)〉 상하합편으로 구성되어 있다. 말미에 재래의 하도(河圖) · 낙서(洛書)와 〈복희팔괘도(伏羲八卦圖)〉 및 〈문왕팔괘도(文王八卦圖)〉와 함께 예전에 볼 수 없었던 이른바 후

* 2017년 8월 18일 숭실대에서 열린 온지학회 학술대회에서 이 글의 초고를 발표하였다. 토론자인 한국전통문화대 최영성 교수께서, 제목 수정의 필요성을 비롯해 중요한 조언을 아끼지 않았다. 이선경 박사도 따로 의견을 보내주었다. 이 글을 다듬을 수 있도록 도와주신 두 분께 사의를 표한다.)
1) 이정호, 원문대조 국역주해 정역(아세아문화사, 2017), 119~120쪽 및 최영성, "『정역』과 한국사상-사상적 연원 탐구-", 학산이정호전집출판기념 학술발표회 발표집(학산이정호선생추모회 · 한국철학연구소, 2017. 5. 27), 14쪽 참고.

천괘도(後天卦圖)인 〈정역팔괘도(正易八卦圖)〉를 넣었으며, 아울러 〈십간원도수(十干原度數)〉와 '새 책력(冊曆)'으로서 〈십이월이십사절기후도수(十二月二十四節氣候度數)〉를 수록하였다.[2]

이 책에 대해서는 그 동안 이정호 선생을 필두로, 여러 학자에 의해 꾸준히 연구가 이어지고 있다. 주로 철학을 전공으로 하는 이들에 의해 조명이 이루어지고 있는바,『정역』의 면모가 조금씩 밝혀지는 중이다.

필자는 문학 연구자이다. 최근 들어 신학을 공부하고 있지만, 정역에 대해서는 문외한이다. 그럼에도 불구하고『정역』과 기독교의 상통성 문제를 다루어 보고자 한다.

필자는 대학시절(1970년대 후반) 이정호 선생을 통해『正易』을 처음 접했을 때, 기독교[3]의 성경과 유사하다는 느낌을 가졌다. 그런데 그 동안의 논저에서는 그 가능성을 부정하거나 침묵하고 있다고 여겨져 꽤 의아하게 생각하다가 이 기회에 이 문제를 드러내보기로 한다.[4]

2.『정역(正易)』의 주요 개념들과 기독교와의 상통성

『정역』의 주요 개념들 가운데 기독교와의 상통성을 거론할 만한 것으로 세 가지를 들 수 있다. 상제조림(上帝照臨), 상제(上帝)와의 대화 및 '불초자(不肖子)' 표현, 유리세계(琉璃世界) 등이 그것이다.

---

2) 이동준, 학산이정호전집(전13권) 개관(아세아문화사, 2017), 14~15쪽 참고.
3) 이 글에서 '기독교'는 천주교와 개신교를 아우르는 상위의 개념으로 사용한다.
4) 최영성 교수는 앞의 글에서『正易』의 종교적인 측면의 연원을 삼일신고와 풍류사상 등 우리 전통사상에서 탐색한 바 있다. 하지만 당대의 사상이었던 기독교와의 관련성에 대해서는 언급하지 않았다.

1) 상제조림(上帝照臨)

『정역』〈십일음(十一吟)〉 가운데, "上帝照臨兮 于于而而"(상제께서 조림하니 기쁘고도 즐겁구나)⁵⁾라는 대목이 있다. 이 대목에서 '상제조림(上帝照臨)'이란 개념은 일찍이 유교 경전에서는 잘 드러나지 않은 것이다. 주자의 〈경재잠(敬齋箴)〉의 '대월상제(對越上帝: 상제를 마주 대함)'란 표현이 있지만, 인간 쪽에서 天에 대하여 가져야 할 마음가짐을 표현하기 위한 것이므로, 상제가 주체가 되어 인간 쪽으로 오는 『정역』의 '상제조림'과는 다르다.⁶⁾

『정역』에서는 이 상제를 '화옹(化翁)', '화무상제(化无上帝)'로도 일컫고 있다. 모두 창조신적인 측면을 강조한 개념들이다. 이 점도 기독교의 성경과 비교해 볼 때, 유교 경전에서는 강조되거나 일반화한 표현이나 인식은 아니다.

'上帝'라는 표현만을 두고 보면, 『정역』의 '상제' 표현을 굳이 기독교와 관련지을 수는 없다. 유교 경전에도 이 표현이 있기 때문이다. 문제는 "상제조림(上帝照臨)"이란 대목이다. "조림(照臨)", "임조(臨

---

5) 이정호, 원문대조 국역주해 정역 (아세아문화사, 2017), 96~97쪽.
6) 『시경』의 "상제임여(上帝臨汝 : 상제가 너에게 임하여 계시다)"(魯頌), "소사상제 (昭事上帝 : 밝게 상제를 섬긴다)"(大雅), "대월재천(對越在天 : 하늘에 계신 분을 대하다)"(周頌)도 주자의 〈경재잠〉과 마찬가지로, 『正易』의 "上帝照臨"과는 경우가 다른 표현들이다. 왕이 상제를 섬기는 태도와 관련된 진술들이다. "上帝臨汝"의 경우, 주어가 상제로 되어 있어 『正易』과 같은 층위의 표현으로 여길 수 있으나 그렇지 않다. 『正易』은 다분히 종말론적인 양상, 위에 있던 상제가 지상에 비로소 임하는 것을 묘사한 것이지만, "上帝臨汝"는, 청자인 왕 즉 혁명을 꾀하는 왕으로 하여금 그 일을 의심하거나 염려하지 않도록 하기 위해, "이미 상제가 너에게 임하여 계시"다고 강조하는 문맥에서 사용된 표현이다.

照)"란 표현은 인격성을 가늠하는 데 중요하다. 다산도 유교 경전에 나오는 상제 개념을 들어, 그 '임조(臨照)'의 성격을 드러낸 바 있지만,[7] 다산은 이미 한역 서학서의 영향을 받아 기독교적 관점에서 유교의 상제를 해석한 것으로 보아야 온당하다.

다산 외에, 과연 조선조 성리학에서 "상제(上帝)" 및 "상제조림(上帝照臨)"이란 표현을 쓴 일이 있던가? 일반적인 현상이었던가? 아니다. 과문한 탓인지는 모르지만, 퇴계도 율곡도 이런 표현을 자주 썼다는 말을 들어본 적이 없다.

그런데 한문성경에는 신(神)이 하늘에서 내려온다는 표현이 많이 나온다. 그 사례들을 보이면 다음과 같다.

"耶華和臨格, 觀衆所築之邑臺(여호와께서 사람들이 건설하는 그 성읍과 탑을 보려고 내려오셨더라)."(창세기 11장 5절)

"我必降臨西乃山, 顯於兆民(나 여호와가 온 백성의 목전에서 시내산에 강림할 것임이니)."(출애굽기 19장 11절)

"耶華和由火中降臨於西乃山, 煙?四塞, 如自洪爐出, 山嶽震動(여호와께서 불 가운데서 거기 강림하심이라 그 연기가 옹기 가마 연기 같이 떠오르고 온 산이 크게 진동하며)."(출애굽기 19장 18절)

"耶華和昇雲降臨, 與摩西同在(여호와께서 구름 가운데에 강림하사 그와 함께 거기 서서)."(출애굽기 34장 5절)

"?吾主耶蘇基督偕諸聖徒臨日(우리 주 예수께서 그의 모든 성도와 함께 강림하실 때에)."(데살로니가전서 3장 13절)

"主由天降, 前宗基督死者必先甦, 厥後我?生存者, 忽同升雲際(주께서

---

7) 금장태, 동서교섭과 근대한국사상(한국학술정보, 2005), 83~84쪽.

호령과 천사장의 소리와 하나님의 나팔 소리로 친히 하늘로부터 강림

하시리니 그리스도 안에서 죽은 자들이 먼저 일어나고)."(데살로니가

전서 4장 16절)

　"當日主親臨, 受榮於厥聖徒(그 날에 그가 강림하사 그의 성도들에게

서 영광을 받으시고)."(데살로니가후서 1장 10절)

위에서 보는 바와 같이, 성경에는 신약과 구약 공히 하나님(성부, 성

자)가 하늘에서 강림한다는 표현이 계속 나온다. 아주 익숙한 표현이

다. 두 기록의 상통성을 확인할 수 있다 하겠다.

2) 상제(上帝)와의 대화 및 '불초자(不肖子)' 표현

『정역』에서 보이는 '상제와의 대화'도 이색적이다. 『정역』〈십오일

언〉 중에는 두 차례에 걸쳐 상제가 김항에게 말씀했다는 대목이 나온

다. '화무상제언(化无上帝言)'[8]과 '화무상제중언(化无上帝重言)'[9]이

그것이다. 상제가 일정한 내용으로 말씀하면, 김항이 일정하게 반응하

고 있다.

특히 두번째 경우에는 대화의 성격이 뚜렷하다. 上帝의 말씀에 대

하여, "불초 감히 어찌 이치와 수(理數)를 알리요마는 오직 원하옵기

---

8) 번역문을 보이면 다음과 같다(원문대조 국역주해 정역, 53쪽 참고). "초하루에 달
　을 일으키면 15일에 당하고, 16일에 달을 일으키면 30일에 달한다. 감히 말 많은 先
　天의 閏曆月을 가져다가 몇 번이나 초하루 건너 15일에 당할꼬?"
9) "度數를 밀어 불림에 있어서 올바른 윤리를 어기지 말라. 천리를 거꾸로 잃으면 부
　모님 위태하시다."

는 부모님 마음 안태(安泰)하실 뿐입니다."[10)라고 반응하고 있기 때문
이다.

이같은 '상제의 대화'는 유교 문맥에는 없다고 보인다. 더러 문학적
인 형상으로는 존재할 수는 있어도 실제 상황으로 이렇게 제시된 적
은 없다고 본다. 하지만 성경에는 하나님과 인간 사이의 대화가 자주
나온다.

구약에서 아담과 하와[11), 아브라함[12), 이사야[13) 등의 선지자들

---

10) 이정호, 원문대조 국역주해 정역(아세아문화사, 2017), 96~97쪽.

11) 창세기 3장 8~13절. "日昃, 凉風至, 耶和華上帝遨遊於圍. 亞當與婦聞其聲, 匿身
樹間而避之. 耶和華上帝召亞當云, 汝何在. 曰, 我聞爾聲於圍, 以我裸故, 畏而自匿.
曰, 孰言爾裸乎. 我命爾勿食之樹菓, 爾乃食乎. 亞當曰, 爾以婦賜我, 與我爲偶, 婦予
我菓, 而我食之. 耶和華上帝謂婦曰, 爾何爲耶, 婦曰, 蛇誘我食之(그들이 그 날 바
람이 불 때 동산에 거니시는 여호와 하나님의 소리를 듣고 아담과 그의 아내가 여
호와 하나님의 낯을 피하여 동산 나무 사이에 숨은지라. 여호와 하나님이 아담을
부르시며 그에게 이르시되 네가 어디 있느냐? 이르되 내가 동산에서 하나님의 소
리를 듣고 내가 벗었으므로 두려워하여 숨었나이다. 이르시되 누가 너의 벗었음
을 네게 알렸느냐 내가 네게 먹지 말라 명한 그 나무 열매를 네가 먹었느냐? 아담
이 이르되 하나님이 주셔서 나와 함께 있게 하신 여자 그가 그 나무 열매를 내게
주므로 내가 먹었나이다. 여호와 하나님이 여자에게 이르시되 네가 어찌하여 이
렇게 하였느냐 여자가 이르되 뱀이 나를 꾀므로 내가 먹었나이다)."

12) 창세기 18장 20~33절. "耶和華曰, 所多馬蛾摩拉罪惡貫盈, 聲聞於上, 今我臨格, 監
其動作, 實如所聞, 設有不若是者, 我亦能之. 二人往所多馬, 亞伯拉罕尙立於耶和華
前, 卽之曰, 爲善爲惡者, 豈可槩滅之乎. 邑中或有五十義人, 則邑之人, 豈可盡滅, 何
不緣義人, 而赦其罪乎, 並誅善惡不可, 待善惡相等亦不可, 鞫天下者, 豈不行義乎.
耶和華曰, 所多馬邑如有五十義人, 我必緣此赦其一方, 亞伯拉罕曰, 吾雖若纖塵, 而
敢上告, 浸假而五十義者, 缺其五, 豈因是滅此一邑乎. 曰, 如有四十五人, 則亦弗滅.
曰, 四十人則何如. 曰, 四十人, 吾亦不行是. 曰, 主毋怒, 我有一言, 若三十人則何如.
曰, 三十人, 亦不行是. 曰, 我敢上告, 浸假二十人, 則何如. 曰, 二十人, 我亦不滅. 曰,
主毋怒, 敢復進一辭而後已, 或止十人, 則何如. 曰, 十人吾亦不滅. 耶和華言竟而往,
亞伯拉罕乃歸(여호와께서 또 이르시되 소돔과 고모라에 대한 부르짖음이 크고 그
죄악이 심히 무거우니, 내가 이제 내려가서 그 모든 행한 것이 과연 내게 들린 부
르짖음과 같은지 그렇지 않은지 내가 보고 알려 하노라. 그 사람들이 거기서 떠나

이 하나님과 대화하는 장면을 볼 수 있다. 신약에서는 예수 그리스

소돔으로 향하여 가고 아브라함은 여호와 앞에 그대로 섰더니, 아브라함이 가까이 나아가 이르되 주께서 의인을 악인과 함께 멸하려 하시나이까? 그 성 중에 의인 오십 명이 있을지라도 주께서 그 곳을 멸하시고 그 오십 의인을 위하여 용서하지 아니하시리이까? 주께서 이같이 하사 의인을 악인과 함께 죽이심은 부당하오며 의인과 악인을 같이 하심도 부당하니이다 세상을 심판하시는 이가 정의를 행하실 것이 아니니이까? 여호와께서 이르시되 내가 만일 소돔 성읍 가운데에서 의인 오십 명을 찾으면 그들을 위하여 온 지역을 용서하리라. 아브라함이 대답하여 이르되 나는 티끌이나 재와 같사오나 감히 주께 아뢰나이다. 오십 의인 중에 오 명이 부족하다면 그 오 명이 부족함으로 말미암아 온 성읍을 멸하시리이까 이르시되 내가 거기서 사십오 명을 찾으면 멸하지 아니하리라. 아브라함이 또 아뢰어 이르되 거기서 사십 명을 찾으시면 어찌 하려 하시나이까 이르시되 사십 명으로 말미암아 멸하지 아니하리라. 아브라함이 이르되 내 주여 노하지 마시옵고 말씀하게 하옵소서 거기서 삼십 명을 찾으시면 어찌 하려 하시나이까 이르시되 내가 거기서 삼십 명을 찾으면 그리하지 아니하리라. 아브라함이 또 이르되 내가 감히 내 주께 아뢰나이다 거기서 이십 명을 찾으시면 어찌 하려 하시나이까 이르시되 내가 이십 명으로 말미암아 그리하지 아니하리라. 아브라함이 또 이르되 주는 노하지 마옵소서 내가 이번만 더 아뢰리이다 거기서 십 명을 찾으시면 어찌 하려 하시나이까 이르시되 내가 십 명으로 말미암아 멸하지 아니하리라. 여호와께서 아브라함과 말씀을 마치시고 가시니 아브라함도 자기 곳으로 돌아갔더라)."

13) 이사야 6장 8~13절. "吾聞耶和華之聲, 曰, 當遣者誰, 孰爲我儕往, 我曰, 余在此, 遣我可乎, 曰, 往告斯民, 云, 爾將耳聞而不聽, 目視而不明, 任斯民心頑, 耳聾, 目瞶, 免其目視耳聽心悟, 遷改而得醫焉, 我曰主歟, 將至何時, 曰, 迨乎城垣傾圮, 土地荒蕪, 室廬寂寞, 無人居之, 斯土之民, 我耶和華必徙諸遠邦, 故土蕭條, 其中居民, 尚存什一, 屢遭喪敗, 譬彼橡樹, 雖經斬伐, 猶留其幹, 爲善之人亦若是(내가 또 주의 목소리를 들으니 주께서 이르시되 내가 누구를 보내며 누가 우리를 위하여 갈꼬 하시니 그 때에 내가 이르되 내가 여기 있나이다 나를 보내소서 하였더니, 여호와께서 이르시되 가서 이 백성에게 이르기를 너희가 듣기는 들어도 깨닫지 못할 것이요 보기는 보아도 알지 못하리라 하여, 이 백성의 마음을 둔하게 하며 그들의 귀가 막히고 그들의 눈이 감기게 하라 염려하건대 그들이 눈으로 보고 귀로 듣고 마음으로 깨닫고 다시 돌아와 고침을 받을까 하노라 하시기로, 내가 이르되 주여 어느 때까지니이까 하였더니 주께서 대답하시되 성읍들은 황폐하여 주민이 없으며 가옥들에는 사람이 없고 이 토지는 황폐하게 되며, 여호와께서 사람들을 멀리 옮기셔서 이 땅 가운데에 황폐한 곳이 많을 때까지니라. 그 중에 십분의 일이 아직 남아 있을지라도 이것도 황폐하게 될 것이나 밤나무와 상수리나무가 베임을 당하여도 그 그루터기는 남아 있는 것 같이 거룩한 씨가 이 땅의 그루터기니라 하시더라)."

도[14]가 하나님과의 대화를 잘 보여주고 있다. 신약의 마지막 책인 〈요한계시록〉에서, 사도 요한[15]도 하나님(예수 그리스도)으로부터 계시를 받고 있으며 일정한 반응을 보이고 있다. 金恒이 상제와 대화를 하는 대목은 기독교 성경의 자극일 수 있다.

부가적으로, 김항이 상제 앞에서 자신을 '불초자(不肖子)' 즉 '아들'이라 한 것도 이색적이다. 이 말은 상제를 아버지(父)로 인식한 셈이므로, 유교 문맥에서는 매우 충격적인 일이다. 천자나 쓸 수 있는 말이

---

14) 마태복음 26장 36∽46절. "耶蘇偕門徒, 至一地名客西馬尼, 謂之曰, 爾曹坐此, 我前進祈禱, 遂携彼得及西比太二子, 憂愁哀慟, 耶蘇曰, 我心甚憂, 瀕死矣, 爾居此, 同我儆醒, 少進, 復伏祈禱曰, 父歟, 若可得免, 則以此杯去我, 雖然, 非從我所欲, 乃從爾所欲也. 遂至門徒所, 見其寢, 謂彼得曰, 爾不能偕我儆醒片時乎, 儆醒也, 祈禱也, 免入誘惑也, 心願而身疲耳, 復進禱曰, 父與, 若不能以此杯去我, 我必飮之, 則爾旨得成焉, 旣至, 又見門徒寢, 以其目倦矣, 離之再進, 三禱, 言亦如之, 後至門徒所, 謂之曰, 今尙寢且安乎, 時邇矣, 人子見賣與罪人手矣, 起而偕行, 賣我者近矣(이에 예수께서 제자들과 함께 겟세마네라 하는 곳에 이르러 제자들에게 이르시되 내가 저기 가서 기도할 동안에 너희는 여기 앉아 있으라 하시고, 베드로와 세베대의 두 아들을 데리고 가실새 고민하고 슬퍼하사 이에 말씀하시되, 내 마음이 매우 고민하여 죽게 되었으니 너희는 여기 머물러 나와 함께 깨어 있으라 하시고, 조금 나아가사 얼굴을 땅에 대시고 엎드려 기도하여 이르시되, 내 아버지여 만일 할 만하시거든 이 잔을 내게서 지나가게 하옵소서 그러나 나의 원대로 마시옵고 아버지의 원대로 하옵소서 하시고, 제자들에게 오사 그 자는 것을 보시고 베드로에게 말씀하시되, 너희가 나와 함께 한 시간도 이렇게 깨어 있을 수 없더냐? 시험에 들지 않게 깨어 기도하라 마음에는 원이로되 육신이 약하도다 하시고, 다시 두 번째 나아가 기도하여 이르시되, 내 아버지여 만일 내가 마시지 않고는 이 잔이 내게서 지나갈 수 없거든 아버지의 원대로 되기를 원하나이다 하시고, 다시 오사 보신즉 그들이 자니 이는 그들의 눈이 피곤함일러라. 또 그들을 두시고 나아가 세 번째 같은 말씀으로 기도하신 후 이에 제자들에게 오사 이르시되, 이제는 자고 쉬라 보라 때가 가까이 왔으니 인자가 죄인의 손에 팔리느니라. 일어나라 함께 가자 보라 나를 파는 자가 가까이 왔느니라)."

15) 요한계시록 22장 20∽21절. "이것들을 증언하신 이가 이르시되 내가 진실로 속히 오리라 하시거늘 아멘 주 예수여 오시옵소서. 주 예수의 은혜가 2)모든 자들에게 있을지어다 아멘."

기 때문이다. 실제로 조선왕조실록에 보면, 세종조에 김호연이라는 사람이 '천부(天父)'란 표현을 썼다가 조사받는[16], 아마도 우리 역사상 초유의 사건이 기록되어 있는바, 그 분위기를 알 만하다.

주몽신화의 우리나라 첫 기록인 광개토대왕비문에도 "천제지자(天帝之子)"라 하여, 주몽(원전에는 鄒牟-추모-)이 하늘에 기도하면서, 자신을 天帝의 아들이라 부르는 사례가 보이기는 하지만, 어디까지나 왕이기 때문에 가능한 표현이었다는 점에서, 일반인이 하늘을 직접 아버지라 부르는 일은 우리 역사에서는 찾아보기 어렵다.

기독교의 성경에는 이 '상제를 아버지로, 상제 앞에서 자신을 아들로' 표현하는 일이 흔하다. 특히 신약에서는 하나님을 아버지로 표현하는 사례가 부지기수로 등장한다. 예수 그리스도가 하나님을 그렇게 부르고 있으며, 제자들에게도 그렇게 가르치고 있다.

〈주기도문〉의 첫머리부터가 "하늘에 계신 우리 아버지"다. 하나님

---

16) 세종실록 75권, 세종 18년 12월 22일 계미 2번째기사 1436년 명 정통(正統) 1년 광망한 영평 사람 김호연이 당직청에 나가 망언하다 영평(永平) 사람 김호연(金浩然)이 스스로 돈화문 밖의 당직청(當直廳)에 나아가서 교의(交椅)에 걸어앉아 갑자기 관리를 불러 말하기를, "천부(天父)께서 나에게 명하여 나라를 다스리게 한 까닭으로 이곳에 이르렀는데, 너희들이 어찌 나에게 무례하는가?"하면서, 이내 크게 꾸짖었다. 손에는 작은 봉서(封書)를 가지고 있었는데, 모두 도리에 어긋나고 남을 속이는 설이었다. 당직한 관원이 이를 아뢰니, 임금이 말하기를, "옛날에도 이같은 광망(狂妄)한 사람이 있었으나, 다시 그 이유를 묻지도 않고 다만 먼 지방으로 귀양보내기만 했으니, 지금도 또한 신문하지 않는 것이 옳겠다." 하였다. 승지 등이 모두 가두어 신문하여 그 실정인가 거짓인가 보기를 청했으므로, 명하여 의금부에 가두어 추핵하게 하니, 말한 바가 요망하고 허탄(虛誕)하며 혹은 인도에 벗어난 말을 하기도 하였다.(永平人金浩然自詣敦化門外當直廳, 踞交椅而坐, 遽呼官吏曰: "天父命我治國, 故到此, 爾等何無禮於我乎?"因大罵之, 手持小封書, 皆狂誕之說. 當直官以聞, 上曰: "古有如此狂妄者, 不復問其由, 只令流于遐方, 今亦不問可也." 承旨等皆請囚問, 以觀情僞, 命囚于義禁府推覈, 所言妖誕, 或發不道之言).

은 아버지이니까, 무엇이든지 구하면(아니 구하기도 전에 다 알고 있어서) 주신다고 가르쳤다. 멀리 있거나 높은 데 있는 분으로만 알았던 유대인들에게는 충격적인 표현이었다. 겟세마네동산에서 드린 최후의 기도에서도 "아바 아버지"(마가복음 14장 36절)라고까지, 부르고 있는바, 그리이스어 '아바'는 우리말의 '아빠'와 상통하는 말로서, 아주 친밀한 관계에서 아버지를 부르는 말이다. 우리로 말하면, '아버님'이 아니라 '아빠'라고 부른 셈이다.[17]

현재 기독교에서는 예수의 가르침을 따라, 하나님을 '아버지'로 부르며 기도한다. 예수만 하나님을 아버지로 부른 것이 아니다. 이 점은 다른 종교와는 판연하게 구분되는 점이라는 것을 다시 강조하고 싶다. 동북아시아의 천부지모(天父地母)사상, 송나라 장재의 〈서명(西銘)〉 등에도 하늘을 아버지로, 백성을 아들로 여기는 의식이 없는 바 아니다. 하지만 기독교의 성경처럼, 직접적으로 하늘을 아버지라 부르거나, 자신을 아들이라 부르는 일이 일반화한 것은 아니다. 지금도 마찬가지다.[18]

---

17) 고영민, 히브리어 · 헬라어 원문 번역주석 성경(신약)(쿰란출판사, 2015), 348쪽 및 이재철, 성숙자반(홍성사, 2008), 183~186쪽 참고. 신약에서 하나님을 '아버지'로 소개하는 것은 매우 이색적이다. 뿌리가 같은 유대교와 이슬람교와도 구분되는 면모이다. 물론 유교나 불교 등 다른 종교에서는 찾아보기 어려운 표현이요 인식이라 보인다.

18) 기독교 성경에, 예수가 하나님을 아버지로 부른 것 외에, 다른 인물이 하나님을 아버지로 부른 사례 가운데 현저한 것만 적시해 보면 다음과 같다. 사도 바울, 베드로, 요한의 기록에서도 하나님을 아버지로 표현한 사례들이다.

"로마에서 하나님의 사랑하심을 받고 성도로 부르심을 받은 모든 자에게 하나님 우리 아버지와 주 예수 그리스도로부터 은혜와 평강이 있기를 원하노라"(로마서 1장 7절)

"너희는 다시 무서워하는 종의 영을 받지 아니하고 양자의 영을 받았으므로 우리가 아빠 아버지라고 부르짖느니라"(로마서 8장 15절)

3) 유리세계(琉璃世界)

『정역』〈십일음〉에 이런 대목이 있다. "天地淸明兮 日月光華 / 日月光華兮 琉璃世界 / 世界世界兮 上帝照臨 / 上帝照臨兮 于于而而 / 于于而而 正正方方 / 正正方方兮 好好无量(하늘 땅이 맑고 밝아 해와 달이 빛이 나네 / 해와 달이 빛이 나니 유리세계 되는도다 / 유리세계 유리세계 상제께서 조림하네 / 상제께서 조림하니 기쁘고도 즐겁구나 / 기쁘고도 즐거우니 정정하고 방방하네 / 정정하고 방방하니 좋고 좋아 그지없네)"[19]

여기 나오는 '유리세계'는 어떤 세계일까? 이정호 선생은 "새로이 수립되는 신질서와 고도의 발달된 무량복지사회"[20], "그 속에서 우우이이 노래하고 정정방방 춤을 추며 무량세월을 즐기는" 곳, "새 하늘 새 땅", "정역세계의 최후 이상", "인간에 세울 수 있는 최고의 복지사

"그러나 우리에게는 한 하나님 곧 아버지가 계시니 만물이 그에게서 났고 우리도 그를 위하여 있고 또한 한 주 예수 그리스도께서 계시니 만물이 그로 말미암고 우리도 그로 말미암아 있느니라"(고린도전서 8장 6절)

"외모로 보시지 않고 각 사람의 행위대로 심판하시는 이를 너희가 아버지라 부른 즉 너희가 나그네로 있을 때를 두려움으로 지내라"(베드로전서 1장 17절)

"우리가 보고 들은 바를 너희에게도 전함은 너희로 우리와 사귐이 있게 하려 함이니 우리의 사귐은 아버지와 그의 아들 예수 그리스도와 더불어 누림이라"(요한일서 1장 3절)

"아이들아 내가 너희에게 쓴 것은 너희가 아버지를 알았음이요 아비들아 내가 너희에게 쓴 것은 너희가 태초부터 계신 이를 알았음이요 청년들아 내가 너희에게 쓴 것은 너희가 강하고 하나님의 말씀이 너희 안에 거하시며 너희가 흉악한 자를 이기었음이라"(요한일서 2장 14절)

19) 원문대조 국역주해 정역, 앞의 책, 96~97쪽 참고. '世界世界兮'를 '유리세계 되고 보니'로 의역하지 않고 '유리세계 유리세계'로 직역하기만 하였을 뿐, 이 책에서 원문과 번역을 인용하였음.

20) 같은 책, 127쪽.

회", "인류는 그 속에서 화가삼장(花歌三章)이 울려퍼지는 가운데 천
상의 영광을 찬미하며 지상의 행복을 누릴" 곳, "사람은 누구나 자기
의 바른 짝을 만나 인생을 구가할 것이며, 부모와 조상은 천은(天恩)
과 성덕(聖德) 속에 공경과 추모를 받을" 곳, "산천과 초목은 인간의
완성으로 인하여 다 각자의 해원(解寃)을 하게 될"[21] 곳이다.

『정역』에서 제시하는 이 '유리세계'는 유교 경전에서는 찾을 수 없
는 말이다. 불교에서는 발견되지만, '용화세계(龍華世界)', '정토(淨
土)'처럼 흔한 개념은 아닌 듯하다. 불교의 문맥에서는 '약사불의 정
토'라고 검색되는바, 죽어서 그 영혼이 환생하여 가는 곳인 데 비해,
『정역』의 유리세계는 지상천국의 성격을 보이고 있어 다르다. 불교의
유리세계가 지닌 깨끗한 이미지만을 따온 것일 뿐, 구별되는 세계라
하겠다.

『정역』의 '유리세계' 즉 이정호 선생이 해석해 제시한 '유리세계'의
이미지는 신약 〈요한계시록〉에 등장하는 이상세계인 "새 예루살렘",
"새 하늘과 새 땅" 이미지와 상통하는 점이 있다. 〈요한계시록〉에서는
이 세계를 묘사하면서 '유리'라는 말을 구사하기도 한다. 해당 대목을
인용하면 다음과 같다.

"始造之天地崩矣 海歸無有 我則見天地一 新我約翰見聖城 卽再造之
耶路撒冷 上帝使自天降 預以相待 譬諸新婦 飾貌修容 迓其夫子 我聞大
聲自天出云 上帝殿在人間 與衆偕居 衆將爲其民 上帝祐之 爲其上帝 人
昔出涕 上帝拭之 蓋舊事已往 然後無死亡憂患 無哭泣 無疾病 居位者曰

---

21) 같은 책, 134~136쪽 참고.

萬物更新 均由我造 又曰 此言眞實無僞 宜筆之於書…(중략)…天使携我
至一山 截然高大 示我聖耶路撒冷大邑 上帝使自天降 上帝照臨赫奕 邑
光似寶玉 澄淨碧色 …(중략)…垣之締構皆碧玉 邑以兼金爲之 澄澈似
琉璃 …(중략)…十二門以十二珠 爲之 衢則兼金 澄澈如琉璃…(중략)
…天使以生命之河示我 其水澄潔如水晶 自上帝及羔位出 河左右植生命
之樹 樹外有衢 結菓之時十有二 月結其菓 葉可入藥 醫異邦人 …(중략)
…邑中不夜 不藉日光 毋庸燭照 主上帝自能 焜耀之 其僕秉權 永世未暨

(또 내가 새 하늘과 새 땅을 보니 처음 하늘과 처음 땅이 없어졌고 바
다도 다시 있지 않더라. 또 내가 보매 거룩한 성 새 예루살렘이 하나님
께로부터 하늘에서 내려오니 그 준비한 것이 신부가 남편을 윙하여 단
장한 것 같더라. 내가 들으니 보좌에서 큰 음성이 나서 이르되, 보라 하
나님의 장막이 사람들과 함께 있으매 하나님이 그들과 함께 계시리니,
그들은 하나님의 백성이 되고, 하나님은 친히 그들과 함께 계셔서, 모
든 눈물을 그 눈에서 닦아 주시니, 다시는 사망이 없고, 애통하는 것이
나 곡하는 것이나 아픈 것이 다시 있지 아니하리니, 처음 것들이 다 지
나갔음이러라. 보좌에 앉으신 이가 이르시되, 보라 내가 만물을 새롭게
하노라 하시고, 또 이르시되, 이 말은 신실하고 참되니 기록하라 하시
고…(중략)…성령으로 나를 데리고 크고 높은 산으로 올라가 하나님께
로부터 하늘에서 내려오는 거룩한 성 예루살렘을 보이니, 하나님의 영
광이 있어 그 성의 빛이 지극히 귀한 보석 같고 벽옥과 수정 같이 맑더
라. …(중략)…그 성곽은 벽옥으로 쌓였고, 그 성은 정금인데 맑은 유리
같더라.…(중략)…그 열두 문은 열두 진주니, 각 문마다 한 개의 진주로
되어 있고, 성의 길은 맑은 유리 같은 정금이더라.…(중략)…또 그가 수
정 같이 맑은 생명수의 강을 내게 보이니, 하나님과 및 어린 양의 보좌
로부터 나와서 길 가운데로 흐르더라. 강 좌우에 생명나무가 있어, 열

두 가지 열매를 맺되, 달마다 그 열매를 맺고, 그 나무 잎사귀들은 만국
을 치료하기 위하여 있더라.…(중략)…다시 밤이 없겠고, 등불과 햇빛
이 쓸 데 없으니, 이는 주 하나님이 그들에게 비치심이라. 그들이 세세
토록 왕노릇하리로다."[22]

여기에서 우리가 주목할 게 두 가지다. '유리(琉璃)'란 표현과 '지상
세계의 회복'이라는 개념이다.

첫째, 인간이 최종적으로 누릴 이상세계를 묘사하면서 유리(琉璃)
를 비롯한 각종의 보석을 들고 있다는 점이다. 비유로 보아야 하겠지
만, 인간이 상상할 수 있는 것 가운데서는 누구나 귀하게 여기는 보석
을 들어서 묘사함으로써, 그 세계의 완전성, 지극성을 나타낸 것이라
하겠다. 필자가 보기에, 『정역』의 '유리세계'는 기독교의 표현에서 그
발상을 얻은 게 아닐까 한다. 당시 문맥에서는 그렇게 보는 게 자연스
럽기 때문이다.

둘째, 지상이 새롭게 회복되거나 완성된 상태로 이상세계를 묘사하
는 점이다. 기독교에서 인간이 부활해 최후에 들어갈 이 나라의 성격
에 대해 두 가지 견해가 대립되어 있다. 이 세상과는 전혀 무관한(이
지상세계는 완전히 소멸한 후) 새로 주어지는 별개의 세계라고 보는
견해가 있고, 지상세계의 회복과 완성태로 보는 견해가 그것이다.

그리이스어에 해박한 이필찬 교수는 이것을 '에덴의 회복이요 완성'
으로 보고 있다.[23] 알파와 오메가인 하나님은, 인간의 범죄로 망가진
에덴을 마침내 회복 내지 완성하고야 마는 구조로 성경 전체를 보자

---

22) 요한계시록 21장 1절~22장 5절.
23) 이필찬, 요한계시록 40일 묵상여행(이레서원, 2014), 230~242쪽 참고.

는 게 이 교수의 견해이다. "만물을 새롭게"라는 표현을 비롯하여, '생
명수의 강', '생명나무'라는 표현을 보아 온당한 해석이라고 생각한다.

　이필찬 교수의 견해를 따를 경우,『정역』의 '유리세계'는 성경의 묘
사와 상통한다 할 수 있다. 유리처럼 맑고 밝은 상태, 지구가 가장 좋
은 상태로 전환된 모습으로 묘사하고 있는 게『정역』인바, 기독교의
그것과 흡사하기 때문이다.[24)]

---

24) 기독교의 '천국' 즉 '하나님의 나라'(그리이스어로 '바실레이아')의 원어적 개념
은 '하나님이 통치하는 상태'(한스 큉, 왜 그리스도인인가, 정한교 역, 분도출판사,
1983, 136쪽)이다. 이 땅에서도, 아니 우리 마음에서도, 하나님의 통치가 이루어
지면 그게 바로 천국이라고 보는 게 정통 기독교 신학의 입장이다. 마치 '대한민
국'의 개념이, '대한민국의 주권이 미치는 영역'인 것처럼 천국도 그렇다. 하나님
의 주권이 행사되는 상태이다. 그래서 "회개하라 천국이 가까웠다"라고 하는 것
이다. 우리 마음을 돌이켜, 내 의지나 욕망이 아니라, 하나님의 주권, 하나님의 뜻
이 온전히 우리를 지배할 수 있게 해야만 내 마음에 천국이 이루어진다, 내가 천국
에 들어갈 수 있기 때문이다. 이처럼, 일반인이 오해하는 것과는 달리, 천국은 '죽
어서 가는 곳'만을 의미하지 않는다. 그러므로 천국에는 현재적인 천국(마태복음
12:28, 누가복음 17장 20~27절, 골로새서 1장 13절, 요한계시록 1장 6절)이라는
측면도 있고 동시에 미래적인 천국(누가복음 21장 31절, 빌립보서 3장 20절, 요한
계시록 11장 15절, 마태복음 25장 34절, 고린도전서 6장 9~10절, 이사야 65장 17
절, 마태복음 19장 28절, 사도행전 3장 21절, 베드로후서 3장 12~13절, 요한계시
록 21장 1절)의 측면도 있다. 예수가 초림해 복음을 선포하고 죽은 자를 살리는 등
의 사역을 함으로써 천국이 보여지고 씨앗처럼 뿌려져 자라기 시작하였고, 재림
함으로써 그 천국이 완성될 것이라는 것이, 가톨릭이든 개신교든 정통 기독교 신
학의 견해다(김효성, 조직신학, 옛신앙, 2016, 584~589쪽 및 한스 큉, 같은 책, 같
은 곳 참고). 그 중에 한 측면만 강조하면 이단으로 취급한다. 다만 미래적 천국이
이 지상의 회복이냐, 따로 예비되어 있다가 내려오는 것이냐를 두고는 신학자 간
에 의견 차이가 있다.

3. 『정역(正易)』과 기독교의 상통성이 나타날 만한 시대적 정황

『정역』과 기독교 간에 위와 같은 상통성이 보이는 이유는 무엇일까? 이 장에서는 이 문제를 검토해 보고자 한다. 필자는 그것을 일부 김항이 『정역』을 저술하던 시대인 조선후기 및 조선말기에, 한역서학서가 지식인들에게 영향을 미쳤던 사실과 관련시켜 보고 싶다.

한역서학서가 조선의 지식인들에게 영향을 미친 데 대해서는 이미 여러 학자에 의해 밝혀진 바 있다. 금장태의 보고가 그 대표적인 경우다. 마테오 리치의 『천주실의』(1603)를 비롯한 한역 서학서가 도입되어, 성호 이익, 다산 정약용을 비롯한 여러 인물한테, 긍정적이든 부정적이든 영향을 끼쳤다는 게 소상히 밝혀져 있다.[25]

필자는 그 가운데에서도, 조선후기의 이른바 신흥종교(민족종교)들과 기독교 사이의 유사성에 대한 보고를 주목한다. 『정역』과 가까운 거리에 있는 동학과 증산교가 기독교와 유사성이 있다는 보고가 그것이다.[26] 예컨대, 동학을 창시한 최제우(1824~1864)의 경우, 서학 즉 기독교에 대한 대립을 주장하지만, 천주(天主)를 높이고 천주의 조화(造化)와 위력을 신봉하는 데 있어서, 기독교사상의 영향 내지 충격을 엿볼 수 있다는 것이다.[27]

---

25) 금장태, 동서교섭과 근대한국사상(한국학술정보, 2005), 81~85쪽, 최석우, "서학에서 본 동학", 교회사연구 1(한국교회사연구소, 1077), 113∞147쪽 참고.
26) 금장태, 같은 책, 85쪽 참고.
27) 윤석산, 동학교조 수운 최제우(모시는사람들, 2004)에서는, 최제우의 〈論學問〉을 근거로, "서학에서 말하는 천도나 자신의 천도나 결국 모두 우주를 아우르는 도로서 같은 도라는 것이다. 다만 그 천도를 궁구하는 학리적인 방법인 '學'이 서로 다

증산교도 마찬가지다. 교주 강일순(1871~1909)은 동학의 주문인 "시천주 조화정 영세불망 만사지"가 말하는 天主가 바로 자신이라 하고, 자신은 하늘이 친히 강림한 존재라고 하였는바, 기독교사상과의 유사성을 보여준다는 것이다.

이정호 선생의 글[28]에 의하면, 최제우와 김항은 밀접한 관련이 있는 것으로 보인다. 같은 시대의 인물일 뿐만 아니라, 연담(蓮潭) 이 선생의 문하를 출입하며 각각 교훈을 받은 바 있는 관계이다.

최제우는 "선도(仙道)를 대표하여 이 세상에 나온 것이니 주문을 외고 깊이 근신하라"는 교훈을 받았고, 김항은 "쇠해 가는 공부자의 도를 이어 장차 크게 천시(天時)를 받들 것"이라는 예언을 들었다고 한다. 한편 증산교의 강일순은 기독교를 잘 알고 있었다. 증산교의 경전인 『전경(典經)』에서, "서양인 이마두가 동양에 와서 지상천국을 세우려 했으되 오랫동안 뿌리를 박은 유교의 폐습으로 쉽사리 개혁할 수 없어 그 뜻을 이루지 못하였도다."[29]라 하여, 마테오 리치에 대해 호의적으로 서술하고 있기 때문이다.[30]

김항, 최제우, 강일순이 활동하던 시기는 다종의 한역(漢譯) 서학서

르다는 것이 수운 선생의 지론이다.", "수운 선생은 당시 서학이 지닌 모순을 극복하고 이에 대처할 수 있는 가르침을 세상에 제시하고, 이를 동학이라고 명명했던 것이다."라고 보았다. 필자가 보기에 최제우는 '서학(기독교)=동양을 침략하는 서양세력'이라고 보아, 자신은 서학과는 달리 우리 동양 전통의 방법으로 천도를 추구하는 '동학'을 제창한 것이라 생각한다. 이를 통해서 볼 때 분명한 것은, 최제우는 서학을 알았던 게 확실하다는 사실이다.

28) 이정호, 정역연구(아세아문화사, 2017), 214쪽 참고.

29) 〈교운〉, 19.

30) 연담과 두 인물 간에 있었다는 일화는 이정호 선생의 글에만 등장하는바, 앞으로 그 기록이 어디에 근거를 두어 이루어진 것인지, 얼마나 신빙성이 있는지에 대해 살펴볼 필요는 있다.

들이 중국에서 간행되어 유통되던 때이다. 성경의 경우, 처음에는 천주교에서의 부분 번역본들이 유통되다가, 개신교 선교사들의 활동으로 1807~1839년의 모리슨역(神본), 1852년의 신약전서 및 1874년의 구약전서를 번역출판한 이른바 대표본(委辦譯本, Delegates본) 한문성경(上帝본)이 나와 계속 출판되고 있었다.

천주교만 전래되어 있던 시기에는, 라틴어성경만을 고수하는 로마 카톨릭의 방침에 따라, 사제 외의 사람들은 성경을 읽을 수 없었지만 (아주 부분적인 번역 형태로만 가능했지만) 개신교는 달랐다.

16세기 초 루터의 종교개혁 이후 각국의 언어로 번역되어, 중국에서도 위에서 언급한 바와 같이, 1800년대 초에 한문으로 번역된 성경이 제작되어 유통되었다. 그 한문성경이 1800년대 초부터 이미 조선에 전해졌다는 것은 알려진 사실이다. 네덜란드선교회 소속 아우구스트 쿠츨라프 선교사가 1832년 충청도 홍주 고대도에 정박해, 모리슨이 준 한문성경을 사람들에게 전했다는 기록[31]이 그 한 예이다.

쿠츨라프 이후에 한문성경을 조선사람에게 전한 인물은 로버트 토마스 선교사다. 토마스 선교사는 런던선교회 파송을 받아, 1865년 9월 4일 중국 지푸(쯔푸)를 떠나 조선 서해안 자라리에 도착해 두 달 반을 지내면서 한문성경을 나눠주고, 심한 폭풍으로 베이징으로 되돌아갔다. 베이징에서 동지사 박규수(朴珪壽, 1807~1876)에게 성경을 한 권 주고 다시 미국 배인 제너럴 셔먼호로 갈아타고 황해도로 떠나 1866년 7월 대동강에서 순교를 당하면서 한문성경을 전했다는 기록[32]

---

31) 민경배, 한국기독교회사(연세대학교출판부, 2000), 133~134쪽 참고.
32) 리진호, 한국성서백년사(대한기독교서회, 1996), 84~93쪽 참고.

도 있다.

이런 정황을 고려하면, 김항, 최제우, 강일순은『천주실의』등의 서학서와 함께 이들 한문성경을 읽었을 개연성이 있다. 주지하듯, 우리 지식인들은 고려시대부터 중국에서 발행되는 서적을 출판된 지 얼마 안 되어 신속히 도입해 읽어왔다. 이는 중국의 최신 정보가 외부에 유출되는 일이어서, 송나라 때 소동파는 조선 사신들에 대한 중국 서적의 판매를 원천적으로 금지하게 조처해 달라는 건의를 한 일[33]은 유명한 사례다.

주로 중국에 사행을 갈 기회를 이용해 그렇게 해 왔다는 기사가 조선왕조실록에 무수히 등장한다. 아마 개인문집을 면밀히 조사해 보면, 개인적으로 중국의 서책을 구해다 읽은 사례가 발견될 가능성이 많다고 생각한다. 담헌 홍대용(1731~1783)이 북경의 유리창에 들러 중국의 서책을 구한 사례, 중국인도 모르는 중국의 신간 서적에 대해 중국인에게 문의한 일, 정조가 홍대용을 통해 유리창에서 파는 서적의 목록을 확인한 후 꼭 보고 싶은 책의 목록을 따로 만들어 구입해다 읽음으로써 18세기 후반 북경 책시장의 책을 가장 많이 읽는 독석가가 된 일[34]은 강명관 교수에 의해 거론된 일이 있다.

조선후기에 와서 허균을 비롯해 다수의 인사들이 중국을 통해 한역서학서를 구해 읽었고, 독창적인 사상가로 알려진 혜강 최한기(1803~1877)도 한역서학서를 읽었던 것도, 이러한 흐름의 연속선상에서 일어난 일이지 결코 예외적인 일이 아니다. 그렇게 본다면, 조선

---

33) 고려사 10 세가 선종 8년. 송사 487 고려전 참고.
34) 강명관, 책벌레들 조선을 만들다(푸른역사, 2007), 219~227쪽 참고.

말기에 이르러, 여러 모순과 문제점을 해결하기 위해 고민하던 식자들은 한역서학서를 계속 읽다가, 개신교 쪽에서 한문성경을 발간하면서부터는 이것도 수입해 읽었을 가능성이 있다. 물론 서학에 대해서 계속 탄압하거나 좋지 못한 감정을 가진 상황에서 드러내놓고 그 사실을 밝히지는 않았어도 그랬을 가능성이 있다.[35]

이 가설이 맞다면, 최제우, 김항, 강일순도 한역서학서와 한문성경을 읽었을 가능성이 있다. 동학과 증산교의 가르침이 기독교와 유사성을 보이는 가장 강력한 방증이다.

이런 상황에서, 유독 김항(1826~1898)의 『정역』(1885)만 이들 한역 서학서 내지 성경과 절연되어 있었으리라 여겨지지 않는다. 『조선왕조실록』이나 『일성록』 등 공식 기록에 안 보인다는 이유로, 당시의 지식인들이 한문성경을 읽지 않았다고 생각해서는 안될 일이다. 교섭하기에 충분한 상황과 배경 아래 살았다는 점에서, 『정역』과 기독교의 상통성은 얼마든지 나타날 수 있다고 본다.[36]

---

35) 특히 조선의 서적유통은 엄혹한 통제와 억압 속에서 이루어졌다. 〈설공찬전〉 필화 사건, 〈조의제문〉 사건, 박세당의 〈사변록〉이 사문난적으로 몰린 일 등에서 볼 수 있듯, 표현의 자유는 매우 제한되어 있었다(정병설, 조선시대 소설의 생산과 유통, 서울대학교출판문화원, 2016, 137~138쪽 참고). 이런 배경 아래에서 지식인들은 지적인 갈증을 해결하기 위해 중국 서적을 구해 읽는 데 열심을 내었던 것으로 보인다.

36) 이와 관련, 금장태 교수는 앞의 책에서, 동학 및 증산교와 기독교 간의 유사성에 대해서는 언급하였으나, 『正易』에 대해 서술하면서도, 기독교와의 관계에 대해서는 침묵하고 있다. 궁금해서 최근에 전화로 확인하니, 상관이 있다고 보는데 왜 서술하지 않았는지 모르겠다고 대답하였다.

4. 맺음말

이상,『정역(正易)』과 기독교의 상통성에 대해 서술하였다. 아직까지 양자간의 영향 관계에 대한 문헌기록이나 물증은 없다. 그럼에도 불구하고 몇 가지 면에서 상통성을 보이는 것은, 한역서학서와 성경이 번역되어 유통되었던 시대에 활동한 일부 김항(金恒)도 다른 이들과 마찬가지로 이들의 영향 아래에서『정역』을 찬술할 때 일정한 자극을 받지 않았을까 짐작해 볼 뿐이다.

매우 거칠지만 이 글을 쓰면서 더욱 또렷해진 생각이 있다. 이른바 학제간의 연구 또는 통섭적인 시각의 필요성이다. 유교만 봐서는『정역』을 제대로 이해할 수 없다. 유교도 알아야 하고 불교와 도교도, 나아가 기독교도 알아야 한다.

최치원 시절부터 조선시대까지, 지식인들은 하나의 사상에 머물지 않고, 진리 탐구의 열정 아래 유·불·도 삼교에 함께 관심을 기울여 왔다는 것은 이미 상식이다. 그렇다면 전통 사상으로는 해결하기 어려운 위기 국면을 맞은 조선 말기에, 이를 타개하기 위해, 이미 들어와 있던 서학 또는 기독교의 주장에 얼마든지 귀 기울일 법한 일이다.

특정 사상에 얽매이지 않고, 유용하다면 무엇이든지 수용하는 우리 샤머니즘 또는 문화의 특성에 비추어 봐도 그것은 매우 자연스러운 현상이라고 본다. 그러므로『정역』을 이해하기 위해서도, 각 방면에 밝아야 하고, 전공자끼리 긴밀히 소통해야 한다.

『정역』이 진공상태 또는 김항이란 분의 개인적인 생각만으로 만들어낸 책일 수 없다. 이 글에서 주목한 서너 가지의 표현들이 유교 경전, 불교, 도교, 건국신화를 비롯한 우리의 문화적 전통 등에 있었던

것들일 수도 있다.[37]

하지만, 왜 하필 이 김항에 이르러, 이『정역』이 나왔는가 하는 의문을 풀기 위해, 외재적 자극 가능성도 염두에 두어야 하지 않을까? 당대에 유통되던 다양한 사상에서 자극을 받거나 그것을 소재로 삼아, 나름의 고민을 해결하는 대안을 마련했을 거라고 본다. 그렇다면 당연히 당대의 종교와 사상들을 두루 섭렵하는 거시적인 시야에서『정역』을 들여다보려는 태도를 지녀야 하리라 본다. 이 방면 학자들의 분발을 기대한다.[38]

---

37) 이 글에서 다룬『正易』의 특징적인 표현들의 전통적 연원에 대해 따로 추적하는 글을 써볼 필요성을 느낀다. 최영성 교수의 연구성과를 이어 더욱 확장해 폭넓게 검토하는 작업과 함께 기독교의 자극이라는 외재적 자극 가능성을 거론해야 이 문제가 좀더 명료해진다고 보기 때문이다.

38) 이 글을 마무리하면서,『正易』과 기독교의 관련 가능성 또는 교섭 가능성에 대해 연구해야 할 필요성을 강조하기 위해 한 가지 사실을 지적하고 싶다. 김항과 그 학문에 대한 당시와 후세의 평가와 관련한 역학 연구자 곽신환 교수의 언급이 그것이다. "그를 순정유학자로 자리매김하지 않는다. 그에 대한 학자들의 시선은 아직도 대체로 차갑고 마음은 굳게 닫혀 있다. 학자들은 그의 역학을 정통에 속하지 않은, 일종의 별파로 간주한다.", "김항은 선천후천론에서 소옹을 따르지 않았고 서경덕을 취하지도 않았다."는 역학(易學) 전문연구자 곽신환 교수의 보고가 그것이다(곽신환, 조선유학과 소강절 철학, 예문서원, 2014, 353쪽). 이 진술의 의미를 필자는 이렇게 해석한다.『정역』은 종래의 유교 또는 역학과는 이질적인 요소를 담고 있어 전통적인 유교나 역학도들이 수용할 수 없을 정도였다는 사실을 의미하는 게 아닐까? 역(易)이 계속하여 선천과 후천의 관계를 꼬리 물며 바뀌어 오는 것이라면 정역도 인정할 법한데도 그 세계에서 거부감을 가지는 데는 필시 이유가 있지 않을까? 이미 기존의 발상을 뛰어넘는 요소가 들어가 있어서 그런 게 아닐까? 그것은 무엇일까? 바로 한역서학서 또는 한문성경이 보여주는 기독교적인 발상과 표현과 인식 아니었을까? 전통 역학의 차원을 높이는 데 기독교의 자극이 한 몫을 한 게 아닐까? 이런 생각이다. 이 방면 연구자들이 적극 나서서 이 문제를 해소해 주었으면 하는 바람이다.

(서평) 62편의 시로 읽는 윤동주
-김응교,《처럼-시로 만나는 윤동주》

1

최근에 영화 〈동주〉를 보았다. 윤동주가 자신의 시집 제목을 일본 여성에게 우리말로 또박또박 말해주는 마지막 장면. "하늘과" "바람과" "별과" "시!". 그 순간 놀라운 일이 내 눈 앞에 펼쳐졌다. 영화 마지막 장면이 끝나면 다투어 일어나기 바쁜 게 우리들인데 그러지 않았다. 한 사람도 자리를 뜨지 않고, 영화 제작에 참여한 사람들을 소개하는 자막이 다 올라갈 때까지 가만히들 있었다. 적어도 그날 신촌 아트레온에서는 그랬다.

윤동주는 우리한테 특별한 시인임에 틀림없다. 영화를 잘 만들어서 그렇다고 할 수도 있겠으나, 짧고 굵게 살다 간 윤동주의 삶 자체가 우리에게 주는 강력한 인상과 충격과 연민의 정 때문이 아닐까? 그렇게 살지 못하고 있는 우리가 부끄러워, 먹먹한 심정으로 망연자실했던 게 아닐?

　이번에 새로 나온 윤동주 평전 《처럼-시로 만나는 윤동주》도 그랬다. 이전에 나온 송우혜 선생의 《윤동주 평전》이 역사적 실증주의로 시인 윤동주의 삶을 구성한 평전이라면, 이 책은 시의 원전을 분석하여 시로써 윤동주를 재구성한 책이다. 신약성경의 공관복음처럼, 같은 대상을 다룬 이 두 책은 상호보완적이라 할 만하다. 송우혜 선생의 평전은 윤동주와 그 시의 역사적인 배경을 규명하면서 그 당시의 역사적인 모습을 재현해 보려 노력하였다. 이에 비해 이 책은 시를 중심에 놓고, 시를 근거로 삼아 윤동주와 그 시대를 재구성하려 애썼다. 어쩌면 윤동주란 실체는 역사와 문학 둘 다 잘 아는 사람이 나서야만 제대로 파악될지도 모른다. 아니면 우리는 이들 두 책을 정독하여 잘 종합해 봐야 하리라.

　문학 전공자인 나로서는, 시 텍스트를 자세히 읽어가며 윤동주의 삶을 조명하는 이 책에 매력을 많이 느꼈다. 작가는 작품으로 말한다고 하지 않던가! 시인 윤동주(그냥 '윤동주'가 아니라 '시인' 윤동주)를 제대로 알려면 그 시 작품부터 성실하게 읽어야 하건만, 그러지 않았던 게 사실이다. 마치 기독교를 제대로 알려면 성경부터 읽어야 하건만, 성경 대신 성경에 관한 책만 읽거나 설교만 듣고 마는 현실과 비슷했던 게 사실이다.

　이런 아쉬움을 해소하려 땀흘린 책이 나왔으니 반갑다. 더욱이 저자는 신학까지 공부한 분이라 그런지, 신앙적인 또는 신학적인 해석을 곁들이고 있어 더욱 돋보인다. 윤동주가 독실한 기독교 신자이고, 시에 신앙적인 색채가 짙다는 점에서, 매우 바람직하다 하겠다. '텍스트에 충실하기!' 이 책의 이런 특징은 제목에서부터 드러난다. 윤동주의 시 작품에 자주 등장하면서 윤동주의 한 지향을 보여주는 '처럼'을 인용해 책의 제목으로 삼고 있다. 윤동주가 〈십자가〉란 시에서 이 '처럼'을 한 행으로 독립시켜 처리한 게 이색적인 것만큼이나, 윤동주 평전의 제목을 '처럼'으로 삼은 것도 퍽 신선하다. 물론 '시로 만나는 윤동주'란 부제를 달아놓아 무엇에 대한 책인지 독자들에게 일러주면서도, 윤동주 시에 접근할 때 '처럼'에 유의하기 바라는 마음을 내비치고 있다.

2

이 책은 모두 7개의 장으로 짜여 있다. '윤동주라는 고전', '바람을 흔드는 나무-숭실·광명학원', '나의 길은 언제나-연희전문 일~삼학년', '곁으로 가는 행복-침묵기 이후 연희전문 사학년', '살리는 죽음-일본 유학', '윤동주가 곁에 있다고'. 7개의 장에서 맨 처음에 놓인 '윤동주라는 고전'은 머리말, 마지막의 '윤동주가 곁에 있다고'는 맺음말이다.

시인의 생애를 따라 순차적으로 배열한 것인바, 그 삶의 궤적에서 중요한 계기를 이루는 대목마다 그때 지어진 시 작품들의 전문을 제시하고 그 의미를 분석하고 있는데 무려 62편의 시를 들어 보이고 있다. 윤동주가 남긴 시가 모두 115편이니 저자가 해설한 시는 그 절반을 상회하는 셈이다. 윤동주의 시 모두가 명작인 것도 아니고, 습작기인 중학 시절의 것도 많으므로, 62편은 결코 적은 분량이 아니다. 그간 중요하다고 평가한 작품들은 대부분 망라하였다고 할 만하다.

한 대목을 보이면 이렇다.

쫓아오던 햇빛인데
지금 교회당(教會堂) 꼭대기
십자가(十字架)에 걸리었습니다.

첨탑(尖塔)이 저렇게 높은데
어떻게 올라갈 수 있을까요.

종(鐘)소리도 들려오지 않는데
휘파람이나 불며 서성거리다가,

괴로웠던 사나이,
행복(幸福)한 예수 · 그리스도에게
처럼
십자가(十字架)가 허락(許諾)된다면

모가지를 드리우고
꽃처럼 피어나는 피를
어두워가는 하늘 밑에
조용히 흘리겠습니다.

- 윤동주, 「십자가」 전문

(전략) 1연의 "쫓아오던 햇빛인데/지금 교회당(教會堂) 꼭대기/십
자가(十字架)에 걸리었습니다."라는 표현은 명동마을의 윤동주 생가
에서 방문을 열면 보이는 언덕 위 교회의 십자가를 연상케 합니다. 그

십자가에 햇살이 걸리는 풍경은 윤동주가 어릴 때부터 매일 보던 것이었습니다. 지금도 명동마을에 가면 언덕 중턱의 교회당 지붕에서 십자가를 볼 수 있습니다.

2연은 "첨탑(尖塔)이 저렇게도 높은데/어떻게 올라갈 수 있을까요"라며 비약됩니다. 여기서 화자의 염려가 살짝 언급됩니다. 십자가에 올라갔던 이가 걸었던 길을 따르기보다는 외면하고 싶은 겁니다. 도저히 그 삶을 따를 수 없는 한계를 느끼는 겁니다. 이 문장에 나타난 십자가는 풍경으로 묘사된 십자가(1연)와 영적으로 다른 의미를 갖고 있습니다. 2연에 등장하는 높은 첨탑 위의 십자가에는 단순한 풍경을 넘어 역사를 향한 헌신의 의미가 담겨 있습니다.(중략)

또하나 조금 독특한 표현을 봅니다. 4연 3행이 '처럼'이란 단어 하나로 써 있는 겁니다. '처럼'은 조사이기에 윤동주가 잘못 쓴 것으로 오독하고 4연 2행 끝에 붙여 "그리스도에게처럼"으로 인쇄된 시집들이 적지 않습니다.

사실 '처럼'만 이렇게 한 행으로 써 있는 시를 보기는 어렵습니다. 한국 시가 아니더라도 영어 시, 일어 시, 중국어 시에서 '처럼'만 한 행으로 된 시를 본 적이 있나요. 이웃을 내몸'처럼' 사랑하는 것이 얼마나 어려운지 윤동주는 알고 있었어요. 그런데 그 길이 '행복한' 길이라는 것도 알고 있었어요. 타인의 외로움을 외면하지 않고 그의 고통을 나누는 순간, 개인은 '행복한' 하나의 주체가 됩니다. 그러나 '처럼'이라는 직유법처럼 그 길은 도달하기 힘든 삶이지요. 그것을 짊어지고 가는 삶, 윤동주는 그 길을 선택합니다.(하략)

3

이 책은 윤동주에 대해서 증언해 줄 사람이 모두 작고한 이후에 씌어진 첫 평전이다. 송우혜 선생의 경우는 그 자신이 송몽규의 친척으로서 자료 채집이나 관련자 인터뷰가 한결 수월하였다. 게다가 그때만 해도 윤일주, 윤혜원 같은 친남매를 비롯해 관련자 분들이 생존해 있었다. 하지만 저자 김응교 교수는 그러지 못한 형편이었다. 고작 인터뷰한 게 연희전문 5년 후배 유동식 교수인데, 윤동주에 대한 기억이라고는 그 키가 자신과 친구 정병욱 교수보다 더 컸다는 것밖에는 없으니 별 도움이 되지 않아 보인다.

이렇게 불리한 여건 속에서도 저자는 나름대로의 방식으로 차별화한다. 우선 시 작품에 대한 심도 있는 분석은 물론,《윤동주 육필 시고 전집》의 원래 표기, 문장부호 하나까지도 세심하게 살핀다. 심지어 낙서까지 확대해서 관찰함으로써 그 시를 창작할 당시 윤동주 시인의 심경이 어땠는지 들여다본다. 일본 릿쿄대학 학적부를 세밀하게 살펴봄으로써, 어떤 신분으로 입학해 다녔던 건지 밝히는가 하면, 윤동주 판결문 전문을 보이고 면밀하게 따져, 간과했거나 숨겨진 진실도 드러낸다.

그중의 하나를 보면 이렇다. 〈십자가〉의 육필시고에서, '예수 그리스도'의 표기가 '예수 · 그리스도', 이렇게 가운뎃점이 찍힌 것에 주목하면서, 예수는 '역사적 예수', 그리스도는 '신의 아들인 구세주'이므로 이를 표나게 하기 위해 일부러 그런 게 아닐까 추정하고 있다. 저자가 아니면 얼른 하기 어려운 착상이고 해석이다. 릿쿄대학 학적부에 기재된 '선과(選科/鮮科)'의 정체에 대해서, 이모저모 추적한 결과를 알려주는 대목도 빛난다.

　도처에 시 원문과 사진 자료를 보이고 있어 아주 생생하다. 특히 윤동주가 처형당한 후쿠오카 형무소의 현장 사진은 가슴 뭉클하게 한다. 책상 앞에 앉아 텍스트만 분석한 게 아니라, 발로 뛰기도 하면서 쓴 책이라는 것을 알 수 있다.

　이 책을 내기 전에, 여러 곳에서 강의 · 강연을 하며 원고 다듬기를 계속 해왔다는 사실도 눈에 띈다. 판소리 광대들은 판소리를 부르기 전에 '허두가'라 하여 목 푸는 소리를 함으로써, 청중의 눈높이를 가늠해 본다고 한다. 저자도 그런 과정을 거쳐 책을 썼기 때문에 누가 읽어도 쉽게 썼다. 실제로 저자는, 이 책의 원고를 '고등학생'한테 읽히고, '노동하는' 분에게도 읽혀 반응을 떠보았단다. 위의 예문에서 나타나듯, 문체도 과감히 구어체를 선택했다. "그는 '처럼'의 시인이었습니다."처럼, 처음부터 끝까지, 말하듯이 써내려감으로써 독자들에게 아주 친근하게 다가온다. 한 편의 친절한 강연을 현장에서 듣는 것만 같아서 좋다.

　불리한 상황에서 집필한 책인데도 이런 노력을 기울인 덕분인지, 꽤 많이 나가고 있단다. 출판한 지 한 달 만에, 이미 3쇄를 찍고 4쇄를 준비중이며, 모두 5천부라니 대단한 일이다. 인문학의 위기, 출판계의 불황인 요즘, 경이롭기만 하다.

4

　《논어》를 보면 공자가 시에 대해 어떤 생각을 가졌는지 보여주는 대목이 나온다. '시를 배우면 새, 짐승, 풀, 나무들의 이름도 많이 배우게 되'는데, 왜 시를 공부하지 않느냐고 그 제자들을 일깨운 대목이 그것. 정말 그렇다. 이 책에서 윤동주 시의 원문을 아주 많이 보여주며 해설하고 있는바, 읽다 보면 많은 사실과 지식을 알게 된다.

관련된 다른 시인의 시만 해도 15편 정도, 관련 성경 구절만 10여 군데. 전문 연구 논문이나 저서 또는 인터넷 자료는 더 많다. 대충 헤아려보니 90건 정도다. 백석, 정지용, 투르게네프 같은 문인은 물론, 키르케고르, 레비나스, 라캉, 들뢰즈, 자크 데리다, 알랭 바디우 같은 철학자, 그밖에도 국내외 학자의 논문과 책의 주요 내용에 신약성경의 원어인 헬라어의 본뜻들…. 예컨대, '손을 잡아준 것만으로도 적선을 받았다고 고마워하는 늙은 거지'(투르게네프), '타자론'(레비나스), '진리 사건'(알랭 바디우), '스플랑크니조마이(헬라어)' 등등…….

이래서, 이 책을 읽다 보면 저자의 독서 범위가 매우 넓다는 것을 금세 눈치 챈다. 사람과 사물을 대하는 저자의 따스한 눈빛도 느낄 수 있다. 어쩌면 저자는 그간의 문학·신학 공부와 강의와 글쓰기, 일본 생활의 경험, 인생관과 문학관…… 이 온갖 에너지를 한데 모아, 윤동주와 그 시 조명에 집중한 것일지도 모른다. 이 책을 읽으면 박학해지는 뿌듯함과 아울러 대상에 대한 애정과 진지한 자세를 가지게 된다. 윤동주 메모의 중국어 표현을 이해하기 위해 중국어 교실에 들어가 배우고, 윤동주가 좋아했다는 이유로 《맹자》, 《중용》, 정지용, 백석, 키르케고르 등을 읽었다는 저자의 고백 앞에서 누가 감동먹지 않겠는가?

아울러 이 대목에서 지적해 둘 게 있다. 윤동주를 사랑한 두 일본인의 존재다. 하나는 윤동주를 제대로 이해하여 일본에 널리 알린 이바라키 노리코이란 여성 시인. 또 하나는 윤동주의 묘를 찾아내 우리에게 알리는가 하면, 윤동주가 읽은 책 목록을 찾아내 발표하며,《윤동주와 한국문학》이란 책까지 낸 와세다대 오오무라 마쓰오 교수다. 저자는 이들이 어떤 기여를 했는지 소상히 밝히고 있는바, 적어도 윤동주 문제에 관한 한 한국과 일본이 하나가 되어 있다는 인상을 강하게 풍긴다. 양국간의 이해와 교류의 필요성과 가능성을 엿보게 한 점에서 고무적인 일이다.

5

이 책을 읽고 나서 느끼는 아쉬움 한 가지. 소위 '서시'의 제목 문제에 대한 것이다. "원문에는 제목이 없는데 1948년 시집이 알려지면서 '서시'라는 제목으로 불렸어요. 시인 자신의 인생관이 담겨 있는 「서시」는 2연 9행으로 한 줄 한 단어도 빼놓을 수 없지요."라고 했는데, 이것만으로는 부족하다. 그간 내 논문으로 소상히 밝혀졌듯, 윤동주가 원래 시집으로 내려 편집해 놓았던 것은 18편이었다는 것, '하늘과바람과별과시'란 제목은 그 18편만 수록한 시집의 제목이라는 것, 따라서 12편을 추가해서 낸 1948년의 초판본은 적어도 윤동주의 원래 의도와는 거리가 있다는 것을 언급했어야 한다. 왜 윤동주가 18편만 골랐을지, 다른 작품들과 비교해서 과연 어떤지 말했으면 더 좋았을 것이다. 참고로, 이 문제에 관해서 내가 몇 년 전 논문에서 이미 자세히 밝혀 놓았다.

이 책도 송우혜 선생의《윤동주 평전》처럼 계속 수정해 나갔으면 한다. 관련 연구업적들에서 제기되는 새 견해를 수용해 적극 응답해 갔으면 하는 바람이다. 윤동주 시편들에 대한 해석상의 쟁점도 소개하면서 저자의 견해를 밝히면 윤동주 시를 사랑하는 독자들에게 더 유익할 것이다. 이 책에서는 62편만 읽었으나 115편 전체를 해설하라면 지나친 주문일까? 그래주면 시와 평전의 행복한 만남 같은 이 책의 독자들이 더 많이 행복해지지 않을까?

IX

익산 지역 이춘기의 30년(1961~1990) 일기에 대하여

1. 머리말

이 글은 전북 익산군 춘포면 용연리(속칭 대장촌)에서 복숭아밭 농부로 살다간 이춘기(李春基 : 1906-1991)가 남긴 30년간(1961-1990)의 일기를 분석하여, 그 일상생활을 몇 가지 측면에서 재구성하고 그 의의가 무엇인지 밝히고자 한다. 연구자는 학지사 김진환 대표의 의뢰를 받아, 30년간의 일기에서 중요한 부분을 발췌해 단행본으로 발간하는 일을 진행하였다. 이 책은 『목련꽃 필 무렵 당신을 보내고』란 제목으로 2018년 1월에 1책짜리 단행본으로 출간되었는바, 이 작업을 진행하면서 파악한 이 일기의 내용과 가치에 대해 학계에 보고하고자 한다.

이춘기는 을사늑약이 체결된 이듬해인 1906년 전북 익산 만경강변 판문(板門) 마을의 비교적 여유 있는 집에서 부친 전주 이씨 이우철(李愚哲)과 모친 박 씨의 장남으로 태어나, 집에서 한문공부를 하다가, 늦깎이로 소학교(초등학교)에 입학[1], 전주의 명문인 신흥학교를 다닌[2] 인물이다. 하지만 어려서 모친을 여의고 17세에는 부친마저 여의는 등 외롭게 유년기와 청소년기를 보내는 한편, 토지개혁을 비롯해 여러 요인으로 가산이 기울어, 결혼한 김정순과 함께 약간의 복숭아 농사를 주업으로 하여 생계를 꾸리며 자녀의 학비를 댄다. 1960년 말에 부인 김정순[3]에게 암이 발병해 사망하자 초등학생인 5남과 6남을 기르다가 재혼하지만 이내 실패, 세 번째 결혼해 살다가 말년에는 상경해 독거하다 1990년에 아들들의 초청으로 미국에 이민을 떠나 1년만인 1991년에 그곳에서 사망하였다.

공식적인 사회 활동으로는 익산원예협동조합장을 역임한 것이 전부인 것으로 보인다. 가족들의 증언으로는, 거주지에 외국 선교사의 포교로 대장교회가 세워져 유력 청장년들이 교회로 모이자, 이춘기가 주동(총무)이 되어 전주에서 전도사를 초빙해 성경공부를 시작하고, 부녀자들에게 양재를, 아이들에게는 무용을 가르쳤으며, 성탄절에는 연극제를 마련하는 등의 활동을 했다고 한다. 슬하에 6남을 두었으며, 장남 종화는 박정희대통령 시절 상공부 수출과장으로 재직시 수출 1억불 달성 주역으로서 대통령표창을 받았고, 차남 종성은 서울대 졸업후 1961년 국제로터리크럽 장학생으로 선발되어 일본 경응(慶應) 대학 대학원에 한국 최초의 정식 유학생으로 입학하였다.

---

1) 1961년 9월 18일 일기 참고.
2) 가족들이 그렇게 전하는데, 신흥학교의 후신인 신흥고등학교에 전화로 문의한 결과, 학적부에는 올라 있지 않다고 답변하였다. 혼란기에 학적부가 훼손된지도 모를 일이나, 이춘기의 글을 보면 그 학력은 사실로 여겨진다.
3) 일기의 메모에는 '김정숙'으로도 기록되어 있어, 집에서는 정숙, 공식적으로는 '정순'이었던 듯하다.

서울대 교육학과 박성수 명예교수의 처고모부로서, 박 교수에 의해 이 일기가 학지사 김진환 사장에게 인계되고, 단행본으로 출판하는 작업에 필자가 참여함으로써 비로소 세상에 알려지기에 이르렀다. 미션스쿨인 신흥학교의 영향인지 종교는 기독교이며, 젊은 시절에 여름성경학교 교사로도 봉사한 사진도 남아 있다.[4]

이춘기는 거의 하루도 빠짐없이 일기를 자세히 기록하였다. 그러므로 이 일기를 분석함으로써, 1961-1990년 동안에, 한 개인에게 어떤 일이 일어났으며 어떻게 응전했는지 살펴보는 일은 의미 있다고 생각한다. 부인 김정순(1907-1961)이 5개월여 투병 끝에 사망하기까지의 과정, 남겨진 어린 두 아들을 건사하는 어려움, 재혼에 실패하고, 세 번째 결혼하였으나 노년에 상경해 자취하다가, 장성한 아들들의 초청으로 도미해 말년을 보내기, 그 어간의 농사(과수와 채소 등), 기독교 신앙, 일제와 6.25 체험의 회고 등, 다양한 내용이 담겨 있기 때문이다.

1961-1990년은 5.15혁명이 일어나 경제개발계획이 실천됨으로써 많은 변화가 일어나, 농업사회에서 산업사회로 이행된 시기이다. 이 시기의 일상을 자세히 담고 있는 일기를 대상으로 한 연구는 전북 임실 배경『평창일기(1969-1980)』에 대한 것[5], 경북 김천 배경『아포일기(1969-2000)』에 대한 것[6] 정도이다. 농부로 살았다는 점에서 유사

---

4) 대장교회 100년사(1902-2003)(대한예수교장로회 대장교회 100년사 발간위원회, 2004), 12-13쪽의 화보 참고.

5) 이성호·안승택, 「1970~80년대 농촌사회의 금전거래와 신용체계의 변화:『창평일기』를 중심으로」, 비교문화연구 22권 1호(서울대 비교문화연구소, 2016), pp.5-51쪽 참고.

6) 손현주, 「『아포일기』에서 나타난 농민의 근대적 관광 경험에 대한 연구」, 비교문화연구 22권 1호(서울대 비교문화연구소. 2016), pp.53-87 참고.

하면서도, 나름의 독자적인 면모를 지녀 조명이 필요하다. 서지사항과 서술방식 및 특징, 가정생활, 세시풍속, 3·1운동과 6·25의 회고 등의 순서로 살펴보고자 한다.

2. 『이춘기일기』의 서지사항과 서술방식 및 특징

『이춘기일기』는 1961년부터 1990년까지의 30년간의 기록이다. 하루도 거르지 않고 썼던 것으로 보이는데, 1964년, 1965년, 1967년, 1968년 4년 치는 결호다.[7] 현재 남은 것은 1961년부터의 일기지만, 일제 강점기 시기에도 일기를 썼다는 사실을 1969년 3월 1일의 회고[8]를 통해 알 수 있다.

일기책은 매년 일기용으로 만들어 시중에서 판매하는 다이어리를 이용했다. '학생일기', '幸運日記', '自由日記', '瞑想日記', '回想日記', 'DIARY', 'MY WAY' 등 세계문화사, 성문사, 삼중당, 이우출판사, 금모래, 무극사 등 여러 국내 출판사에서 만든 다이어리가 대부분인데, 1975년 일기만은 일본에서 만든 공책에다 적었다. 현재 서울특별시 합정동 소재 도서출판 학지사가 소장하고 있다.

일기의 글씨는 국한문 혼용으로 만년필과 볼펜으로 기록하였다. 한

---

7) 아마도 거주지를 여러 번 옮기는 과정에서 유실된 듯하다.
8) "3·1절 몇일 前에 裡里署에서 日人 刑事 朝鮮人 刑事 3인이 와서 家宅搜索을 했다. 秘密結社나 聯絡關係書類 잇나 冊裝 書類箱子 다 뒤저 書信往來도 잡히는 대로 한 뭉치 쌓았다. 노트 書信은 잘 記憶이 안 난다만 日記 몇햇 걸 가저갔다. 書籍은 文學全集 思想全集 이런 건 책장을 넘기면 간간에 무언가 들어잇나 하고 훌터보고는 먼저 日記와 편지 뭉치만 가지고 連行 뒤를 따라가게 되엿다."

자를 적을 때 약자를 흘려쓴 게 많다. 난해 어휘(止金, 加上, 甘監, 暗橋, 락교), 호남 방언(찌크린다, 얼짐에, 봉창, 여의살이, 뒷서들이, 생내기), 호남 속담(원두 첨지 3년에 문상꾼 떨어진다, 중이 장판에 가서 화나는 이치, 메기가 아가리 크다고 더 먹나?, 떼 꿩에 매 놓아서 두리번거린다, 촌닭 관청에 간 것 같다, 오뉴월 보리 단술 변하듯, 대추나무 연 걸리듯, 비단이 한 끼지, 천둥에 개 뛰어들듯이, 손끝에 물 한 방울 안 묻히기, 쥐 소금 먹듯이, 호랑이 새끼 치게 생겼다, 처녀는 총각 구덕, 물 묻은 바가지 깨 들어붙듯 돈이나 옵소서, 진지차리 들이붙듯이), 일본어(大根, 이다바, 止金, 暗橋, 죠바, 뽀리) 어휘를 구사하거나 춘포 지역의 고유 지명(하신, 회화, 신호)이 나올 경우도 있다. 다이어리를 사다 썼으므로 양력을 기본으로 하되, 음력을 손으로 그 옆에 적어 놓았다. 농촌 생활에서는 여전히 음력이 중요하였다는 것을 알 수 있다.

일기를 매일 썼으며, 어쩌다 여러 날 출타하면, 밀린 일기를 한꺼번에 써 넣었다. 아주 치밀한 성격이라 하겠으며, 일기에 자신의 일생을 담아 놓으려 마음먹었던 듯하다. 이따금 혼자 보면서 참고하려고 쓴 것일까? 그렇지 않다는 것을 1983년 12월 8일 일기에서 주방의 조리사를 일컫는 일본어 '이다바'를 적은 후 괄호 안에 우리말로 무슨 뜻인지 주석을 달아놓은 것을 보아 알 수 있다. 1961년 6월 4일의 일기에 "김집사 이약이가 나왔다(鍾大母職名)", 1962년 3월 1일 일기에서 "내가 每年 되푸리하는 말이지만"등으로 적은 것도 이를 뒷받침해 준다.

이춘기의 일기에서 특이한 것 몇 가지가 있다.

첫째, 재정출납상황을 부지런히 기록해 둔 점이다. 특히 농사를 지으면서 수입과 지출이 발생하면 그 자세한 내역을 적었으며, 장거리 여행을 할 경우에는 차를 탄 시각, 열차번호, 도착 시각, 차비 등을 적어두었다. 쌀이나 과일 등의 물건값은 물론, 품삯이 얼마였는지 적어 놓았기 때문에, 30년간의 물가와 인건비의 추이도 확인할 수 있다. 예컨대 백미 1가마 당 1770원(1962년)에서, 택시 기본요금 60원(1969년 8월), 밀가루 1포대 960원(72년 9월), 품삯 350원(62년 7월) 및 남녀 품삯의 비율 5:1(61년 3월) 등이다.

둘째, 삽화가 많다. 이춘기 본인이 직접 그린 그림들이다. 일기의 내용에 어울리는 그림을 그려놓아 읽는 즐거움을 더해준다. 보고 그린 것도 있겠지만, 아내의 무덤 그림이나 자신이 살던 집의 모양 등을 해당 일기와 연결되게 그려 넣은 것을 보면, 창작물들로 보아도 무방하지 않을까 한다. 자신의 생각과 정서를 글은 물론 그림까지 동원해 표현했다는 점에서 특이한 사례라 하겠다.

셋째, 시(61년 10월 17일 및 61년 10월 31일 등), 수필(독립적인 제목 아래 적어 내려간 글들), 기행문(속리산, 동해안, 강원도, 경주 여행), 회고록(국경일 및 기념일마다의 회고), 메모(금전출납 및 설교, 신문기사, 세미나 내용의 요약) 등 다양한 갈래를 포괄하고 있다. 일기에 시를 삽입하는 경우는 많다. 하지만 여타의 다양한 갈래까지 두루 활용하는 것은 드문 일이다.

넷째, 어떤 날의 일기는 아주 장편도 있다. 회고담에서 그런 게 두드러진다. 일에서 해방된 노년에 이르러 시간적인 여유가 많아지면서 나타난 현상으로 보인다. 1983년 11월 30일 일기의 경우가 그 현저한 사례인바, 늦둥이 형제 종인, 종대의 성장 과정에 대한 회고는 200자 원고지 거의 70여 장 분량이다.

다섯째, 일기에 대한 서술도 나온다(70년 1월 5일 "日記는 每日 써야 原則이다. 重要한 件만 쓰고 소중이 역여야 할 것이지만(이하 원문 인용시, 편의상 표기법은 현행 맞춤법을 따라 다듬어 제시하는 것을 원칙으로 하되, 더러는 원문대로 표기할 것임. 원문대로 표기할 경우는 국한문 혼용임)", 85년 10월 23일 "오랜 日記帳을 뒤적그리다 보니 가슴앞은 事緣이 실여있다.…(중략)…將來에 後生들이라도 過去 經驗을 살여 그런 일이 없도록 하자는 것이 維一한 計劃이었다. 그런 것을 감격한 일들을 되살여 적었다."). 일기가 자신에게 어떤 의미가 있는지에 대해 적어 놓고 있다. 메타 일기라고나 할까?

3. 이춘기의 가정생활

1) 사별 이전 : 부인의 암 발병으로부터 사별까지

이춘기의 부인 김정순은 1960년 12월쯤 발병하여 암으로 판정받아 투병 끝에 1961년 4월 17일 운명한다. 그 과정을 아주 자세히 기술해 놓았다.

초기의 병증에 대한 기록은 1961년 1월 1일 일기에 나온다.

1961. 1. 1. 일. 맑음

작년 섣달 경이었다. 아내가 감기 들었다고 늘 신음하면서도 여전히 돌아다녔다. 아울러 소화 불량이 되어, 어딘가 모르게 신상이 좋지 않았다. 말은 안 했지만 부대끼면서도 기동을 하고 있었다.

서울에서 온 손자 세구가, 돌도 안 된 게 위장이 늘어나고 늘 설사를 해서, 잘못하면 죽을 것만 같아, 여름철에 데려다 놓았다. 양젖과 미음으로 식사 시간을 조절해 먹이니 곧 회복하여, 돌 안에는 걸음마를 하게까지 되어, 매일 세구만 업고 세월을 보낸다. 자기 몸도 겨우 가누면서, 남들 안 본 손자인 양, 밥만 먹으면 업고서 살았다.

과거에 여름철만 되면 과일 장사하느라 과로가 더해서 그런지, 평소에는 잘 체하지도 않는데, 활발하지 못하고 심상치 않았다. 그래도 괜찮은 줄만 알고, 늙어서 그런가 보다고만 여겼다. 그러나 날이 갈수록 식사도 어렵고 점점 쇠약해져만 간다.

하도 이상해서 전주 화자(花子)의 모친인 완이(完伊) 집사와 김 내과에 가서 진찰해 보고 오라고 하였다. 그 결과, '불치병'이라며, 자기네 병원에서는 할 수가 없으니, 서울 큰 병원으로 가 보라고 하였다.

초기에 병증이 나타났지만 대수롭지 않게 여기다가, 악화된 후에야 병원에 가고 있어, 우리네의 일반적인 대응 양상과 같다. 다만 이춘기는, 아내의 병이, 병약한 손자를 여름 내내 업어주며 돌보느라 무리한 데서 오지 않았나 하여 안타까움과 미안한 심정을 내비치고 있다. 여름철이면 과일 장사하느라 힘든 데다 손자 돌보기까지 겹쳐 발병한 것으로 여기고 있는 것이다.

우리네 할머니들이 당신의 몸을 돌보지 않고 손주에게 쏟아 붙는 사랑의 양상을 이 일기에서 확인할 수 있다. 아울러 이 때문에 발병했을 부인에 대해 안타까워하는 남편의 마음을 읽게 한다. 부인의 발병이 그간의 무리한 노동 때문이라고 좀더 뚜렷하게 판단하는 대목[9]들도 많은

9) 1961. 1. 7 일기. "사실, 그 동안 집에서는 경제가 여의치 못해, 자연히 섭생이 불충

바, 독자로 하여금 공감을 불러일으킨다.

이리의 김 내과에서 일차로 '불치병' 판정이 내려져 서울의 대형병원에 가 보라는 말을 듣고 보인 환자의 반응에 대해서도 이 일기는 상세히 적었다.

1961. 1. 2. 월. 맑음.

서울에서 장남 종화가 먼저 알고는, 빨리 상경하라고 편지가 왔다. 하지만 그런 불치의 중병이 급히 나을 성싶지 않아 올라가지 않았다. 그럭저럭 얼마를 지났는데, 누워서 몹시 앓는 것도 아니고, 그저 돌아다니니, 그만그만한가 보다 하고 방관적이었다.

새벽에 자리에 누워, 아내의 복부를 만져 보라고 하기에 만져 보니, 확실히 무언가 혹 같은 게 있는 것 같다. 암(癌)이란 병이 이렇게 흔하게 있는지는 미처 몰랐다. 본인 자신이 이상한 표정이다. "아무리 생각해도 병이 심상치 않으니 그대로 두고 볼 수가 없어요." 하면서 탄식한다. "이렇게 주님의 부르심을 받는가 봐요."라며 긴 한숨을 내쉰다. "인생이 이렇게 빠르다니……. 종인(鐘仁)과 종대(鐘大) 두 막둥 아들을 못 잊겠네."라고 한다.

1961. 1. 3. 화. 구름.

넋을 잃은 사람 같이, 아무런 일도 손에 잡히지 않는데, 어서 속히 집안일을 정리하라고 졸라댄다. 그저 하는 말이 아니다. 정신을 차려 보

분하여, 그 바람에 영양실조가 된 것인지도 모르겠다. …(중략)…사실이 그렇다. 집에서는 그저 돈 한 푼이라도 절약해서 자식들 학비에 충당하고, 자식들 공부 끝마치고 나서 잘 먹고 잘 살아보자고, 이를 악물고 못 먹을 걸 먹어가며, 못할 노동 다하여, 너무나 신체상 무리가 생겨서 난 고장인 게 확실하다.

았으나, 여진히 무얼 어떻게, 또 무얼 먼저 할 것인지 알 수가 없다.

병자 자신이 직접 지시한다. "우선 각처의 빚부터 청산합시다." 나 (羅) 집사네 쌀가게에서 백미 3가마니의 선금을 얻었다. 1가마니에 13,000원씩 총 39,000원. 각처에 잔돈 줄 것 다 주고, 인부의 품삯도 주었다.

군말이 필요 없을 정도로 여실하다. 환자는 죽음을 예견하였고, 그 상황에서 두 가지 반응을 보였다.

첫째, 하나님의 부르심으로 알면서도 두고 가야 하는 늦둥이 형제 (초등학교 5, 6학년생)에 대한 염려로 너무 빨리 다가온 죽음이라 여겨 아쉬워하였다. 죽음 자체가 두렵다기보다 어머니로서 할 일을 다 못하고 가는 데 대한 안타까움으로 느껴진다.

둘째, 빚 청산이었다. 아마도 빚 관계를 파악하고 있는 것은 부인이었던 듯하다. 직접 지시하여 품삯을 포함해 각처의 빚을 갚게 하였다. 자신이 중병이지만 상경해 진료 기간이 길어질 경우, 남에게 피해를 줄 수 있으니, 미리 빚을 얻어다 그간의 묵은 빚을 갚게 한 것이다. 새해가 되기 전에 모든 빚을 갚아야 한다는 우리의 문화가 작동한 것이라 보인다.

그 다음, 상경해 세브란스에 입원해 최종적으로 암 판정을 받고 투병하는 과정에서 보이는 환자의 심리 변화와 가족들의 변화도 생생하게 그려져 있다. 몇 가지로 구분해 서술하겠다.

첫째, 환자 자신의 심경에서 보이는 변화다. 늦둥이 두 아들 때문에 대한 염려는 있었지만 처음에는 죽음 자체에 대해서는 초연한 듯한 반응을 보였다. "이렇게 주님의 부르심을 받는가 봐요."(1961. 1. 2),

"자식들이 정성껏 서두르니, 이걸로 만족한다고, 너무 걱정 말라고, 천국에 가서 주님 나라 영원무궁한 생활이 있다"(1961. 1. 9)라고 한 데서 엿볼 수 있다.

기본적으로 죽음은 영원무궁한 생활을 누리는 천국에 가는 과정으로 여기고 있는 것이다. 다만 육적인 면에서 미성숙한 자식에 대한 책임감, 자식의 성공(특히 2남의 외국 유학)을 미처 못 보고 가는 데 대한 애석함(위와 같음) 정도만 있을 따름이었다. 연세대 의대 세브란스병원에서 내과적 종합진찰을 철저히 해보자고 했을 때도, "병자는 절대 응하지 않는다. 돈도 없는데 공연히 돈만 허비하고 헛고생만 된다고, 수차례 진찰에 이제는 심적으로 고통스럽고 몸이 더 잡친다고 거절"(1961. 1. 7)했었다.

이러던 환자지만 막상 고통이 심해지고 죽음이 가까이 오자, 삶에 대한 강한 애착을 보인다. "병자 자신도, 그저 집이라도 팔아서 병만 나으면 또 부지런히 벌어먹고 살면 되지 않느냐고, 어찌해서라도 살려달라고 애원도 하였다."(1961. 1. 29)가 그 예이다. 병세가 악화되자, 남편에 대해서도, 왜 아픈 나를 두고 잠만 자느냐 나무라고(1961. 1. 8), 이발하느라 외출해 좀 늦게 돌아오자 왜 자리를 비웠느냐고 서운해 한다(1961. 1. 16). 극도의 고통이 찾아오자, 진통제를 놓아달라고 간청해 백방으로 구해다 마침내 그렇게 하고 만다(1961. 3. 20-21). 남편에 대해 평소에는 서운한 내색을 않던 부인이지만, 병으로 심한 고통 중에 누워있자 불평을 토로한다.

세상에 그럴 수가 있어요? 나는 당신이 앓아누웠으면 내 살이라도 베여 먹여서라도 낫기만 한다면 사양하지 않겠노라고 하면서 슬퍼한다. 내가 이집으로 시집온 뒤로 오늘날까지 무어 한 가지 속 시원한 꼴 못 보고, 남편이라고 의복(衣服) 한 가지 떠다주며 입어보라고 한 꼴을 나이 50이 되도록 한 번도 못 보았다고. 자식들이 장성하도록, 나를 위해 언제 생일 한 번 찾아준 일이 있었느냐고. 그렇게 무심한 거 처음 보았다고. 다른 사람들 하고 지내는 걸 보면 말할 것 없다고. 평시(平時)에 보약 한 첩을 지어다주며 먹어보라고 한 일이 있느냐고. 있으면 있다고 말해 보라는 것이다(1961. 3. 1-2).

신앙인이라 해도 죽음의 고통 앞에 직면하면 이렇게 심약해진다는 사실, 살고자 하는 본능이 강해진다는 사실을 보여주는 대목이다. "나를 보라고, 이제 주님의 부르는 명령을 거역할 수 없이 그대로 가게 되어 아무런 미련도 없고, 마음이 평화롭다고. 어서 갔으면 하나 너무나 몸이 부대끼니 참기가 어렵다고."(1961. 3. 22)라는 대목을 보면, 심령적으로는 죽는 것은 전혀 두렵지 않다. 더 좋은 곳으로 간다는 확신이 있기 때문이다.

하지만 육체적으로 너무도 고통스러워 그것을 견디기 어려워 진통제도 맞고, 남편에게 투정도 하는 것임을 알 수 있다. 더욱이 늦둥이 어린 두 아들을 둔 어머니로서, 그 자식들을 돌보기 위해 더 살아야 한다는 생각 때문에 그런 것이리라. 죽음 앞에서 인간이 이렇게 반응한다는 사실을 똑똑히 기억해야 할 일이다. 그 바탕 위에서, 실사구시의 자세로 남에 대하여 어떻게 대해야 할지 생각하면서 살 일이다.

둘째, 남편을 포함한 가족들의 변화다. 우리말에 '긴 병에 효자 없다'는 게 있다. 이춘기와 그 가족도 예외는 아니다. 처음에는 오로지 환자를 살려내는 데 주력한다. 서울에 올라와 대형병원에서 진료를 받았을 뿐만 아니라, 한방도 동원해 보고, 논까지 팔아서 병원비를 조달한다. 장성한 아들들도 직장을 결근하여 가며 치료비도 마련하고, 찾아와 돌보는 등 노력한다. 자주 방문해 위로하고 격려한다.

하지만 차도가 없고 시일이 자꾸 지나가자, 마침내는 찾는 횟수가 적어지는 것은 물론 마음에도 변화가 있다.[10] 먹지도 못하고 잠도 못 자 고통스러워하는 환자를 돌보느라 지치고 만 것이다. 아래에, 그 변화를 감지하게 하는 대목들을 몇 가지 발췌해 보이기로 한다.

"차라리 정신을 놓고 끙끙 앓다 죽으면 피차에 한갓지겠다. 낮에는 모두 그렁저렁하다가도 밤만 되면 잠을 못 자고 옆에서 흐느끼는 꼴을 하루 이틀 아니고 야단이다."(1961. 2. 16)

"사람이 죽으면 갈 데가 흙인가? 겨우 그걸 보고 살아왔는지, 죽기도 전에 처리할 계획부터 하니, 육체는 숨결이 떨어지면 그뿐이지, 귀찮은 존재다. 잔병에 효자 없다고, 몇 달을 두고 신음하니 그 꼴을 볼 수도 없고, 어서 갈 데로 가 주었으면 하여지는 인정(人情), 너무나 야박하다. 이렇게 허무하고 인정사정없는 천박한 세상, 무슨 경쟁일꼬. 불평 불만 투성이로 일을 삼고 몸부림치는 양이 어리석고 안타깝다."(1961. 3. 31)

"하나님 어서 불쌍한 죄인, 어서 당신의 영원한 낙원으로 데려가기를 바랍니다. 차마 볼 수가 없나이다. 집안 식구들이 교대해서 잔다고 하지만 성한 사람이 부지할 수가 없다."(1961. 4. 2)

"밤에도 몇 차례씩 부엌을 드나든다. 성한 사람도 물이라도 마셔

---

10) 병원에 문병객들도 다 끊어지고 온 병실이 모두 다 고요하다. 며칠을, 장남 종화도 차남 종성이도 아니온다. 낮에 출근하여 직무에 시달리고, 밤에 늦게까지 늘 나오니, 몸이 피곤할 것이다(1961. 1. 17).

야 하고 병자도 물을 데워서 마시도록 대비하는 데 곤란하다. 일기 불순(不順)한 때일수록 밤일이 매우 어렵다. 그게 하루 이틀이 아니고, 몇 달을 계속하니 오만상 다 찌푸리게 된다. 병자에게는 면목이 없다."(1961. 4. 5)

"아들도 이제는 싫증이 난다고. 잠도 제대로 못 자고 엄마 등 뒤를 부축하고 앉았으니, 일하기보다도 더 힘들다고 한다. 혼자서는 안 된다. 누워서 일어나려면 3인이 합하여 누이고 일으켜 세우고 한다."(1961. 4. 7)

위에서 보는 것처럼, 날이 갈수록 가족의 마음이 달라진다. 회생 가능성은 없어지고 환자의 고통이 심해지는 데 따라, 가족들의 어려움도 가중되기 때문에 찾아오는 자연스러운 현상이다. 몸을 가진 인간으로서의 한계라 하겠다. 감당하는 데 한도가 있다는 것을 알려준다. 고통을 수반하는 질병이 얼마나 인간의 존엄성을 위협하는 존재인지 여실히 느끼게 해주는대목이라 하겠다. 예방을 위해 노력해야 하겠고, 질병이 왔을 때는 어떤 심리들인지 미리 알아서 적절하게 대처해야 할 일이다.

이제 사망 하루 전과 당일의 임종 장면을 보자.

1961년 4월 16일 일
인간의 최후의 순간이 다가왔나 보다. 이제는 그렇게 부대끼던 신경통도 없고, 구토증도 없고, 마음이 편안하다. 나를 부축하여서 좀 일어나게 하여다고. 좀 밖에 나가서 사방을 돌아보고 와야겠다. 교회에서 종소리가 들린다. 어서 일으켜라, 아무 데도 아픈 데가 없으니 살겠다. 잠을 잤는가 보다. 모두들 어디 갔느냐. 종성이 어디 갔어? 왜 안 와? 어디 손을 좀 잡혀줘. 조금 있다 온대, 가만히 있어. 종정이는 왔어? 종성 이가 왜 아니 왔느냐, 자꾸 찾는다. 긴 한숨을 쉬며, 종인, 종대의 두 손 을 꼭 잡고 아니 놓는다. 공부는 좀 못하여도 된다. 꼭 옳은 인간이 돼야 지. 교회 잘 다니면 좋은 사람 되고, 엄마와 같이 만나지. 형들 말 잘 듣 고, 잘 뛰어다니며…. 말이 가물가물, 잘 알아듣지 못하겠다. 점점 정신 이 흐리다. 눈이 힘없이 떠진다. 차츰차츰 눈 멀거니 제대로 바로 본다.

　1961년 4월 17일 월(음 3월 3일). 상(喪).

　1961년 4월 17일 오후 4시. 맥박은 여전(如前) 그대로, 늘 그 숨결도 여전하다. 눈망울, 이미 바로 보며 영기는 없어졌다. 가족들이 다 모였 다. 교회 교인들도 다 모였다. 때를 기다리는지, 종성이 오기를 기다리 는지 여전 숨결은 그대로이나, 차츰 목에서 가끔씩 가래가 끓어오른다. 그러면 숨이 좀 지체된다. 그러다가도 다시 숨이 쉬는데 차츰 도수가 잦아진다. 이내 수족은 벌써 혈맥이 더러 싸늘하다. 가래 기침이, 올린 숨결을 막곤 한다. 어찌어찌하여 다시 숨이 태어나 또 계속한다. 두 손 모아 주님께 기도를 올린다. 어서 잘 주 앞에 편안히 가소서. 얼마 되지 않은 세월을 괴로움 속에서 헤매다가, 원 많고 한 많은 일들을 다 하지 못한 채, 다 잊어버리고 안심하고 가소서. 오후가 되어 4시가 되어서 그 르렁 그르렁 가래가 끓어오르며 긴 한숨을 마지막 내쉬며 영영 편안히 잠이 든다. 막 눈을 감은 채 있을 무렵, 어디서 종성이가 뛰어와서 신도 안 벗고 방으로 달려와 엄마를 부둥켜안고 몸부림을 치며 종신(終身).

　향년 55세(이춘기의 나이 56세). 부인은 마지막 순간까지 차남을 기다렸다는 것을 알 수 있다. 결국 그 아들을 못 본 채 숨을 거두었고, 사망 직후에야 차남이 당도해 오열한다.

하지만 기독교 신자였기에, 교회 교우들이 모여 지켜보며 기도해 주는 가운데 눈을 감고 있어 외롭지만은 않은 분위기다. 죽음을 앞에 두고는 제2의 가족인 교인들도 가족 못지 않게 고인이나 그 가족들에게 큰 힘이 될 수 있다는 것을 느끼게 하는 대목이다. 실제로 이춘기는 일기 곳곳에서, 부인이 병상에 있을 때 수시로 찾아오는 교인들이 기도가 크게 위로가 되었다는 사실을 토로해 놓고 있다.

2) 사별 이후의 그리움과 자식 양육의 부담

부인과 사별한 후에 이춘기에게 닥쳐온 것은 무엇이었을까? 아내에 대한 그리움, 살림살이의 부담, 그 가운데서도 두 어린 아들을 부양하며 밥해 먹이는 일은 지난한 일이었다. 그 밖에 식량 조달하기, 물 길어 나르기, 복숭아농사 주관하기 등 모든 게 녹록치 않았다. 또 한 가지는 섣부르게 한 재혼의 실패에 따른 아픔이었다.

(1) 아내에 대한 그리움

부인의 장례를 마친 후, 정확히 말해 삼우제를 마치고 나서, 모두가 떠나가고 혼자 남았을 때의 소회를 이춘기는 다음과 같이 기록하였다.

> 1961년 4월 24일 월.
> 3남 종정이도 귀대 기간이 임박하다고, 조카 종모(鍾模)도 직장에 출근차, 종임이마저 102열차를 탔다. 종대가 역까지 나가서 잘들 가라고. 종인, 이리행 통근 열차를 타고, 종대는 느지막이 학교에 어슬렁어

슬렁. 이젠 또 누가 떠나? 올 사람은 누군가? 올 사람도 갈 사람도 아무도 없다. 오직 종인, 종대 나뿐이다. 방은 텅 비고 정원으로 뒤뜰로 한 바퀴 돌아보았다. 아무도 없다. 온 집안은 적막, 니 혼자 쓸쓸히 누워서 명상에 잠겼다. 어디서인가 날 보라고 부르는 소리가 들린다. 공연한 망상, 시름에 지쳐서 목울음을 울었다. 통틀어놓고 몽땅 울었다. 나 혼자 그 동안 병상에서는 집안 가족 때문에 어린애들 때문에, 슬픈 기색을 조금도 못내었다. 속으로 병이 되겠다. 오늘은 한없이 울었다. 가슴이 터지게.

남이 볼 때는 참았던 눈물을 혼자 흘리고 있다. 매일 새벽기도회 가던 부인이 작고하자, 장례후 맞은 새벽에, 아내의 빈자리가 실감이 나서 그리워한다.

　1961년 4월 27일 목.
　새벽 4시 통금 사이렌이 불고 나면 교회 종소리가 들린다. 아직도 세상은 죽은 듯이 자고 있다. 저 종이 울고 나면 비가 오나 눈보라가 치나 (아내는) 변함없이 새벽 기도회에 나간다. 갔다가 오면 반드시 들어와서 또 다시 기도가 시작된다. 사방에 각기 흩어져 있는 아들들에게 형편대로의 몸을 보살피도록, 아무쪼록 공부 열심히 하도록, 주님의 도(道)대로 신앙을 주로 해서 좋은 인간이 되게 하사이다, 빌고 있다. 다음에는 집에 있는 두 막둥 아들 종인, 종대의 장래를 위해서, 또 다음에는 나를 위해서, 어서 속히 주 앞으로 나아가 다시 회개하고 믿고 살다 가자고 애원하는 기도였다.
　어디서 문을 열고 곧 들어오는 소리가 나는 것 같다. 아직도 애들은 잠이 들어 세상모르고 자고 있다. 어디서, 종인아 어서 일어나거라 어서 공부하다가 학교 가거라 하는 소리가 꼭 들리는 것 같다. 그리고는 부엌으로 밭으로 사방으로 돌아다니며 살림을 보살피는 것이다.

이후로 이춘기는, 교회에서든, 일터에서든, 장터에서든, 사람들과 만나 대화하다가 부인이 화제에 오를 때마다 아내와의 추억을 떠올리며 가슴앓이한다. 부인이 작고한 양력 4월 17일은 목련꽃이 필 무렵이었다. 아내의 기일이 되면 이춘기는 하얀 목련꽃을 꺾어다 그 무덤 앞에 놓고 그리워하곤 하였다. 자신이 가지 못하면 자식을 시켜 그렇게 하였다. 아내에 대한 그리움을 시로 표현하여 일기에 적는 일도 많았다.

부인이 살아 생전에 남긴 말을 보면, 아내에 대해 좀체로 애정 표현을 할 줄 모르던 사람이지만, 막상 부인이 떠나자, 이렇게 절절하게 정을 표출하고 있다. 역시 한국 남성은 정이 있지만, 그것을 가슴 속에만 묻어둔 채 살아가는 존재인지도 모른다. 유교 문화 때문에.

아내에 대한 그리움은 재혼, 삼혼을 한 이후에도 이어져, 69년 어느 날에는 꿈에 아내를 만났다는 게 기록되어 있다.

1969년 7월 21일

어젯밤 꿈에는 종인이 엄마가 보였다. 장소는 판문 같은데 누군가 아이들이 어릴 때 모습이고, 평소 생활하던 그 모습이었다. 교회에 갔다 왔다는데, 즐거운 것도 아고 불쾌한 것도 아니고, 그대로다. 그러나 너무나 걱정스러운 부담을 안 주도록 노력하는 양이였다.

언제나 아이들 교육에 관한 걱정이지. 먹고 사는 거라든지 돈을 모으자는 걱정은 하나도 없는 심사다. 하도 오랜만이니 꼭 할 사정이라도 되는가 싶어 처분을 바랐으나, 여전히 평범. 나 역시 죽어서 10여 년, 생시 같으면야 별일을 다 말했으련만, 또 별말을 못하였다.

(2) 자식 양육의 부담

아내에 대한 그리움과 함께 밀려온 것은 남겨진 두 어린 아들을 키우는 문제였다. 초등학교 5학년, 6학년생인 두 아들에게 당장 밥을 해먹여야 했다. 평생 바깥일만 하던 이춘기로서는 난감한 일이었다. 말하자면 준비되지 않은 채, 부인의 빈자리를 채워야 했다. 사별한 후 7개월째인 1961년 11월 어느 날의 일기를 보자.

> 1961년 11월 4일 토.
> 후줄근하게 비에 젖어 아이들이 학교에서 돌아왔다. 허둥지둥 분주하게 서둘렀지만, 손에 익지 않아 밥이 늦어졌다. 오는 즉시 지체 않고 밥상이 들어와야 아이들 직성이 풀린다. 조반도 설치고 점심은 공치고 저녁밥이나 맛있게 먹을 양으로 왔을 텐데, 겨우 장만한 게 김치우거지국이다. 멸치나 좀 넣으면 새참한데, 겨우 미원을 조금 가미했을 뿐이다.
> 종대는 입에 안 맞으면 아무소리도 않고, 수저를 놓고 나선다. 남은 밥은 종인이가 다 치운다. 한참 밥이 당길 판이다. 매일 기차 왕복. 학교에서 운동. 새참을 먹어도 시원치 않을 것이다.

여전히 서툴러서 어쩔 줄 몰라 하고 있다. "점심은 공치고"란 말은, 꽁보리밥에 반찬이 신통치 않아, 아이들이 그냥 학교에 가기 때문에 빚어진 현상이다. 가정에서 주부의 위치가 얼마나 지대한지 잘 보여주는 대목이다. 제대로 먹어야 할 아이들이 매일 그렇게 부실하게 먹어서 그런지 이따금 앓을 때가 많은 것을 발견할 수 있다.

주부가 세상을 뜰 경우, 그 빈자리는 절대로 메꿀 수 없다는 것을 이 춘기 일기는 보여준다. 막내아들 종대가 어머니의 제삿날 작성한 다음 편지문이 그것을 웅변으로 말해준다. 이 편지를 쓴 1967년은 막내 아들이 고등학교 2학년 때다. 자랄 만큼 자랐지만 여전히 어머니의 부재가 크다는 것을 알 수 있다.

어머니가 그리운 것은 물론, 어머니의 장례 이후 찾아온 생활의 어려움은 지속되어, 꿈많은 청소년이 어찌할 줄 몰라 방황하고 있다. 하루 전날 작성한 편지문에는 "이제 누가 공부르 시켜줄는지 앞이 캄캄하군요. 엄마, 가르쳐 주세요. 모든 것을. 엄마, 살다 못 살면 엄마의 뒤를 따르겠어요. 엄마--- 눈물이 자꾸 흘러요. 1967. 4. 16 밤 불효자식 종대 올림"이라고까지 극단적인 결심까지 적고 있다.

이 글을 쓰는 필자도 초등학교 5학년 올라갈 무렵 어머니를 여의었고, 그 이후 찾아온 복잡 미묘한 가정의 변화와 어려움을 알기에, 이 편지문에 공감하는 바 크다. 주부는 집안의 태양과도 같은 존재다. 건강해서 오래 살아야 한다. 그렇게 해 주어야 한다. 그렇지 않을 경우 그 후유증은 너무 크다. 남편은 물론 자녀들에게 평생 영향을 끼친다. 이 사실은 이 대목이 잘 보여준다.

(3) 재혼 실패의 아픔

부인과 사별한 후 이춘기가 맞이한 가족관계에서의 어려움으로 또 하나가 있다. 아이들을 돌봐줄 사람이 필요해서 결행한 재혼의 실패다. 이춘기는 혼자 지내려 했지만 주위에서 강력하게 권하였다. 아이들을 위해서는 여자가 필수적이라고 하는 바람에 재혼하기에 이른다.

재혼이 실패한 이유는 무엇일까? 소개하는 장남의 말만 듣고 경솔하게 결정한 탓이다. 이춘기 자신의 말대로, "적어도 몇 번이라도 서로 상대해 보고, 심리 파악도 해 보고, 행동, 생활철학, 성질 등 다목적으로 검토한 후에 결정해야 할 일인데, 너무나 갑작스럽게 망동을 하였다."(1962. 1. 21) 종로에서 살던 여인을 시골로 데려온 데다, 신앙도 없다 보니 적응에 실패할 것은 뻔한 이치였다. 게다가 데리고 온 초등학생 딸아이를 두고 계속 불화가 계속된다.[11] 마침내, 재혼녀가 떠나버리기에 이른다.

재혼녀가 떠난 날 이춘기는 다음과 같이 기록했다.

> 1962. 8. 6
> …(중략)…솔직히 말해서 고생도 많이 하고 참기도 하였다. 최후일각까지 육체적으로 생리에 부당하였을 것이다. 소란했던 폭풍이 잔 듯 집안은 적막하다. 불평불만도 옛말이요 잘한다 못한다 이젠 일단락 지어졌다. 오늘부터는 또 다시 식사 걱정이 곤란한 일이다. 그래도 주부격으로 있어서 제때에 식사를 마련하니 안심이었는데, 이제는 누가 매일 식모 노릇을 할 것인가?

이 일기에서 재혼에 실패하면서 느끼는 이춘기의 시원섭섭한 감정을 읽을 수 있다. 재혼녀가 와서 식사 문제는 해결되었으나, 피차 마음 고생하던 일은 사라졌으니 잘된 일이기도 했다. 다시는 이런 비극을

---

11) 1962. 4. 6 일기. "마음이 편해야, 죽이 되거나 밥이 되거나 부지할 텐데, 새 사람은 갈수록 마음이 떠서 설레발만 치니, 부지할 수가 없다. 좀 더 생각하고, 한 해 고생을 더하였으면 될 텐데, 너무나 급하게 경솔하였다. 좀 더 물색해서 농촌 철부지 할망구나 데려왔으면 마음 편하고 복종하며 살 텐데…."

반복하고 싶지 않았으나, 이춘기 일기 전체를 읽어보면, 세번째 결혼을 하기에 이르고 말년에 이르러 이 결혼도 파탄에 이르고 만다.

그러고 보면 성경 〈잠언〉에 나오는 구절처럼, 현숙한 여인은 신의 선물인지도 모를 일이다. 그래도 가능한 지혜를 동원해 자기에게 적합한 이성을 찾는 노력을 기울여야 할 것이다. 나중에 덜 후회하도록.

4. 세시풍속

1년을 단위로 주기적으로 행해지는 전승 의례를 세시풍속이라 한다. 이춘기의 30년 일기를 분석하면, 1961년에서 1990년까지, 과거에는 어떻게 전승되었는지, 어떤 변화를 겪었는지 등을 알 수 있다.

세시풍속 가운데에서, 설, 정월대보름, 모래찜질, 꽃주일, 성탄절 이 다섯 가지에 한정해 살펴보기로 한다. 그밖에 한식, 추석도 있지만, 지금도 거의 같은 양상으로 이어지고 있으므로 제외한다. 꽃주일과 성탄절은 외래의 세시풍속이지만, 일기를 쓴 이춘기가 기독교 신자이기도 하려니와, 현재와는 다른 양상이므로 거론하기로 한다.

1) 설

설 명절에서 가장 눈에 띄는 변화는 세배를 하다가 하지 않게 된 것이다. 1963년만 해도 다음과 같이 세배꾼이 찾아온다. 하지만 이때도 벌써 예전만 같지 않다는 것을 말하고 있어, 전통적인 세배 풍습이 흔들리고 있다는 것을 알 수 있다.

이춘기의 일기(1963년 2월 4일, 1969년 2월 18일)를 보면, 1969년
쯤에는 거의 끊어졌다고 여겼을 만큼 변했다는 것을 느낄 수 있다. 오
히려 세배하러 다니는 것이 아주 반가울 정도로 희소해졌음을 알 수
있다. 70년부터는 설날의 세배 이야기가 일체 등장하지 않는다. 아마
도 가정 내부에서는 세배를 하지만 여간해서는 동네 어른들을 찾아가
세배하지 않게 바뀌었던 듯하다. 이 현상이 전국적인 현상인지 익산
춘포 지역만의 현상인지는 더 광범위하게 조사해 보아야 할 일이다.

동네 어른에 대한 세배의 쇠퇴가 의미하는 것은 무엇일까? 공동체
의 세시풍속으로 여겨지던 설명절이 개개 가정의 세시풍속으로 축소
변화한 것이라고 필자는 해석하고 싶다. 농업사회에서 공업사회로의
변모와 함께 이농 및 도시집중화가 진전되면서 나타난 결과라고 보고
싶다. 이춘기 일기에서도 지적하고 있듯, 세배도 품앗이인데, 이춘기
의 아들들이 외지로 나가 생활하게 되는바, 이런 현상이 확산되다 보
면, 세배는 약화될 수밖에 없는 일이다.

2) 정월대보름

정월대보름의 경우, 현재에는 부럼깨기를 하거나 오곡밥과 나물을
해 먹고, 달을 보며 소원 빌기 정도만 전승되는 상황이다. 하지만 이춘
기의 일기를 보면 60년대, 70년대까지도 전통적인 의례가 행해졌던
것을 알 수 있다. 특히 동네 단위의 고사와 각종의 제사, 농악, 더위팔
기, 여인들의 철야 등이 그것이다. 지금은 일부 시골에서나 이어지고
있을 따름이니 많은 변화가 일어났다 하겠다. 설 풍속의 변화처럼, 정
월대보름도 공동체 의례에서 개인 의례로의 변화를 읽을 수 있다.

3) 모래찜

모래찜은 사증(沙蒸)이라고도 하는데, 음력 4월 20일 또는 단오날, 만경강변에서 행해진 풍속이다. 뜨거운 태양 아래 모래사장에 가서 뜨거운 모래를 파헤쳐 구덩이를 만들어 한 시간쯤 볕에 쪼인 후 그 속에 들어가 누우면 다른 사람이 모래를 덮어 준다. 그 속에서 30여 분 누웠다가 일어나는 일을 두 세 사람이 도와가며 교대로 하게 되면 부스럼도 낫고 예방한다고 믿었다.

제주도에서는 해변에서 '모래뜸질'이라 불렀는데[12], 이춘기가 사는 춘포 지역에서는 '모래찜'이라 하였다. 이는 전국적인 세시풍속은 아니고 바닷물이 올라오는 지역에서만 행해진 지역적 세시풍속이라고 여겨진다. 지금 곳곳에서 행해지는 머드팩의 원조라고나 할까?

이춘기의 일기를 보면, 건강만을 목적으로 삼은 풍속은 아니었다. 건강 도모를 명분으로 많은 사람들, 특히 부녀자들이 축제의 기회로 삼아 해방과 자유를 만끽하였다는 것을 느낄 수 있다. 아마도 삼한시대부터 내려오는 놀이문화의 연장선상에 있었던 풍속이 아닌가 한다.

지금은 만경강의 하상이 높아지면서 모래사장이 사라지고, 고창의 해수욕 등 건강과 오락을 위한 더 강력한 것들이 개발되어 이 모래찜 풍속은 사라지고 말았다. 하지만 예전에는 긴 겨울이 끝나고 완전한 봄이 되어 햇빛이 찬란한 날 나들이 겸 건강을 도모하기 위해 하루를 지냈던 풍속으로서 그 기능을 담당했던 것이리라.

---

12) 한국민속대사전, 한국사전연구사, 1994, 517쪽 참고.

4) 꽃주일

기독교 세시풍속으로 지금은 사라진 것 중의 하나가 꽃주일이다. 새벽송과 함께 사라졌지만, 이춘기 일기에는 등장한다. 양력 5월 1일을 어린이주일 또는 꽃주일이라 하여 지냈다. 지금도 어린이주일은 있지만 그 양상이 좀 다르다.

지금은 어린이주일을 개교회별로 가진다. 그것도 실내에서 어린이을 위한 행사를 하는 것으로 그친다. 하지만 꽃주일로 불리던 당시에는 여러 교회가 연합하여 가졌으며, 야외에서 예배를 드렸다. 다분히 우리의 전통문화 중 부녀자들의 화전놀이를 연상하게 하는 풍속으로 보인다.

5) 성탄절

성탄절은 지금도 이어지고 있는 세시풍속이다. 하지만 달라진 게 있다. 그 가운데 하나가 새벽송이다. 성탄절 새벽에 교회 찬양대가 교인의 집마다 찾아가 찬송을 불러주고, 교인 집에서는 선물을 준비했다가 건네던 풍속이 지금은 사라졌다.

이춘기의 일기를 보면 60년대에는 새벽송이 살아있다가, 70년 무렵에는 사라져간 것으로 보인다. 교인들은 조용해지고 일반 사람들이 더 요란하게 즐기는 쪽으로의 변화다.

5. 3 · 1운동 및 6 · 25 회고

개인은 단독으로 존재하지 않는다. 사회라고 하는 집단 속에서 존재한다. 이춘기의 경우, 일제강점기에 태어나 대한민국 사람으로 죽었다. 일제강점기에서 대한민국으로의 변화 속에서 겪었던 사건 가운데 몇 가지가 있는데, 여기에서는 3 · 1운동과 6 · 25만 다루기로 한다.

이춘기는 이들 기념일만 되면 그때 일어났던 일을 회고한다. 특히 6 · 25에 대한 회고는 여러 번 반복되는데, 똑같지가 않다. 그 각편들을 다 모으면 역사적 경험의 실체가 드러날 만하다. 이제 이들 두 가지 사건에 대한 이춘기의 회고를 들여다보자.

1) 3 · 1운동 회고

3 · 1운동이 일어날 당시 이춘기의 나이는 13세였다. 그 자신의 표현대로 '철도 모르는 학동'이었다.

1969년 3월 1일

…(중략)…고종황제 붕어 국상이 나자 선친께서 주도해서 동네 북쪽 편에 차일을 치고 제삿상을 차렸다. 동네 사람들을 의복 예복을 차려입게 하고 축문을 읽으시며 통곡하시며, 사람들도 따라서 재배. 그때 들은 말로는 망곡(望哭)이라 하셨다. 멀리 가지는 못하나마 북향하여 추모하며 애통하는 뜻이다. 물론 제왕의 붕어도 있지만 국사(國事)가 통곡을 포함한 것이다.

…(중략)…마침 기미년 음력 3월 4일(양력으로는 잘 모르겠다)[13]. 이
리 장날이다. 조부님 제삿날이 3월 6일인데, 제사 장보기를 하러 이리
장에 갔다. 제수품을 다 사서 일꾼에게 보내고 기차를 타고 오려고 이
리역으로 나오다가, 뜻밖에 어디서 만세 소리가 나더니, 장꾼들이 모이
고, 사람들이 수군거리더니, 조금 있다가 그만 사람의 떼가 몰리기 시
작하고, 장사꾼, 장꾼 누구나 할 것 없이, 온 장판에 만세 소리가 충천하
고, 사람들이 전부 공중으로 날아다니는 것만 같다. …(중략)… 일본인
상점, 중국인 송방(松房)은 문을 닫고, 야단치던 중 뜻밖에 총성이 계속
5연발. 우리 또래 학생이 쓰러지며 피를 토하고, 어른 줄 사방에서 울음
소리. 삽시간에 만세 소리는 조용하더니, 한쪽에서 장꾼들이 쏠리기 시
작한다. 어느새 소방대원들이 갈고리를 들고는 나와 닥치는 대로 옷자
락을 챙겨 잡고 갈고리로 찍어 끌고 간다.

…(중략)…집에 와서 들은 것인데, 오산면 남창문예배당학교 선생과
학생이 주동이 되었다고. 발사는 대교농장 고지에서 그때 수비대가 군
중에다 대고 쏘았다고. 약 10여 명 죽었는데 대장촌 높은 주막 박 참봉
노인이 총살.

이 기록을 통해 우리는 1919년 음력 3월 4일(양력 4월 4일) 이리시
장에서 만세운동이 일어났다는 사실을 확인할 수 있다. 3월 1일 서울
에서 일어난 만세운동은 일회적으로 끝난 게 아니라 지방으로 퍼져
나가 계속되었다는 사실은 이미 알려진 바이나 그 현장에 있던 사람
의 생생한 증언을 볼 수 있다는 점에서 이 일기는 의미가 있다.

아울러 3·1운동의 기폭제가 된 고종황제의 국상에, 이춘기의 부친

---

13) 환산해 보면, 양력 4월 4일이다.

이 동네에 차일을 치고 임시 조문소 같은 것을 만들어 놓고 동네사람들과 함께 축문을 읽고 통곡 재배하였던 망곡(望哭)의 문화도 알 수 있다. 다른 지역도 이런 분위기였으리라 여겨지는바, 만세운동이 전국적으로 확산하는 데 이런 분위기가 작용한 것으로 해석할 만하다. 이 날의 만세운동이 오산면 남창문예배당학교(현 남전교회) 선생과 학생이 주동이었다는 것은 알려진 사실인데, 당일 가게들이 문을 닫은 것으로 보아 사전에 알고 참여하였다는 것, 일본군이 사격을 가하여 대장촌 높은 주막 박 참봉 노인 등 10여 명이 사망했다는 것 등을 알 수 있다.

2) 6 · 25 체험 회고

이춘기는 45세 때 6 25를 겪었다. 그 기간 중에 이춘기는 반동으로 몰려 치안대에 끌려가 토굴속에 갇힌 채 고초를 당했다. 동네사람 누군가의 무고한 밀고로, 한민당원(즉 우익)으로서 총을 감추었다는 혐의로, 집도 빼앗긴 채 시달린 내용을 자세히 기록해 놓았다.

　　1975년 6월 25일
　　치안대에 끌어가 반동이란 죄목을 붙여 토굴 속에 가둔 일. 같이 있던 친지들, 한밤중에 데려가면 꽝 총소리에 그만 구덩이로 내려넣고 만다. 우익 동지들, 밤에 나가서 매 맞던 일로 소름끼친다. 아이고 소리에 맞는 사람보다, 옆에 있는 사람이 더 넋이 나가고 만다.

　　1983년 6월 25일
　　…(중략)… 그 이튿날이다. 트럭이 들이닥치고 역전에는 온통 사람

들이 나와서 인민군을 환영한다고 소를 잡아서 대접할 고기를 분배하고, 식량 배급을 주고 야단이다. 군인들이 다 양순하고 인민들을 사랑하더라고 안심하라고. 우리집에는 마차부대가 와서 4인이 쉬고 말을 두 마리 나무밑 그늘에 매어놓고, 자기들은 밤에 행군하니 낮에는 잔다고. 담배를 많이 주고 해가 지고 어두워지자 잘 있으라며 떠났다.

…(중략)…대장은 농촌에서 급사 노릇하던 애였다. 치안대는 하신의 잠실이었다. 죄인들은 지하실에 가두었다. 전주 면내 유지들이었다. 면장, 지서장, 전조합장, 기독교인, 청년회원, 소 잡다가 온 사람, 절도 등. 여인도 있었다. 어찌나 맞았던지 다 죽게 생겼고, 누워서 움직이지도 못하고 다 죽게 되었다. 나는 무슨 이유인지 냅다 심문하는데, 한민당원 무기 은닉이란다. 밤중에 호명하여 나가면, 강안에서 총소리만 탕탕 난다. 다시는 돌아오지 않는다. 순경이 잡혀와서는 그렇게 죽었다.

…(중략)… 9.28 수복 후에야 안 일이지만, 그때 부락민 가운데 치안대 왔다 갔다 하던 자가 밀고한 것이었다. 원래 일제부터 일제 농장 셋집 살면서 옆집 순사네하고 같이 살며 근방 밀정 노릇을 한 일제 근성이 있는 자로서, 인민군이 오자 일제를 감추고 습관성이 있어, 나도 그자가 밀고했는가 싶다.

남한이 북한의 수중에 떨어진 상황에서, 위치가 역전된 사람들의 처지를 잘 볼 수 있는 회고다. 권세를 부리던 사람들이 수세에 몰리고, 무시받던 사람들이 군림하던 양상, 취조받는 도중에 수시로 끌려나가 총살당하던 공포의 분위기 등이 여실하다. 이춘기는 회고를 마무리하면서 이렇게 말한다. 지금 우리가 명심할 만하다.

다시는 그런 전란이 또 있어서는 못 살겠다. 이제는 피난 갈 데도 없고, 전후방이 따로 없을 것이다. 긴 세월이 아닐 것이다. 늙은이들은 어쨌든, 젊고 어린 것들이 처참하다. 6.25 당시를 체험하지 못한 젊은 사람은 그저 총 놓고 비행기 폭격했겠지 하며 보고 싶어 할 사람도 있을 것이다. 6.25를 실지로 체험하고 나서는 확실히 공산정치란 어떤 것이라는 것을 알았다.(1983. 6. 25)

6. 이춘기의 노년

요즘 서유석 가수의 자자곡 〈넌 늙어 봤나 난 젊어 봤다〉가 인기다. 그 노랫말이 장수시대 또는 고령화사회에 접어든 요즘 우리의 공감을 불러일으킨다. 아무리 늙어보고 싶어도 미리 늙어볼 수 없는 게 우리다. 하지만 노년을 먼저 산 사람의 증언을 들으면 우리는 그 노년을 미리 추체험할 수 있다.

85세를 살다 간 이춘기의 일기에 기록된 노년의 족적을 읽다 보면, 한결 성숙해지는 것을 느낀다. 맞다. 일기를 포함해 남의 글을 읽는다는 것은 그 사람의 체험을 공유하는 것이다. 남의 실패 경험까지도 내게는 약이 된다.

이춘기의 일기에 적힌 노인의 일상은 어떤 것들일까? 외로움, 가족 방문, 질병, 회고, 친구의 죽음, 독거, 이민 등 일곱 가지로 나타난다.

첫째, 외로움이다. 명절 때라도 자식들이 편지나 전화로 연락해 주기를 고대한다. 하루 종일 기다려도 오지 않을 때, "기다리는 심사도 있지만, 못 오는 심정도 있을 것"(1969.2. 16)이라며 스스로를 달래곤 한다.

둘째, 아들네를 비롯하여 조카네 집 등을 방문한다. 방문할 가족이 있어야만 누릴 수 있는 즐거움이라 하겠다. 그것도 자신을 반기는 가족일 때만 가능한 일임을 이 일기는 증언한다. 방문시 손자 손녀들이 반기는 것을 아주 좋아한다(1984년 4월 4일). 자신을 반기는지 부담스러워하는지에 대해 매우 민감하다. 또한 얼마라도 용돈 주는 것을 퍽 고맙게 여긴다. 차마 달라고는 말하지 못해도 노인 나름으로 쓸 데가 있다는 것을 알 수 있다.[14]

셋째, 여기 저기 몸에 병이 생긴다. 이춘기의 경우, 맹장 수술을 받는가 하면, 간경화, 시력 저하에 귀도 어두워져 보청기를 낀다.

넷째, 회고가 많아진다. 과거에 살아온 일들을 수시로 반복해서 떠올린다. 노인들이 같은 말을 반복하듯 일기에서도 마찬가지다. 노인을 대할 때 이 특성을 알아야 할 일이다.

다섯째. 친구의 죽음을 계속해서 당면하게 된다. 절친했던 친구의 죽음은 큰 충격을 안겨준다. 삶의 고비마다 함께해 주었던 박장수[15], 윤판준[16] 등 단짝 친구를 먼저 보내는 아픔을 일기에 절절하게 토로하

---

14) 1983년 4월 18일. "종인이 출근하면서 가만히 여비를 주고 갔다. 나올 때 동구 엄마가 또 주었다. 그래도 그저 주는 대로 받았다. 내가 궁하고 아쉬우니 체면도 염치도 없고, 그저 주기가 바쁘게 넣는다. 늙어지면 염치도 없고 모든 게 자기 본위로 산다. 특별히 책임질 것도 없으니니 걱정도 없을 것 같은데, 내가 꼭 필요할 때는 그저 혼자 궁리해도 소용없다. 일체 어디서 융통할 수도 없다. 그러니까 자연 돈 푼이라도 생기면 꼼짝 못하게 간수하고 구두쇠 노릇을 한다. 안 먹고 안 입고 내 몸으로 막게 되니, 악이 나고 인색해지고 근천팔기가 일쑤다. 애들이 나와서 저만큼 떠나오도록 서서 빠이빠이, 고사리 같은 손을 흔들고, 엄마에게 안겨서 할아버지 뒤를 바라보고 있다. 내외한테 용돈을 타니 호주머니가 든든하다. 걸음이 빨리 가볍다."
15) 1988. 8. 25일 사망.
16) 1989. 10. 12 자동차 사고사.

고 있다. 박장수 친구의 죽음에 대해서는 따로 조사라 할 만한 글까지 적어서 일기에 기록해 두고 있다. 오래 산다 해도 친구가 없으면 절대 즐겁지 않다는 것을 느끼게 해주는 대목이다.

여섯째, 독거하는 일이다. 이춘기의 경우, 세번째 결혼한 부인과 의붓딸로부터 말년에 배척을 받아, 마침내 외지에 혼자 나와 자취생활을 한다. 이미 늙고 병든 상태에서 객지에서 독거하는 어려움이 일기에 잘 나타나 있다. 요즘 독거노인 문제가 대두되어 있는바, 참고할 만하다.

1983년 6월 28일

독신생활이란 어려운 일이다. 먹는 일이 제일 중대사지만, 입고 벗고 몸 건사하기도 큰일이다. 여름철에는 내복과 셔츠만 세탁하니 간단하지만, 겨울철에는 용이치 않다. 웃옷은 세탁소에 맡기지만 겨울 내복은 힘들고 남자가 할 일이 못 된다. 매일과 같이 양말을 빠는 것이 곤궁스럽고 잘 안 된다. 셔츠 단추 하나만 떨어져도 양복점에 갈 새도 없고, 거처하는 방도 청소하는 게, 하기 싫으면 며칠이고 그대로, 침구도 그대로 자고 몸만 쏙 빠져나오고, 불결하기 말할 수 없다. 밤이 되면 말벗도 없고, 초저녁에 한 소금 시들고 나면 그대로 날을 새야 되니, 라디오, TV도 없고, 겨우 신문을 뒤지나 밤에는 잘 안 보인다. 안경을 써도 희미하다.

사람이 말벗이 큰 위안도 되지만, 종일 밤새도록 말 한마디 않고 있으니 무상심상이다. 호불호도 무감각 상태다. 고독은 금이요 침묵은 금이라지만 자연 애수를 느끼게 된다. 언어에 우둔하고 자기의 의사 발표를 못한다. 한밤중에 목이 타도 그냥 참고 견딘다. 갑자기 변소에 가야겠는데, 위에까지 올라가는 게 아득해 참아야 한다.

일곱째, 이민 가는 일이다. 이는 누구나 겪는 일은 아니다. 이춘기의 경우는 말년에 독거생활을 하다가 미국에 이민 가 살던 아들들의 초청으로 이민 수속을 밟는다. 그 과정과 심사가 잘 나타나 있다. 다른 길이 없어 이민을 갔고, 잘 사는 아들네 집에서 편안하기 짝이 없게 지내며, 모든 면에서 선진국인 미국의 생활환경이며 광활한 땅과 경치를 찬탄하면서도 서울을 그리워한다. "서울 생각이 간절하다. 날만 새면 동서남북으로 뛰어다니던 일이 가장 다행스러웠던 것인가 싶다."(1990. 8. 14)

7. 맺음말 −『이춘기일기』의 가치−

이상 이춘기의 일기 내용을 몇 가지 면에서 살펴보았다. 이를 바탕으로 이 일기의 가치가 무엇인지 정리해 보기로 하자.

첫째, 하루도 빼놓지 않고 자신의 삶을 적은 기록정신 및 삶에 대한 긍정의 정신이다. 보고 들은 것을 자세히도 관찰해 적는 태도, 물건 값과 차비와 여행 시간까지……. 삶에 대한 긍정이 없으면 불가능한 일이다. 설날마다 더 나은 삶을 소망하지만 뜻대로 되지 않는 생활이었지만 절망하지 않고 새로운 희망을 안고 한 해 한 해를 살아갔다. 틈틈이 과거의 일기장을 들춰보며, 시행착오를 줄여보려 노력하며 살았다.

자살률 세계 1위인 지금의 우리가 우선적으로 본받아야 할 자세가 아닌가 싶다. 오늘부터라도 자신의 삶을 적어나가자. 공책이 아니어도 좋다. 핸드폰 메모장에도 좋고, 카페나 블러그를 만들어 올려도 좋다. 우리의 일상이 한결 의미로워지지 않을까?

둘째, 이춘기의 가정생활의 경험이 주는 교육적인 의미다. 가장 큰 것은 주부의 이른 죽음이 가정에 몰고 오는 후유증이 얼마나 심각한지 보여준다. 특히 늦둥이 두 아들을 남기고 간 상황에서, 혼자 남은 배우자가 느끼는 그리움은 물론 어린 아이들의 양육에 대체할 길 없는 결손과 상처를 초래한다는 사실을 알려준다.

이런 비극을 예방하기 위해 주부의 건강을 우선적으로 챙겨야 할 필요성을 이 일기는 일깨워준다. 아울러 불치병 판정을 받아 통증 가운데 죽어가는 환자와 가족의 심리적 양상과 그 변화의 추이를 솔직하게 기술하고 있는 점도 소중하다. 재혼을 얼마나 신중하게 해야 하는지에 대해, 실패의 사례를 통해 생생히 증언한다. 그런 가운데에서도 어린 두 아들을 양육하는 데 최선을 다하는 이춘기의 부정과 교육열은 눈물겹다.

셋째, 이 일기에 담긴 세시풍속 관련 정보는 민속학적으로 의의가 있다. 세시풍속은 지속되기도 하고 변하기도 한다는 사실을 보여준다. 삶의 환경과 사람들의 생각이 바뀜에 따라 세시풍속도 달라진다는 것을 보여준다. 동네 어른들을 찾아가 세배하던 풍습도 그렇고, 정월대보름의 마을 단위의 각종 의례와 놀이, 교회의 꽃주일, 성탄절의 새벽송도 사라져가고 있다.

우리의 생활이 자꾸만 가족화, 개인화, 도시화로 바뀌는 데 따른 필연적인 결과다. 1차산업에서 2차, 3차를 거쳐 이제 4차혁명시대로 가는 급속한 변화도 작용한 것이리라. 하지만 사회적인 존재인 게 인간이고 보면, 전통적 세시풍속이 지닌 긍정적인 에너지와 미덕을 여전히 오늘에 이어가려는 노력도 있어야 할 것이다.

우리의 변화가 반드시 우리를 더 행복하게 한다는 보장이 없기 때문이다. 과거의 문화에서도 우리가 이월해야 할 가치가 무엇인지 음미하는 자세도 필요하다. 그럴 때 이춘기의 일기에 기록된 세시풍속은 소중한 의미로 다가올 수 있다. 특히 만경강변의 모래찜 풍속, 전북 방언과 속담 등은 지역 연구의 좋은 소재다.

넷째, 3·1운동 및 6·25 회고가 지닌 역사적 가치다. 민족 전체가 경험한 이들 사건 앞에서 한 개인이 구체적으로 어떻게 겪었고 반응했는지 아주 자세하게 증언하고 있는 이춘기의 일기는 소중하다. 마치 요즘 광주 문제를 다룬 〈택시 운전사〉처럼, 경우에 따라서는 이들 역사적인 사건을 이해하는 데 어떤 공식적인 문서보다도 사태의 진면목을 보여주는 자료일 수 있다. 이런 일기들이 더 많이 발굴되어 종합되면 이들 사건의 총체적 진실이 한층 더 또렷해질 수 있다는 점에서 이 일기의 회고는 고무적이다.

다섯째, 이춘기가 겪은 노년의 체험도 고령화 사회에 접어든 지금의 우리에게 시사하는 바 크다. 노인의 외로움, 용돈의 필요성, 시력도 청력도 떨어지면 병들어가는 몸, 거듭되는 친구와의 사별, 돌보는 이없어 독거하는 어려움, 미국으로 이민하기 등. 각 상황에서 구체적으로 어떤 어려움이 있는지, 어떤 필요를 느끼는지가 자세히 묘사되어있어, 노인 문제를 이해하고 해결하는 데 참고할 만하다. 아니 우리 모두가 미래의 노인이고 보면 남의 이야기가 아니다. 금세 닥칠 우리의 사연이라 여기며 음미할 필요가 있다.

여섯째, 문화콘텐츠적인 의의도 있다. 픽션이 아니라 사실을 다룬 것이므로, 드라마, 영화, 연극, 소설 등 다양한 스토리텔링이 가능하다. 〈응답하라 88〉 같은 콘텐츠를 제작할 때 장면화하기 아주 좋은 소재다.

　　일곱째, 우리 학계에서 비교적 열세에 있는 일기 연구의 좋은 자료
이다. 지면 제한이 있어, 이 글에서는 일부만 다루었지만 여타의 정보
도 많다. 일생의례(혼례, 문상, 제사), 편지와 전보가 중심이었던 통신
환경, 땔감과 식수와 양식 조달에 어려움을 겪던 시절, 통금의 존재 등
등 더 많은 정보들이 있다. 앞에서 필자가 거칠게 다룬 다섯 가지를 포
함하여, 모두 앞으로의 심화된 연구가 필요한 소재들이다.

자료

Ⅰ. 새로 발굴한 한문소설
〈이생전(李生傳)〉

* 해설

여기 소개하는 〈이생전(李生傳)〉은 아직 학계에 알려진 적이 없는 한문소설이다. 국사편찬위원회 도서관에서 MF으로 촬영해 소장 중인 필사본 자료인바, 『朝鮮小說選集 附四道儒生萬人疏』라는 책에, 〈四道儒生萬人疏〉라는 상소문 및 〈홍백화전(紅白花傳)〉, 〈금화사몽유록(金華寺夢遊錄)〉, 〈등생전(鄧生傳)〉 등의 소설 작품과 함께 수록되어 있다. 주지하듯 〈四道儒生萬人疏〉도 알려진 상소문이고, 〈홍백화전(紅白花傳)〉, 〈금화사몽유록(金華寺夢遊錄)〉도 알려진 작품들의 이본이지만, 〈등생전〉은 새 소설 작품이나, 아쉽게도 첫 4면까지만 남아 있는 결본이다. 〈이생전〉은 미발굴 작품임은 물론 거의 완벽하게 전하고 있으므로 우선 번역해 학계에 알린다.

이 한문소설이 과연 창작인지 중국 작품의 번역인지 궁금한데, "小子本以兩班早喪家君"이라 하여 '양반(兩班)'이란 어휘가 등장하여, 우리나라 창작소설일 가능성이 높다고 판단된다. '양반'은 우리나라에서만 썼으며 중국에서는 쓰지 않는다는 것이 이 방면 전문가들의 의견

이기 때문이다. "吾聞李監役者在於南山下"에서와 같이 '監役'이란 벼슬 이름이며 '南山'이란 지명이 나오는 것도 이러한 심증을 더욱 강화하는 요소들이다.

서지사항은 이렇다. MF 96-3-347. 1책 46장. 22×38㎝. 원소장자 : 김예식(청주 홍덕구 봉명동 203-22). 이 소설만의 분량은 8쪽이다.

이 작품의 주요 내용은, 몰락 양반이라 자기 아들이 혼인하기가 어렵자, 그 어머니가 아들에게 제안하여, 기지를 발휘해 좋은 집 처녀와 혼인한다는 이야기다. 혼인하고 싶은 여자 집을 물색해 고른 다음, 구걸하러 가서 멋들어지게 글을 낭송해 신부 아버지의 환심을 사 독선생으로 들어가 마침내 목적을 이루는 과정이 매우 흥미롭게 전개되어 있다.

앞으로, 이 책 전체의 국역본을 출판할 계획으로, 〈등생전〉을 비롯한 다른 작품의 번역을 진행 중임을 밝혀둔다. 이 소개를 계기로 〈이생전〉에 대한 본격적인 연구가 후속되기를 기대한다. 『朝鮮小說選集 附四道儒生萬人疏』 서두에 "이것은 선인이 남긴 필적이다. 지극히 귀하지만 한편으로는 서글프다. 다행히 잃어버리지는 않았으니 영원히 간직하며 볼 것이다. 종익에 이르서서는 고조부님의 필적이다(此是先人筆跡 則至貴外旋 又感? 幸須勿失 永世守見也 至鍾翊爲高祖筆蹟也)."라고 되어 있는바, 이것을 단서로, 이 작품의 필사 연대 또는 창작 연대를 규명할 수도 여겨지는바, 족보에 해박한 이의 동참을 희망한다.

* 원전대로 표기하되 띄어쓰기와 문장부호는 옮긴이가 하였으며, 명백한 오자에 대해서는 수정하거나 ( ) 안에 표시해 입력하였음.
* 이 자료를 초벌 번역하는 데 정재윤(한국학대학원 석사과정) 선생의 수고가 컸음.

〈이생전(李生傳)〉

낙양 북촌에 이생이란 사람이 살았다. 용모가 수려하고 글 쓰는 재주가 다른 이를 뛰어넘으며 백가의 시서를 암송하지 못할 것이 없었다. 여러 사람의 시와 글에 통달하지 않은 게 없었다.

이생은 일찍이 아버지를 여의고 어머니만을 봉양하고 있었다. 집안 형편이 바닥을 드러내 궁핍함에 스스로를 보존하기가 불가능할 정도였다. 나이 스물이 지났지만 그 배필을 구하지 못하고 있었다.

그 어머니 황씨는 아들의 혼처를 구하려 했지만 매일매일 거절당해, 세상이 부유함을 취하려 하는 것에 대해 탄식하고, 아들의 혼인이 어려운 것을 답답하게 여겼다. 어느 날 저녁, 홀연히 울면서 말하였다.

"네가 비록 글재주가 있지만 과부의 아들로서 집안이 심히 가난하며 몰락해 고독하고 고통스러우니, 이미 장성했지만 아직 아내가 없으니 내 마음이 심히 슬프구나. 내가 듣기로, 남산 아래 감역관 이 씨의 딸이 극히 현명하다는구나. 너로 그 집에 구혼을 하고자 하지만, 우리 집이 몇 대 동안 과거에 합격한 사람이 없어, 가난하고 천하기가 아주 심하지. 그 집안은 왕실의 자손으로 부귀를 같이 가지고 있으니 내 자식이 그 집에 구혼한다고 해도 곤궁함이 심해 잘될 것 같지가 않구나. 기묘한 계책을 설계하고 계획하여 현명한 처를 얻고 부귀에 이르는 일을 옛날에도 행하는 이가 있었다. 네가 만일 이 씨네 딸을 아내로 삼는다면 천금과 벼슬자리를 얻을 수 있고, 가문에 영광과 행복도 얻을 수 있겠지만, 어떻게 해볼 수 있겠느냐?"

이생이 울며 고하였다.

"어머님의 가르침이 마치 제 마음을 베는 것 같사옵니다. 마음과 힘을 다해 가르침을 떠받들겠습니다."

즉시 그날로 『소학』을 빈 자루에 넣어 띠에 끼고, 거지로 꾸며 이 감
역 집으로 가서 살펴보았다. 문 앞에 서서 책을 읽기 시작하였다. 이생
의 책 읽는 소리를 듣고 여러 사람이 색다르게 여겼다. 맑은 소리가 담
을 타고 넘어와 옥쟁반을 가는 듯했다. 이 감역이 베개에 의지해 외당
에서 낮잠을 푹 자다가 놀라 일어나 물었다.

"이 책 읽는 소리는 누구의 소리인가?"

종놈이 바깥에 나갔다 오더니 아뢰었다.

"문 밖에 기이한 총각이 있는데, 책을 읽으며 식량을 구걸하고 있사
옵니다."

감역이 종에게 명해 이생을 초대하게 했다. 오리걸음으로 들어와
상 아래 꿇어 절을 했다. 감역이 물었다.

"내가 보니 네 눈썹과 눈이 한갓 범상한 사내와는 다르구나. 묻노니
성과 이름은 무엇이고 가문과 지금 있는 곳은 어디인고?"

이생이 대답하였다.

"소인은 본래 양반 출신으로서, 일찍이 아버님을 여의고 단지 노모
만 있을 뿐입니다. 병석에 계신 지 이미 몇 년이 지나셨습니다. 쌀 단
지는 비었고 질그릇은 다해, 어머니를 모실 물자가 부족한 지 오래입
니다. 소자는 억만 장안에 구걸하지 않은 곳이 없지만 이를 꺼리지 않
았습니다. 우연히 오늘 귀한 집에 들어와 양식과 땔감을 얻어 오직 구
제되기만을 바랄 뿐입니다."

감역이 슬퍼하며 말하였다. "네 정상을 들으니 내가 눈물을 멈출 수
없구나. 너는 양반 같은데, 그렇다면 글을 알겠구나."

이생이 대답하였다.

"어릴 때부터 홀로였기에, 어찌 좋은 글을 얻었겠습니까마는, 대인께서 운(韻)을 하나 불러주신다면 졸렬한 재주로나마 시를 짓기를 원합니다."

시절 가득 빛나는 봄꽃이요 나뭇잎 색은 눈에 가득차보이니 심히 아름다웠다. 감역이 마침내 한 운을 찍어 말하였다.

산은 봄빛을 두르고
사람은 한가로이 황혼을 기다리네.
기이한 동자가 어느 곳에서 왔는지
시와 술을 마땅히 베풀어야지

이생이 즉시 화답하였다.

우연히 방문한 남산의 집에
이월의 봄바람이 부네.
뜰 앞 난초의 아름다움
미인 서시도 미치지 못하겠네.
이 또한 의미가 있으리.

감역이 이생의 시가 끝나는 것을 보고 악수하러 그 앞에 이르러 말하였다.

"선동이 어디에서 나왔는가? 문자가 이와 같으니 식량을 구걸하는 것을 면하리라. 고인이 말하기를 하늘이 어려움을 주는 것은 이를 말함이로다."

이어 여종에게 명을 내려 주안상을 내오라고 했다. 잠시 후 여종 둘이 쟁반을 받들고 와 무릎을 꿇고 감역과 이생의 앞에 바쳤다. 술을 마시며 이미 분위기가 단란해졌다. 또 미인에게 가야금을 연주하고 노래를 부르게 하니 주객이 서로 기쁨을 평소처럼 했다. 여종 무리가 안으로 들어와 고하였다.

"나으리, 오늘 이 아이가 모실 것입니다. 나으리께서는 아직 이렇게 왕래하는 것을 알 만하지 않은 것 같습니다."

방안에서 또한 그 연유를 괴이히 여겨 장자를 따라가 보니, 그 여자의 이름은 계선으로서 그 어머니를 따라오는 것이 보였다. 계선은 16세로서 시서에 능통하고 더욱이 아직 결혼하지 않아 춘정을 견디지 못했다. 이생이 이를 보고 이미 마음이 어지러웠다.

감역이 술을 들고 생에게 말하였다.

"내 자네에게 특별히 청이 있는데 자네는 가부를 정해 주게."

이생이 두번 절하고 말하였다.

"이 어리석은 저를 후대하시니 은혜가 산과 같습니다. 대인의 덕은 만번 죽어도 갚지 못하겠습니다. 저는 단지 식량이나 구걸하는 사람일 뿐이니 부디 어떤 일이든 말씀하십시오."

감역이 대답하였다.

"내 나이가 많지만 다섯 아들이 있는데, 이 아이들을 바로 잡아주시게. 문자로 배운 적이 없어서, 나이가 스물이 되었지만 제 이름도 쓰지 못하니 참으로 탄식할 만한 일이지. 자네가 2년 정도 동거해 준다면 자네의 문자를 만분의 일이라도 효과가 있을 것이네. 자네가 아직 허락하지 않았지만 이것이 이 노인의 바람이라네. 집이 비루하지만 군자가 머물 만한 곳은 되고, 집이 비록 가난하지만 어머니를 보호하고 귀하게 모실 수 있으니, 자네가 온다면 자네 모친을 모실 수 있다네. 내 마땅히 준비해 보낼 테니 이로써 자네의 근심은 없어질 것이라네."

생이 이 말을 듣고 속으로 좋아하며 자부심을 느꼈다. 계선 역시 이 말을 듣고 기쁨을 이기지 못했다. 이생이 자리를 떠나며 말하였다.

"저를 멀리 물리치지 않으시고 가르침을 위해 이르시니, 마음이 감동하고 뼈에 새겨 큰 은혜를 미처 다 갚지 못할까 두렵습니다. 제 역량이 부족함을 알기에 남들을 가르치는 게 두렵습니다. 이것이 비록 근심스럽지만 대인의 명이 틀림없이 이와 같으니 감히 명을 거역할 수 없습니다. 오늘 집으로 돌아가 어머니께 이를 고하고 5일 후에 와서 머물겠습니다."

감역은 남자종에게 명을 내려 안장을 채운 말을 타고 보낼 때 재차 군이 청했으니 그 태도가 심히 겸손하고 정중했다. 그리고 여종에게 명을 내려 10여 마리의 말에 짐을 실어 마침내 이생의 집에 왔다. 생은 돌아가 그 어머니께 이렇게 고하였다.

"하늘이 밝게 돌봐주시어 어머니의 소원을 장차 이루게 되었으니 천만 행운입니다."

모친 황씨도 역시 기쁨과 행복을 이기지 못하였다. 감역은 즉시 중문 밖에 별당을 얽어 그 날 사람과 말을 보내 글로서 맞아들였다. 아들을 시켜 배우게 약속 했고 형제가 낮과 밤에 만나 시서를 같이 논했다.

감역의 아들들이 이생을 만난 후 학문에 뜻을 두게 되었고 전보다 좀 나아졌다. 이생도 이씨 집 뒤로 왕래할 때부터 그 모친의 옷과 먹는 것에 대해 이미 걱정하지 않았다. 스스로 이미 바뀌어 자기 뜻을 저울질할 수 있게 되었다. 다만 그 집 가풍이 극히 엄하여 남녀를 떨어트려 놓아, 이생이 바라는 바를 이룰 수 없었다. 수많은 계책을 봄 석 달 동안 헤아려봤다.

하루는 감역이 자신의 절친한 친구의 반혼제를 갔다. 그 아들을 데리고 가 교외까지 나갔고 부인도 질녀의 혼인잔치로 다음날에나 돌아오게 되었다.

이생이 혼자 서당에 있어 비록 당돌하게 들어가기를 원하지만 그 종이 두려워 감히 계책을 할 수 없었다. 여자의 뜻을 볼 수 있는 글을 보길 원했는데 그 후 보기 힘든 파랑새가 안채로 들어갔다. 단지 스스로 정신이 상한 것이라고 여길 뿐이었는데, 홀연 한 여종이 보였다.

이름이 옥영인 그 종은 한 작고 붉은 포대기를 가슴에 안고 중문으로 오고 있는 중이었다. 그 나가는 모습이 매우 급해 보였다. 생이 그 행색이 괴이해 붉은 포대기를 잡아 드러냈는데 황금 백여 냥이 있었다. 생이 다그쳐 물었다.

"이 금은 필시 주인 집안의 금일 텐데 네가 지금 훔쳐 도망가니 내 장차 주인에게 아뢰겠다."

옥영이 감히 속이지 못하고 고하여 말했다.

"이를 낭군이 덮어준다면 구해준 은덕을 신첩이 만번 죽어 갚겠사옵니다."

이생이 청을 생각해 그 은색보자기를 빼앗아 통 안에 숨겼다. 그리고는 말하였다.

"네 죽을 죄를 내가 이미 갚아주었다 내 청이 있는데 그것은 네가 능히 주선할 수 있다."

옥영이 말하였다.

"제가 낭군을 본 행운으로 목숨을 부지하게 되었으니 비록 죽더라도 그 명에 따르겠습니다."

이생이 귀에 대고 말하였다.

"내가 청할 것은 다만 네 집에 있는 낭자뿐이야."

옥영이 웃으면서 답하였다.

"손바닥 뒤집듯이 쉬운 일입니다. 저희 집의 진사님은 이미 제게 낭자를 허락해 주셔서, 죽음과 삶을 함께하고 낮과 밤을 같이 하고 있사옵니다. 요사이 낭군이 처음 오실 때 창문 구멍으로 살펴보았습니다. 그 밤은 첩과 함께였는데, 몰래 이렇게 말씀하셨습니다. '부모님이 나를 위해 구혼하시되 훌륭한 사위를 얻으려고 하시는 것은, 모든 사람들이 바라는 바이기도 하지. 그런데 오늘 오신 손님이 내 뜻을 저울질하는 것과 같기는 어려워.'라고요. 지금 제가 듣기로, 낭군은 낭자의 뜻에 부합합니다. 저는 당연히 힘을 다해 주선해 다시 산 은혜를 갚을 것이옵니다."

이생이 물었다.

"낭자의 이름이 무엇이냐?"

"계선입니다."

또 물었다.

"문장은 어떠냐?"

"능합니다"

이생이 즉시 붓에 먹을 묻혀 시를 써 봉한 후 옥영에게 전하게 했다. 옥영이 계선에게 나아가 말하였다.

"모두 나간 별당에 지금 나그네가 머물고 있는데 그 방안을 살펴보니 한 통 봉투가 책상위에 있더군요. 몰래 가지고 왔는데 글을 몰라 일러주시길 바랍니다."

계선이 그것을 뜯어보았다. 안에는 절구가 씌어 있었다.

마음이 비록 깊은 봄 버들 같더라도
혼은 해가 떨어지는 근처에서 부는구나.
언제쯤 날개가 생기려나
어느새 달의 신선이 방문하는구나.

다 보고 나서는 웃으며 말했다.

"나와 네가 서로 약속하기를, 죽음과 삶이 그 말을 숨기지 못하기에 속임수를 쓸 수 없을 테니, 그것을 나에게 준 후 꾀꼬리의 임무가 또 가능하겠느냐?"

즉시 그 시에 화답해 옥영에게 붙여 주었다. 옥영은 시를 이생에게 전해주었다. 이생이 놀라면서 기뻐했는데 망연하면서 연기와 안개에 떨어진 것 같았다. 그리고 즉시 시를 보았다.

봄 밤 남산 아래
꽃이 북변 길을 붉게 물들였네.
장차 뜻을 억누르는 것을 쓸어내리고
무릉도원의 신선을 찾아보리라.

생이 이를 본 후 절하며 감사한 후 그 은을 다시 옥영에게 주면서 말하였다.

"아름다운 꽃의 뛰어난 재주로다. 천금의 가치가 있다. 내 소원은 종국에 이를 완성함이니, 두터운 은혜를 무겁게 갚겠다."

옥영이 웃으며 말하였다.

"낭자의 명을 받들어 낭군께 글을 보낼 뿐인데, 안의 일을 하는 사람으로서 어찌 보답 받기를 바라겠습니까?"

옥영이 돌아가 안에 있는 장소에 숨겨 놓았다. 이생이 시를 본 후 정을 스스로 이기지 못하고 또 옥영에게 말하였다.

"이미 그 글은 얻었지만 낭자를 보지 못했으니 이 날들이 어찌 심하지 않겠느냐? 옥영아.

옥영이 좋은 일을 해주고 계책을 짜며 나를 위해 일해, 내가 낭자를 볼 수 있게 해 주면, 오늘 천만 다행이겠구나"

옥영이 '예예' 하며 공손히 들어가 계선에게 고했다. 이미 이생의 용모를 보고 또 낭자를 보자 춘정을 억제하기 어려웠다. 계선이 옥영에게 말하였다.

"오늘 비록 서로 보길 바라지만, 낮에는 노비가 집안에 많으니, 밤에 안으로 들어와 함께 오는 것이 어떨까?"

옥영이 말하였다.

"제가 듣기로는, 나으리께서는 반혼제 때문에 저녁 어둑할 때 들어오셔서 제사에 참여해야 하므로, 오늘 돌아오시고, 부인께서도 마땅히 다음날 집에 돌아오십니다. 그러니 이때야말로 서로 만날 수 있는 때입니다."

계선이 말하였다.

"이 포대기는 하늘이 준 것이로구나. 내가 어찌 굳이 사양하겠는가? 이생이 올지 안 올지는 다만 네 계책에 달려 있으니 네가 모름지기 좋게 계책을 세워 보아라. 하지만 종들에게 이것이 새나가지 않았으면 퍽 다행이겠구나."

옥영이 나간 후 밤에 그 때를 알렸다. 생이 놀랍고 기뻐 뒤집어질 뻔하며, 어찌 해야 할지 모르다가 서쪽 하늘을 보며 오직 저녁이 되길 기

다릴 뿐이었다. 해가 연못에 잠기고 문득 황혼이 되었다. 이때는 춘 삼
월 보름날 달이 밝아 낮과 같았고 밤이 깊어 아무 소리 없이 아주 고
요해질 무렵 (이생은) 홀로 창에 의지해 옥영을 애타게 기다리고 있었
다. 밤이 이미 깊어 이경이 지나고 있었다. 옥영 안에서부터 나와 가느
다란 목소리로 이생에게 말하였다.

"선비님 선비님 지금이에요! 알고 계시나요?"

이생이 놀라 일어나 집을 나섰다. 옥영이 끌고 들어가 문을 넘어 몇
개의 방을 지나 깊은 곳으로 갔다. 한 방에 도착하니 청색 등이 밝고
밝게 켜져 있고 아름다운 창문이 잠시 열려 있었다. 달빛이 땅을 비쳐
뜰이 심히 낮과 같았다. 많은 꽃과 풀이 창앞에 날리어 마치 다른 세
계 같았다. 옥영이 창문을 연 후 말하였다.

"이랑께서 도착하셨습니다. 계선 아씨는 빨리 나오시옵소서."

이에 방안에서 맞아들이니, 하얗게 꾸민 벽이 영롱하고 이부자리가
찬란하고 황홀해 인간세상에서 묘사할 수 없었다. 계선이 맑은 눈과
흰 이를 드러나고 정정한 태도로 자리를 나누어 앉으며 미소 짓고 있
었다. 이어서 말하였다.

"외당의 손님께서 한밤중을 틈타 들어오시는 것은 죄를 짓는 것이
아닐는지요?"

이생이 웃으며 말하였다.

"하늘이 (기회를) 주지 않았다면 도리어 그 재앙을 받게 되겠지요.
오늘 밤, 저에게 득실이 있겠습니까?"

계선이 말하였다. "낭군은 신첩을 지금 만나지 말았어야 합니다. 비
록 지금 만남을 가져야 했으나 오늘 일은 정나라와 위나라의 노래(『시
경』의 「정풍」과 「위풍」)에 나온 것과 같으니, 몸을 망칠 죄를 신첩이

면하기 어렵사옵니다. 그래서 첩의 마음에는 오직 부끄러움만 있을 뿐이옵니다. 여자들이 현명한 남편을 얻기 바라는 마음은 남자들이 구하려고 하는 현명한 처를 얻기 바라는 마음과는 다릅니다. 저희 가문의 부모님이 저의 결혼을 위해 용모와 재주가 마음에 부합하는 자를 어태까지 정하지 못했지요. 그런데 요즈음 낭군이 오신 것을 첩이 창문 구멍을 통해 보고, 탁문군과 사마상여의 고사를 본받아 몸을 상하는 일까지 가지 않을 수 없어

오늘 서로 만나게 된 것은 낭군이 신첩을 길가에 꺾을 수 있는, 노류장화로 여겨 한번 꺾은 후 다시는 돌아보지 않고 영원히 수절하면서 빈방 깊은 곳에 홀로 늙어갈 것입니다. 오직 바라건대 낭군은 제 근심을 상세히 헤아리셔서 신첩이 원한을 품게 하지 말아주시옵소서.”

생이 즐겁게 웃으며 말하였다.

“낭자의 마음이 과연 이와 같음을 알았으니 내가 어찌 끝을 바꾸겠소? 다만 두려운 것은 낭자의 부모님께서 여식을 빈천한 사람에게 보내는 것을 허락할 것인가 하는 것이오.”

계선이 말하였다.

“이미 저는 정했으니 신첩이 죽을 때 이 약속이 끝날 것입니다.”

이생이 즉시 종이와 붓을 청해 공서에 맹세하면서 말하였다.

“하늘이 황폐해지고 땅이 쇠해도 이 약속은 바뀌지 아니하고, 여기 있는 이 아름다운 약속은 귀신도 허락할 것이오.”

계선이 옥영을 시켜 술을 가져오게 하고 옥반에 진미를 들이게 했다. 마치 신선에게 올리는 이화주 같았다. 술에 추한 기운이 훈훈해 지자 계선이 섬섬옥수로 강하게 종이와 붓을 잡고 한 곡조를 썼다. 그 노래를 부르기 시작했다.

오늘 밤이 어떤 밤인가
때는 춘삼월
바람은 가볍고 보드랍게 불고
달은 둥글둥글하네.
어린 여자 춘정을 감당할 수 없고
숙원이 오늘 이뤄졌으니
비록 죽어도 서운하지 않겠구나.

이생이 즉시 이 노래에 화답하였다.

깊은 밤 향기로운 규방에
달빛만이 뜨락 한가운데에 있는데
술 한 잔 노래 한 곡조
이 날 어찌 탕자의 정이 다행히 없겠는가만
금일 항아를 만나보는구나.

화답을 마치고 상을 치우며 등불을 껐다. 마침내 같이 침상에 누워
서로 소통하는 즐거움과 운우지정을 나누었다. 두 사람의 뜻이 맞는
것이 극에 달아 이르지 아니한 데가 없을 따름이었다. 이윽고 달은 서
쪽 담으로 지고 닭 울음이 먼 마을에서 들려왔다. 옥영이 고하였다.
　"풍경소리가 나는 것 보니 이미 사경이 지난 것을 알리는 것 같습니
다. 진사께서는 가셔야 될 것 같습니다."
　계선이 놀라 일어나 생에게 말하였다.
　"낭군께서 나가셔야 할 것 같습니다."

이생이 놀라 작별하고 심신이 흩어져 허리를 끌어 앉고 눈물을 흘리며 나가는 것을 참지 못했다. 계선이 사사로이 정을 통한 것은 군의 허물이 많고, 생은 첩에게 탐심을 가지고 몰래 규방에 들어온 것이나. 첩의 죄도 역시 깊사옵니다. 이 일이 혹시 친정에게 드러난다면, 비단 첩이 죄를 받을 뿐 아니라 낭군에게도 큰 화가 있을 것입니다. 그러나 이 행적을 헤아리지 못해, 여기에 있는 발자취도 알지 못하게 한다면, 이 같이 혼인의 예를 받을 수 있어 오늘의 즐거움을 이어나갈 수 있을 것입니다. 첩의 죄로 인해 낭군을 이미 허락했으니 마땅히 다시 기다리겠습니다. 좋은 날 생이 명하시면 그 말을 눈물을 뿌리고 따를 테니 그 옷을 풀어주십시오."

이생이 진심으로 계선에게 의지하며 말하였다.

"이것을 신표로 하면 서로 잊을 수 없을 것입니다."

계선도 반지를 풀어 이생에게 주고 이생에게 외당에서 나가라고 했다. 외당에서 나가자 감역 수재가 이미 문 밖에 이르렀다. 거의 알아챌 만 해졌으나 운이 좋아서 이를 모면하였다. 이로부터 두 사람이 떨어져 있어 서로 다시 만나는 길이 없으니, 두 사람이 두려운 마음으로 서로 그리워 애타는 마음을 끊을 수 없었다. 다만 옥영을 시켜 서로 왕래하나 글과 노래일 뿐 그 사이 글과 노래를 다 기록할 수 없으리라.

세월이 물 같이 흘러 이미 1년이 지나갔다. 이생은 그날 밤에 일어난 일로 말미암아 이미 병이 심해져 있었다. 어느 날 저녁에 옥영이 왔다. 옥영이 울면서 이생에게 말하였다.

"오늘 제가 듣기로, 낭자의 혼인할 곳이 한 곳 정해졌습니다. 혼인까지의 날짜가 20여일밖에 남지 않았습니다."

이생이 놀라 울며 말하였다.

"내가 어찌하면 좋겠는가?"

이에 옥영이 계선에게 이생의 편지를 건네주었다. 그 편지에는 이렇게 씌어 있었다.

'제가 듣기로 새롭게 만나고서 반달 동안이나 떨어져 있었습니다. 아직도 사랑한다면 반드시 편지를 오늘 제게 주십시오. 일이 틀어진 것을 알았지만, 아름다운 약속이 이미 제 마음에 굳건합니다. 먼저 진 것을 참을 수 없으니 감히 이 봉서를 모름지기 허물하지 말기를 바랍니다. 지난날의 맹세는 아무리 말해도 깊을 것입니다. 낭자에게는 날마다 편안한 것을 얻을 수 있으니, 인간 세상을 생각하지 않게 될 것입니다. 다시 상대하여 글을 쓰고자 함에 써야 할 바를 알지 못하겠습니다.'

계선이 이를 읽고 놀라 옥영에게 물었다.

"이게 누구냐?"

옥영이 정혼했던 뜻을 고하자, 계선이 시름에 겨워 눈물을 삼키며 말하였다.

"내 비록 착한 행실이 없지만 정녕 그 약속을 지키려고 했다. 편지에 답장을 하려 하니, 살아있는 동안에는 닳으리라."

그 편지는 이러했다.

'부족한 첩 계선은 삼가 편지에 이랑에게 답장을 합니다. 하룻밤 어리석고 부끄러운 일을 돌아보니 사귄 정이 이미 무거운데, 다른 마음 없이 죽을 때가 되어도 절개를 지킬 것입니다. 오늘 당신의 편지를 보니 방금 어지러운 죄를 만일 부모가 안다면 종국에 제 뜻을 빼앗을 테니 남은 것은 명줄뿐이옵니다. 인간 세상에서 이미 부부가 되기를 약속했으니 지하에서라도 때가 된다면 만나는 즐거움을 바랄 뿐입니다. 종이를 대하는데 울음이 터져서 더 이상을 적지 못하겠사옵니다.'

이생이 보고 가슴이 갈라지는 것 같고 마음을 진정시킬 수 없었다. 이생이 홀연히 생각해보니 비록 여기 있어도 조금의 이익될 것이 없기에 마침내 감역에게 말하였다.

"혼인 날짜가 멀지 않으니 거처가 불편합니다. 지금 집으로 돌아가 혼인 후 다시 오는 것이 좋을 듯합니다"

감역은 이생이 집으로 돌아가는 것을 허락하였다. 이생은 그날 돌아가 정신이 오랫 동안 이 감역의 집에 가 있었다. 침식이 불편하여 밤낮으로 가슴이 무너져 내려, 그저 반지만 쓰다듬을 따름이었다. 계선이 이생을 생각하는 마음도 그러하여, 이생이 준 적삼을 입은 채 벗지 않았다. 스스로 정혼했다는 것을 들어 마음의 병세가 극도로 위중해졌다.

감역 부부는 그 병세가 위급한 것을 갑갑하게 여겨, 만방에 있는 의사를 불렀지만, 한 치도 효력이 없었다. 병이 점점 급해진 지 이미 10여일이 넘었다.

혼례일이 3,4일 앞으로 다가왔다. 감역 부부는 친히 병간호를 했다. 계선은 하루에도 숨이 여러 번 막히고 겨우 조금씩 나아가도 있었다. 감역은 눈물만 닦을 뿐이었다. 계선을 위로하며 말하였다.

"하늘이 참혹한 화를 내려 네 병이 이리 된 것이다만. 부모의 정이 어찌 이를 참으랴 너의 평생 소원이 무엇이냐? 오늘 듣는다면 네가 비록 죽은 후라도 우리는 그것을 따르다 죽어도 서운하지 않겠다."

계선이 눈을 뜨고 가느다란 목소리로 말하였다.

"소원은 죽은 후에는 없는 것이니, 다만 오늘의 소원만 있을 뿐이옵니다."

감역이 말하였다.

"만약 지금 할 수 있는 일이라면 어떤 어려운 것이냐? 네 말을 들어
보자. 부모로써 서운하지 않을 것이다."

계선이 품안 깊은 곳에 있던 봉서를 꺼내서 부모에게 보이며 말하
였다.

"소녀는 지금 부모님이 원하는 것에 달려 있습니다. 부모님 용서해
주시옵소서."

감역이 봉서를 열어보니 이에 이생과 사사로이 통한 편지였다. 감
역이 놀라다가 도리어 기뻐하며 말하였다.

"적어도 마침내 네 뜻이 이러하니 병이 곧 나을 것이다."

이렇게 말하고 나서 감역이 다시 말하였다.

"시루가 이미 깨지듯 돌이킬 수 없게 되었으니, 어찌 네 소원과 불화
하리요? 오늘 즉시 전에 정혼했던 곳과의 혼인을 물리고, 노비와 말을
보내 이생을 청하리라."

이생은 초대받은 이유를 알지 못한 채, 오직 그 죽을 것만을 두려워
했다. 가게 된다면 꾸지람듣고 욕먹을까 걱정이고, 가지 않는다면 의
심받는 것이 더욱 늘어날 것이니 당돌하게 나아갔다. 옥영이 문 밖에
있어 웃으며 말하였다.

"낭군은 오늘 일이 한이 없을 것입니다"

이생이 숨을 쉬어 두려움을 해소하려 했다. 감역 앞으로 가서 첫 절
을 마쳤다. 감역이 앞으로 다가와 말하였다.

"내 여식이 자네를 생각해 병을 앓고 있네. 목숨이 위태롭지다네. 사
사로이 정을 통한 데 대한 법은 견고해 면하기 어렵지만, 부모의 정이

자식을 사랑하는 마음을 참을 수 없으이. 장차 급히 부부의 즐거움을 따르는 것이 급하니, 자네 뜻을 알지 못하네만 어떻게 하겠는가?"

이생이 머리를 조아리고 사죄하면서 말하였다.

"지금 어리석음에서 구해주신 은혜가 몹시 크옵니다. 소인이 춘정에 대한 욕망을 금하지 못하고 있으려니, 마침 달빛 아래에서 다행히 만나게 되었습니다. 귀한 분이 차고 있는 것을 풀게 했으니, 그 죄가 가득 차 만 번 죽어도 애석하지 않사옵니다. 제 죄를 묻지 않고 다시 부부의 방으로 돌아가게 해주신다면 가르침에 마음과 성의를 다하겠습니다. 또한 느끼고 아는 것에 깨우친 바가 있으니 뜻을 내리신다면 제가 감히 청하지는 못하나 원래부터 몹시 바라던 바입니다."

감역이 말하였다.

"이 일을 드러낸다면 세상 사람들의 웃음거리가 될 것이니 너는 빨리 집으로 돌아가 번거롭게 소문을 내지 말고 신중해라."

이에 혼인 약속을 하고 속히 길한 날을 정하기로 하였다. 이생이 인사하고 돌아가 그 뜻을 어머니 황씨에게 고하자, 아주 기뻐하여 이가 부러지는 것도 모를 정도였다. 감역이 중매쟁이를 시켜 이생의 집에 왕복해 길일을 뽑았다.

계선은 이때부터 병세가 빠르게 호전되었고 안색도 예전과 같았다. 아침저녁으로 단장을 하고 결혼식을 기다리니, 이생 집의 예물은 의복이나 기구, 살림살이 물품들도 모두 이 감역 집에서 보낸 것이었다.

혼일날이 되자, 이생은 허리띠에 황금을 차고 백마를 타며, 스스로 의기양양해 있었다. 이생이 내실에 도착하니, 계선은 꽃 모자를 쓰고 용이 그려진 옷을 입었으며, 그 용모는 옥과 같고 뺨은 꽃과 같아 마치 선녀 같았다. 부모님들과의 인사를 끝마치고 방안으로 들어가니, 하얗게 꾸민 벽과 깁으로 바른 창이 마치 미인이 거처하는 곳과 같았다.

그리고 예전처럼, 나눠진 거울이 다시 원을 이루었다. 그 정과 뜻이
늘 마음속에 잊지 않고 있는 모양이었다. 가히 후세에 전할 만큼 기이
한 광경이며 즐거운 이야기다.

〈李生傳〉

洛陽北村 有李生者 容貌秀麗 文才過人 百家詩書 無不暗通. 弔喪嚴
侍 只奉偏母. 家計板蕩 窮不能自存. 年過二十 未得其配. 厥母黃氏 求
婚諸處 每每見却. 歎世俗之取富 悶其子之難婚. 一夕 忽然下淚曰 汝雖
善文 以寡女之子 家事甚貧 零下孤苦 年旣長成 尙未有室 余心誠?. 吾
聞李監役者 在於南山下 而有女極賢云. 欲以汝求婚於彼家 而吾家則
累世不科 貧賤太甚. 彼家則 王室子孫 富貴兼全 以吾之子 求婚於彼家
困甚不似. 而設?奇計 得賢妻致富貴 古有行之者 汝若得李女則 千金可
得爵祿 可占一家榮幸 爲如何哉. 生泣告曰 母敎若是 子心如割 竭盡心
力 願安承敎.

卽日挾小學帶空? 詐爲乞人 往尋李監役家. 立門延○讀書移時 李生
讀書之聲 與人殊異 淸聲換越 玉盤如碎. 監役倚枕 外堂晝眠 方熟驚起
而問曰 讀書之聲 是何人也. 蒼頭者 外而告曰 門外有奇異總角 讀書乞
粮云. 監役命奴 招之李生 鳧趨而入 ?拜床下 監役問曰 見爾眉目 不是
常漢也. 問其姓名 族派居住. 答曰 小子 本以兩班 早喪家君 只有老母
病在席 已多年矣. 囊空甔倒 旣乏供母之需 情迫負米 不憚小子之身 億
萬長安 無處不乞 偶然今日 適到高門 粒米束薪 惟望救濟. 監役愁然曰
聞汝情狀 不禁墮淚 汝若兩班 則其能識文乎. 答曰 稚年已孤 烏得善文
然大人若呼一韻 則願試才拙 千時昭華 滿目葉色 甚佳. 監役遂占曰 山

帶芳春色 人閑落日時 奇童何處來 詩酒政當施. 李生卽和曰 偶訪南山屋 春風二月時 庭前蘭蕙色 無及勝西施 此亦有意也. 監役覽畢 握手致前曰 仙童方何處來之 文字若是 而未免乞粮 古人所謂 天難諶者 此之謂也. 仍命婢子 取酒來之. 俄而叉鬟二人 奉盤酌而來 跪進于主客之前 飛觴酬酌 已至團欒 又使美人 調琴唱歌 主客相得 歡若平生. 婢輩入告于內曰 進賜今日待此兒 我客若此之過其意未可知矣.

室內亦怪其由 從莊子而 窺見厥女桂仙 亦從其母 而見之. 桂仙年才二八 能通詩書 尙未適人 不堪春情者也. 窺見李生 已多心矣. 監役抱酒謂生曰 老夫於君 特有所請 君可願施否. 李生再拜 而告曰 一蒙厚待 恩旣如山 大人之德 萬死當報 而但乞粮之人 所請何事. 監役答曰 余年老之 後得五男子 仍爲嬌兒 不學文字 年將二十 姓名未記 良可歎也. 若得與君 同處二年 則君之文字 可效萬一 吾君未可副 此老人之願也. 屋雖鄙陋 可以容君子之身 家雖貧窮 亦可以保尊母之供 君若來在於此 則萱堂供養之物 吾當辦送 以除君憂. 生得聞此語 內喜自負. 桂仙亦聞此言 喜不自勝. 李生避席而告曰 不我遐棄 爲教至此 感心銘骨 恐大恩之未報 自知才乏 恂人師之 爲患然 太人之教 如是丁寧 敢不從命. 今日歸家 告于偏母 五日後 則當爲來留矣.

監役命蒼頭 具鞍馬 騎送之時 再三固請 慇懃而別 又命奴子 載十餘馱 追後輸納 于李生家.

生歸告其母曰 皇天明鑑 母願將遂 千萬幸甚. 母黃氏 亦不勝欣幸之至. 監役卽構別堂於中門外 期日送人馬 以書邀來 使子約爲 兄弟日夜同接 共論詩書. 監役之子 得李生之後 向意學文 此前稍勝 李生亦自往李家之後 厥母衣食 旣得無憂 自已之革 亦得稱意 而但門戶極嚴 內外隔絶 所願之事 無可奈何 百計量度 已反三春矣.

一日監役 以切親返魂 率其子 出往郊外 室內則 往于姪女婿家 翌日
當還矣. 李生獨在書堂 雖欲唐突入去 畏其奴不敢奮計 欲書以見女意
而靑鳥難得瞻望內舍 只自傷神而已 忽見有一婢 名玉榮者 一小紅裸 抱
於懷中 以來中門 走出蒼黃 生怪其行色 捉出紅裸 乃黃金百餘量也. 生
詰問曰 此金如是 主家之金 而汝今偸去 吾將訴主人矣. 玉榮不敢欺 以
宗告之曰 若蒙郎君救濟恩 則妾雖萬死圖報矣. 李生意請 因此可得奪取
銀裸 藏于筒中 因曰 汝之死罪 吾旣報焉. 吾之所請 汝能周旋否. 玉榮曰
妾以郎君見幸 得存生 雖死之事 惟當從教. 李生附耳告曰 吾所請者 只
在汝家寶娘子耳. 玉榮笑而答曰 此易矣 如反掌也. 吾家進士 旣以妾許
給娘子 死生相托 日夜同處. 頃者 郎君初來之時 窺見窓穴 歡仰風采 其
夜與妾 私語曰 父母爲我 求婚而美婿之得 人之所願 難若如今日之客者
稱我意乎云耳. 今聞郎君之符於娘子之意. 吾當極力周旋 以謝再生之
恩.

李生問曰 以娘子名字云何. 答曰桂仙也. 又曰 文乎. 答曰能. 李生卽
濡筆 題詩封給 玉榮傳之. 玉榮進于桂仙曰 適出別堂 則旅客晝寢 周覽
房中 則一封紙 在於几(臺)상(上) 潛取而來 不知所書云何. 桂仙開視之
乃一絶句也. 腸雖深春柳 魂飄落日邊 何當生羽翼 遇訪月中仙 覽畢微
笑 吾與汝相約 死生何不以宗言之 無以詭(詭)術 給我乎 朱驫之任 再
可能否. 卽和其詩 付于玉榮. 玉榮以詩 傳于李生. 李生驚喜 茫如墮煙霧
卽見其詩則 春暮南山下花紅路北邊 欲將掃抑意 尋見武陵仙. 生覽畢
拜謝以其銀 還給玉榮曰 瑤華一絶 直當千金 吾之所願 終若有成則 重
報厚恩. 玉榮笑曰 受命娘子 致書郎君 職分內事 豈望報乎. 玉榮還置 內
藏之所.

李生覽詩之後 情不自堪 又告玉榮曰 旣得其書 不見娘子 此日何堪玉

榮. 王榮善爲 設策使我 得我得見娘子 今日千萬幸甚. 王榮唯唯 入告于
桂仙 旣見李生之容貌 又見娘子 不禁春情 告于王榮曰 今雖欲相見 晝
則奴婢滿宅 夜則室內 俱爲還來 爲之奈何 王榮曰 吾聞進賜秀才 以其
返魂 乘昏入來 因參祭故 今日來歸 室內之行 亦當明日還家 此正相會
之秋也. 桂仙曰 此宗天授. 余安固辭. 李生之來否 只在汝策 汝須好策之
毋使婢僕漏泄 幸甚 王榮出而 告夜以爲期. 生驚喜顚倒 莫知所爲 眼懸
西天 惟待日暮而已. 日沈咸池 奄及黃昏 于時三春十五日 夜月明如晝
萬?俱寂 獨倚窓椽 苦待玉榮 夜已深二更點矣. 玉榮自內而出 細聲而呼
生曰李生李生佳期 知否. 生驚起出戶則 玉榮攜手而入 踰門數三室兪深
矣.

到于一房則 靑燈耿耿 玉窓乍開 月光滿地 庭深如晝 千花百草 繞飛
窓前 別一世界 王榮開窓而告曰 李郎至矣. 桂仙疾出 而迎入于房中 粉
壁玲瓏 枕席燦爛怳惚 人間不能盡記. 桂仙明眸皓齒 態度停停 分席坐
微笑 而語曰 外堂之客 冒夜入來 其有罪乎. 李生亦笑曰 天與不受 反受
其殃 今夜之期 吾得失乎. 桂仙曰 郎君不以妾卑期今 遂目下之逢 今日
之事 有同鄭衛之風 失身之罪 第女子欲得賢夫之心 何異於男子求賢妻
之心乎. 吾家父母 爲我求婚 而容貌才器 稱意者也 遷延未定 至于今矣.
頃者 郎君之來 妾窺窓穴 效文君之舊事 不無失身之致 不顧 則永守一
節 空老深閨 唯願郎君 詳度遠慮 無使妾身 抱寃池日. 生欣然一笑曰 娘
子之心 果如是則 余豈改終

而但所畏者 娘子父母 以一女子 肯許於貧賤之人乎. 桂仙曰 旣定於
我則 妾當期死 終期此約.

生卽請紙筆 共書爲盟曰 天荒地老 此約無改 有下芳盟 鬼神可質書
卑. 桂仙使玉榮 取酒而來 玉盤珍味 怳若仙羞梨花酒 盃氣醺醺 桂仙纖

纖玉手 强執紙筆 題歌一曲. 其詞曰 今夕何夕 時惟三春 風習習 月團團
兒女春情不自堪 宿願今成事 雖死無憾. 生卽和其詞曰 夜深香閨 月白
庭心 酒一盃歌一曲 此日寧無蕩子情爲幸 今日偶逢姮娥. 題畢撤床滅燭
遂與眠枕 溝觀之樂 雲雨之情

極其相得 無所不至而已. 月隱西垣 鷄鳴遠村. 玉榮告曰 丁東玉淚 已
報四更 進士秀才 將及至矣. 桂仙驚起 謂生曰 郎君可出矣.

生愕然作別 心神散越 抱腰垂淚 不忍出去. 桂仙偸香盜壁 君過已多
鑽穴踰墻 妾罪亦深 此事彰露 親庭倘知則 非但有罪於妾身 郎君之大禍
亦不可測秘跡 莊蹤更勿 如是以雁幣之禮 以續今日之樂可乎. 妾以罪質
旣許郎君 更須當以竢. 良辰生領 可其言揮淚 解其所着 赤於投于桂仙
曰 以此爲信母使相忘相忘, 桂仙亦解所御指環 以賜李生 李生出于外堂
則 監役秀才 已至門外 幾至事覺 幸而得免 自是而後 內外隔絶 無路更
對 二人恐心 徒切戀戀 只使玉榮往來 書詞而已. 其間書詞 不能盡記.

歲月如流 已經一載矣. 因此夜 深已成痼疾 一夕玉榮 泣告于生曰 今
聞娘子親事 定於一處 婚日只滿 二十餘日云. 生愕然垂淚曰 爲之奈何.
仍玉榮簡致于桂仙 其札曰 得聞延新之日 只隔半月云 悅人之客想 必修
牒 今我一札 因知齟齬 而芳盟已堅我心 不忍先負 敢此封書 幸須勿咎
昔之盟 雖曰深矣. 而其於娘子 得人之日 必不思我人間 更得相對 臨筆
惘然 不知所書. 桂仙覽畢 驚謂玉榮曰 是何人也. 玉榮以其定婚之意告
之 桂仙慽慽 額飮泣曰 我雖無狀 寧負其約 卽修謝札 致于生前 其札曰
薄明妾桂仙 謹修答札 于李郎足下 一蒙恥顧 情誼旣重 靡他一節 死於
爲期 今日見君書 方在潰潰之罪 倘使父母 終奪吾志則 殘命而已矣. 人
間旣爲箕箒之約 地下可期 相逢之樂而已. 臨紙嗚咽 辭不能盡記. 生覽
畢 胸襟若割 心不定矣. 生忽然思之 雖在於此 小無所益.

遂告監役曰 婚日不遠 居處不便 今歸家 而待婚日之後 更來爲可. 監
役許其歸. 生卽日歸家 而心魂長在 李家寢食不自安 日夜摧心 但撫指
環而已. 桂仙戀生之心 一弛于中 所贈赤衫 着身不解 自聞定婚之後 卒
得心疾症勢極重 監役夫妻 悶其病勢危急 醫萬方不見 寸效 症患漸急.
已至十餘日 而婚日 只隔三四日.

監役夫妻 親自救病 桂仙一日 氣塞移時 僅以得蘇 監役拭淚 而撫桂
仙曰 天降酷禍 汝病如是 父母之情 何不堪忍 汝之平生所願何事也. 今
若聞之則 汝雖死後 吾當從此死者 無憾矣. 桂仙開眼細語 而告曰 所願
不在於死後. 只在今日耳. 監役曰若在今日則 何難之有 願聞汝言 以致
父母之無憾. 桂仙以手探于懷中 出數封書 以示父母曰 小女在於今日父
母之願 父母恕此徵情. 監役開封視之 乃與李生私通之書也. 監役愕然
之中 還作喜色曰 倘遂汝意則 病乃蘇乎. 對曰然. 監役曰甌已破矣. 寧不
諧汝願 卽日以辭退 托前定之處 送奴馬 請李生.

李生不知所招之由. 惟恐其死覺 欲往則 恐彼詬辱 不往則 畏增彼疑
千萬狐疑 唐突而進 玉榮在於門外而笑曰 郎君今日之事 無疆哉. 生爲
知好息 消解疑 入于監役前 拜初畢 監役引致前曰 吾家女息 思君成疾
命在頃刻 私通之律 固若難免 而今以父母之私情 不忍愛子之心 將欲急
遂于○之樂 不知君意 如何. 生叩頭謝罪曰 今蒙救活 恩莫大焉. 小子不
禁春情之所欲 偶然月下幸遇 令玉友之解佩 其罪貫盈 萬死無惜 不以我
罪 反以??室 爲敎心誠 感而同知所喩 下敎之意則 吾不敢請固所願也.
監役曰 此事彰聞則 爲人所笑 君須歸家 愼勿煩播 以待媒約 速定吉日
可也.

生拜謝而歸 以其意 告于黃氏 大喜顚倒 不覺折齒. 監役使媒者 往復
李生家 因探吉日 桂仙自是之後 病勢快復 顏色依舊 朝暮理粧 以待婚

期 李生家幣 叚衣服器具 什物 皆李監役家所送也.

　是日 李生帶黃金 跨白馬 意氣揚揚 自得焉. 李生至於內室則 桂仙戴
花冠着龍衫 玉貌花頰 儼若仙娥也. 親延禮畢 入于房中則 粉壁紗窓.

　於是依舊 分鏡再圓 情意眷眷 可傳後世 一大奇觀好談也.

Ⅱ. 새로 발굴한 활자본 고소설 〈계명산〉

* 자료 해설

〈계명산〉은 고소설이다. 지금까지는 그 제목만 알려졌을 뿐 실물은 소개된 적이 없다. 조희웅의 《고전소설 연구자료총서》(집문당, 2000) 에서도 제목만 나와 있을 뿐 아무런 정보가 없다. 이주영의 《구활자 본 고전소설 연구》(월인, 1998), 213쪽의 '부록'에서 '삼국지(계명산) 1928 / 태화서관 / 36면'이라고만 소개하고 있을 따름이다. 실제 내용 은 못 본 상태에서 목록상으로만 제목이나 서지사항을 밝히는 선에서 머물러 있었다는 것을 알 수 있다.

우연한 기회에 필자는 이 작품의 실물을 볼 수 있었다. 홍윤표 교수 가 소장하고 있는 딱지본소설인데, 표지와 본문은 이상이 없으나 아 쉽게도 판권란 부분이 떨어져 나간 상태이다. 하지만 면수가 36면인 것을 미루어, 이주영 책에 소개된 태화서관의 1928년판임을 알 수 있 다. 글자수를 계산해 보니 대략 25,000자 즉 200자 원고지로 120여 장 분량이었다. 제목 '계명산'은 장자방이 항우를 몰락시킨 결정적인 사 건이 가을날 달밤에 퉁소를 불어 초나라 군사의 마음을 심란하게 만

들어 전의를 상실한 채 흩어지게 만든 일인데, 퉁소를 분 산 가운데 하나가 바로 '계명산'이었던 데서 붙여진 것이라 여겨진다.

내용을 검토한 결과, 〈장자방전〉의 이본임이 확인되었다. 주지하듯 〈장자방전〉은 중국 〈서한연의〉에서 파생된 우리나라 번안소설 가운데 하나인데, 〈계명산〉이 그 이본이라는 게 드러났다. 같은 활자본소설이지만 장회명만 비교해 봐도 상당히 다르다. 1913년 조선서관판 〈장자방실기〉와 비교해 보면, 우선 차례 구성이 다르다. 조선서관판은 상하 2책이며 장회도 31회나 있지만, 홍윤표교수소장본(태화서관판으로 추정)은 단책이며 장회도 6회로 되어 있다. 맨 앞부분과 마지막 부분만 비교해 보이면 다음과 같다. 앞의 것이 조선서관판, 뒤의 것이 여기에서 홍윤표교수소장본(태화서관판으로 추정)이다.

제1회 역〈를어더박낭에슈릭를치고 노인을만나이교에신을줏다

화셜 륙국시졀에 한나라의 흔 현〈 잇스되 성은 장이오 명은 량이오 〈〈 〈방이니 본듸 잠영거족으로 오듸 한나라 졍승이라. 량이 어려서붓터 총명이 영오ᄒ여 ᄒ나흘 드르믹 녈을통ᄒ〈 지죠러라. 일즉 진인을 만나 학업이 셩취ᄒ믹 졔셰안민지칙을 품엇더라. 각□□잇씨쥬실이 미약ᄒ고 졔후 강셩ᄒ여 강국이 일곱이니 초나라 조나라 한나라 위나라 연나라 졔나라 여섯 나라이 관동에 쳐ᄒ여 병졍양죡ᄒ고 진나라는 관즁에 웅거ᄒ여 더욱 강셩ᄒ여 일곱나라이 셔로 싸호기를 쉬일 날이 업더라.

제1회 張良求力士擊副車 장량이력〈를구ᄒ야부거를치고 坧橋逢老人得兵書 이교에셔로인을만나병셔를엇다

화셜 륙국시졀에 한나라 회양셩에 일위 명시 잇스니 셩은 쟝이요 일
혼은 량이요 즈는 즈방이라. 스람되오미 ᄀ장 총명ᄒ고 문혁이 ᄯ혼 광
박ᄒ고 지긔 스람의 지나미 잇더라. 그 조부는 한나라 긔국공신 즈손
으로 소후 환해 왕양 이왕 삼조에 졍승으로 잇셔 나라ᄒ 어질니보필ᄒ
ᄉ 이음 양슌ᄉ시 만민의 질고를 살펴 졍ᄉ 붉으니 나라히 동량지신이
라. 우슌풍조ᄒ며 시화셰풍ᄒ며 국틱민안ᄒ고 산무도젹ᄒ며 도불습유
ᄒ야 ᄉ히 안평ᄒ야 요슌지치를 일우니 빅셩드리 거리거리 격양가를
블으더라. ᄯ 부 공평은 이왕 탁혜왕 량조에 졍승으로 잇셔ᄯ혼 나라를
도으미 츙셩을 다ᄒ고 만민을 무휼ᄒ기를 힘쓰니 조야 그 쳥덕을 일컷
지 아니리 업더라. 희라 즈고 이릭 모망키 어려온 바는 스람에 명이라.
쟝공평이 우연 득병ᄒ야 빅약이 무효ᄒ니 즈방이 쥬야로 근심ᄒ야 불
탈의ᄃ ᄒ고 야불침슉ᄒ며 텬디신명게 츅슈ᄒ니 지셩으로 시탕을 극진
히 ᄒ듸 맛침닉 일분춘회 업고 탁혜왕 십삼년 츈졍월에 속졀업시 셰상
을이즈니 공의 나히 바야흐로 오십일셰에 일으럿더라. 그 졍실부인 최
씨와 다못 아즈 량이 텬붕지통을 당ᄒ미 호텬극ᄒ니 긔운이 즈로 막혀
인ᄉ를 모르니, 부인이 ᄯ혼 망극지통을 당ᄒ니 슬픈 마음을 억졔치 못
ᄒ나 계오 강잉ᄒ야 아즈를 붓드러 쳔만관회ᄒ야 초종을 다스릴ᄉ 례
를 다ᄒ셔 션산에 안쟝ᄒ 후 모부인을 지효로 셤기며 농ᄉ에 힘쓰미 범
ᄉ에 구간ᄒ미 업더라.

제31회(최종회) 한왕이공신을크게봉ᄒ고 유후가젹송즈를ᄯ라도인
ᄒ다

일일은 즈방이 곡셩산하의 ᄂ아가 홀연 황셕 일편을 보고 탄왈 셕일
이교에셔 닉 스승 말슴이 타일 곡셩산하 황셕이 곳 닉라 ᄒ더니 과연이
로다 ᄒ고 나아가 졀ᄒ고 드듸여 ᄉ당 지어졔ᄒ니라. 션시에 즈방이 상

산 ᄉ호를 나라에 쳔거ᄒ여 틴ᄌ를 보호ᄒ엿더니 이에 일으러ᄉ호로 더부러 인간공명을 하직ᄒ고 젹숑ᄌ를 ᄎᄌ ᄌ쳥산으로 표연이 가니 라.

제6회(최종회) 漢王封功臣爵賞 한왕이 공신의 작상을 봉ᄒ고 張良 尋訪赤松子 장량이 젹송ᄌ를 찻다

픠왕이 쟝탄 왈 텬지망이니 내 엇지 건너가며 이제 팔편 데지 훗터졋 스니 비록 강동 부뫼나르 어엿비 녁여 왕을 습으나 하면목으로 부로를 보리오 ᄒ고 필경은 ᄌ문이ᄉᄒ니라. 희라 항왕이 진시황 십오년에 나 셔 대한 오년 동십월에 오강에셔 죽으니 삼십일셰러라. 항왕이 임의 죽 으니 초싸히 이에 평졍ᄒ니 한왕이 쟝량으로 유후를 봉ᄒ고 식읍을 삼 만호를 ᄉ급ᄒ고 기여 쇼하 등 십여인을 다 차례로 봉작하니라. 차편이 ᄉ긔에 잇는 고로 딕강 긔록ᄒ야 후인을 보게 ᄒ노라.

분량으로 보면, 조선서관판이 훨씬 길다. 홍윤표교수소장본(태화 서관본 추정)의 경우, 최종회의 제목에서는 장량이 적송자를 찾아가 는 삽화가 등장할 것 같이 되어 있으나, 막상 본문에서는 항우가 자결 하는 장면과 장량이 제후에 봉해졌다고 되어 있어, 제목과 본문이 일 치하지 않고 있다. 어쩌면 후자는 전자를 바탕으로 한 권 분량으로 축 약하는 과정에서, 제목을 본문에 맞추어 제대로 수정하는 작업을 치 밀하게 하지 못했기 때문에 나타난 현상이 아닐까 여겨진다. 이런 점 을 포함해, 앞으로 양본간의 차이에 대해 별도로 상세한 고찰이 이루 어져야 하리라고 본다.

고대고설 계명산

* 이하 원전과 동일하게 재입력하되 동일한 글자임을 표시하는 ㄨ ㄨ 형태의 부호는 원래의 글자를 적어주었으며, 마침표와 물음표 및 더러 쉼표를 넣었음. 글자가 마모된 부분은 ○ 표시를 하였음.

데일회
張良求力士擊副車 장량이 력〻를 구ᄒ야 부거를 치고
圯橋逢老人得兵書 이교에서 로인을 만나 병셔를 엇다

화셜 륙국 시절에 한나라 회양셩에 일위 명〻 잇스니 셩은 장이요 일혼은 량이요 ᄌ는 ᄌ방이라. 사람되오미 ᄀ장 총명ᄒ고 문혁이 쏘ᄒ 광박ᄒ고 지긔 사람의 지나미 잇더라. 그 조부는 한나라 ᄀ국공신 ᄌ손으로 소후 환해 왕양 이왕 삼조에 경승으로 잇셔 나라흘 어질니보필홀ᄉ 이음 양슌〻시 만민의 질고를 살펴 졍〻 붉으니 나라히 동량지신이라. 우슌풍조ᄒ며 시화셰풍ᄒ며 국퇴민안ᄒ고 산무도적ᄒ며 도불습유ᄒ야 〻히 안평ᄒ야 요슌지치를 일우니 빅셩드리 거리거리 격양가를 블으더라. 쏘 부 공평은 이왕 탁혜왕 량조에 경승으로 잇셔쏘ᄒ 나라를 도으미 츙셩을 다ᄒ고 만민을 무휼ᄒ기를 힘쓰니 조야 그 청덕을 일컷지 아니리 업더라. 희라 ᄌ고 이릭 모망키 어려온 바는 사람의 명이라. 장공평이 우연 득병ᄒ야 빅약이 무효ᄒ니 ᄌ방이 쥬〻로 근심ᄒ야 불탈의딕ᄒ고 야불침슉ᄒ며 텬디신명게 츅슈ᄒ니 지셩으로 시탕을 극진히 ᄒ딕 맛침닉 일분촌회 업고 탁혜왕 십삼년 츈졍월에 속졀업시 셰상을 이즈니 공의 나히 바야흐로 오십일셰에 일으럿더라. 그 졍실부인 최씨와 다못 아ᄌ 량이 텬붕지통을 당ᄒ미 호텬극ᄒ니 긔운이 ᄌ로 막혀

인소를 모르니, 부인이 또흔 망극지통을 당흐니 슬픈 마음을 억졔치 못
흐나 계오 강잉흐야 아즈를 붓드러 쳔만관회흐야 초죵을 다스릴식 례
를 다흐셔 션산에 안쟝흔 후 모부인을 지효로 셤기며 농소에 힘쓰미 범
소에 구간흐미업더라. 셰월이 여류흐야 긔년이 지나고 또 일년을 당흐
미 삼상을 필흐니 부인과 즈방이 시로이 망극흐니 하늘을 부르지져 통
곡흠을 마지 안터라. 츠시는 한나라 긔쉬 진하엿는고로진시황이 한국
을 멸흐얏는지라. 츠시에 쟝즈방이 나히 겨그므로 나라의 몸을 허흐지
아니흐얏스나 한국이 임의 불힝흐야 임의 파흐고 가동 삼빅 여인이 국
난을 인흐야 소망흔 지 무슈흐나 겨마다 쟝소를 지닐 길이 업는지라 불
승망극흐야 흐는지라. 즈방이 이런 광경을 보미가쟝 측은흔지라. 즈긔
에 가지를 닉여 그 시톄를 각각 쟝소지닉 쥬니 인니친쳑이며 그 쳐즈
권속드리 쟝싱의 틱산ᄀᆞᆺ튼 은덕을 칭찬 아니리 업더라. 션시에 쟝량
의 집 오디 한나라를 셤기미 졍승을 지닉더니 진이 이졔 한국을 쵸멸
흐므로 나라홀 위흐는 츙심을 발흐야 아못조록 보슈홀 뜻을 두고 발분
망식흐야 이에쳔하 력소를 어더 진시황을 잡아 박살코즈 흐야 별노히
쳘퇴 흐나홀 만드니 즁이 거의 일빅근이 남은지라. 즈방이 력소 일인을
어더 드리고 두루도라단이며 틈을 엿보더니 츠시에 진시황이 맛참 동
문을 나 슌슈홀식 쟝즈방이 이를 알고맛초아 력소를 다리고 박낭즈즁
의 나가 진시황의 탄 거가를 싸르니 잇썬 시황의 마음에 항상 불의지변
이 잇슬가 크게 넘려흐미 업지 아니흐므로 미리 방비코즈 흐야 힝진홀
식 이에부거를 압셰고 단니더니 즈방은 일즉이 일을 아지 못흐고 력소
로 흐야금 그럿 진시황에 부거를 맛츤지라. 불힝이 우림군의게 잡힌 빅
되니 시황이 딕로흐야 력소를 나입흐야 츄문왈아지 못게라 뉘 너를 ᄀ
르쳐 나를 히흐라 흐더뇨 만일 실소를 즉고치 아니흘진딕 당당이 죽기
롤 면치 못흐리라 흐니, 력소 쳥파에 불승기분흐야 눈을 부릅쓰고 두

발이 상지ᄒᆞ야 니를갈며 ᄭᅮ지져 왈 닉 텬하만민의 도탄을 건지려ᄒᆞ기
로 이제 무도흔 무리를 박살ᄒᆞ야써 ᄉᆞ희를진졍코ᄌᆞ ᄒᆞ미요 엇지 남의
ᄀᆞ르치믈 바다 일을 힝ᄒᆞ리요 ᄒᆞ더라. ᄌᆞ방이 나라를 위ᄒᆞ야 원슈를 갑
흐려 쳔신만고ᄒᆞ야 력ᄉᆞ를 구히 시황을 업시코져 ᄒᆞ더니 ᄯᅳᆺ과 갓지 못
ᄒᆞ야 맛참닉일을 일우지 못ᄒᆞ니 분긔를 니긔지 못ᄒᆞ야 이에 가만이 ᄉᆞ
이길을 도라 집으로 오니라. 시황이 장ᄌᆞ방에 소위는 젼연이 알지 못
ᄒᆞ고 환관 조고로 ᄒᆞ야금 력ᄉᆞ를 형틀에 올니고 형구를갓쵸와 엄형ᄒᆞᆯ
ᄉᆡ 미미고찰ᄒᆞ여 츄문하나 실ᄉᆞ를 즉고치 안코 마침닉 스스로 머리를
부듸쳐죽으니 엇지 이셕지 아니ᄒᆞ리요. 시황이 력ᄉᆞ에 여츠 죽으믈 보
나 일호가긍ᄒᆞ는 마음은 업고 도로혀 익익대로ᄒᆞ야 텬하에 젼지를 나
리와 력ᄉᆞ를 가르치던 도적을 실포ᄒᆞᆷ을 일으고 부듸 구식하야 밧치는
지 잇스면 맛당이 쳔금상을 나리고 또 만후후를 봉ᄒᆞ리라 ᄒᆞ니 ᄉᆞ방졔
후와 각도 ᄌᆞᄉᆞ지현이 다 사름을 노하 력사를 쉭이든 ᄌᆞ를 팔방으로 ᄎᆞ
ᄌᆞ딕 엇지 ᄌᆞ방의 소위를 아라차지리요. 속졀업시 근력만 허비ᄒᆞ고 십
여일이 지나딕 맛침닉 웃지 못ᄒᆞ니라. ᄌᆞ방이 드듸여 셩명을 곳치고 이
에 집을 써나 은신ᄒᆞ랴 ᄒᆞ야 고구 항빅의 집을 ᄎᆞ져가 숨으니라. 원릭
항빅은 다른 ᄉᆞ람이 아니라 초쟝 항연의 ᄌᆞ니 위인이 영호쥰걸이오 ᄉᆞ
람을 ᄉᆞ랑ᄒᆞ며 지식이 과인ᄒᆞ더라. 일즉 장ᄌᆞ방으로 더브러 교도를 믹
지믹 교계 심후ᄒᆞ야 피츠 셔로 의심을 두지 안터니 이날 ᄌᆞ방의 일으믈
보고 막심환희ᄒᆞ야 후원별당에 잇게 ᄒᆞ고 믹일 슐을주어 연음ᄒᆞ믹 공
궤지졀이 극진ᄒᆞ므로 ᄌᆞ방이 머므더니 일일은 ᄌᆞ방이 한가ᄒᆞ믈 인ᄒᆞ
야 셩밧게 나와 이교 가에 셧더니 문득 일위 로인이 황의를 입고 빅발
을 훗날니고 다리 우흐로지나가더니 ᄌᆞ긔 신은 신이 벗겨져 진흙에 ᄲᅡ
지니 로인이 스스로 집어닉지 못ᄒᆞ믹 짐짓 쟝ᄌᆞ방을 불너 왈 유ᄌᆞ는 모
르미 슈고를 혜지 안코 나의 ᄲᅡ진 신을 드러가 능히 건져닉여 쥴소냐?

량이 눈을 드러 그 로인을 즈셰히 살펴보니 송형학골에 상뫼 쥰슈ᄒ야 신션이 하강ᄒ듯ᄒ지라. 그 말슴을 듯고 일분도 괴로와ᄒᄂ 마음을 두지 아니ᄒ고 즉시 응명ᄒ고 급히 나가 신을 취ᄒ야 쌍슈로 신을 밧드려 ᄭᅮ러 드리ᄃ 십분 공슌이 ᄒ야 견즈로 ᄒ야곰 감동ᄒ게ᄒᄂ지라. 로인이 그 거동을 보고 ᄂᆡ심에 긔특이 여기나 일호 ᄉᆞ식을 발뵈지 아니ᄒ고 쏘신을 진ᄃ다 ᄲᅢ지고 쟝량을 블러 건져오라 ᄒ고 지촉ᄒᄂ지라. 즈방이 조곰도 낫빗츨 곳치지 아니ᄒ고 또 나아가 신을 건져다가 지셩으로 밧드러 드리거늘 로인이 신을 밧고 문득 소왈 이 아히 진실노 셩의 여ᄎᆞᄒ니 족히 나의 도를 ᄀᆞᄅᆞ침즉ᄒ도다 ᄒ고 다시ᄂ ᄒ 말도 일으지 아니ᄒ고 몸을 동ᄒ야 동다히를 바라고 다리로 지나가거늘 즈방이 ᄂᆡ심에 ᄀᆞ장 의아ᄒ기를 마지아냐 뒤를 조ᄎᆞ 그 로인의 가ᄂ 냥을 멀니 보니 그 로인 슈리를 가다가 이에 몸을두루혀 다시 도로 와 즈방을 보고 텬연이 일너 왈 내 이제 유즈를 일즉 가르칠 말이 잇스니잇지 말고 ᄂᆡ 일붓터 오일이 되거든 평명을 기다려 이곳에 와 나를 기다리되 부ᄃ 등한이 알지 말고 날노 ᄒ야금 고ᄃᆡ케 말지어다. 즈방이 더옥 긔이히 역녀 로인 겻티 나아가 궤복슈명ᄒ 후 로인을 비별ᄒ고 몸을 두루혀 항빅에 집으로 도라왔더니 이러구러 셰월이 물흐름 ᄀᆞᆺᄒ여 오일이 되ᄆᆡ 량이 일즉 이러 관소ᄒ고 그곳에 나아가니 거의 평명이 된지라. 로인이발셔 닐의럿거늘 즈방이 로인 압헤 나아가 졀ᄒ야 뵈온ᄃᆡ 로인이 량의 닐으물 보고 대로 왈네 일즉니 이 로인으로 더브러 이에 셔로 모히기를 긔약ᄒ야ᄯᅥ거늘 엇지 일엇트시 늦게 와 나를 보ᄂᆢ ᄒ고 말슴을 맛고 ᄉᆞ미를 썰쳐 도라가며 다시 쟝즈방을 향ᄒ야 일의ᄃᆡ 홋오일이되거든 이곳의 일즉이 나아와 나의 오기를 진심으로 기다리라 ᄒ고 도라갈식 량이 궤복ᄒ야응명ᄒ고 도라왔다가 차오일이 되ᄆᆡ 계명을 응ᄒ야 일어나 관소ᄒ고 밧비 그곳에 나가보니그 로인 쏘ᄒᆫ 몬져 와 기다리ᄂᄋ지

라. ᄌᆞ방의 일으믈 보고 익익듸로 왈 네 어이ᄒᆞ야 이러틋이 게얼이 늦
게 왓ᄂᆞ뇨 ᄒᆞ고 다시 일오듸 훗오일에는 ᄆᆡ오 일즉이 오라 ᄌᆡ삼 당부ᄒᆞ
고 즉시 도라가거늘 ᄌᆞ방이 로인을 보ᄂᆡ고 도라왓더니 훗오일이 되ᄆᆡ
야반 일즉이 니러나 그곳에나아가 보니 로인이 밋쳐 오지 아니ᄒᆞ얏는
지라. ᄌᆞ방이 가장 다힝ᄒᆞ고 깃거 졍히 기다리기를 마지 아니ᄒᆞ더니 이
윽고 로인이 일으러 량이 이에 몬져 왓스믈 보고 크게 깃거 흔연이웃고
왈 네 과연 진심으로 이러틋 극진ᄒᆞ니 가장 긔특ᄒᆞ도다 ᄒᆞ고 이윽히 한
담ᄒᆞ다가 문득소ᄆᆡ 안으로셔 텬셔 세 권을 ᄂᆡ여 쥬며 왈 네 모르ᄆᆡ 이
글을 힘써 공부홀진듸 결단코 후일에 맛당이 왕ᄌᆞ의 스승이 되여 일홈
이 ᄉᆞ히에 진동ᄒᆞ고 ᄯᅩᄒᆞᆫ 문회 혁연ᄒᆞ리니 부듸 이 글을등한이 넉이지
말고 졍셩을 다ᄒᆞ야 쥬야로 슉독ᄒᆞ야 부듸 게일니 말고 닙신냥명ᄒᆞ야
이현부모ᄒᆞ고 국가의 동냥지신이 되라 ᄒᆞ고 ᄯᅩ 일오듸 이후 이십년에
유ᄌᆞ 부듸 나를 차져보랴 ᄒᆞ거든 졔북 곡셩산하에 ᄒᆞᆫ낫 누른돌이 잇슬
거시니 이 황셕은 다른 니 아니요 이곳 내로라 ᄒᆞ고 희허 쟝탄ᄒᆞ고 ᄌᆞ
방의 손을 붓들고 연연ᄒᆞ다가 말을 맛치고 문득 소ᄆᆡ를 썰쳐 도라셔더
니 인홀□□견이러라. ᄌᆞ방이 ᄯᅩᄒᆞᆫ 비회를 씌여 무슈히 탄식ᄒᆞ며 공즁
을 향ᄒᆞ야 ᄇᆞ례ᄒᆞ기를맛고 이에 텬셔 세 권을 거두어 가지고 도라와 별
당에 잇셔 그 텬셔를 ᄌᆞ셰히 보니 이는 틱공 병법이라. 비록 말은 드럿
스나 금시초면이러라. 크게 깃거ᄒᆞ믈 마지 아니코 불쳘쥬야ᄒᆞ고 병셔
를 잠심홀ᄉᆡ ᄌᆞ방이 총명다지하기로 일취월장ᄒᆞ야 무불통지ᄒᆞ더라. ᄌᆞ
방이 이에 집에 잇셔 하비에 머므러 협긱을 모화 세월을 보ᄂᆞ니라. 차
시에 항빅이 살인ᄒᆞ고 다른 듸로가지 아니ᄒᆞ고 쟝량에 집에 와 은신ᄒᆞ
얏더니 세월이 물흐름 ᄀᆞᆺᄒᆞ여 어니 몃십년이 되ᄆᆡ 차시에 진셥등이 군
스를 일르킬ᄉᆡ ᄌᆞ방도 ᄯᅩᄒᆞᆫ 빅여인을 취합ᄒᆞ얏더라. 픽공이 진류를 잇
고력ᄉᆡᆼ으로 광야군을 봉ᄒᆞ니 력ᄉᆡᆼ 왈 신이 쥬공의 과히 사랑ᄒᆞ시믈 바

드나 진나라 파홀 계교업는지라. 이제 흔 사룸이 잇스니 경계지사라. 이 사룸을 어드면 진나라 파흥기를 근심치아니흐리이다. 픽공이 문왈 엇던 사룸이뇨? 력싱 왈 한나라 사룸이니 셩은 쟝이요 명은 량이요 즈는 즈방이니이다. 픽공이 사룸으로 쟝량을 마즈 오니 그 위인이 비범흥믈 보고 대회흐야 쟝즁하의 두어 군무사를 맛기니라. 쟝즈방이 젼일 로인의 쥬든 바 틱공병법을 임의 숙습흐야 무불통지흐미 신출귀몰홈과 호풍환우지슐을 베프러 픽공을 도오니 패공이 쟝즈방의긔이흔 슐이 잇스믈 보미 마음에 착히 녁여 그 모칙을 일일이 좃차 인청계용흐는 고로 차후로는 즈방이 진셥등을 다시 찻지 아니흐니라. 차하를 분셕흐라.

데이회

劉邦拔劒斬白蛇 유방이칼을쌔혀흰빈암을버히고
項伯眞心助劉邦 항빅이진심으로유방을돕다

각셜 유방의 즈는 계니 사룸되미 코마뤼 놉고 룡의 얼골이요 슈염이 아름답고 왼편다리에일흔두 낫 거문스마귀 잇고 스람을 스랑흐고 베풀기를 깃거흐며 뜻이 널러 산입을 일삼지아니흐고 상히 함양에 역스홀시 진시황을 바라보고 탄왈 텬하 대쟝부 맛당이 이곳트리라 흐더라. 단부스룸 녀문이 유계의 상을 보고 공경흐야 왈 신이 스룸 상 보미 만흐디 계에 상곳트 니 업스니 원컨디 계는 스스로 스랑흐라. 신의 녀식이 잇스니 거쳬흐는 어미를 숨아지라 흐고 맛참니 유방과 셩친흐니 이 녀휘되니라 유방이 슐이 취흐야 밤에 못가홀 지닐시 큰빈암이 길을 막앗거늘 계 칼을 쌔혀 빈암을 버히고 도라갓더니 뒤히 오는 스룸이 빈암 쥭인곳의 닐으니 늙은 한미 잇셔셔 졍히 슬피 울거늘 기인이 한미다려 그 우는 연고를 무르노괴 울음을 긋치고 딥흐야 굴오디 닉 아들은 빅졔즈라. 화ᄒ야 비암이 되얏더니 이졔 일으러 젹계즈에 손에 버힌 비되엿다 ᄒ고 인ᄒ야 뵈지 안커늘 그 ᄉ름이 계를 와 보고 그 말을 고ᄒᆫ딕 계 홀노 그말을 듯고 닉심에 깃거ᄒ물 마지 아니ᄒ더라. 유방이 비암을 버힌 후로 일이 마음딕로 슌셩ᄒ미 잇고 솟다온 일홈이 텬하에 진동ᄒᄆᆡ ᄉ방에 붓좃는 지 슈빅 여인이 남고 위령이 점점 셜치ᄆᆡ 패현 연쥬리 소하 조참이 패즁부로 와 번쾌로 더브러 패령을죽이고 유방을 셰워 패령을 삼고 긔치를 다 붉게 ᄒ니 대긔 젹계즈의 참언을 응ᄒ미러라. 열흘이 못ᄒ야 패현 즈졔 등 삼쳔인을 어더 진승으로 더브러 합병ᄒ야 진나라를 치니라.

각셜 항냥은 초장 항연의 아들이라. 일즉 ᄉ름을 죽이고 형의 아들 젹으로 더브러 오나라히 슘어 원슈를 피ᄒ고 젹을 글을 ᄀᆞ르치딕 일우지 못ᄒ고 검슐을 ᄀᆞ르치딕 일우지 못ᄒᄆᆡ 양이노ᄒ야 대칙ᄒ니 젹이 굴오딕 글은 다만 셩명을 긔록홀 거시요, 칼은 ᄒᆫ ᄉ름을 딕젹홀 뿐이라. 가히 만ᄉ름을 딕젹ᄒ는 법을 빈화지이다 ᄒ니, 양이 젹의 말을 듯고 크게 깃거ᄒ야 드딕여 병법을 ᄀᆞ르치니라. 젹의 신장이 팔쳑이 남고 힘이 능히 구졍을 들고 지긔과인ᄒ더라. 차시의 항냥이 ᄯᅩ한 초회왕이 되니 쟝량이 나가 항냥을 보고 의리로ᄡᅥ 달닉여 왈 군이 이졔 임의 초의 셨스니 한공즈 희양은 가장 어질고 익인하ᄉᄒ야 족히 치졍홀 듯ᄒ니 셰워 왕을 삼으미 맛당홀가 ᄒᄂᆞ이다 ᄒᆫ딕, 항냥이 쟝량의 일으는 말을 듯고 그러홀 듯ᄒ지라. 이예 종기언ᄒ야 즈방으로 ᄒ야금 구ᄒ야 희양군 셩을 셰워 한왕을 삼으니라. 잇씨 픽공이 낙양으로 힝홀식 즈방이 군ᄉ를 인ᄒ야 픽공을 도아 드딕여 한국 십여셩을 처셔 크게ᄭᅵ쳐 ᄲᅢ이고 ᄯᅩ 양웅군을 대파ᄒ니 위엄이 쳔하의 진동ᄒ더라. 픽공이 셩의 드러가 빅셩을안무ᄒ고 소과군현의 츄호를 불범ᄒ고 계견을 놀닉지 아니ᄒ니 민심이 열복ᄒ야 그 덕을 칭숑치 아니리 업더라 이에 한왕으로

ᄒᆞ야금 셩을 굿게 직희게 ᄒᆞ고 ᄌᆞ방으로 홈게 나가 남방을 칠시 완셔로붓터 무관에 드러가니라. 픽공이 쟝차 군ᄉ 이만명을 거ᄂᆞ려 진을 치려 ᄒᆞ거늘 ᄌᆞ방이 일너 ᄀᆞᆯ오ᄃᆡ 이제 진을 치려 ᄒᆞ시미 크게 불가ᄒᆞᆯ가 ᄒᆞ야이다. 어린 소견의 혜아리건ᄃᆡ 진나라히 ᄯᅩᄒᆞᆫ 굿세고 견고ᄒᆞ니 가히 경젹지 못ᄒᆞᆯ지라. 신은 일즉 드르니 가히 군ᄉᆞ를 드러 그 ᄂᆞ라ᄒᆞᆯ 치고ᄌᆞ ᄒᆞᆯ진ᄃᆡ 아직 견벽불출ᄒᆞ고 져의 예긔를 길너 후일에 ᄂᆞ아가 ᄃᆡ젹ᄒᆞᆯ진ᄃᆡ 니ᄒᆞ리니 이는 병법의 일은 말니라. 원컨ᄃᆡ ᄃᆡ왕은 급히 동병치 마르시고 후일을 기다리소셔 ᄒᆞ니 공이 쳥파의 그 말을 올히 넉여 이의 군을 모도와 진듕의 둔취ᄒᆞ고 이의 ᄉᆞ름으로 ᄒᆞ야금 말을 지어ᄂᆡᄃᆡ 군ᄉ 오만명을 영듕의 둔취ᄒᆞ얏다 ᄒᆞ고 긔치를 ᄂᆡ여 모든 산샹에 두루 ᄭᅩᄌᆞ 젹병으로 ᄒᆞ야금 의혹ᄒᆞ미 잇게 ᄒᆞ고 ᄯᅩ 역싱을 명ᄒᆞ야 쥼보를 가져 진쟝을 난화 쥬게 ᄒᆞ니 진쟝이 쥼보를 져마다 엇고 희열ᄒᆞᆷ믈 마지 아냐 틱반이ᄂᆞ 귀슌ᄒᆞᆫ는지라. 픽공이 ᄯᅩᄒᆞᆫ 힝희ᄒᆞ야 진병의 귀슌ᄒᆞᆷ믈 보고 합병ᄒᆞᆫ 후 셔흐로 나ᄋᆞ가 한양을 엄습ᄒᆞ라 ᄒᆞ거늘 ᄌᆞ방이 간ᄒᆞ야 ᄀᆞᆯ오ᄃᆡ 이 군ᄉᆞ를 홀노 빈반ᄒᆞ고 ᄉᆡ로이 ○항ᄒᆞᆫ지라. 그윽히 두리건ᄃᆡ ᄉᆞ졸드리 군령을 조ᄎᆞ 힝치 아니ᄒᆞᆯ가 ᄒᆞ오니 만일 불응ᄒᆞ미 잇스면 반다시 위틱ᄒᆞᆯ지라. 찰하리 본국병을 거ᄂᆞ려 침만 ᄀᆞᆺ지 못ᄒᆞ니이다. 픽공이 그 말을 좃차 이의 군ᄉᆞ를 조발ᄒᆞ야 진국을 쳐 크게 이기고 드ᄃᆡ여 븍으로 ᄂᆞ가 남젼에 니르러 ᄯᅩ 싸홈을 도든ᄃᆡ 크게 교젼ᄒᆞ니 진병이 대픽ᄒᆞ야 쟝졸에 죽엄이 여산ᄒᆞ고 피흘너 ᄂᆡ히 된지라. 진왕이 연ᄒᆞ야 대픽ᄒᆞ야 픽군지쟝이 되얏는지라. 진듕의 량초 진ᄒᆞ고 구완병을 기다리ᄃᆡ 응진치 아니ᄒᆞ니 셰무ᄂᆡ하라

감히 다시는 싸홀 마음을 두지 못ᄒᆞ고 홀일업셔 이에 나와 항셔를 써 올니거늘 패공이 크게 승쳡ᄒᆞ고 이날 진궁에 드러가 보니 궁실이 가쟝 쟝려ᄒᆞ고 은금쥬옥이 고듕에 가득이 싸혀잇고 비단 쟝막이 좌우에 버

려 잇고 구마 슈쳔필이 잇스니 이 말은 다 쳔리룡춍마요 부닉에드러가 좌우를 살펴보니 부녀 쳔여명이 잇스니 다 쳔하일식이러라. 기외 허다 흔 긔구는 이로 다 긔록지 못홀네라. 패공이 불승대희ᄒᆞ야 드듸여 머물고져 ᄒᆞ는 뜻이 잇거늘 ᄎᆞ시에 번쾌 닉심에 패공에 머물녀 ᄒᆞᄆᆞᆯ 그윽이 짐작ᄒᆞ고 압히 나가 간ᄒᆞ야 츌ᄉᆞ하시믈 일오듸 즐겨듯지 아니ᄒᆞ고 맛참닉 츌ᄉᆞ치 아니ᄒᆞ니 ᄌᆞ방이 쏘흔 간ᄒᆞ야 굴오듸 이제 진국이 무도ᄒᆞ야맛참닉 나라를 쥬공의게 아인 빅 된지라. 만일 경ᄉᆞ 붉고 유덕홀진듸 엇지 오늘날이 잇스리잇고? 무릇 쳔하를 위ᄒᆞ는 ᄌᆞ는 실덕흔 잔적을 당당이 흔 북에 소졔ᄒᆞ고 어진이를 붓드러힘써 ᄌᆞ뢰흔다 ᄒᆞᄂᆞ니 이제 쥬공이 진셩에 드러오ᄉᆞ 심지지소락을 위쥬ᄒᆞ야 그윽히 안락고ᄌᆞᄒᆞ시나 ᄎᆞ 소위 조걸위학이라. 무릇 츙셩된 말이 귀에는 거스리미 잇스나 힝실에 가장 니ᄒᆞ미 잇고 독약이 닙의는 가장 쓰나 병에는 니ᄒᆞ다 ᄒᆞᄂᆞ니 원컨듸 쥬공은 번쾌에 간ᄒᆞ는 말을 신청ᄒᆞ소서 ᄒᆞ고 직삼 간ᄒᆞ니 패공이 ᄌᆞ방의 간ᄒᆞ는 말을 드르니 ᄉᆞ리당연ᄒᆞ미 잇는지라. 크게 ᄭᆡ닷는 마음이 잇셔 이에 그 말 죳ᄎᆞ 슈일이 지난 후 군ᄉᆞ를 도로혀 힝군ᄒᆞ야 패장을 바라고 도라오니라.

각셜 항위 함양에 일으러 가만이 군즁에 슌힝홀식 진항졸 영치에 이르러 ᄉᆞ면을 살펴보니 졔군이 셔로 일의되 우리등이 그릇 장감 역적에 달닉는 말을 듯고 불힝이 항우의게 항ᄒᆞ엿지 통분치 아니리요? 이 사람은 어진 덕이 업셔 상히 포학ᄒᆞ기를 젼쥬ᄒᆞ고 상벌이 분명치아니ᄒᆞ야 사람으로 ᄒᆞ야곰 원억게 ᄒᆞ더니 이졔 들은즉 패공은 일즉이 큰 도량이 잇고 사람을 거느리미 상벌이 분명ᄒᆞ미 잇고 쏘흔 위덕이 병힝ᄒᆞ야 금슈와 초목이 밋츠니 결단코 일후에 텬하지쥬 되야 ᄉᆞ히를 평정홀지라. 우리들이 그른 듸로 나오고 져런 셩쥬를 셤기지 못ᄒᆞᄆᆞᆯ 쏘흔 한ᄒᆞ노라 ᄒᆞ고 탄식ᄒᆞ다가 말을 맛치고 인ᄒᆞ야 ᄌᆞ거늘, 항위 졔군의 문답

을 드르미 불승대로ᄒ야 즉시 장즁으로 도라와 영포등을 불너 왈 작야
에 내 군즁의 나아가 두루 슌나ᄒ다가 드른즉 진항졸 삼만인이 여ᄎ여
ᄎ 셔로 일으고 모다 반심을 두엇스니 가히 바려두지 못ᄒᆯ지라. 일즉이
업시ᄒ야 후환을 면ᄒ리라. 이제 삼십만 초병을 거ᄂ려 진즁을 못지르
고 오직 장감 ᄉ마 흔종에 세 사람만 남겨두라 ᄒ니 영푀 쳥령ᄒ고 삼
십만 듸병을 거ᄂ려ᄎ야에 힝군ᄒ야 나아가 진항졸 삼만인을 일인도
남기지 아니코 일시에 다 죽이고 오직 장감등 삼인만 남기니라. 항위
이에 군ᄉ를 죠련ᄒ야 친히 령군ᄒ야 패상으로 향ᄒ고 나가니라. 차시
에 번쾌 항위 이에군ᄉ를 죠련ᄒ야 령군ᄒ야 패상으로 나가니라. 차시
에 번쾌 항우의 병이 이에 오믈 듯고 장즁에 드러가 패공을 보고 글오
듸 금번에 항우의 병이 패상에 일으러 장감으로 ᄒ야금 옹왕을 삼고 관
에 머문다 ᄒ니 일즉 계교를 베푸러 써 방비치 아니ᄒ면 오릿지 아니ᄒ
야 병난을 당ᄒ리니 쥬공은 조흔 모칙을 졍ᄒ소셔. 패공이 이 말을 듯
고가장 넘녜ᄒ야 계칙을 물으니 쾌왈 이제 함곡관을 직희여 졔후의 군
을 부졀업시 드리지 말고 ᄯᅩ 관즁을 막잘나 직히미 맛당ᄒᆯ가 ᄒᄂ이다.
패공이 글오듸 차계 ᄯᅩ흔 졍합오의로다 ᄒ고 셜구픠로 ᄒ야금 영병ᄒ
야 관을 직희게 ᄒ니라. 잇쩌에 항우의 병이 졍히 관에 니르러ᄉ람을
노하 패공의 진즁 동졍을 탐쳥ᄒ니 즉시 회보ᄒ야 왈 픠공이 임의 장슈
로 ᄒ야금 관어구를 단단이 직희여 압흘 나아가지 못ᄒᄂ이다 ᄒ거늘
범증이 항우다려 닐너 글오듸 유방이 졔 몬져 관을 직희여 길을 ᄭᅵᆫ허
막잘으미 여차ᄒ니 이는 쌕쌕이 관즁의 쥐 되고ᄌ ᄒ미라. 그러나 명공
은 삼년풍진에 졍벌ᄒ기를 흔쩌 쉬지 아니ᄒ미 시셕을 물읍써 허다 졍
녁을허비ᄒ고 ᄯᅩ흔 빅계로 신고ᄒ신 공이 엇지 등한ᄒ리요? 명공은 지
슴 상냥ᄒ야 양칙을 도모ᄒ소셔 ᄒ니 항우 차언을 듯기를 다ᄒ고 이에
닐오듸 ᄂᆡ 혜아리건듸 유방의 군시 비록 졍예ᄒ다 ᄒ나 빅만에 넘지 못

ᄒ고 강ᄒ미 잇다 ᄒ나 능히 장감을 당치 못홀지라. 졔 엇지 오로지 관을 막으며 ᄯᅩᄒᆫ 나를 ᄃᆡ젹ᄒ리요 ᄒ고 시약○○○야 일호도 마음을 요동치 아니ᄒᄂᆞᆫ지라. 범증이 ᄯᅩ 일오ᄃᆡ 증이 이제 어린 소견의 혜아리건ᄃᆡ 맛당이 글월을 보ᄂᆡ여 져희로 ᄒ야금 알게 ᄒ고 급히 군ᄉᆞ를 발ᄒ야 치면 젼일 회왕의 언약을 반다시 밧고 셔로 도으물 일치 아니ᄒ리이다. 항우 이에 영포로 ᄒ야금 삼쳔인마를 겸고ᄒ야 거ᄂᆞ려 나가 관하에 다다라 영치를 셰우니 셜구픠 관을 일양으로 구지 직희고 맛참ᄂᆡ 나와 영젹지 안ᄂᆞᆫ지라. 영쾨나가 싸홈을 도들ᄉᆡ 항우 글을 슬에 미여 쏘미 셜구진패 이에 글을 어더 패공게 드리니 패공이 이에 장량 소하 등 졔장으로 더브러 글월을 ᄶᅧ혀 보니 ᄒ얏스되

노공 항우는 숨가 글월을 유패공 휘하에 올나나니 젼일 그ᄃᆡ로 더브러 ᄒᆞᆫ가지로 진을 파ᄒ고무도ᄒᆞᆫ 거슬치ᄌᆞ 하얏더니 그ᄃᆡ 몬져 관에 드럿ᄂᆞᆫ지라. 비록 방약이 ᄲᆞ르나 그러ᄒ나 내 회왕을 셰워 텬하를 진졍치 아니ᄒ얏던들 그ᄃᆡ 엇지 오늘날이 잇스리요? ᄉᆞ람에 공을 이럿트시 져바리고 이제 관을 막아 우리 군ᄉᆞ를 막ᄌᆞ려 ᄒ나 엇지 관을 파치 못홀가 근심ᄒ리요? 비컨ᄃᆡ 썩은 풀 ᄀᆞᆺ트니 우리 군을 거ᄂᆞ려 ᄒᆞᆫ북에 파ᄒ면 여차즉 그ᄃᆡ 무슴 낫ᄎᆞ로 셔로 ᄃᆡᄒ리요? 일즉 이 관을 파ᄒ고 드러가면 옥셕이 구분홀지라. 그ᄃᆡ는 모로미 인ᄌᆞᄒᆞᆫ 마음을 두어 관을 쾌히 여러 ᄃᆡ의를 요젼케 ᄒ야 형뎨자졍을 일치 말나. 진을 일즉 파ᄒᆞᆫ 공과 몬져 어든 언약 을 ᄌᆞ연 쳐치ᄒᆞ미 잇스리니 그ᄃᆡ는 모름즉이 의혹을 두지 말나 ᄒ얏더라.

패공이 글월을 보기를 다ᄒᆞᆫ 후에 졔장을 ᄃᆡᄒ야 차ᄉᆞ를 엇지홀고 가히 모계를 일으라 ᄒᄂᆡ졔장이 다 묵연부답이러니 쟝량이 문득 고ᄒ야

글오딕 도금 스셰를 보아는 항우에 병세 점점 강ᄒ니 엇지 용이히 져의 군스를 막으리잇고? 량에 어린 싱각에는 져희 무리ᄂ 만코 우리ᄂ 군시 적고 ᄯᅩᄒᆫ 형세 미약ᄒ니 능히 싸오나 그봉예를 당치 못ᄒ야 도로혀 패ᄒᆯ물 볼지니 찰하리 슌슌히 관을 여러 져희 군스를 마지면 ᄌᆞ연 무삼 묘계 잇슬가 ᄒᆞ야다. 패공이쳥파에 죵기언ᄒ여 관을 여러 즉시 쵸병을 마져 드리니 쵸병이 크게 깃거 ᄃᆡᄃᆡ인마를 지쵹ᄒ야 영에 드러가 홍안에 니르러 하치ᄒ니라. 차시에 스람으로 ᄒᆞ야금 패공이 젼일에 관에 드러와 ᄒᆞ든 젼후스를 ᄌᆞ셰히 탐쳥ᄒ니 스람이 즉시 나아가 탐쳥ᄒᆫ 후에 도라와 보ᄒᆞ되 패공이 관에 들ᄆᆡ 츄호를 불범ᄒᆞ고 계견을 놀늬지 아니ᄒᆞ며 부로를 다리고 법졍ᄒᆯ 언약ᄒᆞ고창고를 단단이 잠그고 패상으로 도라가다 ᄒᆞ거늘 노공이 이 긔별을 듯고 닉심에 가만이 싱각ᄒᆞ되 젼일 유계 관즁에 드러와 ᄒᆞ든 일을 ᄌᆞ삼 혜아리니 이ᄂ 결연이 회왕의 언약을 봉승ᄒᆞ랴 ᄒᆞ미니 엇지 이런 긔회를 허숑ᄒᆞ리요? 맛당이 한번 나가 싸홀진ᄃᆡ 결단코 관즁은 득실이 나의 장즁에 잇스니 이ᄂ 내 어든 ᄇᆡ 되리라 ᄒᆞ고 싸호기를 지쵹ᄒᆞ거늘 범증이 ᄯᅩᄒᆫ 불열ᄒᆞ야 초야의 슘군을 지휘ᄒᆞ야 진즁에 머물으고 스름마다 다 잠든 후 장즁의 드러가 항빅을 쳥ᄒᆞ야 혼인ᄃᆡ에 일르러 놉흔 ᄃᆡ에 올라 진상을 우러러 별을 볼ᄉᆡ 오셩이 붉아 스방에어리엇고 이십팔슈와 스방과 다못 구쥬의 조요히 빗쵠 별과 삼빅륙십오리 명명ᄒᆫ ᄀᆞ온ᄃᆡ 다만 홍안진을 보니 치즁에 살긔 ᄀᆞ득ᄒᆞ야 공즁에 쏘이며 장셩이 장ᄒ나 다만 항우에 운쉬 비싴ᄒᆞ야 오릭 지팅치 못ᄒᆯ 형세 잇고 픽공의 쥬셩을 보니 졔셩이 명낭ᄒᆞ고 오치 즁셩ᄒᆞ야 물이 못 ᄀᆞ온ᄃᆡ 좃는 듯ᄒᆞ고 회가 도다 스방에 명명이 빗쵀여 원근의 벗쳣는지라. 범증이 텬긔를 살핀 후의 기리 탄식ᄒᆞ야 글오딕 옛 셔쥬의 텬ᄌᆞ 긔운이 잇더니 이졔 보건ᄃᆡ 픽상에졔셩이 조요히 붉앗스니 공의 쇼견에ᄂ 엇더ᄒᆞ뇨 빅이 범증의 일으ᄂ 말을 듯고 ᄯᅩᄒᆫ 탄식

ᄒᆞ기를 마지 안코 문왈 그ᄃᆡ는 엇더타 ᄒᆞᄂᆞ뇨? 그 뜻을 듯고ᄌᆞ ᄒᆞ노라. 증왈 조고마ᄒᆞᆫ 상셔는 비록 현셩에 나타나미 잇스나 이졔 텬긔는 인ᄉᆞ를 판단ᄒᆞ기를 결ᄒᆞᆯ지라. 인정도 ᄯᅩᄒᆞᆫ 하늘이라 ᄒᆞᄂᆞ니 ᄎᆞ홉다 내 이졔 몸을 바려 쵸를 섬기ᄆᆡ 즁도의 엇지 두 마음을 품으리오? 맛당이 츙의를 맛츰ᄂᆡ 몸이 맛도록 ᄒᆞ다가 말지니 엇지 변ᄀᆡᄒᆞ미 잇스리오 ᄒᆞ니 항ᄇᆡᆨ이 ᄀᆞᆯ오ᄃᆡ 션ᄉᆡᆼ은 가히 츙의지ᄉᆞ라 ᄒᆞ리로다. 증왈 오날 텬긔를 살핀 일은 나와 다못 그ᄃᆡ만 아는 일이라. 모르미 구외에 불츌ᄒᆞ고 타인을 ᄃᆡᄒᆞᄆᆡ 젼파치 말나 ᄒᆞ더라. 차시 노공이 군을 졈고ᄒᆞ려 ᄒᆞ거늘 범증이 말녀 왈 결단코 잇ᄯᅢ에 가히 진병치 못ᄒᆞᆯ지라. ᄑᆡ공의 병이 십만인의지나미 잇고 장슈 번쾌등 슈십여원이라. 하물며 유방이 관즁의 드러가 덕을 비러 깁히 인심을 엇고 수하에 모ᄉᆡ 만흐니 반드시 미리 쥰비ᄒᆞ미 잇슬거시오 우리 병이 쳐음으로 이에 이르럿시니 가히 ᄲᆞᆯ니 동치 못ᄒᆞ리라 ᄒᆞ고 ᄀᆞᆯ오ᄃᆡ 이졔 나의게 ᄒᆞᆫ 게괴 잇스니 오늘밤에 군마를 졈고ᄒᆞ야 진병ᄒᆞ되 량로로 분ᄒᆞ야 ᄑᆡ상에 나아가 일진을 엄살ᄒᆞ야 유방을 죽인 후에야가히 후환을 ᄭᅳᆫ흐리라 ᄒᆞ니 항위 올히 넉여 졔장을 분부ᄒᆞ야 각영에 군을 일일 조련ᄒᆞ야 군령 나리기를 기ᄃᆞ리라 ᄒᆞ니라. 항위 슈일을 지난 후 진병ᄒᆞ랴 ᄒᆞᆯ새 항ᄇᆡᆨ이 이 소식을 알고이날 가만이 필마단신으로 급히 달녀 ᄑᆡ상에 나아가 바로 장즁에 드러가 장ᄌᆞ방을 차지니량이 항ᄇᆡᆨ의 이름을 듯고 대희ᄒᆞ야 즉시 쳥ᄒᆞ야 셔로 볼ᄉᆡ 한훤필에 ᄇᆡᆨ이 인ᄒᆞ야 노공의 금야 겁칙ᄒᆞ랴 ᄒᆞ물 갓초 베픈ᄃᆡ 량이 ᄀᆞᆯ오ᄃᆡ ᄑᆡ공이 나를 비러 이뎨 균즁에 다려왓스니 가히실ᄉᆞ를 아니 고치 못ᄒᆞᆯ 거시니 모르미 그ᄃᆡ는 잠간 이에 안잣스라 ᄒᆞ고 몸을 두루혀 즉시군즁에 드러가 ᄑᆡ공을 보고 차사를 ᄌᆞ셔히 고ᄒᆞᆫᄃᆡ ᄑᆡ공이 청파의 크게 놀나 왈 이를 장찻엇지ᄒᆞ리요 ᄒᆞ고 당황ᄒᆞ여 ᄒᆞ니 ᄌᆞ방이 나아가 ᄑᆡ공에 귀에 다혀 왈 여차여차 ᄒᆞ소셔 ᄒᆞ고나아와 항ᄇᆡᆨ을 보고 ᄀᆞᆯ오ᄃᆡ 쳥컨ᄃᆡ 형은 ᄑᆡ공

을 혼번 보아 말슴ᄒᆞ미 엇더ᄒᆞ뇨 빅이 마지 못ᄒᆞ여 ᄌᆞ방과 혼가지로 장
즁에 드러가 픠공을 보니 픠공이 마ᄌᆞ드려 샹좌의 안치고 녜를 베풀어
먼니 와 차지믈 사례ᄒᆞ거늘 빅이 답례ᄒᆞ고 이윽히 한담ᄒᆞ다가 드듸여
노공이 의심ᄒᆞ는ᄯᅳᆺ을 ᄌᆞ세 니르니 픠공이 듯기를 다ᄒᆞᆫ 후에 술을 ᄂᆡ와
관듸ᄒᆞ고 셔로 마음과 ᄯᅳᆺ을 닐러 피차 ᄂᆡ외ᄒᆞ미 업스니 일호 혐의ᄒᆞ미
업더라. 픠공이 글오듸 공의게 녕윤이 잇다 ᄒᆞ니 만일혼취를 일우지 아
니ᄒᆞ얏거든 나를 바리지 아니ᄒᆞ고 ᄂᆡᄯᆞᆯ노 써 진진의 호연을 ᄆᆡᆺᄌᆞ 오늘
날여차 듸은을 갑흐리라 ᄒᆞ고 왈 유방에 ᄯᅳᆺ이 실노 항거ᄒᆞ미 업시 진졍
을 베프미 마음을 도로혀 허혼ᄒᆞ면 실노 지싱지은일가 ᄒᆞ노라 ᄒᆞᆫ듸 항
빅이 스례ᄒᆞ야 왈 이졔 량기 바야흐로 젹국이 되어 지용으로 셔로 닷토
는 터이라. 공으로 더브러 결혼홀진듸 남이 의심을 두리니 시고로 존공
의 명을 밧드지 못ᄒᆞ리로소이다. 패공이 글오듸 소쟝이 일즉이 회왕의
명을 바다 진을 쳐 이에 이르럿시니 대ᄉᆡ 발셔 졍ᄒᆞ얏는지라. 혼인ᄒᆞ미
셔로 맛당ᄒᆞ거늘 무슴 ᄉᆞ양ᄒᆞ미잇스리오 ᄒᆞ고 량인이 드듸여 항빅이
살을 잡아 ᄒᆞᆫ듸 ᄆᆡ고 칼노 버혀 각각 반식 난화 셔로낙종ᄒᆞ고 픠공으로
더부러 두어 잔 술을 난호고 드듸여 하직ᄒᆞ니 쟝량이 하후영으로 젼숑
케ᄒᆞ니라. 차시에 범증이 이에 노공을 쳥ᄒᆞ야 진병ᄒᆞ믈 일으고 군마를
졍돈ᄒᆞ야 나아갈시 노공이 그 말을 조차 익일에 대쟝을 졈고ᄒᆞ미 항빅
이 업거늘 범증이 항쟝군이 어듸 갓느뇨? 졍공이 일오듸 항ᄉᆞ미 황혼
에 필마단신으로 동녁홀 향ᄒᆞ야 나아가거늘 내 나아가 길을 막고가는
곳을 ᄌᆞ셰히 무르니 답왈 군졍을 탐지ᄒᆞ라 가노라 ᄒᆞ더이다 ᄒᆞ니 필경
엇지된고 하회를 분석ᄒᆞ라.

  뎨삼회
  魯公項羽設鴻門宴 노공항위홍문연을베풀고
  張良樊噲救漢沛公 쟝량과번쾌한픠공을구ᄒᆞ다

각셜 항위 정공의 말을 듯고 크게 의심ᄒ야 굴오ᄃ 아지 못게라 이 무숨 뜻인고? 범증이 이에 굴오ᄃ 이졔 명공이 반다시 군수를 동ᄒᄆ ᄀ장 불가ᄒ니이다.이졔 항쟝군이 일정 소식을 누셜ᄒ랴 ᄒ야 픽공을 차져갈시 분명ᄒ오니 졔 필경 우리의 긔미를 임의 아랏스니 반다시 쥰비ᄒᄆ 잇슬지라. 만일 진병홀진ᄃ 도로혀 그 계교의 싸져 픽ᄒ물 보리이다 ᄒ니 항위 굴오ᄃ 우리 슉뵈 위인이 츙셩되고 ᄯᆫ한 날과 슉질의 잇스니 엇지 밧그로 향ᄒ야 남을도을 리 잇스리요? 이는 만무ᄒ니 션싱은 의심ᄒ물 과도히 ᄒ미로다. 범증이 굴오ᄃ 항쟝군이 비록 밧그로 향ᄒ야 남을 돕는 뜻이 잇지 아니ᄒ나 우리 군 ᄉᄀ ᄀ장 엄밀ᄒ지라 잠간이나 누셜ᄒᄆ 잇슬진ᄃ 가히 움직이지 못홀 거시니 고인이 일오ᄃ 긔회 비밀치 못ᄒ면 도로혀 ᄒ가 된다 ᄒᄂ니 반두시 금일은 동병치 못ᄒ리이다 ᄒ더니 그 말이 맛지 못ᄒ야셔 하졸이 드러와 보ᄒ되 항쟝군이 이졔 도라오사ᄂᄋ이다 ᄒ더니 이윽고 항뵉이 영의 드러오거늘항위 마져 승당흔 후에 무러 굴오ᄃ 아지 못게이다. 슉부는 어ᄃ를 갓다가 오시ᄂ뇨? 뵉이겻츠로 일오ᄃ 모쳐의 흔친흔 벗이 잇스니 이는 한국 ᄉ람이라 셩은 쟝이요 ᄌ는 ᄌ방이라. 일즉 날노 더무러 교계 심후ᄒ야 피츳 ᄉ싱을 돌볼지라. 오날밤에 우리 동병ᄒ면 가히 이ᄉ람에 셩명이 위틱홀지라. 시고로 ᄀ만니 나아가 져를 차져보고 흔 말을 일너 피화ᄒ게 ᄒ라 ᄒ고 드ᄃ여 유계관의 든 일을 무르니 졔 알오ᄃ 유방이 다른 뜻이 업고 장슈를 보ᄂ여관을 막으문 다른 도젹을 막으미오 쵸를 막으미 아니라 ᄒ고 부고와 싸홀 봉ᄒ야 감히 쳔ᄌ치 못ᄒ고 ᄌ영도 감히 ᄌ단치 못ᄒ야 노공을 기다리노라 ᄒ니 이졔 혜아리건ᄃ 유계 몬져 단에 드지 못ᄒ던들 우리 엇지 이에 일으리요? 일노써 의논ᄒ건ᄃ 유계 공이 잇고 죄 업는가 ᄒ노라. ᄉ람이 일즉 큰공을 셰윗거늘 엇지 춤아 공으란 갑지 아니ᄒ고 도로혀 죄를 쥬리요? 부졀업시 소인의 말을 듯고 부터 겨를 히ᄒ랴 ᄒ니 이 일이 가쟝 온당치 아니홀가 ᄒ노라. 데 스스로 늬일 와셔 스례ᄒ랴 ᄒᄂ디 모르미 공은 가히 극진후더ᄒ야 대 의를 일치말나 ᄒ니 항위 쳥파에 굴오디 슉부의 말ᄉᆷ을 드르미 유계 죄 업는지라. 만일 오ᄂᆯ날 동병ᄒ던들 도로혀 겨의 후의를 져버릴 번 ᄒ얏 도다 ᄒ고 인ᄒ야 동병ᄒ지 아니ᄒ고 유방을 죽일 일을 쓰치니 범증이 픠왕에 뜻이 픠공을 치지 아니ᄒ믈 보고 픠공을 죽일 말을 ᄀᆺ초 베푸러 ᄌ로 간ᄒ디 항위 빅에 말을 미더 듯고 범증의 간언을 시ᄒᆼ ᄒ지 못ᄒ야 이에 일계를싱각ᄒ고 항우에게 계교를 여차여차 고ᄒ디 위 그 말을 조 차 삼군에 젼령ᄒ야 홍문에 듸연을 비셜ᄒ고 유방의게 글월을 보늬여 잔치의 나아와 형뎨의 졍을 펴기를 닐으고 쳥ᄒ니 그글의 ᄒ얏스디

노공 항젹은 글월을 픠공 쟝ᄒ에 밧드ᄂ니 쳐음에 공으로 더브러 회 왕에 언약을 바다 ᄒ가지로 진나라를 칠시 텬병이 셔ᄒ로 나리미 ᄌ영 이 머리를 드리고 관즁에 붓좃츠니 신민이 다 깃거ᄒ는지라. 긔가를 알 외미 맛당이 연락을 비셜ᄒ야 삼군으로 더브러 즐길지라. 이데 공이 진 나라를 파ᄒ 원훈이라. 오즉 바라ᄂ니 일즉이 님ᄒ야 군요로 더브러 즐 기ᄉ이다 ᄒ얏더라.

픠공이 글을 보기를 맛고 이에 쟝량을 쳥ᄒ야 의논ᄒ디 량이 굴오디 항위 이데 홍문에 잔치를 비셜ᄒ고 쥬공을 이럿틋 쳥ᄒ믄 반다시 쥬공 을 히코ᄌ ᄒ미니 대겨 길ᄒ믄 젹고 흉ᄒ믄 만ᄒ나 이데 겨의 죠흔 뜻 으로 쳥ᄒ얏스니 만일 잔치에 나아가 참예치 아니홀진디 결단코 군ᄉ 를 일혀 칠터이니 그 형셰 좃치 아니ᄒ리니 그 강용을 당치 못홀지 라. 셕의 쵸국인상예 옥벽을 가져 진에 드러가 안보ᄒ야 도라왓스니 량 이 비룩 지죄 업스나 이데 명공을뫼셔 잔치에 나아가 범증으로 ᄒ야금

금히 쇠를 쓰지 못하게 하고 노공이 또한 용을 베프지 못하게 하야 무
스히 도라오사 텬하에 만승지줨 되게 하리이다 하니 픠공이 잔채에 갈
줄노 회답하야 보닉니라. 범증이 노공의 헌계하야 갈오딕 닉일 잔채에
이 세가지 계교를 부딕잇지 마르소셔 하고 정공 옹치를 명하야 진문을
잡아 잡인을 츌립지 못하게 엄금하라 하니라. 쟝량이 이에 픠공을 비힝
하야 굴식 번쾌 긔신등을 다리고 홍문으로 올식 길에서 픠공이가쟝 두
려워 장량드려 일오딕 이번 힝도에 만닐 변이 잇스면 엇지하랴 하느뇨
하고 마음을진졍치 못하야 하거늘 장량이 굴오딕 명공은 조금도 념녀
치 마르시고 마음을 눅이소셔. 량이 즈연 계교 잇스리니 어데날 녓잡든
말슴을 십분 명심하스 힝혀 잇지 말으쇼셔 하고 이에홍문에 다다르니
징북소릭 진동하고 위엄이 씩씩하며 싸홈하는 형상 굿트여 살긔등등하
미잇고 일호도 잔채하는 쯧이 업더라. 픠공이 거동을 보믹 마음이 더옥
의괴하야 당황흔지라. 장량을 불너 긋만이 일너 왈 이를 쟝찻 엇지하
여야 조흐리요? 과연 드러가기 위틱하도다. 쟝량이 굴오딕 명공이 임
의 이곳에 니르럿스니 가히 드러가면 편하고 물너가면 화를 면치못하
리이다. 그러나 이곳의 잠간 머무시면 량이 잠간 드러가 동정을 탐지하
야 오리이다 하고 날호여 문을 드러가려 하니 졍공이 구지 막고 드리지
안는지라. 즈방 왈 연즉 그딕는 수고를 잇고 나를 위하야 드러가 픠공
이 부리는 션비 쟝량이 뵈오랴 왓노라 하니 졍공이 이에드러가 노공게
이딕로 알외니 노공 왈 이 엇던 스람인고? 범증 왈 이 스람은 한국인이
니 셩은 장이요 명은 량이라. 데 픠공의 모시 되얏느니 몬져 이 스람을
죽여써 픠공에 흔팔을 썩그쇼셔. 노공이 미급답에 졍공이 급히 말녀 왈
공이 쳐음으로 관에 드러와 어진 스람을 샹딕홀식 무고히 현스를 죽여
허물을 즈취코즈 하느뇨? 또 내가 장량으로 더부러 긋쟝 졀친하니 공
이 스랑홀진딕 내 당당이 쳔거하리라. 노공이 이쎠 갑 닙고 칼 집고 셧

더니 쟝량을 불으라 ᄒᆞ니 이윽고 쟝량이 드러와 노공을 보고 글오ᄃᆡ 나
는 드르니 님군이 텬하를 다ᄉᆞ리미현ᄉᆞ를 례ᄃᆡᄒᆞ고 군사를 ᄌᆞ랑치 말
나 ᄒᆞ얏고 셰샹을 잘 뎨어ᄒᆞ는 사름을 어질니 ᄉᆞ랑ᄒᆞ고촉셰치 아닌다
ᄒᆞᄂᆞ니 이뎨 명공이 잔채를 빗셜ᄒᆞ야 뎨후를 청ᄒᆞᄆᆞᆫ 아름다온 일이라.
내 혜아리기를 풍유를 쥬ᄒᆞ민 하늘에 ᄉᆞ못고 음쥬 달난ᄒᆞ여 죵일 즐기
고 평안이 홋터질가 ᄒᆞ얏더니 이에 니르러 보건ᄃᆡ 창검이 진 밧게 풀녀
잇고 징북쇼ᄅᆡ 진동ᄒᆞ야 ᄉᆞ람으로 ᄒᆞ야금 마음이 산난케 ᄒᆞ니 뉘 아니
두려ᄒᆞ며 뉘 아니 우ᄋᆞ리요?이는 잔채ᄒᆞ는 조혼 ᄯᅳᆺ이 아니라 오쥐이뎨
진문 밧게 잇셔 이에 빈쥬지례를 아즉 폐ᄒᆞ니 이는 부연ᄒᆞ는 ᄯᅳᆺ이 ᄉᆞ라
지미라. 이의니르미 도려혀 불미ᄒᆞ야 ᄒᆞ더이다 ᄒᆞ니 노공이 글아ᄃᆡ 과
연 ᄌᆞ방의 일오는 말이 올타 ᄒᆞ고인ᄒᆞ야 명ᄒᆞ야 일시에 창검과 긔치를
거두라 ᄒᆞ고 픽공을 청ᄒᆞ야 드러오게 ᄒᆞ니 픽공이 드러와 말셕의셔 례
ᄒᆞ거늘 노공이 읍양ᄒᆞ고 좌를 졍ᄒᆞ민 픽공이 몬져 말슴을 펴 글오ᄃᆡ 쟝
군이 병을 니르혀 한진을 쓰러치고 오늘날 이뎨 경하연을 여러 이럿트
시 관ᄃᆡᄒᆞᄆᆞᆯ 입으니 금 ᄉᆞᄒᆞᄆᆞᆯ 이기지 못ᄒᆞ리소이다. 원ᄅᆡ 노공이 셩품
이 ᄀᆞ장 셰차고 남이 져를 기리믈 평싱 조화ᄒᆞ는지라. 픽공이 이뎨 져
를 존칭ᄒᆞᄆᆞᆯ 보고 이에 죽일 ᄯᅳᆺ이 업셔 붓드러 일오혀 왈내 과연족하를
의심ᄒᆞᄂᆞᆫ 거시 아니라 족하의 좌ᄉᆞ마 조무샹이 글을 보ᄂᆡ여 허물을 일
컷거늘 ᄂᆡ일노써 일즉 족하를 글니 넉이는 비라 ᄒᆞ고 차례로 좌졍ᄒᆞ고
쟝량 항빅 범증이 다 참예ᄒᆞ엿더라. 범증이 쳣 계괴 일우지 못ᄒᆞᄆᆞᆯ 보
고 심즁에 분ᄒᆞᄆᆞᆯ 이기지 못ᄒᆞ야 드ᄃᆡ여 찻든 옥결을셰번 연ᄒᆞ야 드ᄃᆡ
노공이 픽공의 겸손ᄒᆞᄆᆞᆯ 보고 ᄂᆡ심에 혜오ᄃᆡ 이 ᄉᆞ람이 무슴 슐이 잇셔
큰일을 일우리요 ᄒᆞ고 맛춤ᄂᆡ 응치 아니ᄒᆞ고 모로는 체ᄒᆞ니 범증이 크
게 민망히 넉여 진평으로 ᄒᆞ야금 슐을 부으라 ᄒᆞ고 눈을 쥬어 픽공게
더 부으라 ᄒᆞ얏더니 진평이 잔을 드러 권홀ᄉᆡ 픽공의 름쥰 룡안과 거지

긔이흐믈 보고 노공게는 오히려 슐을 주로 부어 권흐고 픽공게는 도로
혀 여러번 거르니 시고로 픽공이 예를 일치 아니흐니라. 범증이 두 번
지 계피 일우지 못흐믈 보고 급히 밧그로 나아가 패공을 살히흘 스람
을 구흐더니 맛춤 흔 스름이 잇셔칼을 들고 노리를 부르거늘 주셰 보니
이는 다른니 아니라 항장이니 이곳 노공에 친당이러라. 범증이 크게 깃
거 급히 나아가 항장의 귀에 다여 닐너 굴오딕 오늘늘 홍문셜연흔 뜻은
다름이 아니라 한갓 유방을 히흐랴 흐미러니 이제 노공이 내일 으든 계
교를 힝치 아니흐고종늬 결치 아니흐니 만일 오늘날 겨를 노화 보닉면
반드시 후환이 될지라. 너는 이제 드러가 스스로 검무 츄기를 일홈흐
고 픽공을 질너 죽이면 너희 공이 적지 아니흐리라. 항장이응락고 드딕
여 노공게 나아가 쳥흐야 왈 군즁의 풍뉘 보암즉지 아니흐니 원컨딕 검
무를 흔번 츄어 뎨공의게 슐을 권흐여지라 흔딕 노공이 그리흐라 흐니
항장이 드딕여 칼을 들고 춤을 츄니 장량이 그 뜻을 알고 항빅을 눈 쥬
니 항빅이 그뜻을 알고 이에 칼을 쌔혀 일오딕 검무는 딕무가 업지 못
흐리라 흐고 항장과 흔가지로 춤츄어 몸으로써 픽공을 フ리오니 장이
시러곰 픽공의 몸을 침범치 못흐는지라. 범증이 フ장 한탄흐더니 차시
의 장량이 일이 フ장위틱흐믈 보고 진문에 나아가니 졍공이 길을 막아
왈 션싱이 어딕를 나아가는다 량 왈 진왕의 옥식를 フ질너 가노라. 진
평이 웨여 왈 노공이 셩이 급흐니 슈히 가져오라 흐니 졍공이홀일업셔
히여 보닉거늘 량이 장 밧게 나아와 번쾌를 블너 왈 이제 일이 급흐얏
스니 장군은몸을 버려 급히 드러가 쥬공을 구흐라 흐니 번쾌 즉시 드러
가랴 홀식 졍공이 무러 굴오딕옥식 어딕 잇느뇨 량이 또흔 문의 임흐야
왈 옥식 나의 스믹에 잇노라 흐고 쒸여드러가 당우히 올나가니 칼을 량
인이 그저 츄거늘 번쾌 쇼릭 질너 굴오딕 홍문연의 좃츠온 스름이 비심
히 고파 못견딕깃거늘 흔 그릇 슐도 앗겨 주지 아니흐는다 흐고 흔손에

방픽를 들고 흔손에 칼을 잡아 진문에 나아가니 문 직힌 스람이 막거늘 번쾌 이에 눈을 부릅쓰고 방픽를 두루니 슈문지 다 혼비빅산ᄒ야 일시에 다 쓰러지더라. 번쾌 닉심에 웃기를 마지 아니ᄒ나 노긔를 씌이고 이에 칼 긋흐로 장을 들고 셧시니 머리털이 하늘을 ᄀ르치고 눈을 부릅쓰고 항우를 보고 셧시니 눈시울 가 찌여졋더라. 노공이 번쾌를 보고 무러 갈오ᄃᆡ 장ᄉ는 엇더ᄒ 스람인고? 번쾌 밋쳐 답장이 아니ᄒ야셔 장량이 ᄀᆯ오ᄃᆡ 이는 픽공에 참모ᄉ 번쾌나이다. 번쾌 소ᄅᆡ를 ᄀ다듬어 ᄀᆯ오ᄃᆡ 대왕이 진을 멸ᄒ시고 이제 경하연을 ᄒ실ᄉᆡ 이 잔치에 음식과 슐을 귀천대소 업시 모다 먹일 거시어늘 식벽브터 나지 되도록 흔잔 슐도 못 어더 먹으니 비골과 쥬리를 견ᄃᆡ지 못ᄒ기로 드러왓ᄂ이다. 노공이 이에 좌우를 명ᄒ야 흔말 슐을 ᄀ져다 져 장ᄉ를 쥬라 ᄒ니 좌위 즉시 슐을 갓다가 쥬거늘 흔숨의 거울너 마시거늘 또 싱돗히 다리를 쥬니 쾌 칼노셔 쓰러 먹거늘 좌우에 잇는 스름드리 다 번쾌 먹는 양을 보다가 참 장ᄉᆡ로다 ᄒ고 노공도 ᄀᆯ오ᄃᆡ 가위 장ᄉᆡ로다 능히 또 슐을 먹을다. 번쾌 ᄃᆡᄒ야 ᄀᆯ오ᄃᆡ 신이 죽기도 두려ᄒ지 아니ᄒ거든 ᄒ믈며 흔말 슐이야 두려워ᄒ리잇고? 공이 ᄀᆯ오ᄃᆡ 네 장찻 죽으믈 말ᄒ문 누를 위ᄒ 말인고 ᄒ거늘 번쾌 ᄃᆡᄒ야 ᄀᆯ오ᄃᆡ 나라이 호랑에 마음을 두어 텬하에 무도ᄒ 스람을 죽이기를 원슈갓치 ᄒ는 고로 텬히 다 진반ᄒ거늘 회왕이 제후로 더부러 언약ᄒ되 몬져 관에 드는 이로써 왕을 봉ᄒ얏더니 이제 픽공이 몬져 진을 파ᄒ고 함양에 드러가 츄호를 불범ᄒ고 부교를 봉ᄒ야 장군을 기다리니 공뇌가 놉거늘 봉작의 상은 업고 도로혀 소인의 말을 신청ᄒ야 공 잇는 스람을 히ᄒ랴 ᄒ니 그윽히 장군을 위ᄒ야 취치 아니ᄒᄂ이다 이제 두 장ᄉᆡ 칼츔을 츄니 그 쯧이 픽공의게 잇는지라. 신이 쥬육을 피치 아니ᄒ고 셩인을 무릅쓰고 드러와 픽공에 원굴ᄒ물 위ᄒ야 죽기를 피치 아닛는다 ᄒ는 말이로로쇼이다. 항위 셩닉물 돌

녀 깃브물 지어 왈 픽공이 이러흔 참모를 두도다 진즛 장식로다 ᄒ고
드듸여 즉시 항장을 명ᄒ야 검무를 긋치다. 픽공이 우의 대취ᄒ물 보고
믈너와 장량ᄃ려 의논흔듸 량 왈 명공은 몬져 도라가소셔 량이 디답ᄒ
리이다 ᄒ고 픽공이 진문에 나가랴 ᄒ니정공이 막거늘 장량과 진평이
나와 닐오듸 노공이 술히 취ᄒ미 제후를 다 보니다 ᄒ니 정공이 그러히
넉여 막지 못ᄒ니라. 량이 픽공을 픽상으로 도라보니고 다시 드러오더
니 흔 스름이 창을 들고 노릭를 부르니 가에 골왓스듸

쥬린 범이 뫼히 올낫도다 일즉 가야미를 보고 허위여 졍히 삼키랴 ᄒ
다가 문득 ᄌᄎ암ᄒ기에 ᄀ야미 싸지니 위틱홀샤 가야미여 ᄒ더라.

ᄌ방이 눈을 드러 그 스람을 살펴보니 낫치 희고 눈썹이 묽고 긔질
이 싸혀나더라. 장량을향ᄒ야 선우음ᄒ거늘 량이 니다라 믈으듸 아지
못게라 장식 무삼 연고로 웃기를 마지 아니ᄒ느뇨 그 뜻을 알고ᄌ ᄒ노
라. 장식 ᄯ 글을 읇허 왈 쥬아뷔 우연이 마음을 엇고 ᄌ방은명쥬를 어
덧다 ᄒ리로다 오날늘 홍문의 위틱흔 난을 버셔나니 타일에 일졍 히니
를 평졍ᄒ고일홈이 쳔츄의 빗나리로다 ᄒ고 다시는 말을 아니ᄒ거늘
ᄌ방이 ᄎ툰ᄒ기를 마지 아니ᄒ고 스스로 일오듸 이는 어진 션비로다
ᄒ고 셩명을 뭇고ᄌ ᄒ더니 노공이 픽공을 차지민 밧비드러가니 하회
엇지된고 분셕ᄒ라.

뎨스회
張良奉玉斗獻項羽 장량이옥무를밧드러항우게드리고
沛公爲漢王都巴蜀 픽공이한왕이되여파촉에도읍ᄒ다

각셜 노공이 술을 ᄭ민 픽공을 찻거늘 량이 급히 진젼ᄒ야 고ᄒ야 골
오듸 픽공이 과연 술을이긔지 못ᄒ야 몬져 도라가며 량을 머므러 ᄉ죄

ᄒ라 ᄒ더이다 ᄒ니 항위 이 말을 듯고 대로ᄒ야 글오딕 유방이 하직도 아니ᄒ고 임의로 도라가며 네 이졔 간ᄉᄒ 말을 ᄲ며 일으는다? 범증이 겻히 뫼셧다가 글오딕 유방이 말은 비록 부드러오나 실은 ᄀ쟝 간ᄉᄒ지라 이졔 하직을 아니ᄒ고 도라감도 량에 쇠인이다. 항위 범증의 말을 드르미 익익대로ᄒ야 좌우를 호령ᄒ며 쟝량을 미러 닉여버히라 ᄒ니 량이 웨여 왈 익미ᄒ도다 나는 픽공에 근신이 아니라엇지 픽공을 도아 명공을 히ᄒ리잇고 ᄒ물며 명공에 위엄이 텬하의 진동ᄒ니 ᄒ낫 픽공을죽이미 손바닥 뒤침ᄀᆺᄒᆯ지라 엇지 구타여 오늘날 경하ᄒ는 연셕 ᄀ온딕셔 졸지에 인명을 살히ᄒ야 그르물 ᄌ취코ᄌ ᄒ니 이는 가쟝 졸연ᄒ 계피라 텬하 계휘 다 공논ᄒ기를 노공이 감히 픽공을 당치 못ᄒᆷᄋᆯ 홍문연의 다려다가 죽이다 ᄒ리니 후일 비록 텬하를 어든들 엇지 텬하 사름을 붓그러 보리요 원컨딕 량이 명공을 위ᄒ야 픽상에 나아가 진국 옥시와 진쥬를 가져다가 드리리니 이 일가 ᄒᄂ이다. 한왕이 ᄌ방의 말을 좃차 이에 쟝냥으로 ᄒ야곰 잔도를소졀케 ᄒ니 쟝냥이 나아가 소졀한 잔도ᄒ기를 맛츤 후 도라와 한왕을 보니 한왕이 ᄯ흔 삼진을 완졍ᄒ미 한왕의 위덕이 원근에 진동ᄒ더라. 왕이 ᄌ방을 도도와 셩신후를 봉ᄒ고 동으로 나아가 죠를 칠시 픵셩에 닐으러 교젼ᄒ다가 한병이 픽귀ᄒ야 화읍에 니르니 한왕이픽귀ᄒᆷ을 보고 가쟝 념녀로와 이에 좌우 졔쟝을 모흐고 의논ᄒ야 글오딕 내 쟝찻 관을 칠야ᄒᄂ니 뉘 가치 나아가 셩공ᄒᆯ고? ᄌ방이 나아와 글와딕 구강왕 경포는 쵸디 ᄒ쟝이라 항왕으로 더부러 틈이 잇고 픵월은 졔왕젼으로 더브러 쟝찻 그 나라흘 반ᄒ고ᄌ 홀 ᄲᆫ더러 그나라를 졍벌홀 ᄯᆺ을 둔 지 오릭지라 복원 대왕은 가히 ᄉ신을 보ᄂᆡ여 이 사름들을 초안홀것이요 ᄯ 한신은 가히 텬하대ᄉ를 젼쥬히 맛겸측ᄒ니 맛당히 ᄒ번 불너 신용ᄒ실진딕 엇지초를 ᄒ북에 파치 못ᄒ리잇고 ᄒ딕 한왕이 대희ᄒ야 즉시 ᄉ신을 발ᄒ야 구강왕

포를 부르고쟈 연ᄒᆞ야 사름을 부려 핑월과 한신을 부르니라. 오릭지 아
니ᄒᆞ야 한신 핑월과 구강왕 영뢰다 이르니 왕이 크게 반겨 극진이 관ᄃᆡ
ᄒᆞ기를 맛고 드듸여 한신으로 대장을 슴아 군ᄉᆞ를 거ᄂᆞ려 제나라 초나
라를 치니 이ᄂᆞ 다 여러 사름에 힘을 닙으믜러라. 즁한 삼년에 항위 한
즁영양을 쓰고 치거ᄂᆞᆯ 츠시 장량이 병을 인ᄒᆞ야 능히 경신을 차리지 못
홈으로 획칙홀 가망이업ᄂᆞᆫ지라. 한왕이 크게 근심ᄒᆞ야 역싱다려 쵸병
을 물니칠 꾀를 물은듸 역싱이 듸왈 셕에 탕이 걸을 치고 그 후손을 봉
작ᄒᆞ고 무왕이 쥬를 치고 그 후손을 작ᄒᆞ얏고 이졔 진나라히 실덕ᄒᆞ야
의를 져바리기로 졔휘 닷토아 치믜 ᄉᆞ직이 멸망ᄒᆞ고 륙국이 파ᄒᆞ믜 무
입츄지디ᄒᆞ얏스니 원컨듸 폐히 다시 륙국을 셰울진듸 텬하 인민이 폐
하에 덕을 감복ᄒᆞ야 귀슌ᄒᆞ리이다. 한왕이 쳥파에 굴오듸 이 말이 가장
션타 장차 션싱에 모계를 좃ᄎᆞ 힝ᄒᆞ리라 ᄒᆞ더니 장량이병이 잠간 츠되
잇슴으로 밧그로좃차 뵈옴을 청ᄒᆞ거ᄂᆞᆯ 한왕이 불너보고 역싱에 말을
베퍼굴오듸 ᄌᆞ방의 뜻이 엇더ᄒᆞ뇨? 량 왈 만일 이러트시 용계할진듸
폐하 일이 그릇되리이다. 한왕이 쳥파의 막지기고ᄒᆞ야 왈 엇지 닐음인
고? 량이 듸왈 셕즈에 탕이 걸을 치고 그 후손을 봉ᄒᆞ얏스나 이제 폐히
항젹으 슈급을 어드리잇가 불가ᄒᆞᆷ이 둘이오 무왕이 은에 드러가 상용
의 졍녀를 포장ᄒᆞ고 긔ᄌᆞ의 구류홈을 방셕ᄒᆞ고 비간의 묘소를 봉ᄒᆞ얏
스니 이제 폐히 능히 셩인의 묘를 봉ᄒᆞ고 현인의 졍녀를 포장ᄒᆞ고 지혜
잇ᄂᆞᆫ 사름을 듸졉ᄒᆞ리잇가 능치 아니미그 셰히요 이제 쏘ᄒᆞᆫ 다시 륙국
을 셰울진듸 텬하 유시 각각 도라가 그 님군을 셤기고 그 친쳑을 붓좃
고 그 옛 부모를 차지리니 폐히 눌노 더부러 텬하를 취ᄒᆞ라 ᄒᆞ시ᄂᆞ니잇
고 쏘ᄒᆞᆫ 초이 아즉 굿세미 업스나 륙국이 다시 셔셔 셔로 붓조치미 잇
슬진듸 폐히 엇지쎠 텬하를 도모ᄒᆞ랴 ᄒᆞ시니잇고 신은 일즉이 질겨 원
치 아니ᄒᆞᄂᆞ이다 ᄒᆞ니 한왕이 엇지쎠 답봉ᄒᆞ고 하회를분셕ᄒᆞ라.

데오회
覇王帳下別虞姬 픽왕이장하에셔우희를리별ᄒ고
烏江自刎天下定 오강의ᄌ문ᄒ니텬히정ᄒ다

츠셜 한왕이 장량에 말을 듯고 먹든 밥을 즉시 토ᄒ고 크게 ᄭ지져 오라 썩은 션비 감히 나를 그릇홀 번 ᄒ얏도다 ᄒ고 역싱을 므르니쳐 닉치니라. 이에 초한이 교봉홀ᄉᆡ 한병이 대픽 ᄒ야 다라ᄂᆞ니 일ᄉ지간에 픽왕이 한국 명장 륙십여원을 듸젹ᄒ되 조금도 긔력이 진치 안ᄂᆞ지라. 이에 스스로 양양ᄌ득ᄒ야 제장을 도라보아 왈 내 이제 한으로 더부러 교젼ᄒᄆᆡ 과연엇더ᄒ뇨 나의 힘이 약홈이 잇ᄂᆞ냐? 제장등이 듸ᄒ야 굴ᄋᆞ듸 폐하ᄂᆞᆫ 텬신이라 고금에 비ᄒ리 업슬가 ᄒᄂᆞ이다 ᄒ고 또 굴ᄋᆞ듸 일싁이 기우려져 장찻 어두으니 원폐하ᄂᆞᆫ 잠간 쟝즁의도라가사 편히 쉬소셔 ᄒ니 픽왕이 죵기언ᄒ야 영칙를 셰우고 우희를 쳥ᄒ야 쟝즁에 니르러셔로 볼ᄉᆡ 픽왕 왈 금일 풍진에 내 교젼홈을 보고 한풍을 쏘이니 그듸 놀ᄂᆞᆫ가 ᄒ노라. 우희듸ᄒ야 굴ᄋᆞ듸 쳡이 폐하에 편이ᄒ심을 입어 제장의 방호홈을 위로홈이 되엿스ᄆᆡ 곤비홈을아지 못ᄒ리로소이다 그러나 소문을 드르니 폐히 일일에 한 장 륙십여원을 듸젹ᄒ시다 ᄒ오니 셩체 피곤ᄒ실가 ᄒᄂᆞ이다. 항왕이 쳥파에 잠소부답ᄒ더라. 이에 한신이 좌긔로 더부러셔로 볼ᄉᆡ 신이 굴ᄋᆞ듸 연일 픽왕의 교젼홈을 보니 만부부당지용이 잇고 ᄯᅩᄒᆫ 초장 계포 죵니ᄆᆡ 등이 일심으로 보좌홈이 잇고 또 팔쳔 뎨ᄌ를 거ᄂᆞ렷스니 만일 ᄒᆞᆫ번 실포ᄒ야 다시 강동으로 건너갈진듸 가히 듸젹ᄒ기 어려오리니 션싱을 쳥ᄒ야 량칙을 베풀게 ᄒ라 ᄒ니 좌긔죵기언ᄒ야 한신으로 더부러 ᄒᆞᆫ가지로 나아가 ᄌ방을 보고 이 ᄯᅳᆺ을 일으니 량 왈 팔쳔 뎨ᄌ로 ᄒ야곰 홋터지게 ᄒ리니 연즉 졔일 신이 홀노 남아잇셔 엇지 능히 오ᄅᆞ 지팅ᄒ리오 가히열홀이 못

호야 항왕을 소로잡으리라 호되 한신이 골으되 차계 졍합오의로다 호
더라. 장량이 또 골으되 몬져 초쟝으로 호야곰 마음이 푸러져 히티케
호고 팔쳔 뎨즈를 리산케 호리라 호고 드되여 가만히 밀계를 약속호니
라 익일에 군을 머무러 일즉 싼호지 아니호고 스면에 젼긔를 만히 베풀
고 갑스를 푸러 슌죠호기를 엄히 호고 인호야 또 소상국으로 호야곰 군
량을직쵹 슈운호되 각노 계휘 머리를 니어 군량을 운젼호야 군계를 일
우게 호고 또 번쾌를 분부호야 뫼 우혜셔 나발을 불며 징북을 울녀 군
심을 요란케 호라 호고 각영에 지휘호야 흔가지로 힘을 분발호얏다가
싼호게 호라 호다. 츠시에 계포 항빅 등이 영에 드러가 픠왕을 보고왈
이졔 삼군이 량식이 업고 쳔미 쵸최 업스니 군시 만히 원심을 품엇는지
라 만일 반감호느니 잇스면 반드시 변이 날 거시니 폐히 팔쳔 뎨즈를
거느려 진머리를 헷치면 신등이 각각본부군을 거느려 낭낭을 보호호야
뒤를 좃치리이다. 픠왕이 골으되 경등에 말이 올타 호고즉기 이 뜻으로
군즁의 젼령호되 명일 짐을 좃차 한병을 츙살호야 ○싼 디를 나갈 거시
니라호니 장쯀등이 쳥령호고 져마다 가만히 싱각호 되 우리등이 그 스
이 죵군호얀 지 날이 오린 미 이졔는 의복이 남루호되 능히 깁지 못호
고 이리 깁흔 가을을 당호야 하늘이 졈졈 차고 또흔 연일호야 량식이
핍졀호야 먹을 거시 업스미 죽기를 구호야도 능치 못호거든 엇지 한병
을 츄살호리요 호더라. 차시는 츄구월 망간이라. 츄월이 령즁에 조요호
미 우연히 드르니츄풍이 소슬호고 나무입 지는 소리 이긱의 심회를 돕
는지라 흐믈며 네녁 들에 간쾌 가득호고 량식이 싄허져 곤핍흠을 만낫
스니 리향흔 사름에 시름호는 슈회를 억졔키 어려온지라. 모든 군시 셋
식 둘식 모혀 경히 민망호야 홀 즈음에 홀연 드르니 놉흔 뫼우에 슈풀
에 부리나려오는 두어 소리 통소 곡조와 흔마디 슬푼 노리 쳥냥호야 슯
호고 간졀호고 여원여모호는듯 실음호는 회푀 더욱 싱츌호니 군스마

다 비회를 금치 못ᄒ야 눈물이 일쳔 줄이나 흐르고만장슈회를 풀기 어려온지라 대져 기 가의 굴왓스되 구월달 깁흔 가을에 네녁덜에 셔리 나리니 하늘이 놉핫고 물이 거울 ᄀᆺ치 맑은듸 찬기러기 슬푼 소리로 짝을 불너 남으로 나라ᄀᄂᆫ도다. 괴로이 변방을 직희ᄂᆫ 져 군스ᄂᆫ 밤낫으로 젼쟝에 잇도다. 굿은 것을 닙고 날닌 것을 잡아 쎠 드러나 스쟝에 잇도다. 집을 리별ᄒ야 지칠팔년의 부모를 싱별홀졔 규방독슉은 엇지 견디ᄂᆫ고. 옛뫼에 살찐 밧츤 눌노 더부러 기음미고 가양흔 익은 슐노 더부러 마시ᄂᆫ고. 빅발이 문을 지혀 바라ᄂᆫ 눈이 가을물결 ᄀᆺ도다. 어린 ᄌᆞ식은 밥달나고 싱각ᄒᄂᆫ 규리 소부 눈물이 간쟝을 ᄉᆞᆺ도다. 우마도 북풍을 피ᄒ며고쵸를 넘ᄒ거든 인싱이 긱 된 지 몟 츈츈고. 어늬 ᄯᆡ에 고향싱각을 이질손가. 젹막흔 혼빅이 유유하야 의지홀 바를 아지 못ᄒ고 쟝흔 뜻이 요요ᄒ야 거짓 것이 되ᄂᆫ도다. 이 긴긴 밤을 당ᄒ야 츄스ᄒ고 퇴ᄒ야 살냐홀진듸 급히 초를 리산ᄒ야 타향에셔 죽음을 면ᄒ라 내 노리 엇지 허탄ᄒ리오? 하늘이 나를 보늬스 너희게 고ᄒᄂᆞ니 너희등이 텬명을 알거든 묘망타일으지 말나. 한왕이 유덕ᄒ니 항ᄒᄂᆫ 군스를 죽이지 아니ᄒ리니 슯히 도라가기를 졍ᄒ고스졍을 고ᄒ면 너를 노아 고향으로 가게 ᄒ리니 빈영을 직희지 말나. 날을 혜여 항우를 잡으면 옥셕이 구분ᄒ리라 ᄒ얏더라.

츠시 쟝ᄌᆞ방이 계명산으로부터 구리산에 이르러 뫼를 좃차 퉁소를 슈십번 불고 쵸군으로 ᄒ야곰 비회를 검치 못ᄒ게 홈이러라. 이ᄯᆡ에 밤이 임의 고요ᄒ고 경졈이 깁헛스니 음운이 쳐량ᄒ야 가쟝 슯ᄒ고 감동케 ᄒ니 쵸영 사ᄅᆷ이 퉁소 쇼리와 노ᄅᆡ 부름을 듯고 셔로 일ᄋᆞ듸이 반다시 하늘이 신션을 나려보늬여 우리등의 셩명을 구ᄒ랴 ᄒ야 이 퉁쇼를 부러 우리로ᄒ야곰 망명도쥬케 ᄒᄂᆫ 일이니 우리 만일 쥬림을 참고 빈영을 직혓다가 한군이 흔번 츙살ᄒᄂᆫ 날이면 엇지 옥셕이 구분ᄒᄂᆫ

환을 당흘지라. 맛당이 금야의 달 붉은 씌를 타 일즉이도망흠만 굿지 못흐니 가는 길의 만일 한병이 잡거든 한왕을 보고 연일 초영에 량식 이 업셔쥬림을 견듸지 못흐야 흘 뿐 아니라 한병의 형셰 즁흐니 스라나 기 어려워 각각 훗터 고향에도라가 부모와 쳐즈를 보고즈 흐느이다 흐 고 노화 살와 쥬소셔 흐면 한왕은 어진 인군이라반다시 우리 셩명을 보 젼케 흘지라 엇지 속졀업시 칼 아릐 죽으리오 흐고 모든 사룸이 의논을 졍흐민 각각 힝쟝을 찰여 일시의 다라느니 팔쳔 뎨즈와 각영 군시 열에 셔 칠팔인이 허여지거늘 졔쟝이 픽왕게 쥬흐고져 흐되 추시 밤이 스경 이라 픽왕이 우희로 더부러 잠이 달게드럿스민 감히 계청치 못하고 졔 쟝이 의논흐되 삼군이 훗터지고 다만 우리등 십여인뿐이이라. 한병이 알고 짓쳐 드러올거시니 픽왕이 스로잡힘을 면치 못흘진듸 우리등이 또흔 셩명을 보젼치 못흐리니 모든사룸의 도망흐는 가온듸 셧기여 가 느니만 굿지 못흐니 만일 픽왕을위흐야 원슈를 갑흐면 도로혀 살기를 어드려니와 만일 불힝흐야 픽왕과 흔가지로 죽을지니연즉 국가에 일 분 도리흠이 업고 죽으민 쇽졀업시 초목과 흔가지로 썩을지니 무엇에 리흐리오. 종니민 굴으듸 군등의 말이 또흔 당연흐다 흐고 이에 져마다 힝쟝을 각각 슈습흐야 모든 군스들노 더부러 진문 밧글 나 다라나더니 오즉 항빅이 스스로 혜오듸 내 옛날 홍문에셔쟝량의 죽을 거슬 구흐얏 고 또흔 한왕으로 더부러 혼인을 언약흐얏스니 내 이제 쟝량의게로 나 아가 한왕 보기를 구흐야 이셩지친을 믹질진듸 응당 봉후를 바들지라. 그러흐면 쵸에 후즈손을 젼흐야 죵시 끗치지 아닐 거시니 후시 엇지 아 름답지 아니흐리오 흐고 이에 칼을 집고 쟝량에 영치를 차져 가나라. 또 쥬란 환쵸 량쟝이 셔로 일으듸 우리는 대왕의 지우지은을 바닷스니 비록 죽음을 당흘지라도 가히 바리지 못흘 거시오 져 모든 사룸들은 흔 갓 목숨살기만 탐흐야 공교로운 말을 이러틋 지어흐니 가히 족가치(?0

못홀 거시라. 우리 쵸군시오히려 팔빅여인이 남앗스니 쟝즁의 드러가 픠왕을 씌와 거가를 보호ㅎ야 적병을 튱살ㅎ고나가 다시 거스흠만 갓지 못ㅎ도다 ㅎ고 쏘 일오디 만일 하늘이 돕지 아니ㅎ스 혹 픠왕이난을 만나면 우리등이 혼가지로 죽으리니 스후라도 혼빅이 셔로 싸라 좃칠지니 이는 대장부의 당당이 홀 비라. 엇지 졔인을 싸라 혼갓 구차히 살기를 도모ㅎ리오 ㅎ고 량인이 팔빅군스를 영솔ㅎ야 진문을 직히오다 한신이 바야흐로 쟝량에 통소 불 써를 당ㅎ야 관영으로 분부ㅎ야 각 영의 젼령ㅎ야 왈 쵸군이 반다시 다라날 거시니 일졀 막즈르지말고 져히 다라나는 디로 바려두라 ㅎ얏는지라. 일노써 졔쟝등이 난군즁의 셧거 싼 디를 헷치고 일시에 버려 나가니라. 차시 쥬란 환최 픠왕게 즉시 고코즈 ㅎ더니 픠왕이 바야흐로 씌여 졍히 옷슬 입고밧게 나아와 스면을 바라보고 그졔야 크게 놀나 글ㅇ디 모로미 한이 쵸를 어덧느냐? 엇진고로 초인이 이러틋 희쇼ㅎ뇨? 쥭란 환최 고ㅎ야 글ㅇ디 이졔아 군이 한신의 계교 쓰물 입어 쟝량으로 ㅎ야곰 뫼히 올라 통쇼 두어 곡조를 부러 아병을 흐트러지게 ㅎ야 각각 산ㅎ고졔자등도 다 도망ㅎ야 흐터져 다라나고 다만 이졔 소쟝등 두 사름만 남아 잇셔 쵸군 팔빅여인을 모화 오직 폐하의 영을 기다리고 잇느이다 원컨디 폐ㅎ는 이졔 쎡를 타 신등과 혼가지로 튱돌ㅎ야 나가면 가히 싼디를 버셔나려니와 만일 그러치 아니ㅎ면 한병이 쵸영이 뷜 줄알고 힘을 다ㅎ야 칠진디 엇지 방비ㅎ랴 ㅎ시느니잇고 ㅎ니 픠왕이 듯기를 다ㅎ고 탄식ㅎ기를 마지 아니ㅎ고 문득 두어 줄 눈물 나림을 씌닷지 못ㅎ야 드디여 쟝즁에 드러가 우희를보고 쵸병이 훗터져 다라남을 일오고 한숨지어 리별ㅎ기를 니르미 이쎡를 당ㅎ야 비록 쳘셕간쟝이라도 엇지 슲흐지 아니ㅎ리오? 항왕이 일오디 이는 텬디망이요 비젼지죄라 ㅎ니 좌우쏘흔 눈물을 흘니고 불감앙시ㅎ더라. 우희도 쏘흔 이졔야 잠을 씌여 이러느는지라. 픠왕이

여츳여차 이름을 듯고 울기를 마지 아니ᄒᆞ더라. 픽왕이 굴ᄋᆞ디 이제 아
군 장졸이 임의 다다라ᄂᆞ고 한병이 치기를 급히 ᄒᆞ니 내 이제 너를 리
별ᄒᆞ고 츙살ᄒᆞ야 나아가고ᄌᆞ 호디 츰아연연ᄒᆞ야 져바리지 못홀 거시
오 내 싱각ᄒᆞᆫ즉 널노 더부러 동락ᄒᆞᆫ 지 팔년에 일즉 잠시도 써나지 아
니ᄒᆞ고 비록 쳔군만마지즁이라도 널로 흔가지로 좃치단디더니 이졔 일
조에 불의지변을 당ᄒᆞ야 홀일업시 기리 리별을 ᄒᆞ니 연연흔 회포 상감
ᄒᆞ야 눈물나림을 ᄭᅵ닷지 못ᄒᆞ리로다. 우희 항왕에 여차 슬허홈을 보고
셔로 향ᄒᆞ야 실셩류체ᄒᆞ고 목이 메여 능히 말 못ᄒᆞ다가 반향후 에 늣겨
왈 쳡이 폐하의 편이ᄒᆞ신 졍을 입어 은혜를 마음에 ᄉᆞ못고 ᄶᅧ에 ᄉᆞ못쳐
능히 잇지 못ᄒᆞ더니 이제 불힝ᄒᆞ야 쳡을 바리고 가랴 ᄒᆞ시나 쳡에 약흔
간장이 ᄶᅧ으ᄂᆞᆫ 듯흔지라. 엇지 셔로 노ᄒᆞ리잇고? 드디여 픽왕에 옷ᄉᆞ
미를 휘여잡고 진진이 늣기기를 마지 아니ᄒᆞ며 진쥬ᄀᆞᆺ흔 눈물이 옥ᄀᆞᆺ
튼 얼골에 가득히 흐르고 부드러온 소리에 어리녹은 말소리 사름의 간
쟝이 다 스ᄂᆞᆫ 듯ᄒᆞ니 아모리 쳘셕갓흔 마음이라도 옥슈를 ᄲᅢ리치고 몸
을 도로혀 리별ᄒᆞ기 어렵더라. 이ᄯᅢ에 픽왕이 눈물을 드리오고 드디여
좌우를 명ᄒᆞ야 장즁에 슐을 두어 우희로 더부러 슐을 두어 잔식 붓기를
다ᄒᆞ고 노ᄅᆡ를 지어 부르니 기 가에 굴왓스디 럭발산혜여 긔긔셰로다
시불리혜여 츄불거로다 츄불거혜여 가ᄂᆡ하오 우혜우혜여ᄂᆡ약하오 이
글 쯧이 힘이 산을 ᄲᅢ힘이 되여 긔운이 셰상에 덥혓도다. ᄶᅵ리치 못홈
이여 오츄미 가지아니ᄒᆞᄂᆞᆫ도다. 츄미 가지 아니홈이여 가히 엇지홀고
홈이러라.

픽왕이 노ᄅᆡ 부르기를 다ᄒᆞᄆᆡ 다시 우희로 더부러 두어 잔을 마시고
우희 ᄯᅩ흔 노ᄅᆡ를 지어 인ᄒᆞ야 화답ᄒᆞ니 기 가에 굴왓스디 한병이 이약
지ᄒᆞ니 ᄉᆞ면이 쵸가셩이라 대왕이 의긔진ᄒᆞ니 하쵸싱가 이 글 쯧이 한
나라 군시 임의 일으니 ᄉᆞ면에 초나라 노ᄅᆡ 소리로다. 대왕이 의긔 다

ᄒᆞ얏스니 천첩이 무슴 일노 살기를 바라리오 홈이러라.

뎨륙회
漢王封功臣爵賞 한왕이 공신의 작상을 봉ᄒᆞ고
張良尋訪赤松子 쟝량이 젹송ᄌᆞ를 찻다

ᄑᆡ왕이 이럿틋 우회로 더부러 ᄒᆞᆫ가지로 글을 지어 화답ᄒᆞ기를 맛츠
미 슐을 부어 서로 권ᄒᆞ더니 니러구러 오경에 니르러 북을 치ᄂᆞᆫ지라.
쥬란 환쵀 쟝 밧게셔 급히 지쵹ᄒᆞ야 글ᄋᆞ되 이졔 동방이 긔빅ᄒᆞ야 하늘
이 장찻 붉아오니 폐하ᄂᆞᆫ 가히 급급히 힝ᄒᆞ소셔. ᄑᆡ왕이 다시 우회를
리별ᄒᆞ야 글ᄋᆞ되 나는 쟝찻 가겟노라 너는 모로미 방신을 보존ᄒᆞ라. 희
글ᄋᆞ되 대왕이 이제 싼 거슬 헷쳐 나아가시면 첩을 어다 싸에 두시려 ᄒᆞ
시ᄂᆞ니잇고? ᄑᆡ왕이 듭왈 류방이 만일 너의 경국지싴을 보면 응당 너
를 머므러 반다시 슈유불리ᄒᆞ야 각별이 총이ᄒᆞᆯ 거시니엇지 잇슬 쎄 업
스리오? 우회 갈ᄋᆞ되 첩이 원컨되 대왕에 뒤를 좃차 모든 군ᄉᆞ의게 셧
기여 나아가면 다힝이 나아가고 만일 못 나가면 당당이 대왕에 말 압히
셔 ᄒᆞᆫ번 죽어 혼빅이라도 대왕을 좃차 강을 건너 고향으로 가셔 션영하
에 뭇치면 첩의 원이 족ᄒᆞᆯ가 ᄒᆞᄂᆞ이다. ᄑᆡ왕이 듯고 이셕ᄒᆞ야 글ᄋᆞ되 빅
마군즁에 패극이 셔리 ᄀᆞ치고 쳔만갑시 ᄉᆞ방에 둘너잇스니 비록 효용ᄒᆞᆫ
남ᄌᆞ라도 감히 나아가지 못ᄒᆞ거든 네 본되 교미ᄒᆞ고 말달니기를 잘못
ᄒᆞ니 속졀업시 ᄒᆞᆫ ᄀᆞ치고은 얼골을 일을 따름이라. 진실노 반셰 쳥츈이 가
련토다. 희 눈물을 씻고 유성화어로 글 ᄋᆞ되 원컨되 대왕의 보검을 빌
니시면 첩이 거짓 남ᄌᆞ의 쟝속을 ᄒᆞ고 대왕의 뒤를 좃치리이다. ᄑᆡ왕이
그 말을 드른즉 ᄉᆞ긔 당연ᄒᆞᆫ지라. 일호 의심치 아니ᄒᆞ고 드되여 보검을
쌔혀 쥬니 바다 손에 쥐고 다시 울며 ᄑᆡ왕을 향ᄒᆞ야 슯히 울며 말ᄒᆞ야

왈 쳡이 대왕에 은혜를 만분지일도 갑흘 길이 업스니 ㅎ번 쾌히 죽어 다른 염녜나 쉰케 ㅎ리이다 ㅎ고 드듸여 즈문이스 ㅎ니 후인이 쪄마다 굴으듸 우희는 만고문이졀싁이되 마음이 단졍ㅎ기로 평싱을 슈졀ㅎ야 일부종스ㅎ랴 ㅎ다가 쎡를 그릇 맛나 필경은 즈스ㅎ니 가히 익셕ㅎ도 다 ㅎ고 쪄마다 락누ㅎ지 아니리 업더라. 픠왕이 굿득이 마음이 황난ㅎ 즁에 쪄 우희 죽는 냥을 춤아 바로 보지못ㅎ야 슯히 통곡ㅎ고 거의 말 게 써러질 듯ㅎ거늘 쥬란이 고왈 폐히 맛당히 텬하로써 즁흠을 삼을 거 시어늘 엇지 일기 미인을 위ㅎ야 이럿트시 슬허ㅎ시느니 잇고 ㅎ고 만 류ㅎ더라.

우즈긔는 쏘흔 우희 죽는 냥을 보고 스스로 군즁에셔 죽으니라. 픠 왕이 팔빅여군을 거나려 진머리를 츙살ㅎ니 관영이 본부인마를 거나 려 늬다라 막으니 픠왕이 말을 쒸여 창을 들고관영의게 다라드러 슈십 합을 싸흘싀 관영이 패ㅎ야 닷거늘 패왕이 감히 쓰르지 못ㅎ고 다만싼 듸를 헷쳐 힘을 분발ㅎ야 츙살ㅎ니 한병이 능히 져당치 못ㅎ더라. 촌시 한왕이 한신으로더브러 대병을 거나려 싸로더니 번쾌 뢰우에 올나 대 긔를 둘너 팔로 복병을 일희여 스면을싸니 조참의 군시 졍히 쥬란 환초 뒤진을 막아 급히 부장 뉴가 왕슈 주룡 이봉을 거나려 가는 길을 막는 지라. 쥬란 환최 도라보니 초군이 다만 이십여긔 잇스니 가장 외로온지 라. 모든 장슈를 듸젹고즈 ㅎ듸 힘이 능히 밋지 못ㅎ고 쏘흔 한병의게 스로잡힐가 져허ㅎ야 하늘을 우러러 탄식 고왈 신의 힘이 이러틋 진ㅎ 얏스니 능히 져당치 못ㅎ느이다 ㅎ고 드듸여 칼을 쌔혀 즈문ㅎ니 좃춘 군스 이십여명이 다 해를 닙으니라. 한왕이 대병을 분ㅎ야 뒤흘 쓰로거 늘 패왕이 싼듸를 헷쳐 급히 해하로 갈싀 물가에 이르니 흔낫 겨근 빈 믹여 잇거늘 픠왕이 군스를 명ㅎ야 비를 잡아타고 건너고 쏘 못 건넌 군스를 연속ㅎ야 건너셔 졈고ㅎ니라. 다만 빅여긔가 남앗더라. 쏘 슈리는 힝ㅎ야 음능에 니르니 넷길이 회미혼지라. 슈면을 살펴보니 져근 닉 물가흘 씨고 쏘 뭣글이 크게 이러나고 금고 소릐 텬디를 진동ㅎ더니 문득 보니 혼 젼뷔 길가에 잇거늘 픠왕이 문왈 아지 못게라 어늬 곳으로 좃ᄎ 나가야 강동으로 가리요? 젼뷔 픠왕에 입은 갑쥬 가장 이샹ㅎ믈 보고 싱각ㅎ디 이 반다시 픠왕이로다. 임의 평셩의 도읍혼 지 두어 해에 빅셩의게 일분도 덕을 깃츠미 업고 살해ㅎ믈 위쥬ㅎ니 빅셩이 그해를 입엇더니 이졔 속졀업시 한왕의게 좃치물 입어 넷길을 일허 강동으로 가고져 ㅎ니 가히 졍길을 ᄅ르치지(?) 말 거시라 ㅎ고 침음ㅎ다가 맛참니 답지아니ㅎ니 픠왕왈 젼부는 두려워ㅎ지 말나 나는 과연 픠왕이라 이졔 한병이 나에 뒤를 ᄯᆞ르기를 급히 ㅎ니 밧비 강동으로 나가고져 ㅎ디 어늬 길로 갈 바를 아지 못ㅎ노라. 젼부 거즛 속여 굴오디 왼역길노 좃ᄎ ᄎ져 가소셔 ㅎ거늘 픠왕이 젼부의 거즛 가르침을 고지듯고 드듸여 왼역흐로 힝ㅎ더니일리는 못 가셔 큰못 가온듸 쌔져 능히 나오지 못ㅎ게 되엿더니 오추마는 룡총이 혼번 쒸여이러 나오므로 대퇴 즁에 쒸여나와 게오 알푸로 나가더니 압해 일지인믜 일으거늘 ᄌ시보니이는 양희러라. 픠왕 왈 내 이졔 인곤마핍ㅎ고쏘 대퇴에 쌔젓더니 겨우 나와 여력이 진ㅎ기로 능히 듸젹지 못ㅎ니 네 젼일 나를 두어 희를 좃찻ᄂ지라. 이졔 날과 혼가지로 강동으로나가 다시 병마를 졍계ㅎ야 오게 되면 맛당이 너를 봉ㅎ야 만호후를 ㅎ여 부귀를 혼가지로홀지라. 엇지 구타여 나를 ᄯᅡ라가지 안ᄂ뇨? 양희 왈 대왕이 츙간을 듯지 아니ㅎ며 현ᄉ를앗기지 안○ 크게 무도혼 일을 힝ㅎ다가 이에 이르럿스니 비록 강을 건널지라도 맛ᄎᆷ니 대업은 일우지 못홀지라. 신이 이졔 한왕을 셤기니 진짓 그 님ᄌ를 어덧ᄂ지라. 이졔 봉명ㅎ야 이에 ᄯᅡ라왓스니 젼일 군신지의 잇ᄂ지라. 감히 무상치 못ㅎ거니와 힝혀나 즉시 나와 항복ㅎ시면 혼가지로 한왕씌 뵈와 봉후의 귀홈을 일치 아니리니 존의 엇

더흐시뇨? 패왕이 이말을 듯고 불승되로흐야 창을 드러 양희게 다라드
니 양희 픽왕으로 더부러 싸화 두 팔이 섯겨 슈십여합을 싸홀시 픽왕
이 문득 창을 쏫고 급히 치를 드러 양희를 치니 양희 급히 피흐다가 왼
편 억기를 마ㅈ 말게 느려지니 픽왕이 다시 창을 드러 지르고져 흐더니
양무 왕예등ㅅ장이 일시에 일러 양희를 구흐야 말을 틱와 대진으로
도라가고 모든 장쉬 왕을 되적흐야 일시에 둘니치고 픽왕이 쏘흔 싸홀
마음이 업셔 말을 치쳐 강동길을 바라고 닷더니 도라보니 좃친 지 다만
이십팔긔만 남앗더라. 픽왕이 스스로 싱각흐되 능히 한군에 겹겹이 싼
인거슬 버셔나지 못흘 거시오 쏘 몸이 곤핍하고 날이 점점 어두어 황혼
의 니르고 길이 가장협착흐되 슈목이 총집흔지라. 한병이 싸르면 엇지
흘 슈 업ㄴ지라. 픽왕이 망지소조흐니 좌위 굴ㅇ되 대왕이 연일흐야 풍
진의 구치흐시고 비불니 먹지 못흐시고 신등도 왕을 좃ㅊ 일만번 죽을
지경에 겨우 사라낫스나 쏘흔 먹지 못흐얏고 말이 풀과 물도 먹지 못흐
얏스니 슈목이 이러트시 총잡흔 가온되 한병이 둘너싼 빗이 잇스나 길
이젹고 남기 만흐니 졔 감히 나아오지 못흘지라. 대왕이 이졔 나아가
인가를 차져가 잠간 쉬여 하늘이 붉거든 힝흠이 가흐ㄴ이다. 픽왕이
그 말을 좃차 나아갈시 문득 바라보니 슈풀 스이에 희미히 불이 빗최
거늘이씨ㄴ 초경의 밋쳣더라. 인민둔취흐얏ㄴ가 흐야 모든 사롬을 다
리고 큰 슈풀에 이르니 불빗츤 홀연 보지 못흐고 옛 원당이 잇거늘 모
다 일ㅇ되 가히 원당에 드러가 쉬ㅅ이다 흐되 픽왕이 종긔언흐야 힝흐
야 문에 이르러ㄴ 문득 잔완흐ㄴ 물소릭 나거늘 말을 잡고 나아가보니
맑은 시닉물이 잔잔흐니 말을 치쳐 나아가 말을 물을 먹이고 쏘 소졸
노 흐야곰 즈긔보도를 가져 시닉가의 가 큰돌 우에 가라 젹장을 춤살케
흐라 흐니 소졸이 힘이 약흐야 능히 휘여들지 못흐ㄴ지라. 픽왕이 이를
보고 말게 나려 스스로 보도를 가져 돌우에 갈고 쏘힘을 써 바회을 드

러 흔 가에 노흐니 그 돌 노혓든 밋츠로셔 맑은 시암이 소스나며 인흐
야 옛우물이 되나라.이곳은 일홈이 홍교원이니 오강에서 샹게 칠십오
리 남짓ᄒ더라. 큰 슈픐과업더진 돌 스이에 지금ᄭ지 항왕에 말 먹이든
시암과 칼 가는 돌이 잇셔 고젹이 되나라. 픽왕이 모든 사룸과 흔가지
로 원즁에 나아가 두편 힝낭의 다ᄃ라 사룸을 차지되 보지 못ᄒ고뒤방
에 두어 늙은이 잇셔 화로에 둘러안젓거ᄂᆞᆯ 소졸이 늙으니다려 문왈 엇
지 인젹이 업ᄂᆞ뇨? 되왈 슈군이 슈십인이러니 요스이 쵸한이 교젼ᄒᆞᆷ을
듯고 다 도망ᄒ얏스니 아등은 늙은거시라 ᄒᆞ고 쓸듸업다 ᄒᆞ고 이에 두
엇시나 그듸ᄂᆞᆫ 무슴 연고로 이ᄀᆞᆺ치 뭇ᄂᆞ뇨? 소졸이 글ᄋᆞ 듸 ◯리셔 초
픽왕이 한군에 싸롬을 입어 이에 이르럿스되 밤이 임의 깁허 삼경이 된
지라. 능히 나아가지 못ᄒᆞ리라 하로밤 쉬여 가고ᄌ ᄒᆞᄂᆞ니 너희 먹든
밥이 남아 잇거든 우리 대왕쎄 드려 요긔ᄒᆞ게 ᄒᆞᆷ이 엇더ᄒᆞ뇨? 로군이
이에 픽왕을 마ᄌ 안에 드리고 모다 나와 졀ᄒᆞ야 뵈이니 왕왈 나의 힝
혀 량미 잇거든 밥을 지어 모든 사룸을 먹이라 내 강을 건너면 네 쌀 한
셤에 빅 셤을 갑흐리라 흔 군시 진젼고왈 이싸히 대왕의 가음아ᄂᆞᆫ 싸
히니 엇지 곡식 갑기를 바라리잇고? 픽왕이 대희ᄒᆞ야 ᄒᆞ더라. 로인등
이 쌀 흔 셤을 너여 모든 군스를 쥬어 밥을 짓고 덜나물을 익혀 몬져 픽
왕게 드리며 제군이 난화 먹고 초야를 지ᄂᆡ더니 한병이 다다르러 납함
ᄒᆞ고 크게 에우니 픽왕이 대로ᄒᆞ야 제군을 거ᄂᆞ리고 겹겹이 싸힌 거슬
헷치고 급히 다라나대 강 북안에 이르니 이 강 일홈◯ 오강이라. 픽왕
이 강을 건너고ᄌ ᄒᆞ더니 오강졍장이 빅를 다히고 픽왕다려 일ᄋᆞ듸 강
동이 비록 젹으나 디방이 쳔리라. 대왕이 본듸 즁흔 몸이니 슈쳔 만인을
어더 왕락을 누릴 거시니 원컨듸 대왕은 급히 건나고 ᄯᅥ를 일치 마르쇼
셔. 픽왕이 장탄왈 텬지망이니 내 엇지 건너가며 이제 팔쳔뎨지 흣터졋
스니 비록 강동부뫼나를 어엿비 넉여 왕을 숨으나 하면목으로 부로를

보리오 ᄒ고 필경은 ᄌ문이ᄉᄒ니라. 희라 항왕이 진시황 십오년에 나셔 대한오년 동십월에 오강에셔 죽으니 삼십일셰러라. 항왕이 임의 죽으니 초 ᄶ히 이에 평졍ᄒ니 한왕이 장량으로 유후를 봉ᄒ고 식읍을 삼만호를 ᄉ급ᄒ고 기여쇼하등 십여인을 다 차례로 봉작하니라. 차편 이 ᄉ긔에 잇ᄂᆞᆫ 고로 ᄃᆡ강 긔록ᄒᆞ야후인을 보게 ᄒ노라.

Ⅲ. 새로 발굴한 동학가사 〈궁을성도가(弓乙成道歌)〉

* 자료 해설

여기 소개하는 자료는 동학가사이다. 홍윤표 교수 소장 《무극도경 (無極道經)》이란 제목의 필사본 책에 다른 동학가사들과 함께 실려 있다. 이 책에 실린 작품을 차례대로 모두 보이면, 〈무극도경(無極道 經)〉, 〈팔괘변역가〉, 〈경훈가〉, 〈근농가〉, 〈궁을성도가〉, 〈몽중현기서 (夢中玄機書)〉, 〈안심가〉 등이다. 이 가운데에서 〈무극도경(無極道 經)〉과 〈몽중현기서(夢中玄機書)〉은 국한혼용 산문이며, 나머지는 순 국문으로 된 동학가사이다. 〈무극도경(無極道經)〉과 〈몽중현기서(夢 中玄機書)〉 및 〈궁을성도가〉는 그간 알려지지 않은 글로 보이며, 여타 동학가사들은 이미 알려진 것들이다.

〈무극도경(無極道經)〉과 〈몽중현기서(夢中玄機書)〉는 동학의 교리 를 풀이한 내용인바, 〈무극도경(無極道經)〉 서문 말미에 '제세주 강생 93년 9월 일 안정효 초서(濟世主降生九十三年九月日安定寅初序)'라 적혀 있어, 최제우가 탄생한 1824년의 93년 되는 해 즉 1917년 9월에 안정인(安定寅)이 썼다는 것을 알 수 있다. 안정인은 미지의 인물이다.

〈궁을성도가〉는 작품 제목 그대로, '궁궁을을'을 주요 내용으로 하는 노래를 부르면 도를 이룬다는 포교 목적의 가사이다. 〈궁을가〉는 용담유사 권36에 실려 있는바. 작자와 연대 미상의 동학가사로서 44조로 된 장편가사로, 이 노래만 부르면 외국 군대가 침범치 못한다고 함으로써 다분히 종교적이거나 주술적인 성격을 강하게 띠고 있다. 〈궁을성도가〉는 바로 이 사실을 환기하면서 다시금 이 노래를 정성껏 부를 것을 강조하고 있다. 임기중 교수가 엮은《역대가사문학전집》에도 실리지 않은 것으로 미루어 새 자료라고 보여 여기에 소개한다. 띄어쓰기만 지금과 같이 하고 나머지는 원문 그래도 표기하였음을 밝혀둔다.

귀한 자료를 선선히 제공해 주신 홍윤표 선생님께 감사한다. 앞으로 안정인과 〈궁을성도가〉에 대해 본격적인 연구가 이루어져야 할 것이다. 〈무극도경(無極道經)〉과 〈몽중현기서(夢中玄機書)〉는 다음 기회에 번역해 소개하고자 한다.

〈궁을셩도가〉

1. 만승도사 엄명으로 수도수신 도통하여
2. 광제창싱 치덕하에 주류사방 웃듬이라
3. 만수도인 요힝나셔 모춘삼월 십오일에
4. 편강궁을 신인등을 분야지닉 십이국에
5. 비산비야 하처물고 비천비지 성신이라

6. 십이회종 셩도시에 좌션우션 위주로다

7. 일천지하 되본의난 편강궁을 노리로다

8. 쳥춘소년 유협덜아 되박풍유 조타말고

9. 십이회로 셩도하니 다시신명 십이회라

10. 신통육례 제일이라 사셔삼경 만히일거

11. 수도수신 졍심하여 충의효열 어들쩌에

12. 남에게 젹악말고 졍심한즉 면읙이라

13. 텬지운수 장황하니 젹션자는 무고로다

14. 천지망망 져궁을을 어늬창싱 뉘알소냐

15. 궁을인들 다알손가 악과망이 션복이라

16. 인지호지 원셩이면 국틱민안 차시로다

17. 요순지풍 되련만은 도인외에 뉘알소냐

18. 발동말고 수도하면 도하지가 이것이라

19. 지셩으로 늘불으면 외국병이 불범이라

20. 이직젼젼 가지말소 동셔남북 사싀이라

21. 만수도인 현인군자 일실지늬 이슬진듸

22. 그곳에 질병업고 오곡이 풍등하다

23. 셩궁셩을이 습진하니 이믹망영 소멸이라

24. 좌션우션 습도하니 질병호한 근심할가

25. 우리아동 동무덜아 궁을가나 블너보자

26. 너는좌션 나는우션 궁을듸로 놀아보자

27. 장원천지 졍궁을을 인화업시 습도하랴

28. 인구유토 뉘알손가 수신졍도 안즐좌짜

29. 건곤부모 인자하니 억조창싱 싱각이라

30. 만화궁을 늬림한들 싱활지방 뉘알소냐

31. 낙반사유 뉘알손가 인의례지 적선이라

32. 쳔지졍비 다시되니 시화연풍 이안닌가

33. 사람마다 안불으면 년년기한 엇지할고

34. 소지면익 결노되면 틱평셩딕 이안닌가

35. 사람마다 늘불으면 셰셰연풍 하련만은

36. 주야불망 늘불너서 쳔덕사은 갑하보자

37. 주류주류 만셰주류 조홀시구 조홀시구

38. 익고익고 저빅셩아 가단말이 어인말고

39. 고국본토 다바리고 어늬강산 가랴는가

40. 부노휴유 가지말소 틱평셩딕 조흔쎅에

41. 팔황쳔지 싱겨실졔 일난일치 잇나니라

42. 삼지지화 부제하니 셰상사가 찰난이라

43. 국가츙셩 효부모면 삼지팔난 잇슬소냐

44. 가고가난 져빅셩아 이향친척 어이할고

45. 차시구복 불원하미 쳔하틱평 결노된다

46. 부모쳐자 다바리고 길지찻난 저빅셩아

47. 오복이 늬몸이라 길셩조림 어데인야

48. 기만명이 살앗던가 자고창싱 피란하야

49. 인의례지 어진마음 상인히물 젼혀말며

50. 싱활지방 늬게잇셔 부모쳐자 안보하라

51. 져기가는 져소년아 궁을가를 웃지말소

52. 사궁을 셩도할졔 일인화도 극란이라

53. 귀농지셩 소릭말고 궁을노릭 불너보자

54. 쳔지가화 조흔노릭 어느뉘가 안불을고

55. 률여조양 조홀시구 낙낙장송 노릭로다

56. 궁을불너 인화하면 직앙춘소 오복이온다

57. 부귀빈천 원치마소 사람마다 써가잇네

58. 기인취물 위주하면 그성세가 멧날갈가

59. 적악자를 죽이랴고 차세상이 분분이라

60. 남아세상 쳐히나셔 유현지명 근본이라

61. 남을속이고 안전지낙 일시호난 자손까지 멸망이라

62. 부모은덕 잇지말고 공경부모 하효하라

63. 도로방황 저빅성아 남부여디 가지말고

64. 쳔은지덕 잇지말며 보국안민 일치말고

65. 궁을가를 불너보소 싱활지방 늬게잇네

66. 답답하고 셜흔사람 심산궁곡 차자간다

67. 피세하야 은익하면 천죄자자 살아날가

68. 가도록사 죽나니라 엇지하야 살잔말고

69. 종천강종지출은 자고로 업서스니 적악자난 무가늬하라

70. 일편수신 인나하고 싱활지방 찾난도다

71. 일인지화가 만인지본이니 차시셩도 궁을이라

72. 불리친척 가지말고 인의상디 근본이라

73. 우습고 가소롭다 남천북거 어인일고

74. 수도업난 그노릭라도 늘부르면 인화로다

75. 쳐쳐창싱 미련하다 직가불리 피란이라

76. 구변구복 차시천지 인화로서 지성이라

77. 불복졍위 이러하니 이십여년 분분하다

78. 춘츄전국 이러날제 천지운수 안닐넌가

79. 차시갑자 삼월천에 틱양틱음 정비로다

80. 얼시구나 불너보자 천시불너 인화로다

81. 국틱민안 절노되니 난신적자 물러간다

82. 시호시호 조흘싀남아독의 이찌로다

83. 얼사조타 좌편궁을 사시만물 치질한다

84. 불벌자퇴 절노되면 아딕제겔 이찌로다

85. 궁을가를 지은도사 동요가라쳐 션화로다

86. 얼시구나 불너보자 창싱도탄 업서진다

87. 삼빅육십 각읍틱슈 포덕포화 하난도다

88. 우리틱수 두로로다 천자구군 하여스면

89. 국틱민안 각읍틱평 이안니 조흘손가

90. 조션강산 명산이라 도통군자 쏘낫구나

91. 사명당이 깅싱하니 승평세게 불원이라

92. 비장용장 잇난도다 사시풍진 다쓸어진다

93. 지금천지 불힝하니 천지운수 무가닉라

94. 천명업시 사셜소냐 이딕천명 승시로다

95. 수도한즉 용신이라 풍운둔술 임의롭다

96. 천변만화 궁을차시 도통자난 조화로다

97. 지셩자난 용화하여 천지운익 방비로다

98. 초야에 늘근영웅덜은 궁궁을을 용화로다

99. 구변구복 차시지화 궁을이야 용신이라

100. 이지궁궁 여게잇서 늘부르면 용신이라

101. 포악자을 작히하고 적선자을 싱활이라

102. 적악자를 구별하니 틱극궁을 신명이라

103. 물욕지심 다바리고 궁궁을을 노라보자

104. 이찌천지 구복시에 궁을도통 유현이라

105. 딕셩지화 도라온다 어셔밧비 불너보자

106. 양유동풍 삼월천에 다시 팃평도라온다

107. 효제충신 예의염치 차시성덕 김명이라

108. 궁을지화 현발하면 요순지절 도라온다

109. 팔조목 다시볼가 삼강오상 종셔로다

110. 자고급금 팃평세계 인의례지 업슬소냐

111. 무위이화 궁을가싱 억만창싱 누실타랴

112. 인긔위지 허언이라 불신자난 무화로다

113. 차역천수 무가늬라 환도하여 들을소냐

114. 인역으로 엇지할가 유복자난 신청이라

115. 부자형제 일신이나 일자불신 일불효라

116. 궁을인들 다구하랴 지셩자난 오복이라

117. 천금일신 싱각거든 만화궁을 지셩하라

118. 부모쳐자 싱각커던 궁을도통 하여보소

119. 셰상사람 싱각거든 궁을지사 잇지마소

120. 일가친쳑 싱각거던 궁궁을을 불너보소

121. 보계창싱 싱각거던 궁궁을을 불너보소

122. 자고이릭 충신열사 난이포식 수신인가

123. 청한렬사 빈곤으로 일심정도 하여보소

124. 치천하지 틔본의난 도명덕화 제일이라

125. 부귀로셔 광제힛나 덕화로셔 제세니라

126. 이노릭 한곡조에 도통자난 무한이라

127. 인노릭 한곡조에 일동즁이 무고로다

128. 이노릭 한곡조에 만화궁을 포덕이라

129. 인의례지 등지는놈 픽도위주 뉘말할고

130. 가고가고 저사람덜 이힝남천 어인일고

131. 지셩업시 피난하니 가는곳이 사지니라
132. 젹악지심 다바리고 궁을노리 드러보소
133. 남쳔북쳔 월강하야 국가은덕 빈반한다
134. 쳔은빈반 뉘가살리 가도록사 죽난니라
135. 억조창싱 승지업셔 피란하여 가지말고
136. 어룡조수 집바리면 비거비리 죽나니라
137. 동요듯고 근신하면 일신졍도 못살소냐
138. 연호잡물 호구지쳑 만빅셩에 근본이라
139. 길지차져 가지말고 금일부터 졍심하소
140. 쳔싱만민 각수직업 직업을 힘쓰면셔
141. 궁을지화 입어보소 궁궁을을 셩도로다
142. 춘아춘아 틱평춘아 사시안졍 틱평춘아
143. 삼십육궁 도시춘아 동원도리 편시춘아
144. 녹음방초 승화시에 안니놀고 무엇하리
145. 궁을가나 불으면셔 길이길이 놀아보세
146. 쳔궁쳔을 이사쳔하고 틱궁틱을 이사지로다
147. 이노리을 늘불으면 궁궁을을 셩도로다

Ⅳ. 중외일보(1927.3~4) 문학관계
기사목록 및 주요작품의 원문

주지하는 바, 중외일보는 조선 동아와 함께 일제 시대 주요 신문 가운데 하나다. 하지만 두 신문에 비해 관심이 덜하였다. 그간 현전하는 기사가 영인되어 보급되고, 일부 연구 논문이 나오기도 했으나, 다른 두 신문에 비해 미미한 형ㄴ편이다. 아직 발굴되지 않은 자료도 상당 수이다.

필자는 최근에 새로 발굴된 중외일보 기사를 미디어가온에서 확인하였다. 1927년 3월과 4월, 두 달치 기사의 원문이다. 그 가운데에는 이기영의 소설 〈비밀회의〉, 김동환의 수필 〈초혼〉, 심훈의 시 〈거국사〉 등이 들어있어 주목할 만하다. 그 동안에는 검열후 삭제되어 배포된 것(이른바 벽돌질을 당한 것)만을 정진석 교수의 관련 자료집에서 볼 수 있었던 것인데, 검열받기 전에 가두판매하였거나 따로 비치해 둔 것이라 판단된다.

이기영의 〈비밀회의〉의 경우, 마지막회 말미에 "1927년 3월 20일 작"이라고 되어 있어 창작 시기가 분명하다. 1927 3월 30일부터 4월 5

일까지 5회에 걸쳐서 실린 전문이 발견되었으니, 탈고한 지 10일 만에 신문 지면을 통해 발표된 셈이다. 그간 이 작품은 제목만 전할 뿐 내용은 알 수 없었던 것인데 확인할 수 있으니 다행이다.

이 작품의 내용은 동전들을 의인화해서 사회의 여러 문제점을 지적한 것이다. 돈을 주인공을 내세워 자본주의를 비판했다는 점에서 이색적이다. 인간 사회에도 계급 차별이 있듯이 돈의 세계에도 그렇다면서, 이 모순을 깨달은 돈들이 주동이 되어 인간의 꿈 속에 들어가 이 사실을 계몽해 인간 사회의 혁명을 고취해야 한다고 주장하고 있다. 사람들이 자본주의 사회의 문제점을 인식하지 못하고 자신들이 가난하게 사는 것을 '팔자'의 문제로 돌린다고 비판하면서 기독교 또한 사람들에게 자신의 계급의 문제를 숙명처럼 수용하게 만든다며, 무산자끼리 대동단결할 것을 주장하기도 한다. 지전(紙錢)=부르조아, 동전(銅錢)=프로레타리아로 등치시킨 후 프로레타리아 노동자의 자각을 도모해 혁명을 해야 한다는 것이다. 문학사가인 조동일 선생은 이 작품을 일람한 후 "이기영 소설의 최고봉"이라고 극찬하고 있는데, 전공자들이 자세히 연구해 문학사적인 가치를 드러내기를 희망한다.

파인 김동환의 〈초혼〉은 6.10만세 사건 때, 일본 경찰에게 잡혀 고문을 당하다 죽은 친구의 이야기를 산문과 시의 형식을 빌려 쓴 글이다. 이 작품도 일제 검열 삭제 표시가 되어 있어, 파인 김동환이 적어도 이 시기에는 친일적인 작가가 아니었다는 것을 알 수 있게 한다.

심훈의 〈거국사〉는 제목이 바뀌어 심훈 시선집에 〈잘 잇거라 나의 서울아〉라는 시의 원형으로 보이는바, 같은 시라고 보기 힘들 정도로 첫 연을 제외한 모든 내용과 시어가 바뀌어 있다.

이 글에서는 우선 이 두 달치 중외일보의 기사 중 문학관계기사 일

부의 목록을 소개한다. 아울러 비교적 중요하다고 보이는 작품들의
원문을 전문 입력해 보이고 맨 뒤에 그 원전 사진의 일부를 싣는다. 띄
어쓰기만 현행대로 다듬고 표기는 원문대로 하되, 더러 한자를 노출
한 곳은 한글로 적고 괄호 안에 원전의 한자를 병기하는 형식으로 바
꾸었음을 밝혀둔다. 명백한 오자로 보이는 곳은 고치기도 하였다.

I. 중외일보 1927년 3월, 4월 문학관계 기사목록(일부)

1927. 3. 6.　심훈, 거국사(去國辭)(시)

1927. 3. 7.　이정섭, 호한(?漢)기행(기행문)

1927. 3. 11.　이일, 잠자지 못하는 왕자(3)(동화)

1927. 3. 17.　유도순, 기홀(紀笏)병원 침상 우에서(시)

1927. 3. 19.　압수당할 원고의 고료 지불 문제로 현대평론사를 상대
　　　　　　　하야 문예가협회 회원 단결 / 문제 발단은 이씨 소설
　　　　　　　(이기영의 〈호외〉 : 필자 주 압수 까닭에 문뎨가 발생
　　　　　　　기사) 이강수, 처지를 불망(不忘)(웅변 요지)

1927. 3. 29.　조중곤, 선전과 예술-금화산씨의 계급예술론의　신전
　　　　　　　개에 대하야(6)(평론)

1927. 3. 30.　이기영, 비밀회의(1)(소설)

1927. 4. 1.　이기영, 비밀회의(2)(소설)

1927. 4. 3.　이기영, 비밀회의(3)(소설)

1927. 4. 4.　이기영, 비밀회의(4)(소설)
　　　　　　　박일봉, 봄메에(시)(소설)

1927. 4. 5.　이기영, 비밀회의(5)(소설)

1927. 4. 6.　엄필진, 삼형제(3)(동화)

1927. 4. 7.　파인, 초혼(1)(시를 포함한 산문)

1927. 4. 8.　파인, 초혼(2)(시를 포함한 산문)

1927. 4. 8.　김동환, 조(弔)월남이상재선생(조사)

　　　　　　노자영, 애란문학의 애국적 정조(1)(평론)

1927. 4. 9.　호성(胡星), 출범의 노래(시)

　　　　　　손순일, 노동적 예술의 일고(평론)

　　　　　　김니콜라이(박팔양), 노방연설과 복순이(시)

　　　　　　노자영, 애란문학의 애국적 정조(2)(평론)

1927. 4. 12.　최병화, 팔려간 풍금(2)(동화)

　　　　　　노자영, 애란문학의 애국적 정조(4)(평론)

1927. 4. 13.　양주동, 문단시비에 대하야-해외문학 모 동인에 답한

　　　　　　다(3)(평론)

　　　　　　김단정(金丹鼎), 괴적(怪賊)(17)(소설)

1927. 4. 14.　엄필진, 의 조혼 부부(1)(동화)

　　　　　　안악 우태형, 비가 오네(동요)

　　　　　　윤효건, 밤(시)

　　　　　　고산 이동찬, 개골이(동요)

　　　　　　양주동, 문단시비에 대하야(4)(평론)

1927. 4. 16.　최호동, 부역(소설)

1927. 4. 19.　이구영, 조선 영화계의 현상과 장래의 희망(3)(평론)

　　　　　　최영택, 소년문예운동방지론(2)(평론)

　　　　　　이하윤, 다시 독자 양주동 군에게 주노라(2)(평론)

1927. 4. 21.　연성흠, 날르는 가방(동화)

1927. 4. 23.　파인, 쇠소리가튼 녀성과 수탉가튼 녀성(부인시평)

윤석중, 바닷가(동시)

김유수, 써나가는 이의 놀애(시) 流水於箕子廟前(시)

1927. 4. 25.　김진섭, 속(續) 기괴한 비평현상(1)(평론)

1927. 4. 26.　김여수(박팔양), 근영편편(近?片片)(시)-봄-(시)

　　　　　　김진섭, 속 기괴한 비평현상(2)(평론)

1927. 4. 27.　김진섭, 속 기괴한 비평현상(3)(평론)

　　　　　　김여수(박팔양), 근영편편(近咏片片)(시)-살음-(시)

　　　　　　김여수(박팔양), 근영편편(近咏片片)(시)-그리움-(시)

1927. 4. 28.　윤석중, 달밤(동요)

　　　　　　전병덕, 개나리꼿(1)(동화)

　　　　　　김진섭, 속 기괴한 비평현상(4)(평론)

1927. 4. 30.　윤석중, 공주의 애인(동화)

　　　　　　김진섭, 속 기괴한 비평현상(6)(평론)

Ⅱ. 이기영, 〈비밀회의〉

1. 비밀회의 제1회(1927년 3월 30일)

넷전 이약이에도 금은보화가 만히 잇는 곳에는 그것이 사가 되어서 무서운 작희 를 한다는 말이 잇지 안흔가?

그러타니 지금 부자 집 금궤 속에 든 돈 그중에도 동전 한패는 수군거리기 시작하얏다. 그것은 다 가튼 돈으로서 누구는 우대를 밧고 누구는 푸대접을 밧는 까닭이다. 과연 사람의 세상에 무산자가 잇는 것과 가티 돈 나라의 무산자는 실로 동전 이라 하겟다.

때는 정밤 중이엇다.

"여보 동무는 오늘 어디서 왓소?"

하고 황동색이 된 늙은 동전이 새동전보고 뭇는 말이다.

"나 말이오 여러 군대로 슬려다녓소. 그 빌어먹을 놈의 령감녀석이 간밤에도 요리 집에 간 덕분으로 식전 첫바람부터 슬려다니지 안햇겟소. 늙은 말이 콩 질긴다고 처먹고 할 일이 업스니까 마치 술허고 계집 생각만 나는 게야."

그는 한 번 싱긋 웃는다.

"돈푼이나 잇는 놈들은 모다 그러치 아니 당신은 어대서 무슨 짓을 하얏기에 생채기가 저리낫소?"

하고 노인은 다시 모살이가 으서진 시컴언 동전을 가르치며 웃는다.

"그 발길 싹정이 놈들이 돈치기한다고 막우 싸려서 그러타오. 그놈들은 저의도 인간의 맨 미층에서 천대를 밧는 놈들이 돌이어 우리를 쌀보고 잇겟지 동전 한 푼 동전 한 푼 하고 의례이 못 생긴 자일스록 남을 몹시 업수히 녀기는 법이지오."

하고 백동전도 성이나서 부르지젓다.

"그런데 오늘 쏘 재수 업시 왓소그려 이런 더러운 도적놈들의 집으로."

"글세 말이오 이런 놈의 집에서는 우리가튼 것은 눈도 거듭써 보기를 안켓다? 그런데 이 뒷집에서는 우리 얼굴을 구경하지 못한 지가 벌서 나흘째나 되어서 쏘치쏘치 말른 새씨들은 밥달라고 아우성을 치는데 게다가 마누라는 폐병이 들어서 고통고통하지 안켓소."

"그것이 그집 하나뿐인가요 이 세상에 그런 가난방이가 부지기수겟
지"

"아! 무서운 세상이야 디옥이 다른 곳이 아니라 지금 인간이 곳 디
옥이야!"

"그런데 어리석은 사람들은 저의들의 인간 디옥을 눈압혜 보면서도
디옥이란 것이 마치 먼곳에잇는 것가티 생각하지 안는가!"

"참말로— 그중에도 종교를 밋는다는 자들이 더욱 웃으운 것들이야
저의 가당장 디옥에 살면서 죽어서 디옥에 갈가 무서워서 헛개비가튼
한우님을 밋는다는 것이—"

"그것은 잇는 놈들의 간교한 술책이야 — 놈들은 저의 행복한 자리
를 기리 누리랴고 그런 우상을 맨들 어서 민중으로 하야금 그것에 들
리도록 하는 것이야. 마치 요술쟁이가 요술로 속이 듯이—"

"에! 망할놈의 세상이다! 사람의 세상도 우리나라와 가티 망할놈의
세상이다!"

하고 다른 동전도 열이 나서 부르지젓다.

2. 비밀회의 제2회(1927년 4월 1일)

"그래도 이 뒷집은 잘 참거든 소 갈대 말 갈대 헤매며 그저 구구한
목숨을 살고저 하지마는, 그러나 그러케 언제까지 살테이냐 말이야!
또는 살면 무엇하는겐고—"

"도모지 인간들이 못생겨서 그러치 위선 그 사람만 두고 보드라도
이째까지 참을 일인가?.......그런데 모르거든 — 자긔가 어찌해서 그러
케 가난에 싸지게 되고 먹고 살랴 살 수 업시 된 줄을!"

"모르고 말고 만일 가난한 사람들이 모다 그 속을 알게 되면 당장에 싼 세상을 맨들고 그들이 빈궁(貧窮)에서 튀어나오게"

"그런데 그게 팔자 소관이라고 - 부자와 가난이 모다 팔자소관이라고 - 하! 하! 하!........."

"하, 하, 하, 참으로 미련한 인간들이야 위선 이 거리의 좌우로 벌여 논 상점 속에 잇는 물건들을 누가 맨들엇느냐 말이야 모다 그 사람가튼 가난한 로동자가 맨든 게 아니야 그런데 저의들이 맨든 물건을 저러케 싸두고도 저것이 업서서 굶어 죽는단 말이지"

"그래서 가마니 안저서 놀고먹는 놈의 창고(倉庫)만 늘려주면서 그것이 팔자라고.........하하하........"

"아니 돌이어 저런 물건을 만히 맨들어 낸 까닭에 그것이 업서서 굶어죽게 된단 말이야 세상에 이런 신긔한 일도 잇담!"

"대관절 한마듸 말로 쌘히 알 일이 아니오 어찌해서 날마다 죽도록 일을 하는 놈은 점점 더 가난해서 못살게 되는데 가만이 놀고 잇는 놈은 점점부자가 되는지-"

"그게 법에 올켜서 그러치 법이란 것을 저의들 인간이 지어내고서도 마치 그것을 한우님이 맨들은 것가티 속고 안서서 그러탄 말이야"

"여보 동무! 지금 세상에는 공평무사라거나 자유니 원만이니 하는 말이 잇지마는 이런 ,말은 벌서 불공평 부자유를 전제하고 하는 말이 아니오? - 위선 한우님은 저 태양과 가티 만 사람의 머리 위에 비추고 공평무사하다 하지마는 지하실에 잇는 사람에게는 그대로 암흑에 잇지 안흔가?"

"그러코 말고 위선 저들 인간을 위하야 공평하게 맨들어내엇다는 우리 돈이란 것을 두고 보드라도 돈을 가진 놈에게는 그런 자유가 잇겟지마는 돈이 업는 놈에게는 그런 자유가 업는 것이니까 –"

"그는 그러타고. – 야! 동무들 울가 저말로 일전어치밧게 안되는가? 정말로?"

하고 앗가 열전짜리 동전은 부르지젓다

"정말이다 – 울가 날마다 이러케 일하는 것이 일전이나 이러케 일하는 것이 일전이나 이전어치 밧게 안되다니?"

구리갑주를 닙고 봉의 투구를 쓰고 머리에 '리화'를 쇠즌 전정(錢精)은 그리 부릅뜬 두눈까지 '적동색'으로 번쩍번쩍 빗난다.

3. 비밀회의 제3회(1927년 4월 2일)

"그런데 우리는 지금까지 속지 안헷는가? 승리(勝利)의 환희에 취하야 가치(價値)를 도적마진 것을–"

그들 중에서도 '인테리겐차'라는 백동전은 이러케 유식한 말을 토한다.

"대체 우리들을 일전이나 오전으로 갑을 올려 논 놈은 어떤 놈이냐 말이야? 그런 가치를 전도(顚倒)시킨 놈이–"

"누구야 사람 놈들이지 – 놈들은 마치 못 생긴 저의 인간의 대중만 처서 모든 것을 칭하고 계급을 난후는 씨알머리거든 – 자 – 보시오! 안 그러가. – 사람 놈들의 세상에서 어대 무엇 한 가지고 그러치 안혼 것이 잇나? 의례이 종이 아니면 상전이고 부자가 아니면 가난이고 유식이 아니면 무식이지 – 그런데도 그게 걱굴오 되엇거든. ─ 맛당히 가난해야 할 놈이 돌이어 부자가 되듯이.─"

"하지만 약은 놈이 제 쇠에 넘는다고 ─ 놈들이 유리를 맨들어낼 제는 종으로부려 먹자 한 노릇인데 지금은 됩다 놈들이 우리의 종이 되엇단 말이야! 허허허"

"그게 그까달이거든 가치를 도적한 까닭이거든. — 오늘날 인간은 인간의 생활이 아니라 즉 우리 — 금전 —의 생활이란 말이야. 놈들은 저의 인간 생활은 하지 모사고 우리네 돈만 위해서 살 잇지 안흔가?"

"그것은 우리가 애써서 말할 것 업시 놈들의 말을 들어 보지 못하나. — 놈들의 말맛다나 금전의 '노예'되지 안흔 놈이 지금 인간에 멋 놈이나 되는 줄 아는가? — 입으로는 큰 소리를 하는 소위 독학자라는 놈들까지"

"과연, 우리는 인간을 정복(征服)하얏다! 그런데 인간을 정복한 공로는 우리가 만흔데 멀정한 지전이란 놈! 웨 독차지를 하려 드느냐 말이야! 독차지를!"

하고 한 동전은 부르지젓다

"참말로, 지전이란 놈이 대체 명색이 무엇이냐 말이야 그까지 도깨비 가튼 환영(幻影)것이 무슨 덕으로 우리보다 멋 갑절의 가치(價値)가 잇느냐 말이야!"

그들은 이러케 논쟁이 어울어젓는데 백동전은 그들의 사이를 가로막고 다시 말을 쓰내엇다.

"그러키에 속임수란 말이다. — 지전이란 놈은 마치 인간의 브르조아가튼 놈이야 — 브르조아가 무산계급을 착취해 먹고 사는 놈이란 말이야.— 만일 우리가 업서 보게 지전이란 놈이 어대서 생기며 살 수가 잇나?"

"그러치. 우리는 과연 동족(同族)이라고 이런 일에까지 자비심을 가저서는 아니되겟다. 적(敵)은 제일 갓가운데 잇는 것이야 우리는 바야흐로 놈들과 투쟁할 쌔가 왔다!"

하고 그들은 모다 긴장되어 부르지젓다 이째에

"여보 동무들!"

하고 '인테리켄차'는 손을 들엇다 그래 다른 이들은 모다 귀를 기울이게 되엇다.

4. 비밀회의 제4회(1927년 4월 4일)

"과연 우리는 인간의 열쇠다. 만일에 우리가 일조에 인간에서 업서진다 하면 인간에는 무서운 xx이 일어날 것이오 다시 야만시대로 돌아갈 것이다 그중에도 우리를 우상가티 숭배하는 부르조아 놈들부터 xx당할 것이다!"

그는 잠간 말을 멈췃다가 다시

"그런데 여러분이 다 아는 바와 가티 원래 재산이란 것이 노동의 축적(蓄積)이 아니오? 다시 말하면 재산이란 것은 — 노동자가 피와 쌈을 흘린 그의 결정(結晶)이오 그것이 화폐(貨幣)의 형식을 빌어가지고 생긴 것이 즉 우리 민족(民族)이 아니겟소 다시 말하면 우리 민족은 인간을 위하야 창조된 것이란 말씀이올시다."

"올소! 그렇소"

"그러면 우리가 인간에 존재하는 의의(意義)는 인간전체의 행복을 도모하는 데 잇겟는데 이 세상은 그러치 안코 소수(小數)의 자본가가 우리를 농단(壟斷)하는 것은 이 위에 더 불공평한 것이 업지 안소 그럼으로 우리는 인간에서 공평한 지위에 잇서야 하지 안켓소?"

"올소! 동무의 말이 올소!"

그들은 모다 이구동성으로 부르지는다 ─

"그런데 우리나라의 부르조아 ─ 지전 ─ 놈들은 마치 저이의 생명이 인간보다 고귀(高貴)한 줄로 자만하고 우리의 이 정당한 화폐 운동을 방해하지 안소? ─ 그것은 마치 인간의 부르조아가, 푸로레타리아의 정당한 인간운동을 박해하는 것과 마찬가지로"

"참으로 지전이란 놈들은 박살을 당할 놈들이다 놈들에게는 어찌하야 화폐로서의 양심이 업슬가?"

하고 다른 동전들은 또 흥분되어 부르짓는다

"그러나 그것은 놈들도 양심이 업는 것이야 아니겠지오 놈들의 행복한 지위가 그의 양심을 마비시키는 것이겟지 그것은 마치 인간의 부르조아가 저의도 인간적으로 소외(疎外)를 당하고 잇지마는 그들의 행복한 처지는 무산계급을 착취하기를, 불탈하야는 불염(不奪不厭)하는 것과 마찬가지로 그럼으로 그들이 저의의 행복을 내버리고 인간성의 탈환운동(人間性奪還運動)을 구태어 할 까닭이 만무한 것과 가티 놈들이 우리 운동에 가담할 리는 만무할 것이란 말이오"

"그러타! 우리는 다시는 놈들에게 인간적 양심으로 대할 일이 아니다! 우리는 놈들에게 여러번 속지 안햇는가? 우리는 그들의 힘을 빌어서 인간을 구제하기는 벌서 틀럿다 우리는 단언히 그들과 적대(敵對)하고 인간의 xx 계급과 악수할 것이다!"

하고 몸집이 건장한 이전짜리 동전은 부르지젓다.

5. 비밀회의 제5회(1927년 4월 5일)

"그러면 놈들은 인간의 부르조아허고 동맹할 것이 아닌가?"

한 반전짜리 동전은 가느다란 목소리로 불안한 드키 뭇는 말이다

"그야 물론이겟지 우리는 그들과 투쟁할 쑌이다!"

"그러타! 우리는 놈들과 싸워서 니기는 날이 — 밧구어 말하면 인간이 부르조아가 xx지고 푸로레타리아가 xx지는 날이 — 그대가 참으로 새로운 세상이 될 것이다. 그째야말로 인간에는 참으로 의인간이 살고 우리에게도 공평한 화폐생활이 잇슬 것이다"

"그러치! 우리가 단절만 하면 그까짓 지전이란 놈들은 단번에 xx이 날 것이다!"

"그러나 우리만 단결하야서는 아니된다! 인간의 무산계급부터 계급적으로 단결하도록 해야할 것이다!"

"참 그런데 우리나라의 푸로레타리아가티 인간의 무산자들은 웨 진즉 xx못하느냐 말이야 — 다가튼 처지에 서 잇는 이상 물이 알에로 모이듯이 웨 xx을 못하느냐 말이야!"

하고 한 동전은 열이 나서 부르지젓다

"그것은 여러 가지 원인이 만켓지마는 첫재는 계급의식을 쌔닷지 못한 까닭이겟지 다시 말하면 먼저 말한 바와 가티 무지(無知)와 미신(迷信)에 쌔저서 부자들은 자긔들을 착취해 먹고 사는 '흡혈귀'라는 것인 줄을 모르고 다 가튼 자긔네 가튼 사람으로만 생각하는 까닭이야 그래 자긔네의 '빈궁'은 그들이 잇는 까닭인 줄 모르고 마치 자초부터 조물주가 그러케 마련한 것인 줄로만 —"

"그러나 그것을 한 말로 말하면 그들이 우리나라ㅅ속을 — 다시 말하면 우리의 돈이란 것이 어써케 생긴지를 — 모르는 까닭이라 하겟지 앗가도 말하얏지마는 돈이란 것은 — 즉 재산이란 것은 — 자긔네 무산계급 — 다시 말하면 노동자들이 피쌈을 흘려서 일한 그 노동(勞動)

의 축적(蓄積)이란 말이다 그러면 우리를 이용(利用)하는 사람은 반
듯이 노동하는 사람이어야 할 것은 삼척동자라도 알만한 화-ㄴ한 경
계인데도 그들은 어찌해서 아모 일 하지 안코 가만이 노는 놈들이 돈
은 쓰는지? 이런 틀린 경우를 도모지 모른단 말이야 다시 말하면 돈을
맨들어 내는 정작 노동자는 돈이 업서서 못 사는데 놈들이 돌이어 그
것을 만히 쓰며 잘 사는 까닭을! 그럼으로 그들이 우리의 이 속을 잘
알 것 가트면 그들은 즉시로 xx이 될 게란 말이지"

"그러치 그런데 그들은 마치 돈은 한우님이 마련한 것가티 알고 덥
허 노코 우리(돈)만 붓잡으러 덤비거든!"

"그러나 그것은 마치 소경잡기 헛물켜는 셈이란 말이야 눈감은 놈
이 쇠소리만 듯고 눈뜬 놈을 붓잡으러 다니는 것가튼 —."

"하! 하! 하!"

"그러면 어쩌케 하면 그들에게 우리 정체(政體)를 잘 알릴 수 잇슬
가요?"

하고 한 동전은 인테리컨차—백동전—에게 물엇다

"그것은 우리가 만히 생각할 문제지마는 내 생각 가타서는 '꿈'을 이
용하는 것이 제일 조흘 것갓소 우리는 그들의 꿈 속에 들어가서 그들
에게 이 진리(眞理)를 일러줍시다 —그리고 무산계급은 xx하야서 부
르조아와 xx하는 것을 —세상은 두 큰 계급으로 난후어진 이상 계급
적으로 xx해야 할 것을— 그리고 제각기 산재(散在)해서 '각자 도생'
하다가는 그야말로 소탐대실(小貪大失)이라는 것을— 그리고 또 어
떠한 아름다운 말, 글이라도 실행이 업는 것은 마치 달팽이 집속에 들
어 안즌 것 가튼 비겁한 은둔자라고—"

"그러자! 그러자!"

하고 그들은 모다 좋다고 그의 말을 찬성하얏다

x x x

그때 그들의 이 비밀회의의 결과로 그들은 하나씩 둘씩 무산자의 꿈속으로 출몰하얏다 —과연 이 세상 사람들은 차차 그 꿈을 꾸는 자가 만흔 모양이다 그 꿈은 서쪽에서 시작하야 지금은 점점 동편으로 몰려오는 것 갓다 그리고 그쑨이 아니라 그 꿈을 쑨 사람은 저의 사람들끼리도 그 꿈을 서로 전하야 나아가는 중이다. 어시호 화폐주의 무산자들은 인간이 무산 계급과 완전하게 제휴하야겟다. 그들은 지금 희망에 가득한 마음으로 압흐로 닥칠 새 인간의 xx를 바라보고 잇다 새 세상을 기다리고 잇다! — 이 xxxx는 지금 인간의 구석구석에서도 열린다. (쯧) 1927년 3월 20일 작.

Ⅲ. 김동환, 초혼(招魂)(1927년 4월 7, 8일)

공산당원 박순병(朴純秉)군아! 오늘 호외를 보앗느냐 군과 鐵鎖를 같이 하든 동지아흔 아홉이 유죄로 결정되어 공판에 부치었다는 놀라운 보도를 주먹가튼 활자로 적은 신문호외를 보앗느냐 더구나 그 호외가 군과 밤낮 벼루를 가치하든 그 대의 벗들 손에서 울면서 된 것임을 알앗느냐 총독부(總督府)에서 해금(解禁)되든 아츰열한시는 비가 축축히 내리드구나 구름이 되어 조선의 하늘을 지내다가 이 소식에 못내 슬퍼 자네가 빗발이 되어 옥창(獄窓)을 때린 것이냐 또 바에는 슬퍼하는 동지의 가족들 심 우나 풀려고 월광이 되어 땅위를 저친것

이냐 저 첫다며면 어는 골목 夜光속에 안젓길래 목이 쉬게 불러도 대
답한마디 없느냐 필언 혼자서 이구비 저구비 찾아 헤매다가 안보기만
같이 못하다고 돌우 하늘로 올라버린 것인가 올라버럿대도 동서남북
의 저 星座속 어느 별속에 있는가련만 아! 지금쯤도 혼자 저발간 저별
속에 안저 구슬픈 노래를 부르고 지내누냐

　고종태황제의 비보로부터 因山當時까지 밤마다 널마루바닥에서 社
와 運命을가티 한다고 먼지를 뒤집어 쓰고 있든 그대의 벗 몇몇이 이
밤에 내집에 모였다가 자네 이약이에 밤을 새웠다 아마이즘은 두만강
강 모래벌에 무친 그대의 무덤에도 군의 안해와 어린 것들이 달려와
서 땅을허비면서, 哀歎할 것이다. 아하 참말 갔느냐 모든 것을 버리고
참말 갔느냐 하로십리씩 간대도 이제 돌시라 겨우 삼만리 밖에 더 못
갔을 것을, 손을 떨면서 호외를 읽는 역내 역외의 수십만명이 그대를
불러도 올줄 모르는가 나는 밤내 달빛아래서서 하늘을 치어다 그대의
기침이나 발자취나 엿들을 가고하였으나 종내 알 길이 없어서 돌아갔
노라 다만 새벽 바람에 구름 속이 뒤적거리는 것이 하늘서 豫審決定
書를 읽는 자네의 자최?가 할 뿐이고 아흔아홉개 星座가 모디어 한 곳
에 안즌 것이 아흔아홉개 魂精이 된 그대의 동지가 그대를 찾아서 고
요히 하늘서 이 한밤을 새우는가 할 뿐이노라 그러면 정말 푸른 저 하
늘 서 호외를 쥐고 슬픈노래부르고 있구나

　자유의 새여, 자유의 새여
　땅이 좀더 넓었드면 하늘로 안 올라 갈 것을
　좁대도 날애씨지자 안했드면 안올라갈 것을

자유의 새여, 자유의 새여
하늘에 자유가 있다면 이 땅을 물고 올라갈 것을
없다 해도 찾을 때까지 물고 올라갈 것을.

자유의 새여, 자유의 새여
누가 있길래 그곳에 가면 누가 없길래 이곳을 떠나느냐
급하대도 일이십년 더 못참을라, 너무 일찍 갔구나

혼은 자유가 돼 날아나고 몸은 죄인이 되어 이땅에 묻혔구나
무덤위를 해가 맴돌때는 육신도 승천(昇天)하려함이듯

자유의 새여 자유의 새여
돌어되어 또다시 세상에 태어나려므나
아흔아홉동무가치 돌이된대도 입있는 돌이 되리니 한번만
세상에 태어나려므나

자유의 새여, 자유의 새여,
강바람에 풀씨가 날아와 그대의 무덤에 꽃이 피란다.
비되고 이슬되어 한갓 꽃 봉우리만 터질려나 어서 자네가 오려므나

자유의 새여, 자유의 새여,
號外는 그대를 부르러 간지 벌써 열아무시간
보고도 안오는가 온대도 안온다고 할 것 아닌가, 아하 박군아!

二

捕史의 눈을 避하야 亡命하야 다닐때의 君은 삼원어치도 못닙고 잇섯다 일월을 꺼리는 신세에 웬걸 때마춰 죽물이라도 먹고 지냇스랴 그리다가 李朝王業을 끝장낸 순종황제의 梓宮이 마저가시는 유월십일을 전후하야 닐어난 제2차 대검거에 군도 마츰내 그 수중에 들어 鐵窓에 매인 몸이 되드구나 그리다가 그대가 종로서를 나올 때 鐵柱가튼 몸은 병을 엇고 바로 총독부 병원에 가는 신세이드구나

류광열, 김기진 양 군과과 가티 西二號에 군을 자젓을 때 "어째서 이렇케 죽을 병이 들었나?" 하는 물음에 참아 말은 못하고 눈물만 글성글성하야서 조우에 지키고 섯는 정복의사를 물그럼이 치어답드구나 살아도 xxx 땅, 잡혀도 xxx 경찰서, 눕기까지 xxx 병원에 强制바다 xxx 가 허락아니 하는 말 한마듸 못하고서 이러케 원망하는 눈길로 의사를 보고 다시 애처러운 눈동자를 우리에게 돌리는 것이드구나

무슨 豫感에 눌렷는지 군은 그때 내 팔목을 잡으며 "너는 내 天使어니! 너는 내 天使!어니!"하며 노치안든일, 피와 땀을 자꾸 토하면서도 세상 일을 연해 뭇든일, 아!! 어떠케 울면다 울라

며칠 뒤 다시 病床을 차젓슬 때 혈청주사로나 군의 생명을 것 잡을 수 잇다기에 진명여고에 다니는 그대의 누이와 황신덕씨와 나는 의사에게 우리 피의 血液檢査를 청하얏다 자네가 산다하면 한두팔이 떨어진들 어떠냐 그러나 오즉 한가지의 희망이든 그도 때가 이미 느젓다드구나

이 눈치를 채린 군은 "죽어도 죽을 때가 죽는다"고 거기를 나오겟다 몸부림치기에 다시 의사와 병원측을 달래어 그날 밤 열시경에 皮骨만 남은 그대를 擔架에 실어 윤치형박사의 병원에 옴기엇다.

자네가 아즉살겟다고 니를 아드득갈며 병원을 나올적에 나와 종석군은 擔架뒤에서서 안맘해도 喪譽를 달하가는 것 갓다고 혼자 슬러하얏다.

말똥을 주서먹으면서라도 이러케 처창하게 간자네 일생을 저버릴라 여럿이 몃번이나 니를 깨물엇스랴

군은 사회xx자 이면서 xx 書籍백권을 못읽엇스리라 오육백권을 讀破해야 '레벨'에 오른다는데 군의 貧困과 不自由는 冊백권을 빌려주지 안엇헷다. 그러나 군에게는 수백권보다더 나흔 聰明과 xxx적 情熱이 잇섯다. ?식을 일코 동지 맛나기에 xx하기에 밤을낮으로 하든 그대는 理論으로 實際로 결코 남에 못지안햇다 그리든 군이 앗갑게도 끗내가고 가버리고 事件이 解禁되는 오늘에야 天上에 떠다닐 군이 靈魂을 부르는 것이구나 부르는 자도 설다만 불니우는 그댄들 여북 가슴이 압흐랴.

젊은 꼿아 젊은 꼿아
봄을 맛낫드면 피어라도 볼 것을
눈속에 낫다가 그대로지
단말가

Ⅴ. 심훈, 거국사(去國辭)(1927년 3월 6일)

오오 잘잇거라 저주(咀呪)바든 도시(都市)여!

'폼페이'와가티 폭삭 파무처버리지도 못하고

지진(地震)때의 동경처럼 활활 타보지도 못하는 가엽슨 나의 서울 이어!

채찍 마즌 흑노(黑奴)가 외양간 한구석에서

소리도 못내고 신음(呻吟)하는 소리를 듯는 듯

갓브게 쉬는 너의 호흡(呼吸)은

아즉도 청춘(靑春)을 자랑하랴는

내 가슴의피를 생(生)으로 말리고

화장물(火葬物)의 새벽녁가티도 적멸(寂滅)한 네 모양,

음울(陰鬱)한 회색(灰色)의 단조(單調)로운 빗갈은

네 품속에서 자라난 젊은 사람들의

힘과 정열(情熱)을 모조리 삭히고 말앗다.

눈을 뜬 송장들은 절망(絶望)의 함정(陷穽)에 헤매고
이틀어진 혼령(魂靈)은 들복기다못하야
맨발로 가시밧을 밟으며
너를 버리고 떠나가는구나!

그러나 나는 너를 야속타생각치안코
구지 원망치도 안흐려한다
이리(狼)의 송굿니발에 연약(軟弱)한 네 살이 갈갈이 찟끼건만
버둥대보지도 못하고 죽어가는 내꼴이
못내 눈에 밟일뿐이어니
어느겨를에 나를 안아주고
무슨경황에 나를 귀여워해줄 것이랴?

쌀쌀한 바람은 차창(車窓)에 씽씽 달리고
내 마음은 바람결을 조차서
거칠어운손으로 창구(瘡口)를 스치는 듯
지난날의 쓸아린자최를 하염업시 헤매며 더듬는다.

잘잇거라 가엽슨 서울이어!
방탕(放蕩)한 늙은이 임종(臨終)때가 갓가워
집업는 고향(故鄕)을 차저들드키
이몸이 다시 네품안으로 기어들때까지
부듸부듸 이모양대로나 잇서다오.
오오 빈사(瀕死)의 도시(都市), 나의 고국(故國)이어!
1927년 3월 6일

Ⅴ.『만선일보(滿鮮日報)』해제

『만선일보(滿鮮日報)』는 일제강점기인 1937년 7월 일본에 의해 만주 신경(新京 : 지금의 장춘)에서 국문으로 발간된 일간지이다. 그 이전에 존재하던『만몽일보(滿蒙日報)』와『간도일보(間島日報)』를 한데 통합하여『만선일보(滿鮮日報)』라는 이름으로 발간되었다. 1931년 9월 만주사변을 일으킨 일본은 1932년 3월 1일 꼭두각시 정권인 만주국을 세웠는바, 이 지역에 거주하는 150만~200만 명의 한국인을 황민화(皇民化)하기 위해 이 신문을 발행하였다.

한말에서 일제강점기를 거치는 동안, 해외에서 국문으로 발행된 신문은 여러 종 있었다. 미주와 하와이에서 가장 먼저 발행되기 시작하여, 러시아의 블라디보스토크, 중국의 상해와 천진 등지에서도 몇 종이 발간되었다. 미주의『신한민보』, 상해의『독립신문)』이 그 대표적인 경우이다.

만주에서는 미주나 상해에 비해 조금 늦게 국문 신문이 발간되었으나, 규모 면에서는 가장 컸다. 해외 국문 신문으로는 유일하게 몇 종의 일간지가 발행되었으니,『만선일보(滿鮮日報)』와『민성보(民聲報)』

가 그 대표적인 신문이다. 이 가운데 『만선일보(滿鮮日報)』는 일제의 자본에 의해 설립되고 운영되었던 반면, 『민성보(民聲報)』는 운영 주체가 한국인이라서 항일적인 기사도 실려 주목할 만하다. 하지만 『민성보(民聲報)』는 1928년 2월에 발행되어 4년 만인 1931년에 폐간당한 데다가, 현재 11일치만 전할 따름이라, 소상한 연구가 불가능한 상황이다.

1937년 10월 『만선일보(滿鮮日報)』로 개명하여 발행할 당시의 임원진은 다음과 같다.

사장 : 이용석(李容碩)
부사장 : 이성재(李性在)
주간 : 야마구치(山口源二)
주필 : 염상섭(廉想涉)
편집 : 박팔양(朴八陽)
사회 : 전영우(田榮雨)
정치 : 심형택(沈亨澤)
지방 : 김우식(金雨湜)
경리 : 김현준(金現俊)
판매 : 이경백(李敬白)
광고 : 김태동(金泰東)
동경지국 : 國通支社
대판지국 : 가나이(金井騰三郎)
영업국장 부사장 겸임, 서무 : 황한호(黃韓虎)

위에서 보는 바와 같이, 주필 염상섭, 편집 박팔양 등은 국내에서 언론인 겸 문필가로 이름을 날리던 인물들이다. 이런 인사들이 식민지 조건 아래에서 한반도를 떠나 만주로 이주해 그곳에서 활동하였다는 사실을 잘 보여주고 있다. 육당 최남선도 1938년 4월에 『만선일보(滿鮮日報)』의 고문이 되었고, 안수길도 1937년에 기자로 입사하여 콩트, 단편소설, 평론을 발표하였다. 이 신문에 작품을 발표하다 광복 후 경남 · 부산 지역에 영향을 끼친 문인 가운데 유명 인사만 해도, 유치환, 김달진, 정인섭, 조연현 등으로 밝혀져 있으니, 당시의 분위기를 알 만하다.

현재까지 전하는 『만선일보(滿鮮日報)』의 목록은 다음과 같다(밑줄 그은 부분은 이번에 영인되는 대목임).

① 만몽일보 1937년 7월(3 · 12 · 15 · 18일자 결호)

② 만선일보 1939년 12월~1940년 1월

③ 만선일보 1940년 2월~1940년 3월

④ 만선일보 1940년 4월~1940년 5월

⑤ 만선일보 1940년 6월~1940년 7월

⑥ 만선일보 1940년 8월~1940년 9월

⑦ 만선일보 1940년 11월~1941년 1월

⑧ 만선일보 1941년 2월~1941년 11월

⑨ 만선일보 1941년 12월~1942년 4월

⑩ 만선일보 1942년 5월~1942년 10월

이 가운데에서 ②~⑥은 이미 아세아문화사(1988)에서 영인해 출판하였고, 이번에 현대문화사에서 내는 것은 아세아문화사 영인본에는 누락되어 있던 나머지 부분 즉 ①②⑦⑧⑨⑩이다. ②는 중복되어 있으나, 출처가 서로 다르다는 것을 밝혀둔다. 아세아문화사 영인본에 실리지 않은 나머지 부분은, 서울이미지연구소에서 제작한 마이크로 필름이 연세대학교 중앙도서관 및 한국교회사문헌연구원에 1부씩 소장되어 있다. 한국교회사문헌연구원에는 이미지 파일과는 별도로, 이번에 새로 영인해 출판하는 부분의 선명한 복사본이 보관되어 있어, 이 영인본을 출판할 수 있었다.

비록 이 신문의 일부에 불과하지만, 아세아문화사의 영인본이 지닌 의의는 컸다. 영인본이 나온 이후 여러 편의 논문이 발표되고 연구 저서도 출판되었기 때문이다. 하지만 제한된 시기의 것만 담았기에 여타의 기사에 대한 갈증을 느낄 수밖에 없었다. 이 갈증을 해소해 준 것은 연세대 중앙도서관 소장 마이크로 필름(서울이미지연구소 제작물)이었다. 박경수, 박태일 교수 등의 논문, 大村益夫와 이상범이『만선일보(滿鮮日報)』에 실린 문학관계기사색인을 작성해 보고한 것이 모두 이 필름이 있어서 가능하였다. 하지만 자료 이용의 제약성 때문에, 아직은 제한된 범위에서만 연구가 이루어지고 있는 실정이다.

그런 의미에서 이번에 현대문화사가 아세아문화사의 뒤를 이어 나머지 부분을 영인본으로 내는 것은 매우 고무적인 일이다. 사라진 것으로 여겨지는 이 신문 원본의 복사본을 토대로 영인한 이 자료집은 현재로서는 연구자들에게 큰 선물이라 생각한다.

『만선일보(滿鮮日報)』의 가치는 무엇일까? 비록 일본 자본으로 운영되었다는 한계가 있기는 하지만 다음 몇 가지 점에서 긴요한 가치를 지닌다.

첫째, 국내에서 활동하던 유명 언론인과 문필가가 참여해 만든 신문이다. 만주사변 이후 국내의 항일 언론이 침묵을 강요당하던 당시에 만주의 『만선일보(滿鮮日報)』는 우리말로 언론과 문학 활동을 펼칠 수 있는 매체였다.

둘째, 『만선일보(滿鮮日報)』의 기사 취급 범위와 보급 지역이 만주만이 아니라 한반도와 중국에까지 뻗쳐 있었던바, 당시의 우리 역사와 재만 한국인의 생활과 문화를 이해하는 데 귀중한 자료다.

셋째, 1940년 8월 『동아일보』와 『조선일보』가 폐간당한 이후 서울의 『매일신보』와 더불어 해방될 때까지 지속적으로 발행된 신문으로서, 1937년부터 1942년까지의 기사 중 5년간(35개월간)의 기사가 전하고 있어, 정치, 사회, 경제, 문화 등 다방면의 접근이 가능하다.

넷째, 내 전공인 문학으로 한정해 그 가치를 말해본다면, 『만선일보(滿鮮日報)』에는 적지 않은 문학·예능 기사가 실렸는바 아직 이에 대한 기초적인 분석도 이뤄지지 않고 있는 실정이다. 염상섭, 박팔양, 안수길 등의 유명 문인이 이 신문의 지면에 작품을 발표하다가 해방 후 한반도로 돌아와 문필활동을 하였으므로, 이 신문에 발표된 작품이 이후의 문학에 어떤 영향을 미쳤는지, 거시적이고 미시적인 연구를 진행하는 데 긴요하다.

바라기는, 이번에 추가로 발간되는 이 『만선일보(滿鮮日報)』영인본이 이 신문과 이 시기 연구의 활성화에 기여할 수 있었으면 한다. 신문 원본은 물론, 아직 발견되지 않은 여타 날짜의 기사도 어떤 형태로든 나타났으면 하는 마음 간절하다. 나는 최근 미디어가온에 공개된 『중외일보』수록 주요 문학작품목록을 작성해 주요작품의 원문과 함께 발표하는 한편, 『민성보』의 행방을 추적중에 있는바, 개인과 기관이 힘을 합쳐야만 성과를 얻으리라 생각한다. 뜻 있는 이들의 관심과 동참을 기대한다.

Ⅵ. 사전 수록 원고들

1. 설공찬전(한국민족문화대백과사전 수록 원고)

[정의]

1511년(중종 6) 무렵 채수(蔡壽)가 지은 고전소설.

[내용]

『중종실록』에서는 '설공찬전(薛公瓚傳)', 어숙권(魚叔權)의 『패관잡기』에서는 '설공찬환혼전(薛公瓚還魂傳)'으로 표기하였고, 국문본에서는 '설공찬이'로 표기하고 있다.

한문 원본은 1511년 9월에 그 내용이 불교의 윤회화복설을 담고 있어 백성을 미혹한다 하여 왕명으로 모조리 불태워진 이래 전하지 않는다. 그 국문필사본이 이문건(李文楗)의 『묵재일기(默齋日記)』 제3책의 이면에 「왕시전」·「왕시봉전」·「비군전」·「주생전」 국문본 등 다른 고전소설과 함께 은밀히 적혀 있다가 1997년 극적으로 발견되었다. 국문본도 후반부가 낙질된 채 13쪽까지만 남아 있다.

작품의 줄거리는 다음과 같다. 순창에 살던 설충란에게는 남매가 있었는데, 딸은 혼인하자마자 바로 죽고, 아들 공찬도 장가들기 전에 병들어 죽는다. 설공찬 누나의 혼령은 설충란의 동생인 설충수의 아들 공침에게 들어가 병들게 만든다. 설충수가 주술사 김석산을 부르자, 혼령은 공찬이를 데려오겠다며 물러간다. 곧, 설공찬의 혼령이 사촌동생 공침에게 들어가 왕래하기 시작한다.

설충수가 다시 김석산을 부르자 공찬은 공침을 극도로 괴롭게 하는데, 설충수가 다시는 그러지 않겠다고 빌자 공침의 모습을 회복시켜 준다. 공찬은 사촌동생 설워와 윤자신을 불러오게 하는데, 이들이 저승 소식을 묻자 다음과 같이 전해 준다.

저승의 위치는 바닷가이고 이름은 단월국, 임금의 이름은 비사문천왕이다. 저승에서는 심판할 때 책을 살펴 하는데, 공찬은 저승에 먼저 와 있던 증조부 설위의 덕으로 풀려났다. 이승에서 선하게 산 사람은 저승에서도 잘 지내나, 악한 사람은 고생을 하거나 지옥으로 떨어진다. 이승에서 왕이었더라도 반역해서 집권하였으면 지옥에 떨어지며, 간언하다 죽은 충신은 저승에서 높은 벼슬을 하고, 여성도 글만 할 줄 알면 관직을 맡을 수 있다.

하루는 성화황제가 사람을 시켜 자기가 총애하는 신하의 저승행을 1년만 연기해 달라고 염라왕에게 요청하는데, 염라왕은 고유 권한의 침해라고 화를 내며 허락하지 않는다. 당황한 성화황제가 친히 염라국을 방문하자, 염라왕은 그 신하를 잡아오게 해 손을 삶으라고 한다.

[의의와 평가]
이 작품은 귀신 또는 저승을 주요 소재로 활용하고 있다. 채수는 어렸을 때 귀신이 출현하는 현장을 목격한 경험이 있는데, 이것이 작품 창작에 강력한 동인으로 작용하였음을 알 수 있다.

그런데 이 작품은 「남염부주지」·「박생」이야기 같은 여타 저승경 험담 계열의 전기(傳奇)소설이나 설화에서와는 달리, 주인공이 살아 나지도, 그 일을 꿈속의 일로 돌리지도 않는다. 다만, 주인공의 영혼이 잠시 지상에 나와 자신의 경험을 진술한다는 점에서 매우 개성적인 면모를 보여주고 있다.

순창이라는 실제 지역을 배경공간으로 삼아 이 곳을 관향으로 하는 설씨 집안의 실화라 표방하고, 등장인물도 실존 인물과 허구적 인물 을 교묘히 배합해 설정하였다. 우리나라 사람들에게 친숙한 원귀관념 및 무속에서의 공수현상 등을 활용함으로써 대중의 인기를 끌 수 있 었던 것으로 보인다.

당시의 역사적인 상황과 채수의 행적을 고려할 때, 이 작품이 어떠 한 주제를 지향하고 있는가를 이해할 수 있다. 강직한 언관의 길을 걷 던 채수는 중종반정 직후 관직을 버리고 처가인 함창(지금의 상주)에 은거하였는데, 여기에서 쾌재정을 짓고 소일하는 동안(1508년에서 1511년 사이) 평소 발언하고 싶었던 바를, 이 소설을 빌어 피력한 것 으로 보인다.

작품 내용의 대부분을 차지하는 것은 주인공 공찬의 혼령이 전하는 저승 소식인데, 이 중 가장 눈에 띄는 것은 반역으로 정권을 잡은 사람 은 지옥에 떨어진다고 한 대목이다. 이는 연산군을 축출하고 집권한 중종정권에 대한 비판이라 할 수 있다. 폭군이라 할지라도 끝까지 보 필하여 올바른 정치를 하도록 하는 것이 신하의 바른 도리라는 평소 의 생각을 드러내고 있는 부분이다.

아울러 여성이라도 글만 할 줄 알면 얼마든지 관직을 받아 잘 지내더라는 대목도 주목되는데, 이는 여성을 차별하는 조선의 사회체제를 꼬집은 것이라 하겠다.

한마디로 말해, 이 작품은 유교이념으로는 설명할 수 없는 영혼과 사후세계의 문제를 끌어와 당대의 정치와 사회 및 유교이념의 한계를 비판하였다고 할 수 있다.

이 작품이 지니는 국문학사적 가치는 지대하다. 이 작품은 「금오신화」를 이어 두 번째로 나온 소설로서, 「금오신화」(1465~1470)와 『기재기이(企齋記異)』(1553) 사이의 공백을 메꾸어 주는 작품이다. 특히, 그 국문본은 한글로 표기된 최초의 소설(최초의 국문번역소설)로서, 이후 본격적인 국문소설(창작국문소설)이 출현하게 되는 데 결정적인 역할을 하였다고 평가된다.

그 동안 학계에서는 최초의 국문소설로 알려진 「홍길동전」이 장편인 데다 완벽한 구조를 지니고 있어, 필시 그 이전에 어떤 형태로든 국문표기 소설이 있었을 것으로 추정해 왔다. 그러나 그 중간 작품으로 제시된 「안락국태자전」·「왕랑반혼전」 등이 모두 소설이 아닌 불경의 번역이라 안타까워했는데, 「설공찬전」의 국문본이 발견됨으로써 이 가설이 물증으로 증명되었다.

이 작품은 조선 최초의 금서로 규정되어 탄압받았을 만큼, 각지 각층의 독자에게 광범위하게 영향을 미치고 인기를 끌어 조정에서까지 논란의 대상이 되었다. 이로 인해 우리나라 소설로는 유일하게 『조선왕조실록』에도 올랐으니, 소설의 대중화를 이룬 첫 작품이라고도 할 수 있다.

국문으로 번역되어 유통된 것은 이러한 인기와 대중성을 확보하는

데 결정적인 요인으로 작용한 것으로 보이며, 이 작품의 국문본은 우리 소설 연구에서 번역체 국문소설(광의의 국문소설)의 가치를 적극 평가할 필요성을 강하게 일깨워 준다.

[참고문헌]

『초기 국문 · 국문본소설』(이복규, 박이정, 1998)

『설공찬전: 주석과 관련자료』(이복규, 시인사, 1997)

「설공찬전 · 주생전 국문본 등 새로 발굴한 5종의 국문표기소설 연구」(이복규, 『고소설연구』6, 한국고소설학회, 1998)

2. 야담(한국민족문화대백과사전수정증보판원고) (2010)

[정의]

주로 조선후기에 한문으로 기록된, 비교적 짤막한 길이의 잡다한 이야기들의 총칭.

[개설]

'야담'은 중국이나 일본에는 존재하지 않는 한국식 한자어이기 때문에, 이것의 갈래적 성격에 대해 논의가 분분하다. 야담이 민간전승 과정을 거친 데다 민간전승의 골격을 유지하므로 모두 설화로 규정하는 견해도 있고, 야담 안에 전설, 민담, 소화, 일화, 야사 등 설화적인 작품이 있는가 하면 '소설'적인 것도 있으니 복합 갈래로 보자는 주장이 제기되어 있다. 어떤 이는 야담 중에서 '소설'에 가까운 작품들만 따로 골라내어 '한문단편(漢文短篇)'이라 명명하기도 했다. 한문으로 기록 되다 보니 패사(稗史)·패설(稗說) 등 한문학 갈래와의 관계도 문제 가 되는데, 대등하다는 의견과 필기의 하위 범주로 보자는 주장이 대 립되어 있다. 기존의 특정 갈래에 대한 선입견을 배제하고, 다양한 야 담집들의 실상을 두루 포괄하려 할 경우, 복합 갈래로 보는 것이 온당 하다.

[연원 및 변천]

야담 갈래의 복합성을 인정하면, 그 연원도 단순하게 설명하기 어 렵다. 모든 야담을 설화의 기록정착 즉 문헌설화로 보는 주장에서도, 야담은 실사(實史)에 치중한 면이 많아 설화와는 구별한다는 점을 인 정하고 있으니, 설화의 발생 및 전개과정을 야담의 발생 및 전개과정 과 동일시하여 서술할 수 없다. '야담'이라는 명칭을 표제에 붙인 최초 의 책은 17세기 전반 유몽인의 ≪어우야담(於于野談)≫이다. 이 책에 는 서사적인 이야기들만이 아니라 주변에서 들은 단편적인 지식이나 관심사까지도 포괄하고 있어, 초기에는 상당히 넓은 뜻을 가진 말로 야담이란 용어가 쓰였다는 것을 알 수 있다. 그러다가 〈학산한언(鶴山 閑言)〉이나 〈천예록(天倪錄)〉 등이 나오면서 점차 문학적인 것 특히 서사적인 이야기들만을 지칭하는 말로 의미가 축소되어 간 것으로 보 인다. 특히, 조선시대 말 산문문학의 발달 추세에 힘입어 일부는 '한문 단편(漢文短篇)'이라는 용어를 써도 될 만큼 소설화의 경향을 띠기도 하였다. 야담의 기록자는 단순한 줄거리의 복사에서 나아가 하나의 단편을 바탕으로 이를 부연·윤색하거나 또는 여러 단편들을 결합하여 장편화하기도 하였으며, 단편에 창의(創意)를 가하기도 하였다. 그리하여 야담이 종전처럼 단순한 견문(見聞)의 재현에 그치지 않고 거기에 기록자(개인작가)의 창작적 요소가 덧붙여졌을 때, 이제껏 민중 속에 전승되는 설화에 지나지 않던 야담이 마침내 소설문학으로까지 변모될 수 있었다.

야담은 이야기꾼들에 의해서 이야기되거나, 또는 유식자에 의하여 문자화된다. 일단 문헌에 정착된 이야기는 또 다른 유식자에 의하여 전사(轉寫)되거나 또다시 구전되기도 한다. 이러한 야담의 전승적 특질 때문에 현전하는 많은 야담들의 내용은 유사성과 함께 차이점을 보여준다. 가령 '홍순언(洪純彦)이야기'의 경우 '의기(義氣)와 보은(報恩)'이라는 뼈대는 공유하면서도 야담집별로 서사구조와 서술문면에서 다양한 변이가 나타나고 있다. 어떤 계열에서는 주인공이 행한 의기 행위를 운명론적인 사고 방식 아래 그것을 긍정적으로 내보이려 했던 데 주제를 두고 있으며, 어떤 계열에서는 큰 의기를 지녔던 한 영웅적 존재의 영웅스런 면모를 적극적으로 그려 보이며 그로 인해 가능할 수 있었던 나라에 대한 충성을 기리고 드날리려 했던 데 강조점을 두고 있다.

[내용]

야담이 복합적인 갈래이기 때문에 내용도 매우 다채롭다. 실제 인물의 생애에서 있었던 일을 평면적으로 전달하는 사실담도 있고, 역사적 사건이나 일화에 약간의 윤색이 가해진 이야기도 있으며, 등장인물의 실재성 여부가 어떻든 비상하게 날카로운 구성과 전형화를 통해 사회적 갈등이나 세태의 일면을 묘파한 이야기도 있다. 그간의 내용 연구 중에서 서술시각을 기준으로 유형을 분류한 성과를 수용하여, 욕망의 성취·문제의 해결·이상향의 추구, 이 세 가지로 주요 내용을 소개하기로 한다. 운명의 실현·이념의 구현을 담은 유형도 있으나 앞 시대의 서사체에서도 다루어진 것이므로 생략한다.

욕망의 성취를 다룬 야담은, 주인공이 자신의 욕망을 성취해 가는 과정을 서술하는 야담이다. 주로 벼슬이나 재산 같은 사회·경제적인 것이나 애욕 같은 감정적인 것에 대한 욕망을 추구하고 향유하는 것은 인간의 보편적인 성향이지만, 욕망의 성취란 서술시각은 조선후기에 표나게 등장한 것이다. 〈영산업부부이방(營産業夫婦異房)〉이 그런 작품의 예이다. 줄거리는 이렇다. 김생이 일찍 부모를 여의고 머슴살이를 하다 스물여섯에 장가를 들었다. 첫날밤을 지낸 뒤 그 아내가 제안하기를, 10년을 기한으로 재산을 모으되, 이 목표를 달성하기 위해 동침도 하지 말고 죽으로 끼니를 잇자고 하였다. 6-7년이 지나 돈과 곡식이 집안에 가득 차게 되었으나, 약속한 기한이 차지 않아 여전히 죽만 먹었다. 10년 후 목표를 달성한 이 부부는 도내에서 제일가는 부자가 되었다. 하지만 두 사람 이미 모두 나이가 들어 자녀를 낳을 수 없었다. 하는 수 없이 같은 성을 가진 아이를 데려다 양자로 삼으니 그 후손이 크게 번창하였다고 한다. 줄거리에서 보듯, 오로지 부자가 되겠다는 욕망을 성취하기 위해 모든 것을 포기하거나 절제하고 있어 그 욕망의 강렬성을 느끼게 한다.

문제의 해결 과정을 다룬 야담은, 주인공이 당면한 혼란이나 고난을 해결하여 기존 질서와 상황을 회복하고자 하는 야담이다. 조선후기에 들어 사대부 사회가 동요되고 사대부들의 존재 기반이 도전을 받으면서 상실했거나 상실위기에 몰린 기득권을 되찾기 위해 부심했던 현실을 반영한 이야기로 보인다. 〈조태억위영남백(趙泰億爲嶺南伯)〉이 그 예이다. 줄거리는 이렇다. 경상 감사 조태억이 지방을 순시하다 언양의 객사에서 하룻밤을 묵게 되었다. 안면이 없는 빈궁자(貧窮者)가 객사로 뛰어들어 아는 체하기에 받아주고 함께 잠자리에 들었다. 주위가 조용해진 다음에 조태억이 무슨 사연이냐고 물었다. 추노(推奴)하러 나왔다가 노비들로부터 생명의 위협을 받았는데, 조태억의 도량이 넓다는 소문을 들었기에 찾아왔다고 하였다. 조태억은 빈궁자에게 세상사는 자세에 대해 충고해 주고 추노를 잘하게 해주었다. 그 빈궁자는 조태억의 도움으로 추노를 하여 무사히 귀경하였다. 이 야담에 등장하는 빈궁자는 양반이다. 사회적 특권을 누리던 양반이 그 기득권에 도전을 받아 가난뱅이 모습으로 전락한 현실을 반영하고 있다. 그 주인공이 조태억의 도움을 받아 위기에서 벗어나고 추노에도 성공한다는 것은, 이와 같은 문제를 해결해 과거의 체제를 회복하기를 바라던 당대 양반사대부 집단의 의식구조를 나타낸다고 할 수 있다.

　이상향의 추구를 담은 야담은, 주인공이 기존의 현실 공간을 벗어나 스스로 생각하고 있는 가장 가장 이상적인 공간을 건설하거나 찾아나서는 야담이다. 이는 고단하게 살아가던 민중과 가난한 사대부의 절망과 희망을 반영하여 형성된 것으로 보인다. 〈식단구유랑표해(識丹邱劉郞漂海)〉가 그 예이다. 줄거리는 이렇다. 유동지(劉同知)는 강원도 고성 사람인데, 동네사람들과 함께 미역을 채취하러 나갔다가 표류했다. 어떤 섬에 닿았는데 세 명만이 살아남았다. 흰옷 입은 동자가 자기네 선생의 처소로 인도했다. 동자의 선생은 머리에 아무 것도 쓰지 않았고, 떨어진 베옷을 입었으며, 얼굴이 검었다. 노인은 자기도 고성 사람인데 표류하여 그곳까지 왔다고 하였다. 그 섬에는 맑은 모래와 푸른 소나무가 펼쳐진 사이로 금사초(金莎草)가 자라고 있었다. 간간이 인가가 있었는데, 농사를 짓지도 누에를 치지도 않으며 다만 경액(瓊液)을 마시고 풀옷을 입을 따름이었다. 노인은 그 섬이 동해의 단구(丹邱)라 했다. 노인에게 간청하여 해 뜨는 곳을 구경했다. 세 사람이 고향의 부모처자가 그리워 돌아가려 했다. 노인은 그곳의 하루가 인간 세상의 일 년이어서 이미 50년이 흘렀다며 귀가를 말렸다. 고집을 부려 배를 타고 돌아오는데, 배 안에 있던 경액 3병을 훔쳤다. 고향에 돌아오니, 동네 모습이 완전히 달라졌고, 자기 집을 찾아가도 아는 사람이 없었다. 부모, 처자, 자식까지 모두 죽고 없었다. 집주인은 유동지의 손자였는데, 유동지가 승선한 날을 기일로 삼아 제사 지내고 있었다. 두 명은 돌아와 화식(火食)을 하여 몇 년 만에 죽었으나, 유동지는 훔쳐온 경액을 조금씩 마셔 건강하게 200년 넘게 살았다. 고성에 원이 부임할 때마다 반드시 그를 불러 그 이야기를 들었다고 한다. 이 야담은, 어로 현장에서 생명의 위협을 받으며 일해야 하는 어부들의 경험을 바탕으로 하고 있다. 이는 같은 이상향 이야기라도, 향락의식이나 정치의식이 개입된 사대부들의 그것과는 구별되고 있다. 현실의 지극한 고난과 절실한 필요에 의해 형성된 이상향이기에 발견자의 노동생활과 관련되어 있는 공간이기 때문이다.

[현황]

대표적인 야담집들을 적어보면 다음과 같다. 유몽인(1559~1623)의 ≪어우야담(於于野談)≫, 이상우(李商雨, 1621~1685)의 ≪천예록(天倪錄)≫, 숙종 때(1674~1720) 인물인 신돈복(辛敦復)의 ≪학산한언(鶴山閑言)≫, 18세기의 인물인 노명흠(盧命欽)의 ≪동패낙송(東稗洛誦)≫, 임매(任邁)의 ≪잡기고담(雜記古談)≫, 19세기 인물인 이현기(李玄綺, 1796~1846)의 ≪기리총화(綺里叢話)≫, 김경진(金敬鎭)이 편찬한 것으로 보이는 ≪청구야담(靑邱野談)≫, 이희평(李羲平, 1772~1839)의 ≪계서야담(溪西野談)≫, 1828년의 ≪기문총화(記聞叢話)≫, 1833년에 편찬된 ≪계서잡록(溪西雜錄)≫, 19세기 인물인 배전(裵전 文+典)의 ≪차산필담(此山筆談)≫, 서유영(1801~1874)의 ≪금계필담(錦溪筆談)≫, 이원명(李源命, 1807~1887)의 ≪동야휘집 東野彙輯≫, 기타 찬자와 연대 미상의 ≪海東野書≫·≪기문총화 記聞叢話≫ 등을 들 수 있다. 이들 중 특히 ≪계서야담≫·≪청구야담≫·≪동야휘집≫ 이들 세 문헌은 풍부한 자료를 담고 있어 우리나라 '3대 야담집'이라 부를 만하다. 20세기 들어 1926년에 한양서원(漢陽書院)에서 간행된 강효석(姜斅錫)의 ≪대동기문(大東奇聞)≫도 주목할 만하며, ≪대동야승(大東野乘)≫이나 ≪패림(稗林)≫ 같은 거질의 총서 가운데도 야담이 풍부하게 들어 있다. 이들 야담집의 대부분은 거의 다 번역되어 이용하기 편하다.

야담의 유행과는 달리 1970년대 초까지 이에 대한 학자들의 연구성과는 그다지 활발하지 못하였다. 그나마 소설사를 기술하면서 소설의 전 단계로서 야담을 상정하여 '설화의 소설화' 또는 '소설의 배경설화'를 언급하거나, 한문학사를 기술하는 과정에서 한문학 작품의 예로서 야담집이나 야담 자료를 논급하는 정도였다.

초기의 연구성과로서, 김태준, 조윤제(趙潤濟), 김동욱 등의 선구적 논의가 있었다. 하지만 야담에 대한 본격적인 논의가 이루어진 것은 이우성·임형택 역편 ≪이조한문단편선≫이 나온 1970년대에 들어서였다. 상당한 수의 신진학자들이 연구 대열에 참가하여 다양한 측면으로 야담을 집중 고찰한 결과 풍성한 성과를 얻고, 국문학 발전에 상당한 기여를 할 수 있었다. 지금까지의 연구성과를 쟁점별로 정리해 보면, (1) 형성론 (2) 갈래론 (3) 찬자론 (4) 유형론 (5) 문헌학적 연구 (6) 전개양상론 (7) 개별야담집론 (8) 개별 야담 작품론 (9) 변이양상 및 소설화과정 (10) 다른 갈래와의 관련 양상 (11) 근대문학과의 관련 양상 등이다.

형성론에서는, 김태준의 직업적 설서가(說書家)설에 이어, 임형택에 의해 '근원사실→(구연화)→이야기→(기록화)→한문단편(야담)' 설이 제기되어 아직까지 대세를 이루고 있다. 갈래론에서는 설화로 보던 데에서 최근에는 여러 하위 갈래의 복합체로 규정하는 추세이다. 찬자론에서는 찬자를 모르던 상황에서 새로 밝힌 경우, 잘못 알려진 찬자를 바로잡은 경우, 알려진 찬자의 의식이나 배경을 고증한 경우 등 진전된 성과가 있었다. 유형론에서는 거시적인 관점에서 야담 전체를 대상으로 한 유형론에서부터 특정 내용을 갖춘 야담들만을 대상으로 유형 분류한 성과로 나뉘어 여러 가지 기준에 따라 여러 시도가 이루어졌다. 문헌학적 연구에서는 이본을 고찰하여 이본들간의 질서를 부여하는 경우, 전대 문헌을 수용하는 양상에 대한 고찰을 하는 경우, 이 두 가지로 전개되었다. 전개양상론에서는 현전하는 야담집들이 과연 전대 문헌들과 어떠한 관련을 맺으면서 존재하는지 밝히는 데 주력하여 일정한 성과를 도출하였다. 개별야담집론에서는 한 야담집의 성격을 어떻게 설정할 것인가를 두고 논의들이 펼쳐졌다. 작품론에 치중한 경우도 있고 형식이나 역사적 위상에 초점을 맞추는 경우도 있었으나 이로 말미암아 개별 야담집의 성격이 어느 정도 드러났다. 개별 야담 작품론에서는 개개의 야담집에 수록된 개별 야담 작품에 대한 미시적 접근이 이루어졌다. 초기에는 사회·역사주의 시각을 중심으로 다루다가 상징적 의미, 서술자와 발화자의 관계를 다루는 등 새로운 관점에서 다루기도 하였다. 변이양상 및 소설화과정론에서는 근원사실이 왜 어떻게 이야기화하며, 개별 이야기들이 왜 어떻게 소설로까지 변모하는지를 밝혔다. 다른 갈래와의 관련양상론에서는 인접갈래인 전·소설과의 야담이 어디까지 같고 다른지를 해명하려는 노력을 보였다. 근대문학과의 관련 양상론에서는 야담이 신소설 또는 근대 단편소설과의 관계를 밝혀, 야담이 근대로 계승된 양상을 드러내었다. 야담이 근대잡지와 맺고 있는 관련 양상에 대한 조명도 이루어졌다. 많은 성과가 있었으나 여전히 쟁점이 해소되지 않거나 미처 논의가 미흡한 것도 있다.

[의의와 평가]

야담은 한국에만 존재하는 용어이다. 중세에서 근대로 이행하는 과정에서, 민요를 한시로 옮기면서 악부시가 만들어지듯, 설화를 한문으로 기록해 야담이 만들어져, 한문문학에 새바람을 일으키는 구실을 하였다. 구비문학과 기록문학, 국어문학과 한문문학이 만남으로써, 우리 문학사의 특징 중의 하나인 상하층의 근접과 교류를 증명하고 있어 소중하다. 야담이 주로 사대부층이나 중인층에 의해 이루어졌으면서도 정통한문문학과는 달리 당대 사회의 갖가지 모순과 갈등 및 여러 계층에 걸친 인물들의 생활상을 생생하게 담고 있는 것도 바로 이러한 성격에서 유래한다 하겠다. 거기에 작자(편자)층이 당시의 변환기적 사회상을 체험하면서 중세적 질서에 대해 비판 혹은 회의의 시각을 지녔기 때문에 더욱 더 그같은 특징이 부각되어, 중세를 지나 근대를 여는 데 일정한 구실을 하였다고 평가된다.〔집필자 : 이복규〕

[참고문헌]

한국설화문학연구(장덕순, 서울대학교출판부, 1970)

이조한문단편선집 상·중·하(이우성·임형택, 일조각, 1973·1978)

조선후기문헌설화의 연구(조희웅, 형설출판사, 1980)

문헌설화의 연구(조희웅, 한국문학연구입문, 지식산업사, 1982)

한국문학의 이해(김흥규, 민음사, 1986)

한국야담문학연구(정명기, 보고사, 1996)

한국 야담의 전개양상과 그 의미(이신성, 2006)

한국 야담 연구(이강옥, 돌베개, 2006)

야담문학연구의 현단계 1,2,3(정명기, 보고사, 2001)

3. 〈조선〉(한국민속신앙사전, 국립민속박물관)

[정의]

조선총독부에서 펴낸 월간지. 여기에 수록된 민속관련 논문들은 초기 민속 연구 상황을 보여 주는 중요한 자료이다.

[역사]

『조선』이란 이름으로 내기 전에, 조선총독부는 『조선총독부월보

(朝鮮總督府月報)』(1911.6~1915.2), 『조선휘보(朝鮮彙報)』(1915~
1920.6)로 이름을 바꾸어 가면서 발행하다가 1920년 7월호부터 『조
선(朝鮮)』으로 개명해 발행하였다. 『조선』지는 일문판과 국문판 두 가
지가 있다. 그 동안의 통념과 다르게 발행 시기는 물론 내용도 별개이
다. 일문판 원본은 현재 1920년 7월호(66호)부터 1944년 11·12월 합
병호(353호)까지의 것만 일본 국회도서관과 도쿄대학교 도서관에 소
장되어 있다. 한편 국문판의 원본은 현재 1924년 1월호(76호)부터
1934년 3월호(197호, 이 가운데에서 82~92호는 결본)가 한국 국립
중앙도서관에 소장되어 있다. 국립중앙도서관에 없는 것 중에서 1920
년 12월호(39호), 1921년 12월호(51호), 1923년 2월호(65호)가 연세
대학교 중앙도서관에 소장되어 있다. 일문판 『조선』은 1986년에 고려
서림에서 출판한 영인본이 국립중앙도서관과 국사편찬위원회 도서관
등의 기관에 소장되어 있어 활용이 가능하다. 그러나 국문판 『조선』은
그 문예 관련 자료만 발췌해 1999년 무렵에 도서출판 서광에서 영인
본으로 출판한 것이 전부이다.

[내용]

『조선』에는 최남선·안확·이능화 등 저명한 국학자들의 민속 관련
글들이 실려 있는데, 그 가운데에서 가정신앙과 관련된 것은 일본어
판 제280호(1938.9)에 실린, 장승두의 「조선 고대사회의 배화사상과
혼인제도의 연원에 관한 고찰」이다. 이 글에서 장승두는 가정신앙으
로서 불 숭배가 있었다는 것을 씨불 및 씨불지킴이의 존재로 입증해
보였다. 혼인의례에서의 횃불싸움을 비롯한 일련의 행위도 신랑집과
신부집 사이에 씨불을 놓고 벌어지는 모의쟁탈전으로서의 의미를 담

고 있다고 해석하였다. 요약해 소개하면 다음과 같다.

고대 한반도 민족이 가장 경이를 느낀 것은 '불'의 신비였다. '불'은 생물을 익게 하고 모든 오물을 태워서 없애는 정화력이 있으며, 게다가 항상 붉고 신비한 빛을 발하여 밤의 어두움을 몰아낸다. 그래서 고대인은 집집마다 가문 보존을 위한 신성물인 '씨불'을 두고 그것을 정성껏 받들었다. 불단지는 부루단지 또는 업주가리라고 일컬어져 농촌에서 집집마다 재신(財神)으로 모시고 있다. '부루단지'의 연원은 고대의 씨불 지킴에 있는 것으로 보인다. 부루단지의 부루는 불이 변한 것으로, '불(火)'과 같은 의미이며, 부루단지는 씨불을 넣기 위해 설치된 도기(陶器)였다. 고대인은 불의 신이 오곡을 결실시키고 잘 익게 한다고 믿었다. 집의 재산도 불신(火神)의 마음에 달려 있다고 믿었기 때문에 불단지에다 곡물이 잘 열리고 풍년이 지속되고 재산이 늘어 집안이 번창하게 해달라고 빌었다. 이것이 후대에 이르러 불단지를 단지 재신(財神)으로 모시게 되었고, 불신(火神)숭배관념이 약해지면서 씨불 대신 오곡을 넣고 제사를 지내게 된 것으로 보인다. 불(火)은 생물을 익히고 그것의 수를 불어나게 하기 때문에 불, 부루에 '증식(增殖)'의 의미가 생긴 모양이다.

농촌에 가면 집집마다 반드시 가신으로 모시는 부루단지가 있다. 씨불은 가문 보존의 성화(聖火)로서 집집마다 불단지인 도기(陶器)를 두어 그 안에 숯불을 피워서 하루종일 꺼지지 않게 하는 것을 가문 보존을 위해 가장 중요한 일이라고 믿었기 때문이다. 씨불이 꺼지면 집안에 불행이 찾아온다고 믿었기 때문에 항상 불이 붙어 있게끔 식구들이 조심해서 그것을 지켰다. 불을 지피는 유일한 방법은 부쇳돌을 서로 마찰시켜 이것을 쑥에 붙이는 것이었다. 식구 모두가 씨불을 지키는 것을 씨불지킴이라고 했다. 이 씨불은 고대 한반도 민족에게는 가신(家神)의 일종이며, 어느 집에든 씨불을 묻은 불단지가 있었다. 일본에도 이 같은 민속이 있는 것으로 미루어 씨불지킴 풍속은 고대 조선과 일본의 공통적인 민속이었을 가능성이 있다.

씨불을 가신(家神)으로 받든 고대 한반도 민족은 불의 신을 모신 부엌을 아주 소중히 여겨 청결하게 유지하려고 애썼기 때문에 당시에 조왕(竈王) 숭배의 풍속이 생기기도 하였다. 그리하여 빛은 즉 행복이며, 집안을 밝게 하는 것이야말로 행복을 끌어들이는 가장 좋은 방법이라고 믿어서 명절마다 붉이라는 횃불을 켜서 집안 구석구석까지 밝히는 관습을 낳게 된 것이다. 여기서 주의해야 하는 것은 이 씨불은 사회 일반의 신으로 숭배받은 것이 아니라 한 가족 차원에서만 예배받는 데 머물렀다는 점이다. 즉 신앙이 가족적인 것이라는 점이 특색이라고 할 수 있다. 따라서 고대 가족 결합의 근본 원리를 구성한 것은 실로 이 씨불이며 이것을 가신으로 대대로 전승함으로써 가족제도의 영속성이 유지된 것이다. 고대 가족제도에서 일가단란(一家團欒)이라는 것은 늘 씨불을 중심으로 행해지고 가족의 질서와 안정을 유지하는 것도 씨불에서 크게 힘을 얻었다. 이러한 가족제도에서 특히 중요한 것은 성화(聖火)인 씨불을 지키는 사람이다. 물론 씨불은 식구 모두가 지키는 것이지만 특히 이 씨불에 제사를 지내고, 공물을 바치는 일 외에 여타의 행사를 하기 위해서는 일정한 사람이 필요하였다.

고대에 이 씨불을 모시는 일은 여자가 맡았다. 여자는 음식을 요리할 때 불을 능숙하게 사용하고 성화를 모실 만한 아름다움과 청결함을 지니고 있었기 때문이다. 더욱이 고대사회에서 여성은 일종의 마력을 지니고 있다는 믿음도 그 원인의 하나라고 할 수 있다. 이 불을

취급하는 임무를 맡은 여자를 알, 아로, 알영이라고 불렀다. '알'은 한
자로 阿老(아로)·阿利英(아리영)·閼英(알영) 등으로 한역되었다. 신라
사회에서는 월신(月神)·일신(日神)을 모시는 국가적 제사도 오로지
이 '알'에 의해 행해졌다. 이 '알[阿老]'의 어원을 찾으면 알은 얼과 동
의어이며 '혼(魂)'을 의미한다. 즉 어원적으로 보면 알은 '영혼에 봉사
하는 자'라는 의미가 된다. 현재 '母(모)'를 엄마, '雌(자)'를 암이라고
하는데 이 '엄·암'은 '얼·알얼'이 변한 것으로, 고대의 여성 신성 관념을
나타내는 것이다. 조선에서 '親(친)'을 '어룬'이라고 하는데, 그것도 알
[阿老]의 동어이다. 고대 모권사회(母權社會)에서 '親(친)'은 '가장이
자 제사장인 여성'에 대한 호칭이었다. 이 '알'이 맡은 가장 큰 임무는
씨불을 지키고 이것에 기도드리는 일이었다. 이 밖에도 고사를 지내
는 임무가 있었다. 고사는 매달 씨불을 중심으로 하여 행해지는 소규
모의 가족적 제사이다. 그때 알은 씨불 주위에 금줄을 치고 그 앞에서
노래하고 기도를 하였다. 이 고사야말로 고대 조선의 모든 집에서 가
장 신성한 행사로 행해졌다. 오늘날에는 형태가 약간 변했지만 민간
의 가족적 제사라는 점에서는 달라진 것이 없다.

　일가의 가장 중요한 역할을 하는 '알'의 직무는 시어머니로부터 며
느리에게, 며느리로부터 다음 며느리에게 전해졌다. 고대의 혼인 제
도를 낳은 주요 원인은 이 씨불을 계승하기 위해 '알'을 맞아들이는 것
에 있었다. '알'이 끊어지면 그 집 씨불은 사제자가 없는 씨불이 되어
망할 수밖에 없었다. 이것은 바로 가문의 멸망을 의미하였다. 그 '알'
을 받아들여 씨불지킴이라는 성직(聖職)을 행하게 하기 위해서는 혼
인이란 제도가 필요하였다. 다시 말하면 가족의 결합이 씨불을 근본
으로 하는 것과 같이 혼인 제도의 발생도 이 씨불에 연원을 두고 있다

고 할 수 있다. 이에 따라 고대사회에서 혼인은 가장 신성한 행사 중의 하나로 여겨졌으며, 두 가지 의미에서 중요시되었다. 하나는 제사장인 알을 받아들이기 위해, 또 하나는 아이를 낳아 또 다른 후계의 '알'을 취하기 위해서였다.

혼인은 가문의 최고 중대사에 속했기 때문에 그 의식도 신성성을 최우선으로 하여 씨불을 중심으로 행해졌다. 혼인의식에서 가장 특이한 행사는 횃불싸움이다. 신랑이 신부를 맞이하러 갈 때 신랑과 신부의 집 사이에서 횃불 모의(模擬)투쟁이 벌어진다. 결국 신부 쪽에서 지는 척하고 퇴각하면 신랑 쪽이 이 기세를 타고 신부집의 불단지를 훔쳐간다. 그 후에 신부집 쪽에서 큰 잔치를 베풀어주고 그것을 되찾는다. 이것은 신성한 종교적 의식이다. 혼인의 의미는 다른 집 씨불과 결합되어 있는 사람 하나를 신랑이 맞아들여 자기 집의 씨불과 결합시키는 것이기 때문에 신부집의 씨불과 신랑집 씨불 사이의 모의투쟁이 행해져, 마침내 신부집 씨불이 패배하고 도둑을 맞는다. 이는 신부가 자기 집 씨불에서 떠나 다른 집의 씨불과 결합될 때까지의 과정을 상징한 것이다. 횃불싸움이 끝나면 신랑은 신부를 데려간다. 신랑이 신부집으로 들어가거나 신부가 신랑집으로 들어갈 때는 문 앞에 반드시 불을 피워 신랑 신부가 탄 가마는 꼭 이 불 위를 통과해야 했다. 이것은 불이 지닌 정화력으로 가마에 붙은 사악하고 부정한 것을 태워서 정결한 몸으로 씨불과 마주하기 위해서이다. 경북 경주에서는 짚을 태워 이것을 행하며, 충청도에서는 문굿[門神祀]을 하는데, 그때도 문 앞에서 불을 피운다. 이런 의식을 마치면 신부는 청결한 몸으로 씨불 앞에 인도되어 먼저 씨불에게 절을 한다.

북서지방에서는 신랑집 마당에서 헛절이라는 무의미한 절을 한다.

이는 고대에 씨불 앞에서 하던 절이며, 현재는 그 대상인 씨불이 없어져서 단지 헛절이라는 흔적만을 남긴 것으로 보인다. 절이 끝나면 씨불 앞에서 성대한 잔치가 열려 신랑신부 가족이 같이 식사를 한다. 이 공동 회식의 관습은 최근에도 성대하게 행해진다. 특히 서북지방에서 현저하다. 혼인식은 이 공동 회식만으로 완결되는 것이 아니다. 가장 중요한 의식이 아직 남아 있다. 그것은 신부가 앞으로 알로서 씨불지킴의 중직을 제대로 감당할 수 있는가 시험하는 일이다. 신부는 혼인날 밤중 내내 씨불을 계속 지켜야 하며 씨불이 온전하기를 기도해야 한다. 식구들은 옥외에서 옥내에 있는 신부가 어떻게 씨불지킴을 하는가 들여다보면서, 새로운 사제자인 신부가 씨불지킴을 제대로 하는지 감시한다. 이날 밤의 시험에서 신부가 '알'로서의 중임을 다할 수 없다고 판단되면 이 신부는 알의 직임을 이을 수 없게 되어, 혼인은 무산된다. 아직까지도 남아 있는 신방지킴의 관습은 이같이 오랜 연원을 갖고 있는 것이다.

신방이란 결혼한 날의 신랑신부 침실을 말한다. 그날 밤 미닫이에 작은 구멍을 뚫어서 부모와 형제 친척들이 번갈아 드나들며 교대로 들여다본다. 그 유래를 찾아보면 결코 의미 없는 행사가 아니다. 이 '신방지킴'에서 무사히 합격하면 그때부터 신부는 시어머니로부터 '알'직을 물려받아 가문의 제사장직을 맡게 된다. 이로써 혼인식은 끝난다. 고대의 혼인은 단순한 성적 관계나 일시적 애정의 결과가 아니라 씨불이라고 하는 동일한 신앙과 제사(祭祀)라고 하는 강한 결속력에 의한 합일이었다. 이런 혼인의식을 행하기 위해서는 낮보다 밤을 택하는 것이 적절하였다. 이런 이유로 고대의 혼인은 대개 밤에 행해졌다. 경기도 송도(개성)나 평안도에서의 혼인은 원칙적으로 저녁 무렵[臘]에 행해지는데, 이것도 같은 유래에서 나온 것이다.

[의의]

『조선』에는 그 전신인 『조선총독부월보』와 『조선휘보』와는 달리 민속 및 국학 전반에 관련한 연구 성과가 상당수 실려 있어 주목된다. 민속학을 비롯한 우리 국학 연구의 시작을 1920년대로 보는 것이 학계의 통념이기 때문에, 결국 『조선』에 수록된 민속 관련 논문들은 초기(제1기)의 연구 상황을 보여주는 것이어서 그냥 지나칠 수 없다. 위에서 소개한 가정신앙 관련 논문은 물론 「주몽신화의 민속학적 고찰」, 「단군전설의 민속학적 고찰」 등 장승두가 쓴 민속 관계 논문이 이 잡지에 실려 있다. 그러나 최남선의 선구적인 업적에 바로 이어서 나온 논문들임에도 아직 연구사에 한 번도 거론된 적이 없다. 장승두를 비롯해 이름이 알려지지 않은 학자들의 논문 외에 최남선·안확·이능화 같은 저명한 초기 국학자의 논문도 여러 편 들어 있다. 이마니시 류(今西龍), 무라야마 지준(村山智順), 아키바 다카시(秋葉隆) 등 일본인 학자의 논문들도 수록되어 있다. 단행본으로 낸 책들의 대부분이 이 『조선』에 먼저 게재되었던 논문을 한데 모은 것임을 확인할 수 있다. 그만큼 『조선』지는 초기의 민속 혹은 국학 연구의 상황을 검토하는 데 중요한 위치를 차지하는 잡지라는 것을 알 수 있다. 『조선』지에 실린 논문들을 검토하지 않고서는 온전한 의미의 민속연구나 민속연구사의 서술은 기대하기 어려운지도 모른다. 그럼에도 학계에서는 『조선』지에 실린 글들에 대해 관심이 없었던 게 사실이다. 인권환의 『한국민속학사』(1978), 이가원의 「한문학의 발달」, 『한국학연구입문』(1981), 최인학의 『한국민속학문헌총목록』(1986), 소재영의 『한국고전문학

관계 연구논저총목록』(1993) 등에서 『조선』지에 발표된 일부 논문의
제목 소개가 이루어졌지만 원문 내용의 전모를 접할 기회는 아직까지
마련되지 않았다. 국문판『조선』지에 발표된 민속국문학 관계 논문은
그것대로 소중하다. 김지원의 민요 관련 논저와 민요 채록 자료를 비
롯하여 김백당의 동요 채록 자료와 이원규의 고전시가 관련 논문은
초기 연구 성과로서 주목할 만하다.

[참고문헌]

조선총독부기관지 일어판 『조선』지의 민속국문학자료(이복규·김기
서, 민속원, 2004).

4. 동명왕신화(한국민속문학사전 설화, 국립민속박물관)

[명칭]

동명왕신화(東明王神話), the myth of King Dongmyoung, 부여국
조신화, 부여건국시조신화(夫餘建國始祖神話)

[정의]

부여·고구려·백제 등 부여 계통 집단의 시조이고 북부여의 창업왕인
동명왕에 관한 신화.

[역사]

가장 오래된 기록은 1세기 말 중국 왕충(王充)의 『논형(論衡)』의 제

2권 「길험편(吉驗篇)」에 실린 것인데, 그 이전부터 구전되어 오다가 문자화한 사례일 것이다. 3세기 말의 『위략(魏略)』, 4세기 초의 『수신기(搜神記)』, 7세기 중반의 『북사(北史)』, 7세기 후반의 『법원주림(法苑珠林)』 등 다른 중국 문헌에서도 거듭 수록하고 있다.

[줄거리]

북이(北夷) 탁리국(櫜離國) 왕의 시비(侍婢)가 임신하였다. 왕이 그 여자를 죽이려 하니 "달걀만 한 기(氣)가 하늘로부터 내려온 까닭에 임신하였습니다."라고 하였다. 그 후에 아들을 낳자 돼지우리 안에다 버렸더니만 돼지가 입김을 불어주어 죽지 않았다. 다시금 마굿간 안으로 옮겨 말에 깔려 죽게 했지만 말도 입김을 불어주어 죽지 않았다. 왕은 속으로 '하느님의 아들이구나.'라고 생각하여, 그 어미로 하여금 거두어 종처럼 천하게 기르게 하였다. 그 이름을 동명(東明)이라 하고 마소를 치게 하였다. 동명은 활을 잘 쏘았는데, 왕은 동명한테 나라를 빼앗길까 두려운 나머지 동명을 죽이려고 하였다. 동명은 남쪽으로 도망쳐 엄호(표)수(掩淲水)에 이르렀다. 활로 물을 치자 물고기와 자라 들이 떠올라 다리를 이루었다. 동명이 건너자 물고기와 자라가 흩어져버려 추격병은 건널 수 없었다. 이리하여 도읍을 정하고 부여(夫餘)의 왕이 되었다.

[변이]

위의 줄거리는 가장 이른 시기의 기록인 『논형』에 의거한 것인데, 후대의 기록들에서도 기본 줄거리는 동일하다. 다만 동명왕의 출생국, 건넌 물의 이름의 한자 표기만 일부 달라져 있다. 우선 동명의 출생국인 탁리(橐離)가 '고리(高離)'(『위략(魏略)』), '고리(槀離)'(『수신기(搜神記)』), '색리(索離)'(『후한서(後漢書)』『북사』), '포리(褒離)'(『신론(新論)』), '고려(高麗)'(『수서(隋書)』)' 등으로 다르게 기록되어 있다. 다음으로 건넌 물의 이름이 '엄호(표)수(掩淲水)'에서 '시엄수(施掩水)'(『위략(魏略)』『수신기(搜神記)』), '엄사수(掩㴲水)'(『후한서(後漢書)』), '엄체수(淹滯水)'(『양서(梁書)』『北史』), '엄수(淹水)'(『수서』) 등으로 달라져 있다. 그 밖에는 동일하다. 주인공의 이름, 주인공의 어머니, 잉태 원인, 출생 양상, 망명 동기, 세운 나라의 이름 등에서 일치한다. 북이의 어떤 나라에서 태어난 동명(東明)이란 인물이 남하해 부여라는 새로운 나라를 세운 이야기라는 점에서 동질성을 유지한다. 그런데 어째서 앞에서 제시한 바와 같이 두 가지 요소에서 변화가 나타난 것인지 궁금하다. 특히 동명왕이 남하하여 세운 나라를 '고려(高麗)'라고 적은 『수서』의 경우가 심각한 의문을 제기할 수도 있는데, 이 기록을 액면 그대로 인정하면, 부여가 고구려의 남쪽에 있었던 나라라는 셈이 되고 만다. 이 모순을 해결하기 위해 『통전(通典)』의 찬술자인 두우(杜佑)는 삭리국이 부여의 북쪽에 '고려'라는 분국을 세웠던 게 아닌가 하는 추정도 한 바 있으나 무리다. 이 같은 변이는 앞서의 기록을 옮기는 과정에서 글자의 모양 또는 음(音)의 유사성 때문에 착오가 빚어진 결과로 해석하는 것이 자연스럽다. 더욱이 이 문헌들의 기록자가 중국인인 점을 감안하면, 다른 민족인 부여의 일을 적으면서 이런 실수는 얼마든지 일어날 수 있다고 본다. 우리 쪽 기록으로 거의 유일한 자료인 「천남산묘지(泉男産墓誌)」(702년)에서는 동명왕이 건넌 물의 이름을 '호(표)천(淲川)'으로 기록하고 있어, 중국의 『논형』의 표기와 같은 계통임을 보여준다. 요컨대 동명왕신화는 다른 신화에 비해 변이가 거의 일어나지 않은 채 800여 년의 세월에 걸쳐 계속 전승되어 왔다고 할 수 있다. 우리나라 최초의 건국신화인「단군신화」가『삼국유사』와『제왕운기』간에 미묘한 차이를 보이고, 고구려의「주몽신화」도『구삼국사』의 것과 다른 것들 간에 길이와 내용 면에서 차이를 보이는 것과는 다르다.

[내용]

한동안 이 신화는 고구려건국신화인「주몽신화」의 한 각편으로 여겨져 왔기에 독립적인 작품으로 인정받지 못했다. 공교롭게도 주몽의 왕호가 동명성왕인 데다, 부여가 망한 후 고구려 시대가 장기간 지속되면서 착시 현상이 빚어져, 부여의 건국시조인 동명(동명왕)은 오랫동안 망각되어 왔던 것이다. 주몽의 왕호가 부여의 건국시조 동명의 이름을 차용한 것임에도 불구하고, 부여시조 동명(동명왕)을 고구려 시조 주몽의 다른 이름으로만 알아왔다. 하짐난 이 신화를 싣고 있는 여러 문헌의 기록을 보면, 두 신화는 별개였음을 알 수 있으며,「천남산묘지(泉男産墓誌)」에서도 동명과 주몽을 별개로 다루고 있고, 다산 정약용을 비롯해 조선후기 실학자들도 그간의 잘못을 비판했다. 하지만 이런 성과는 근대에 들어와 잊혀졌고 일제강점기를 거치면서 더욱 강화되어 오다가, 다시 논의가 이루어지기 시작해 기존의 동일시 견해와 대립하고 있다. 북한 학계에서는 동명왕신화를 주몽신화와는 별개로 보아야 한다는 주장을 진즉 수용해 공식적인 역사서에 반영하고 있으며, 남한 학계에서도 인정하는 움직임이 강화되고 있다. 부여에서 고구려가 파생된 게 엄연한 역사적 진실이고, 고구려의 시조신화 이전에 부여의 시조신화가 먼저 존재했을 것은 자연스러운 일이다 보니, 고구려의 건국신화는 부여의 건국신화를 차용하여 확대 변용한 것이라는 인식이 퍼지고 있다.

[의의]

동명왕신화는 고구려건국신화인 주몽신화와 그 구조 면에서는 유사하지만, 부여가 고구려보다 앞선 나라이듯, 엄연히 선행한 신화이다. 동명왕신화의 첫 기록이 1세기말의 문헌인 왕충의 『논형』인 데 비해 주몽신화의 첫 기록은 5세기 초 장수왕이 세운 「광개토호태왕비문」인 것도 이를 방증한다. 부여에서 파생된 고구려 건국 주체 세력집단은 민심을 얻기 위한 일환으로 부여시조 동명왕신화를 차용하되, 탁리국을 부여 또는 동부여로, 시비를 하백의 딸로, 하늘의 계란 같은 기운을 햇빛 또는 해모수로, 탁리국왕을 부여왕 또는 금와왕으로, 태생(胎生)을 난생(卵生)으로, 동명을 주몽으로, 건국한 나라를 부여에서 고구려로 바꾸었다. 주몽신화는 동명왕신화에 비해 많은 요소가 첨가되어 훨씬 다채로워졌다. 2대기 구조가 3대기 구조로 개편된 것도 그 변화 중의 하나이다. 이른바 우리나라의 북방계 신화의 구조를 '천신과 지신(수신)의 혼례→시조의 탄생→건국'으로 도식화하여 파악하고 있는데, 이는 혼례 과정이 생략되어 나타나는 남방계 신화와 구별되는 특징인바, 동명왕신화는 이 구조를 단군신화에서 계승하여 주몽신화에 물려주고 있다. 특히 고난(불행)과 극복(행운)의 반복으로 이루어진 이른바 '영웅의 일생'구조는 단군신화에서는 등장하지 않았던 새로운 요소로서, 후대 고구려의 주몽신화에 직접적인 영향을 끼치고, 주몽신화의 이 구조는 후대 영웅소설의 근간으로 작용한다는 게 이미 밝혀져, 동명왕신화가 지닌 문학사적 의의를 확인할 수 있다.

[출처]

삼국유사, 논형, 위략, 수신기, 후한서, 신론(新論), 양서, 수서, 북사,
법원주림, 천남산묘지

[참고문헌]

한국 건국신화 연구(나경수, 전남대학교 박사논문, 1988), 한국사
2(한길사, 1994), 조선전사 2(과학백과사전종합출판사, 1991), 부여·
고구려 건국신화 연구(이복규, 집문당, 1998), 한국신화의 연구(서대
석, 집문당, 2001), 고전소설론(이상택·윤용식, 한국방송통신대학교출
판부, 2002), 한국문학통사 1(조동일, 지식산업사, 2005).

5. 해모수신화(한국민속문학사전 설화, 국립민속박물관)

[명칭]

해모수신화(解慕漱神話), the myth of Haemosu, 북부여국조신화,
북부여건국신화

[정의]

고구려의 건국시조 주몽의 아버지이자 북부여의 창업왕 해모수에
관한 신화.

[역사]

1193년 이규보의 「동명왕편(東明王篇)」에 의하면 『구삼국사(舊三

國史)』동명왕본기의 일부로 해모수 신화가 상세하게 실려 있었음을 알 수 있다. 12세기 김부식의 『삼국사기』 13권 고구려본기 및 13세기 말 일연(一然)의 『삼국유사』(三國遺事) 제1권 북부여조(條)와 고구려조 등 고려시대 기록에는 물론 조선조의 『세종실록지리지』에도 실려 있다. 이들의 원형이라 할 수 있는 「동명왕편(東明王篇)」에서 보는 것처럼, 따로 독립해서 전하는 것은 아니고, 고구려 건국신화의 한 부분으로서, 해부루(解夫婁) · 금와(金蛙) · 주몽(朱蒙) 등과 관련하여 부분적으로 전한다.

[줄거리]

해모수는 천제(天帝)의 아들이었는데, 머리에는 까마귀 깃털로 만든 모자를 쓰고 허리에는 용광검을 차고, 다섯 마리의 용이 끄는 수레를 탄 채, 고니를 탄 100여 명의 사람들과 함께 지상에 내려와 인간세상을 다스렸는데, 원래는 해부루가 다스리던 지역이었다. 아침이면 정사를 돌보고 저물면 하늘로 다시 올라가, 세상에서는 해모수를 천왕랑이라 불렀다. 어느 날, 성 북쪽 웅심산 아래 청하 즉 압록강에서 나와 웅심연 물가에서 놀고 있는 하백(河伯)의 세 딸을 발견하고, 후사를 얻기 위해, 술자리를 베풀어 딸들을 취하게 만든 후에 유화(柳花)를 붙잡았다. 그 소식을 들은 하백이 노하여 급히 달려와 해모수와 대결을 벌였다. 정말로 천제의 아들인지 알아보기 위한 경쟁이었다. 하백이 잉어로 변하자 해모수가 수달이 되어서 잡으려 하고, 사슴이 되자 승냥이로 변신하고, 꿩이 되자 매로 변하여 덤비니, 마침내 하백은 해모수가 천제의 아들임을 인정하고 딸과 혼인하게 했다. 하백은 해모수가 자기 딸을 버리고 가지나 않을까 염려한 나머지 크게 술에 취하게 한 다음, 가죽수레에 딸과 함께 넣어 오룡거(五龍車)에 실어서 하늘로 올라가도록 준비했다. 그러나 그 수레가 물에서 빠져나오기도 전에 해모수가 술이 깨어 유화의 황금비녀로 가죽수레에 구멍을 뚫고 혼자 빠져나와 하늘로 올라가 버렸다. 하백은 가문의 명예를 욕되게 했다며 유화의 입술을 석 자나 되게 잡아당겨 늘여놓은 채 우발수(優渤水) 가에 버렸다. 때마침 어부인 강력부추(强力扶鄒)가 그물에 걸린 이 여인을 건져 금와왕에게 바쳤다. 그 여자는 입술이 길어 말을 못하므로 입술을 세 번 잘라낸 뒤에야 말을 했다. 왕이 천제 아들의 비(妃)인 것을 알고 별궁에 두었더니, 햇빛이 따라와서 유화를 비추었다. 마침내 해를 품고 주몽을 낳았으니 곧 고구려 건국시조이다.

[변이]

위의 줄거리는 「동명왕편」 및 『세종실록지리지』의 기록을 종합한 것으로서 아주 자세한 편이다. 하지만 김부식의 『삼국사기』에서는 아주 축약되어 있다. 부여의 옛 도읍지에 정체 불명의 사람이 나타나 자칭 천제의 아들 해모수라 하면서 그곳에 와 나라를 세웠다는 것, 동부여의 왕 해부루가 죽고 나서 그 뒤를 이은 금와가 태백산 남쪽 우발수에서 유화를 만나, 해모수 때문에 하백한테 쫓겨나 우발수에 살고 있었다는 사연을 들었다는 내용이다. 『삼국유사』는 압축 서술이란 점에서는 『삼국사기』와 동일하나, 주몽을 해모수의 아들이 아니라 단군의 아들이라는 설을 제시하고 있어 주목된다. 부여와 고구려를 고조선과 같은 핏줄로 묶으려는 의도가 작용해 빚어진 결과라고 여겨진다.

[내용]

해모수신화는 주몽신화의 일부로 전해지기에 해모수신화만 독립적으로 연구한 성과는 없고, 주몽신화 또는 부여계통신화를 연구하면서 거론되는 게 일반적이다. 그 가운데에서 이 신화의 구조인 삼대기(三代記)에 주목한 성과가 돋보인다. 이에 따르면 이 신화에는 할아버지·아버지·아들의 삼대가 있고, 이들 각 세대는 명확하게 드러나는 공통적인 특징이 있다. 할아버지 대인 천제는 존재하는 곳이 하늘이라는 사실 외에는 알려진 것이 없는 반면, 해모수는 천상에서 지상으로 내려왔는데 지상에 내려온 후에도 천상적인 성격을 버리지 않고 있어, 천상적인 존재이면서 지상적인 존재라는 이중성을 띠고 있다. 그 아들인 주몽은 지상에서 태어나 지상에서 삶을 마친 지상적인 존재이다. 신화학적인 접근을 하여, 공중에서 내려올 때 다섯 마리 용이 끄는 수레를 탔다든가, 따르는 사람 100여 명이 고니를 타고 털깃 옷을 화려하게 입었다든가, 채색 구름이 뭉게뭉게 떴다든가, 아침에는 인간 세상에서 살고 저녁에는 천궁으로 돌아간다는 등의 표현은, 하늘에서 태양이 뜨고 지는 모습을 묘사한 것으로 해석하는 견해도 있다. 등장인물의 신격과 직능에 주목하여, 해모수가 지닌 '해'로서의 성격을 좀 더 드러낸 성과도 있다. 이 신화는 등장인물의 성격 면에서 「제석본풀이」(당금애기)무가와 상통하고 있다는 보고도 있는데, 이에 따르면 「제석본풀이」가 마을굿인 서낭굿 및 별신굿에서 구연되고 있는 것으로 미루어, 해모수신화도 처음에는 단순한 이야기 또는 구술물이 아닌 제의로서 표현되었을 것이라는 추정이 가능하다.

[의의]

우리 북방계 신화의 구조는 '천신과 지신(수신)의 혼례→시조의 탄생→건국'인데, 해모수신화는 이 구조를 단군신화 및 동명왕신화에서 계승하여 후대에 물려주고 있다. 건국의 시조가 하느님의 혈통을 이어받았다는 것도 북방계 신화의 공통된 내용으로서, 이 점에서도 해모수신화는 「단군신화」의 뒤를 이어 천신족 건국신화의 기본형을 재현했다고 할 수 있다. 특히 이 신화에 나타나는 변신 모티브는 「홍길동전」「박씨전」 등의 후대 서사문학에 영향을 미쳤다고 보인다. 한편 이 신화를 비롯하여 우리 건국신화가 지닌 삼대기 구조를 면밀히 분석해 보면, 원래부터가 한 편의 신화에 3대가 등장하는 게 아니라, 본래는 1대인 할아버지신화(1대신화)만 존재하다가, 시간이 흘러 2대인 아버지신화가, 다시 3대인 아들신화가 차례로 이루어졌을 것으로 여겨진다. 부자관계로 서술함으로써 역사적 선후관계와 동일계통임을 나타내는 두 가지 효과를 거두었다고 보인다. 그 밖에 이 신화의 신격이 지닌 천신(天神)·일신(日神)으로서의 성격이 무가 「제석본풀이」(당금애기)와 상통하고 있으며, 해모수 집단의 약탈혼과 하백족의 중매혼이라는 혼인 풍속의 차이도 보이는 등 문학사적으로나 문화사적으로 긴요한 의의를 머금은 신화이다.

[출처1]

동명왕편, 삼국사기, 삼국유사, 세종실록지리지

[참고문헌]

한국소설의 이론(조동일, 지식산업사, 1977), 동명왕편과 제석본풀이의 대비 연구(신경숙, 고려대 대학원 석사논문, 1984), 한국 건국신화 연구(나경수, 전남대학교 박사논문, 1988), 부여·고구려 건국신화 연구(이복규, 집문당, 1998), 한국신화의 연구(서대석, 집문당, 2001).

6. 구월산전설(한국민속문학사전 설화, 국립민속박물관)

[명칭]

구월산전설(九月山傳說), the MT. Guwol Legends

[정의]

북한 황해도 신천군 용진면과 은율군 남부면 · 일도면에 걸쳐 있는 구월산의 전설.

[줄거리]

구월산 관련 전설 가운데에서「구월산의 백도라지」의 줄거리를 소개하면 이렇다. 구월산 기슭의 금산포 마을에 인심좋은 늙은 어머니가 리라라는 효자와 살았다. 어머니는 인심이 후해 가난했지만 이웃에게 베풀기를 좋아했다. 어느날 그 어머니가 땔나무를 걱정하자 지게를 지고 구월산으로 올라갔다. 쉬고 있는데 웬 선녀가 산봉우리에 내려와 앉았다. 구월산의 절경에 취해 이리저리 다니며 구경하던 선녀는 날개옷이 찢어져 하늘로 올라갈 수 없게 되어 망연자실할 뿐이었다. 리라가 다가가, 어머니한테 가면 날개옷을 기울 수 있을 것이라며 데리고 왔다. 선녀는 하늘왕의 무남독녀 공주 별이었다. 어머니가

누런 기장밥에 금산포의 명물인 백도라지나물을 주어 먹게 했다. 도
라지나물 맛을 본 공주는 도라지밭에 데려가 달라고 했고 그곳에서
아름다움에 탄성을 질렀다. 리라가 도라지꽃을 꺾어 꽃묶음을 만들어
공주에게 선물하면서 둘 사이에는 사랑의 정이 싹텄으며, 리라는 그
고향의 도라지노래도 불러주었다. 이들이 귀가하자 어머니는 기워놓
은 날개옷을 내놓았고, 그 다음날 공주는 작별의 인사를 올리고는 사
황봉을 넘어 승천했다. 하늘나라에 돌아온 공주는 리라에 대한 그리
움이 사무친 나머지 병이 났다. 백방으로 노렸했으나 차도가 없었는
데, 한 의원이 아마도 상사병인 듯하다고 했다. 리라의 어머니가 해주
는 백도라지나물을 먹어야 나을 것 같다고 공주가 말하자, 하늘왕도
하는 수 없어 다시 지상에 내려보냈다. 백도라지나물을 먹고 건강해
진 공주는 지상에서 리라와 살고 싶었으나 아버지의 분부를 어길 수
없더 다시 하늘로 올라갔갔다. 하늘왕이 하늘에서 사위를 구하겠다는
말에, 공주는 다시 병이 들었고, 하늘왕은 눈물을 머금고 공주를 지상
에 시집보내기로 하였다. 이래서 부부가 된 두 사람은 도라지밭을 가
꾸며 행복하게 살았는데, 그때부터 금산포 마을은 백도라지가 유명한
고장이 되었고, 정월대보름이나 단오날 또는 결혼식을 하면 모여서
도라지타령을 즐겨 부른다.

[내용]

왜 금산포 지역이 도라지와 도라지 타령으로 유명한지 그 유래를
설명하는 전형적인 지역전설이다. 이 전설을 통해 자기네가 사는 지
역에 대한 애향심과 자긍심을 고취하면서 단합을 꾀하는 데 기여하
는 전설이라 하겠다. 특히 하늘나라의 공주가 지상의 총각과 정을 맺

은 후 잊지 못하고, 도라지나물을 먹어야만 병이 나아, 마침내 부왕의 허락을 받아 지상에 시집온다는 설정은 단군신화의 모티프와 닮아 있어, 뿌리깊은 현세중심주의 또는 인간중심주의적인 시각을 잘 드러내고 있다 하겠다.

[의의]

제보자가 구연한 그대로 적는 남한의 자료집과는 달리, 조사자가 윤색한 상태로 되어 있어, 일반 대중의 독서물로는 적합하나, 학술자료로서는 한계를 안고 있다.

[출처]

구월산전설(리학남 외, 문학예술종합출판사, 1994), 한국구전설화-평안북도편 III·평안남도편·황해도편(임석재, 평민사, 1988). 한국민간전설집(최상수, 통문관, 1958).

[참고문헌]

북한 설화의 연구(김화경, 영남대학교출판부, 2001), 북한설화에 대하여(이복규, 한국문화연구 4, 경희대 민속학연구소, 2001).

7. 묘향산전설(한국민속문학사전 설화, 국립민속박물관)

[명칭]

묘향산전설, MT. Myohyang Legends

[정의]

평안북도 영변군 · 희천군과 평안남도 덕천군에 걸쳐 있는 묘향산의 전설.

[줄거리]

묘향산 전설 중에서 「서산대사와 사명당」 전설의 줄거리는 이렇다. 묘향산에는 서산대사가, 금강산에는 사명당이 있었다. 사명당은 자신이 기묘하고 아름다운 금강산의 정기를 타고났기 때문에 지략과 도술에서 자기를 능가할 사람은 이 세상에 없다고 단정하고 있었다. 그런데 묘향산의 서산대사가 도술이 아주 능하다는 소문이 들려와 본때를 보여주고 싶어 길을 떠났다. 서산대사는 이미 사명당이 올 것을 알고는 동자를 보내 맞이하였다. 서산대사와 만난 사명당은 기선을 제압할 목적으로 날아가는 새 한 마리를 잡고는 물었다. "내가 이 새를 놓아주겠습니까, 아니면 그냥 붙들고 있겠습니까?" 그러자 서산대사는 문턱을 넘어서다 말고 선 채 되물었다. "내가 지금 이 방에서 나가겠습니까, 아니면 들어가겠습니까?" 사명당은 대답할 수가 없었다. 방에 들어가 점심을 먹는데, 서산대사가 동자더러 국수를 가져오라고 했는데, 가져온 것은 바늘로 사리를 만 국수였다. 억지로 먹고나자 입가심 물을 가져왔는데 물그릇에는 물고기새끼가 헤엄치고 있었다. 서산대사가 먼저 마시고 뱉자 산 고기가 튀어나왔다. 사명당이 그렇게 하자 그 입에서는 죽은 물고기가 튀어나왔다. 방에서 나와, 산 넘기 내기를 하자고 사명당이 제안해, 사명당은 작은 봉우리를 디디고서야 겨우 큰 봉우리를 뛰어넘었는데, 서산대사는 단 한번에 넘었다. 그제야 사명당은 서산대사 앞에 무릎을 꿇고 엎드려 제자가 되었다.

[내용]

지명 전설 일반에서 확인되듯, 이 설화에도 애향심이 강하게 드러나 있다. 금강산에 거주하던 사명당이 묘향산의 서산대사보다 한 수 아래라고 함으로써 묘향산의 위상을 한껏 높이고 있다. 문답 경쟁에서의 기발한 설문과 응답은 선승들끼리의 경쟁다운 면모를 보여, 다른 종교에서 전승되는 인물들의 유사한 문답과 비교할 수 있게 한다. 도술 경쟁에서는 죽은 물고기를 뱉어낸 사명당에 비해 물고기를 살려낸 서산대사의 능력을 높이 평가함으로써, 살생을 금기시하는 불교의 지향을 자연스럽게 담고 있다.

[특징]

남한에서도 '서산대사와 사명당' 이야기가 채록된 게 있으나 묘향산을 배경으로 한 자료는 아주 드물며, 이야기로서의 긴밀도나 풍부성도 북한 자료에는 미치지 못하기에 이 자료집의 가치는 크다.

[출처]

한국구비문학대계 2-7(서대석, 한국정신문화연구원, 1984), 명소에 깃든 전설(묘향산)(민형·김경호, 과학백과사전종합출판사, 1997).

[참고문헌]

북한의 설화인식과 전설의 도구화(한정미, 민속학연구 15, 국립민속박물관, 2004).

8. 무학대사전설(한국민속문학사전 설화, 국립민속박물관)

[명칭]

무학대사전설, Great Monk Muhak Legends, 무학대사설화, 무학전설

[정의]

이성계를 도와 조선왕조 건국에 기여한 도승 무학대사에 관한 전설.

[줄거리]

무학대사전설은 단일한 줄거리로 전하지 않는다. 모두 네 가지 삽화로 존재한다. 〈학의 보호〉, 〈쌀 나오는 구멍〉, 〈무학대사를 나무란 농부〉, 〈나무 예언〉 등이 그것이다. 〈학의 보호〉 삽화의 내용은 이렇다. 무학대사의 어머니는 서산 간월도(혹은 남면) 사람이었는데, 임신한 몸이었지만 시장에 해물(혹은 굴)을 팔기 위해 나설 수밖에 없었다. 갑자기 해산하게 되었는데, 해물을 팔아야만 하기 때문에 풀 속에 아이를 놓아둔 채 장에 갔다. 해물을 팔고 와 보니 학이 아이를 품어주어 살아있었다. 그래서 아이 이름을 무학(舞鶴 또는 無鶴)이라고 하였다. 〈쌀 나오는 구멍〉 삽화의 내용은 이렇다. 간월도는 무학대사가 머물렀던 곳인데, 무학대사와 제자가 있는 곳에 쌀 나오는 구멍이 있었다. 무학대사가 절을 비우자, 배부르게 먹고 싶은 욕심에 중이 쌀 나오는 구멍을 키웠고, 다시는 바위에서 쌀이 나오지 않았다. 가장 흔한

〈무학대사를 나무란 농부〉 삽화의 내용은 이렇다. 무학이 이성계를 도와 한양 터를 잡고 궁궐을 지었으나 지을 때마다 쓰러지기를 세 번이나 하였다(또는 도읍지를 물색하느라 왕십리에서 서성거리고 있었다). 무학이 도망을 가다 보니 밭 가는 농부가 자기 소를 보고 미련하기가 무학보다 더하다고 꾸짖었다. 무학이 농부에게 가르침을 청했다. 농부는 서울이 학(鶴)의 형상인데 몸통 부분에 궁궐을 지으니 무거워 날개를 치므로 쓰러진다며 우선 날개에 해당하는 지역에 4대문(또는 성곽)을 짓고 나서 궁궐을 지으라고 했다(도읍지를 물색하는 무학에게는 10리만 더 가라고 했다). 무학이 농부의 말대로 하여 성공했다.

〈나무 예언〉 삽화의 내용은 이렇다. 무학대사의 출신지는 간월도인데 무학대사가 떠나게 되었다. 나무(지팡이)를 가리키면서(꽂으면서) "이 나무가 죽으면 내가 죽은 줄 알고, 살아 있으면 내가 살아 있는 줄 알라."고 예언하였다. 예언대로, 죽었던 나무가 다시 살아났다.

[내용]

이 전설의 주인공인 무학대사는 이성계에 의해서 선택되어 이성계를 도와 조선왕조를 창건하는 데 기여한 인물이기 때문에, 이 이야기를 통해 이성계에 대한 민중의 이중적인 인식을 살펴볼 수 있다. 초기에는 부정적이거나 비판적인 시각을 지녀, 일개 농부가 무학대사를 나무란다고 설정되어, 민중의 역량이 이성계보다 낫다는 생각을 나타내다가, 왕조 교체가 기정사실화하고 왕권이 안정되자, 농부의 정체를 신령으로 변화시키는 등 우호적인 시각으로 변모한 것으로 해석된다.

[특징]

서산지역에서 이 설화가 집중적으로 전승되고 있어, 전국적(이주적)인 전설의 지역적 전설화 양상을 보여준다.

[출처]

한국민간전설집(최상수, 통문관, 1958), 한국구비문학대계(한국정신문화연구원, 1981), 5-3책 46쪽. 임석재전집 10(임석재, 평민사, 1990), 64쪽.

[참고문헌]

무학대사전설의 역사적 의미(김일렬, 설화와 역사, 집문당, 2000), 무학전설의 형태와 의미(김일렬, 어문론총 31, 경북어문학회, 1997).

9. 도선전설(한국민속문학사전 설화, 국립민속박물관)

[명칭]

도선전설(道詵傳說), Great Monk Do Sun Legends, 도선설화(道詵說話)

[정의]

신라 시대의 고승 도선(道詵)에 관한 설화.

[줄거리]

구전자료를 중심으로 각 유형을 통합하여 도선전설의 줄거리를 정리해 보면 이렇다. 겨울에 처녀가 샘에 빨래하러 갔다. 오이가 떠내려와 먹은 후 임신하여 아이가 태어났다. 상서롭지 못하다 하여 부모가 아이를 버렸으나 새들이 보호하였다. 다시 데려다 길렀는데 마침내 승려가 되었다. 도선이 중국에 가서 풍수를 배웠워 그 실력으로 명당을 잡아주어 발복하게 해주었는데 망자가 살인자라서 실패하기도 하였다. 도선이 중국에서 유학을 마치고 고국으로 돌아와 일행의 지시대로 혈을 끊고 다녔지만, 중국의 계략을 눈치채고, 산 정상에 방아를 놓는다. 방아를 밟아 한 번씩 찧을 때마다 중국의 인물들이 죽는다. 중국 황제와 담판을 해, 사과를 받아내고 운주사 천불사탑이 세워진다. 도력으로 천상의 석공들을 불러 하룻만에 만들도록 했다. 도선이 일봉암에 해를 잡아 매놓았는데 사동이 닭 우는 소리를 내는 바람에 석공들이 와불을 세우지 못하고 하늘로 올라가 버렸다. 도선이 탈혼하여 서천서역국으로 가면서 제자들에게 자신의 육신을 태우지 말 것이며, 백씨 성을 가진 사람을 절에 들이지 말라 했다. 세월이 지나서 백씨 성을 가진 사람이 절의 화목으로 들어온다. 그 화목이 도선의 육신을 태워버린다. 도선의 혼백이 돌아왔으나 육신이 없어 들어가지 못하고 다시 올 날을 일러주고 가버린다. 도선이 천 년 뒤에 오면 절이 중창될 것이다.

[내용]

도선설화는 풍수설화적인 성격을 지닌다. 도선설화가 집중적으로 전승되는 영암, 목포, 광양, 구례 지역의 자료들에서는 전승자들의 계층, 사회적 지위 등에 따른 의식의 차이를 엿볼 수 있다. 이 설화는 도선설화가 단순히 전설로서만이 아니라 신화와 민담 갈래와 혼재되어 있다. 거시적으로 보아, 문헌자료들은 모두 현세중심적인 동기에서 도선을 바라보고 있는 데 비해, 구전자료들에서는 다시 돌아올 세상에 대한 염원이 깃들어 있어 미래지향적 의지가 강조되어 있다.

[의의]

도선설화는 고려시대에 지배계층에 의한 지배계층을 위한 설화로 존재하다가, 조선시대에 와서는 다양한 계층의 삶에 대한 인식을 대변하고 수용한 이야기로 전환되었다는 점을 보여준다. 시대가 흐르면서 도선을 각 계층의 필요에 따라 문학적 장치를 통해 수용하기 시작했고, 전승자들에 의해 원래의 면모와는 다른 방향으로 변용되고 전개되기도 하였다.

[출처]

『신증동국여지승람』, 국역 동문선 9(민족문화추진회, 1969), 한국구비문학대계 2-4(한국정신문화연구원, 1983), 500쪽.

[참고문헌]

도선설화의 연구-풍수설화적 특성을 중심으로(강중탁, 월산임동권박사 송수기념논문집, 집문당, 1986), 도선전설연구(이준곤, 고려대 대학원 석사논문, 1987), 도선설화연구(윤수경, 전남대 대학원 석사논문, 2005), 인물전설의 전승양상과 축제적 활용-왕인박사전설과 도선국사전설을 중심으로-(표인주, 한국민속학 41, 한국민속학회,

2005), 도선설화연구(김현숙, 조선대 대학원 박사논문, 2009).

10. 운림지전설(한국민속문학사전 설화, 국립민속박물관)

[명칭]
운림지전설(雲林池傳說), the Woonlimji Lake Legends

[정의]
북한 평안북도 압록강가 중강진에 있는 도마봉의 운림지에 얽힌 전설.

[줄거리]
압록강(鴨綠江) 연안의 중강진(中江鎭) 부근 도마봉(刀磨峯) 꼭대기 연못 옆 초가에 운림(雲林)이란 처사가 살았다. 운림은 퉁소를 잘 불었는데, 어느 해 팔월 보름날 밤 못가 바위에 올라 앉아 퉁소를 불었는데, 그 소리를 듣고 한 여인이 나타나 혼인해 함께 지내자고 하였다. 하늘의 뜻이라 생각해, 부부가 되어 금실 좋게 살아갔다. 그런데 이듬해 여름에 접어들자 날이 가물기 시작해 한 달이 지나도록 비 한방울 내리지 않았다. 사람들은 물론 운림도 가뭄을 근심했지만, 그 부인이 걱정하는 정도는 보통 이상이었다. 가뭄이 깊어갈수록 그 얼굴빛도 점점 못해갔고, 음식도 잘 먹지 못했으며 자꾸 울었다. 이 때문에 운림은 더욱 간절히 비를 기다렸으나, 가뭄은 더 심해만 갔다. 연못의 물도 거의 다 말라붙고, 초목도 다 타서 며칠만 더 지나면 폐농할 판이 되자, 부인은 아예 식사도 전폐하고 잠도 안 자며 조바심을 했다. 그러던 어느날, 새벽에 일어나 보니, 부인이 사라진 자리에 편지 한 장만 놓여 있었다. 자신은 연못 속에 살던 물고기였는데, 퉁소 소리가 너무도 아름다워 마음이 끌려 사람으로 변신해 함께 살았으며, 자신 때문에 가뭄이 찾아와. 다시 못 속으로 돌아가니, 달 밝고 바람 맑은 밤이면 퉁소 소리나 들려달라는 내용이었다. 마침내 가뭄은 물러갔으나, 운림은 슬픈 심사를 퉁소로 달래다, 어느 날 연못에서 아내가 부르는 소리가 들려, 연못 속으로 빠져 들어갔다. 이후부터 이 연못을 운림지(雲林池)라 불렀으며, 달 밝은 밤이면 퉁소 소리와 같은 아름다운 곡조가 흘러나온다고 한다. 그리고 가뭄이 심할 때 여기에 기우제를 지내면 비가 온다고 하며, 또 이 못 속에는 이름 모를 물고기가 많은데, 잡으면 벌을 받는다고 한다.

[내용]

남한 지역에서는 보기 드문 전설이다. 분단 이전에 채록된 이홍기의 자료집(『조선전설집』) 과 1986년에 북한에서 펴낸 자료집(『재미나는 옛이야기』)을 비교해 보면, 거의 그대로 옮겨 놓되 문장만 윤문한 것을 볼 수 있는데, 결말 부분은 달라져 있다. 원전에서는 지금도 퉁소소리가 들리며, 기우제를 보내면 비가 내리고, 거기 사는 이름 모를 물고기를 잡으면 벌을 받는다고 되어 있으나, 더 이상 퉁소소리는 들리지 않는다고 고치는 것은 물론, 기우제와 벌 요소는 아예 삭제하고 있다. 유물론의 원칙에 어긋나는 것은 과감하게 편집하는 북한 당국의 정책적인 편집원칙을 엿볼 수 있다 하겠다.

[의의]

이 전설은 물을 관장하는 용신에 대한 오랜 관념을 비롯하여 음악 또는 노래가 지닌 감응력에 대한 인식을 담고 있다. 아울러 사람들을 떠나 홀로 살던 주인공이 여인과 부부가 되어 행복을 누리고 마침내 그 부인을 따라가는 설정에서 인생에서 사랑이 얼마나 중요한지를 일 깨워 주는 한편, 물고기 여인의 행위를 통해서는 사랑을 위해 일정한 희생과 대가가 필요하다는 점도 생각하게 하는 전설이다.

[출처]

조선전설집(이홍기, 조선출판사, 1944),《재미나는 옛이야기》1~3(근로단체출판사, 1986~1987).

[참고문헌]

북한설화의 연구(김화경, 영남대학교출판부, 1998), 이홍기의 조선 전설집 연구(이복규, 학고방, 2012).

11. 삼국사기(한국민속문학사전 설화, 국립민속박물관)

[명칭]

삼국사기(三國史記)

[정의]

고려 인종 23년(1145) 경에 김부식(金富軾) 등이 고려 인종의 명을 받아 편찬한 삼국시대의 정사(正史).

[내용]

1145년(인종 23)경에 김부식(金富軾) 등이 고려 인종의 명을 받아 편찬한 삼국시대의 정사. 기전체의 역사서로서 본기 28권(고구려 10권, 백제 6권, 신라·통일신라 12권), 지(志) 9권, 표 3권, 열전 10권으로 이루어져 있다. 흔히 삼국사기를 역사서로만 알기 쉬운데 그렇지 않다. 역사를 서술하는 데 필요한 범위에서 설화도 수용하고 있다. 그점을 잘 보여주는 사례가 사람의 전기(傳記)를 소개한 열전(列傳) 대목이다. 삼국사기의 열전은 모두 10권인데, 문학적인 성격이 강해 소중하다. 10권의 열전 중에서 김유신(金庾信) 개인 열전이 3권을 차지하며, 나머지 68인의 열전을 7권에 포함시키고 있다. 열전은 중국 사마천의 『사기』에서 비롯한 것인데, 월남이나 일본의 역사서에서는 받아들이지 않았으나 삼국사기는 적극 도입하여 역사 창조자들의 모습을 다양하고 생동하게 보여준다. 김유신의 전기에 중악 석굴에서 기도를 하다 노인을 만나 비법을 전해 받았다는 내용이 포함되어 있고, 온달의 전기에서 비슷한 설화의 유형이 확인되는 것을 보면, 필요하면 민간전승도 받아들였다는 것을 알 수 있다. 일반 백성에 속하는 미천한 신분이라도 행실이 아름다우면 등장시켰으니, 설씨녀(薛氏女), 도미처(都彌妻)에 대한 전기가 그 예이다. 반역자의 행적도 소개해 잘못을 나무람으로써 후대의 거울을 삼게 하였으니, 창조리(倉租利), 궁예와 견훤의 전기가 그 예이다.

[의의]

삼국사기는 정사이면서도, 역사서술의 하나인 열전 형태로 열러 설화 자료를 남겨주었다는 점에서 문학적인 면에서도 가치가 크다. 유교의 가치관과 역사관에 따라 일관된 시각으로 삼국의 역사를 정리했다는 점, 수준 높은 문장으로 기술함으로써 후대 역사서의 모범이라 할 만하다.

[참고문헌]

제4판 한국문학통사 1(조동일, 지식산업사, 2005), 「삼국사기 열전의 문학성」(임형택, 한국문학사의 논리와 체계, 창작과비평사, 2002).

참/고/문/헌

[Ⅰ. 한국 천신숭배의 전개양상 시론]

• 고전문학연구실, 주해 한국고시가선 근조편(프린트본).

• 김부식, 삼국사기, 신호열 역(동서문화사, 1976),

• 김열규, 한국문학사(탐구당, 1992).

• 심재완, 정본시조대전(일조각, 1984).

• 오순한, 시학&배우에 관한 역설(서울 : 유아트도서출판, 2013).

• 이문건, 양아록, 이상주 역주(태학사, 1997).

• 이복규, "최부의 표해록에 대한 두 가지 의문", 한국고전시가문화연구 22(한국고시가학회, 2008), 231-257쪽.

• 이복규, 묵재일기에 나타난 조선전기의 민속(민속원, 1998).

• 조동일, 한국문학통사 제4판(지식산업사, 2005).

• 조선왕조실록 사이트(http://sillok.history.go.kr)

• 조윤제, 한국문학사(탐구당, 1979).

• 최남선 편, 증보삼국유사(민중서관, 1954), 33쪽.

• 한국고전번역원 사이트(http://www.itkc.or.kr)

[Ⅱ. 「주몽신화(朱蒙神話)」의 문헌기록 검토]

〈단행본 및 논문〉

• 김열규, 한국민속과 문학연구(서울 ; 일조각, 1971).

• 박두포, "민족영웅 동명왕설화고", 국문학연구 1편(대구 : 효성여대 국문과, 1968).

• 박시인, "동명왕난생이주설화의 연구", 서울대 논문집 제12집(서울 : 서울대학교, 1966).

• _____, "알타이계 천강일자설화 연구", 문화비평 1권 3호(서울 : 아한학회, 1969).

• 양주동, 조선고가연구(서울 : 박문서관, 1942).

• 이병도, 한국사 고대편(서울 : 을유문화사, 1959).

• 이재수, "주몽전설(동명왕편) 고(考)", 한국소설연구(서울 : 형설출판사, 1973).

• 장덕순, "영웅서사시「동명왕」", 인문과학 5집(서울 : 연대문과대학, 1960).

• Gayley Charles Mills, The Classic Myths(New York, 1939).

〈자료〉

• 논형(論衡), 위략(魏略), 후한서(後漢書), 양서(梁書), 북사(北史), 위서(魏書), 주서(周書), 수서(隋書), 통전(通典 25史 所載) 광개토왕릉비, 모두루묘지명(车頭婁墓誌銘)(최남선 편, 신정삼국국유사 〈서울 : 삼중당, 1946〉, 부록 pp. 7~8.)

• 삼국유사, 삼국사기, 이상국집 동명왕편, 제왕운기, 세종실록지리지, 구약.

[Ⅲ. 금오신화의 모방성과 창의성]

• 구인환, 구창환, 문학의 원리(서울 : 법문사, 1973).

• 김영기, "모방문학의 양식", 현대문학, 181호(서울 : 현대문학사, 1970.1).

- 김윤식, 문학비평용어사전(서울 : 일지사, 1974).
- 김태준, 조선소설사(서울 : 학예사, 1939).
- 김현룡, 한중소설설화비교연구(서울 : 일지사, 1976).
- 민병수, "한국소설발달사", 한국문화사대계, V(서울 : 고대민족문화 연구소, 1967).
- 박성의, 한국문학배경연구(서울 : 삼우사, 1976).
- 세계백과대사전, 7권(서울 : 서문당, 1977).
- 이명구, 옛소설 (서울 : 세종대국기념사업회, 1976).
- 이무상, 최신국사대연표(서울 : 국사원, 1956).
- 이석래, "금오신화의 전개적 고찰" 한국고전소설(대구 : 계명대출판 사, 1974).
- 이경선, 역주 전등신화(서울 : 을유문화사, 1976).
- 이재수, "금오신화고", 한국소설연구(서울 : 형설출판사, 1973).
- 이가원, "이조전기소설연구" 현대문학 7, 8호(서울 : 현대문학사, 1955).
- 이하경, "금오신화연구" (서울 : 연대교육대학원, 1975).
- 이희승, 국어대사전(서울 : 민중서관, 1974).
- 임형택, "현실주의적 세계관과 금오신화", 국문학연구, 13집(서울 : 국문학연구회, 1971).
- 정인석, 청년심리학(서울 : 재동문화사, 1972).
- 정주동, 고대소설론(서울 : 형설출판사).
- 정병욱, "김시습과 금오신화)", 한국고전소설(대구 : 계명대출판사, 1974) 및 국문학산고(서울 : 신구문화사, 1959).
- 조윤제, 한국문학사(서울 : 연구당, 1976).

- M. H. Abrams, A Glossary of Literary Terms (New York :Holt, Rinehart and wineton, Inc 1971).

[Ⅳ. 채수의 사상과 〈설공찬전〉-〈설공찬전〉의 종합적 가치를 곁들여]

- 懶齋先生文集 권4〈年譜〉
- 안수정, 나재 채수의 시문학 연구(충남대학교 대학원 박사학위논문, 2015), 18-22쪽.
- 龍泉談寂記(大東野乘 제 13
- 이복규, 설공찬전 연구(서울 : 박이정, 2003), 133-152쪽.
- 이복규, 설공찬전연구(박이정, 2003).
- 이희주, "경전상의 규범관념과 군신도덕", 온지논총 4(온지학회, 1998), 225-268쪽.
- 정병설, 조선시대 소설의 생산과 유통(서울대학교출판문화원, 2016), 69-75쪽.
- 조동일, "15세기 귀신론과 귀신이야기의 변모", 문학사와 철학사의 관련 양상(한샘, 1992), 50-78쪽.
- 중종실록

[Ⅵ. 유일본 〈윤선옥전〉의 인문학적 의의]

- 구약 창세기 3장(개정개역판)
- 『김광순 소장 필사본 한국고소설전집』 26, 경인문화사, 1994, 367~463쪽.
- 권영호 역주, 『김광순 소장 필사본 고소설 100선 윤선옥전·춘매전·취연전』,대구광역시·택민국학연구원, 2014. 15~122쪽.

- 김광순, 「신자료 윤선옥전에 대하여」, 어문론총 31, 경북어문학회, 1997, 341~350쪽.
- 설성경 「춘향전 연구사로 본 신국문학적 연구의 한 방향」, 국학연구론총 12, 택민국학연구원, 2013, 9~35쪽.
- 이복규, 『내 탓』, 지식과교양, 2015, 10~11쪽.
- 정미선, 윤선옥전의 모티프 수용양상과 서사적 기능, 경북대학교 교육대학원 석사논문, 2000.
- 최재석, 한국가족제도연구, 서울대학교출판부, 1989, 282~287쪽.
- 한국가족학연구회, 가족학, 삼성출판사, 1993, 306쪽.
- 한국가족협회, 한국 가족문제-진단과 전망-, 하우, 1995, 68쪽.

[Ⅶ. 『정역(正易)』과 기독교의 상통성]

- 고려사
- 성경
- 세종실록
- 전경(典經)
- 강명관, 책벌레들 조선을 만들다, 푸른역사, 2007.
- 고영민, 히브리어 · 헬라어 원문 번역주석 성경(신약), 쿰란출판사, 2015.
- 곽신환, 조선유학과 소강절 철학, 예문서원, 2014.
- 금장태, 동서교섭과 근대한국사상, 한국학술정보, 2005.
- 김효성, 조직신학, 옛신앙, 2016.
- 리진호, 한국성서백년사, 대한기독교서회, 1996.
- 민경배, 한국기독교회사, 연세대학교출판부, 2000.

- 윤석산, 동학교조 수운 최제우, 모시는사람들, 2004.
- 이동준, 학산이정호전집(전13권) 개관(아세아문화사, 2017.
- 이재철, 성숙자반, 홍성사, 2008.
- 이정호, 원문대조 국역주해 정역, 아세아문화사, 2017.
- 이정호, 원문대조 국역주해 정역, 아세아문화사, 2017.
- 이정호, 정역연구, 아세아문화사, 2017.
- 이필찬, 요한계시록 40일 묵상여행, 이레서원, 2014.
- 최석우, "서학에서 본 동학", 교회사연구 1, 한국교회사연구소, 1077, 113∽147쪽
- 최영성, "『정역』과 한국사상-사상적 연원 탐구-", 학산이정호전집 출판기념 학술발표회 발표집, 학산이정호선생추모회 · 한국철학연구소, 2017. 5. 27.
- 한스 큉, 왜 그리스도인인가, 정한교 역, 분도출판사, 1983.

[IX. 익산 지역 이춘기의 30년(1961~1990) 일기에 대하여]

- 대장교회 100년사(1902-2003)(대한예수교장로회 대장교회 100년사 발간위원회, 2004).
- 이춘기 지음, 복련꽃 필 무렵 당신을 보내고, 이복규 엮음(학지사, 2018)
- 이성호 · 안승택, 「1970~80년대 농촌사회의 금전거래와 신용체계의 변화:『창평일기』를 중심으로」, 비교문화연구 22권 1호(서울대 비교문화연구소, 2016), 5-51쪽.
- 손현주, 「『아포일기』에서 나타난 농민의 근대적 관광 경험에 대한 연구」, 비교문화연구 22권 1호(서울대 비교문화연구소. 2016),

53-87쪽.

- 한국민속대사전(한국사전연구사, 1994).

[자료]

- 강대민, 만선일보 조선인 단체 개인 관련 기사목록집(경인문화사, 2013).
- 大村益夫·이상범, 『滿鮮日報』文學關係記事索引(1939.12~1942.10)(早稲田大學 語學教育研究所, 1995).
- 박경수, 『만선일보』 소재 동시 연구, 우리문학연구 38(우리문학회, 2013).
- 박태일, 『만선일보(滿鮮日報)』와 경남·부산 지역문학, 현대문학의 연구 36(한국문학연구학회, 2008).
- 변옥정, 일제 강점기 만주 유이민 소설 연구 : 〈만선일보〉수록 소설을 중심으로(영남대학교 대학원 석사논문, 1996).
- 왕빈경, 『만선일보』에 실린 시조 연구(경남대학교 대학원 석사논문, 2012).
- 이복규, 『중외일보』 문학관계기사목록 및 주요작품의 원문, 한국문학과예술 21(숭실대 한국문예연구소, 2017).
- 정진석, 언론과 한국현대사(커뮤니케이션북스, 2002).
- 조규익, 해방전 만주지역의 우리 시인들과 시문학(국학자료원, 1996).
- 한국학문헌연구소, 만선일보(아세아문화사 한국학문헌연구소, 1988).

찾/아/보/기

이 복 규

국제대학(현 서경대학교) 국어국문학과 졸업
경희대학교 대학원 국어국문학과 석사 · 박사 과정 수료(문학박사)
한국학대학원 어문학과 박사과정 1년 수학
국사편찬위원회 초서연수과정 수료
밥존스신학교 학부 · 연구원 수료
현 서경대학교 문화콘텐츠학부 국어국문학전공 교수

〈저서와 논문 등〉
『설공찬전연구』,『국어국문학의 경계 넘나들기』, 시집『내 탓』,『육필원고 · 원본대조 윤동주 시전집』등 단독저서 40여 종.
「윤동주의 이른바 '서시'의 제목 문제」를 비롯하여 학술논문 130여 편.
이복규교수의 교회용어 · 설교예화카페(http://cafe.naver.com/bokforyou) 운영중.
이메일주소 bky5587@empas.com

우리 인문학 연구

초 판 인 쇄 | 2018년 1월 19일
초 판 발 행 | 2018년 1월 19일

지 은 이 이복규

책 임 편 집 윤수경

발 행 처 도서출판 지식과교양
등 록 번 호 제2010-19호
주 소 서울시 도봉구 삼양로142길 7-6(쌍문동) 백상 102호
전 화 (02) 900-4520 (대표) / 편집부 (02) 996-0041
팩 스 (02) 996-0043
전 자 우 편 kncbook@hanmail.net

ISBN 978-89-6764-107-8 93800   정가 30,000원